龙头香

杨晓升 著

作家出版社

目 录

序　现实关怀和文学追求　　…001

买房记　　…001
龙头香　　…031
过　程　　…095
新正如意　　…114
我的朋友刘秘书　　…157
坏小子伊狗　　…190
无奈人生　　…195
背　景　　…214
项　链　　…258
小　黑　　…266

后　记　　…282

序

现实关怀和文学追求

我在不同的场合多次表达过，中篇小说是百年中国水平最高的小说文体。进入新时期在大型刊物推动下的中篇小说，一直保持在一个相当高的水平上。因此，中篇小说是百年来中国文学最重要的文体。中篇小说创作积累了极为丰富的经验，它的容量和传达的社会与文学信息，使它具有极大的可读性；当社会转型、消费文化兴起之后，大型文学期刊顽强的文学坚持，使中篇小说生产与流播受到的冲击降低到最小限度。文体自身的优势和载体的相对稳定，以及作者、读者群体的相对稳定，都决定了中篇小说在物欲横流时代获得了绝处逢生的机缘。这也使中篇小说不追时尚、不赶风潮，以"守成"的文化姿态坚守最后的文学性成为可能。在这个意义上，中篇小说可以说是当代文学的"活化石"。在这个前提下，中篇小说一直没有改变它文学性的基本特质。因此，百年来，中篇小说成为各种文学文体的中坚力量并塑造了自己纯粹的文学品质。中篇小说因此构成百年文学的奇特景观，使文学在惊慌失措的"文化乱世"中取得了令人瞩目的艺术成就，这在百年的文化语境中不能不说是个奇迹。它们在诚实地寻找文学性的同时，也没有影响其对现实事务介入的诚恳和热情。无论如何，百年中篇小说代表了这个时段文学的高端水平，它所表达的不同阶段的理想、焦虑、矛盾、彷徨、欲望或不确定性，都密切地联系着这个时代的社会生活和心理经验。于是，一个文体就这样和百年中国建立了如影随形的关系。它的全部经验已经成为我们值得珍惜的文学财富。

杨晓升是著名的报告文学作家。但一段时期以来，他的报告文学和小说创作两副笔墨上下翻飞，他的敏锐和尖锐在当下的文学格局中格外引人注目。他是敢于直面现实，敢于触及问题和批判的作家。他的中篇小说《龙头香》，是我非常喜欢，也曾极力举荐的一部作品。这部作品从一个方面证实了我对杨晓升的评价并非虚妄。小说在日常生活习焉不察的"烧香"行为中，发现了巨大的秘密：

> 烧香的确是中国民俗生活中的一件大事，具有普遍性。汉人烧香，少数民族绝大多数也烧香，从南到北，从东到西，几乎无处不烧。对祖宗要烧，对天地神佛各路仙家要烧，对动物要烧，对山川树木石头要烧；在庙里烧，在厕所也烧；过节要烧，平常也要烧；作为一种生活情调要烧，所谓对月焚香，对花焚香，对美人焚香，雅而韵，妙不可言；作为一种门第身份，所谓沉水熏陆，宴客斗香，以显豪奢；虔敬时要烧，有焚香弹琴，有焚香读书；肃杀时也要烧，辟邪祛妖，去秽除腥；有事要烧，无事也要烧，烧本身就是事，而且还会上瘾，称为"香癖"，就仿佛现代人的抽烟饮茶一样。

"烧香"几乎无处不在。但王家烧"龙头香"还不一样，"父亲和母亲始终认为，父亲之所以能从一个农民家庭走进京城，奋斗到如今的副部级干部，除了他自己的努力，考上京城名校，毕业留在京城工作，以及后来岳父也即我姥爷的适时扶持，更大的原因是与我爷爷和奶奶不断为他烧香拜佛，保佑他平安健康、升官发财密不可分。"佛教究竟是一种信仰还是一种教育，佛教研究界至今众说纷纭。但是到了民间，对许多人而言，佛教既不是信仰也不是教育，更不是智慧。烧香拜佛只是为了娶妻生子、升官发财、避祸免灾、祈求平安等实用主义的诉求。王兴一家关于烧"龙头香"的价值观，是最具代表性的。父母虽为高官亦难免俗。

小说在结构上是线性叙事，以社科院研究员王兴赴崀山替父烧"龙头香"为线索。王兴勉为其难父命难违，乘机后再转高铁到了崀山。王兴既是整个事件的亲历者也是讲述者。到了崀山，曾多次受王副部长相助的乡党陈总陈新贵，尽其所能地款待王兴也在情理之中。王兴吃了许多禁猎动物，知情后虽然恼怒不悦，但一切无可挽回，也只能不了了之；醉酒后的王兴回到宾馆，陪坐的青年女子小惠居然还陪了宿。王兴酒醒之后虽然悔不当初，但木已成舟不仅无奈，有美貌的小惠陪同上崀山烧香还是兴致勃勃。崀山山高路险，有生活所迫的山民愿意替代烧香，经过讨价还价，王兴以一万元成交。山民艰难地完成烧香返程途中，狂风骤起，以雷霆万钧之势将山民吹向峡谷。山民的死亡让王兴吓破了胆，昏厥后醒来的王兴已躺在宾馆的床上。陈总如期而至，不仅处理了死亡山民事件，还有百般慰问。但事情并没有结束。陈总又提出了新的要求：他要在崀山龙头崖建索道，需要几千万资金；他的市人大代表要升级，要当省人大代表，希望王部长帮助。陈总留下一张存有二十万款额的银行卡给王兴，名义是办事经费。王兴百般推托，陈总将卡扔在茶几上摔门而去；陈总离去，小惠接踵而至。风情万种的小惠使尽解数，惊魂未定的王兴仍毫无反应。小惠多次希望去北京做王兴的情人，王兴不敢答应，小惠立马反目成仇，索要十万元费用。王兴虽然用文人的猥琐勉强打发了小惠，但精神上早已溃不成军几尽崩溃。这就是一波未平一波又起。小说的情节丝丝入扣合情合理，几乎没有任何破绽。当然，天下没有白吃的午餐，陈新贵明目张胆地贿选被调查，拔出萝卜带出泥，王副部长、王兴的命运可想而知。

我惊异于杨晓升对生活细枝末节的熟悉和对人物心理的准确把握。更重要的是，这不是一部"反腐"小说，这是一部反映欲壑难填的世道人心的小说。他是通过最细微的生活现象，以一个最不引人注目的生活细节切入，把当下欲壑难填的世风和盘托出，一览无余。人性中最致命的就是欲望无边。父亲对权力、母亲对金钱、王兴对肉欲，这几乎就是人的欲望的全部。父亲退休仍在使用权力的余威，母亲对金钱几乎来者不拒，王兴虽然是酒后乱性，但酒醒后对年轻美貌小惠的万种风情敬谢不敏。作为知识分子的王兴可能更具代表性，他一方面警觉父亲的权力、母亲的贪欲、陈总的行贿，一方面，他的警觉和抵抗是如此脆弱和不堪一击。一介书生的百无一用真是不堪入目。陈总已经是市人大代表，但他得陇望蜀，希望做省人大代表。陈总陈新贵的价值观，是民间普遍的价值观，这个价值观虽然经过"五四"甚至百年现代文明的洗礼，但并没有发生革命性的变化。万般皆下品，惟有读书高，但学而优则仕。他深知权力的无所不能。倒是王兴返京乘坐出租车的那个年轻司机，在夸夸其谈中道出了生活的真谛。他虽然不免炫耀和肤浅，但他随遇而安，遵纪守法，靠自己的诚实劳作过心地踏实的日子。他不信佛，但不反对别人信佛。因此他有安稳和值得夸耀的生活。

　　小说写出了当下的危机。这个危机是信仰的危机、文化信念的危机，以及实用主义价值观、金钱至上拜金主义大行其道的危机。杨晓升充满了忧患和焦虑，通过小说的人物、情节和细节，将当下世风中的问题暴露无遗。因此，这是一部极具文学性、敢于挥起批判之剑的小说，是一部敢于触及问题，对人性无边欲望深入揭示的小说。现代性从来就具有两面性——我们走进了现代性，也走进了现代性带来的不曾预料的问题和难题，因此我们也就处在了现代性的危机之中。《龙头香》表达了对这一危机的深切忧虑，它的批判之剑锋利无比。

　　《龙头香》在杨晓升的小说中只是一个个案，但通过这部作品，我们大致可以判断，他的创作延续了他报告文学对现实关怀的传统，这种关怀有时未必是国家民族的宏大叙事，它更多的可能与日常生活有关。比如《买房记》中与高远飞一家的关系，"我"甚至要操办其父的丧事；这个"买房"的情节在短篇小说《过程》中也曾出现。可见"安居"才能乐业，但收入捉襟见肘的老秦，很快就打消了念头。直到即将退休时他才"雄心再起"，希望兼一份职多一份收入，实现他的买房梦。其他几篇如《新正如意》《我的朋友刘秘书》《无奈人生》等，都集中反映了杨晓升小说创作关怀现实的情怀和执着。晓升是"60后"一代，这代作家和"50后"一代作家有相似之处，这就是对社会生活的积极介入、对国家民族的深切关怀。世风代变，但这个文学创作群体的思想和精神面貌没有改变，对文学执着的追求没有改变。因此，我们在强调"变"的重要性的同时，也应该看到"不变"的重要。我曾读过晓升这样一段话：

> 当你选择自己最感兴趣的事业，在一个相对宽阔的舞台上最大限度地施展着自己的才华，最大限度地挖掘着自身的潜能，最大限度地发挥着自身的作用，并能时常感受到由此带来的愉悦与快乐的时候，你难道还会去理会自身的级别和收入？你难道还会去理会什么贫贱富贵？——这样的人生，难道不就是最高级别的人生吗？！

这也是晓升不曾改变的文学追求。现在，晓升已从《北京文学》主编之位上卸任退休，拥有了自己自由的生活。他的创作也越发奔涌无碍。一个人有自己喜爱的事情和追求，真是一大幸事。我由衷地祝福老朋友晓升心情大好，身健笔健。

是为序。

孟繁华

2023 年 8 月 16 日

买房记

转完账,不到五分钟,高远飞从大洋彼岸那边给我发来收据,用的是PDF格式文件。我在微信上打开附件,上面清清楚楚地写着——

收　据

今收到李春风先生从中国银行转账汇来的购房款人民币伍佰万元整。从收款之日起,我父亲高山水去世后遗留的原单位公产房(北京海淀区知春路104号院9号楼8单元601室,建筑面积七十六平方米)使用权,永久归属李春风先生所有。我父亲高山水遗留在原房子里的所有物品,也全权由李春风先生自行处置,所处置旧物若产生收益,也全部归李春风所有。

收款人:高远飞
2020年11月14日

这张收据的落款处,收款人高远飞的名字是赫然醒目的手书。那三个字的字体自由奔放,龙飞凤舞,像极了高远飞小时候的性格,活泼好动,淘气调皮,聪明伶俐,能说会道。真是见字如面,他的署名此刻仿佛让我突然见到了他本人的真容，虽然他至少有十年没有回国了，但他的音容笑貌至今还装在我的脑海里，想飞飞不走，想跑也跑不掉。应我的要求，高远飞还将自己中国身份证和美国绿卡的扫描件，双双附在 PDF 文件的收据后面，以示明证。

高远飞还在微信中对我说，房款收据的原件以及他的中国身份证和美国绿卡的复印件（每张都留有高远飞的签名），今天也已经快递寄出，大约十天能够收到，请我放心。

我买下的这套房，位置不仅与我家在同一个小区，还位居同一栋楼同一个单元的同一层，即第三层，就在我家对面，房子原主人高山水与我是对门邻居。这一层楼除了我们两家，再没有第三个家庭，因为我们这栋楼每个单元的每一层，只有一左一右完全对称的两套两居室房子，建筑面积也都不大不小，不偏不倚，都是七十六平方米的职工福利房，建于二十世纪八十年代初期。很多年以前，我与高远飞的父亲高山水是同事，在同一个单位上班。我们的单位是一家集体所有制的大型商店，类似于供销合作社，主要经营日用商品和粮油水果蔬菜等副食品，最红火的年代，在北京的其他几个区还开有分店，为北京一些社区的居民提供生活便利。物资匮乏的年代，我们商店可是人见人爱的香饽饽、炙手可热的好单位，职工的工资比其他的一般行业高不说，隔三岔五还能让我们往家里带回小恩小惠的"福利"：一两把蔬菜，两三个水果，一点点残渣剩肉什么的，这些都是商店里当天销售剩下的尾货，谁赶上了算谁好运气。当然，更多的时候是轮流分享，今天是张三，明天是李四，后天和大后天是王五或陈七，反正店里处理此事时是尽可能不偏不倚，让大家皆大欢喜。上述的那些尾货，虽然品相不怎么样，但不影响吃，关键是很便宜，比市面上卖给顾客的同类产品便宜一半都不止，职工往往只要象征性地支付一两块钱就可以带回家。更重要的是，由于我们商店效益好，职工又不多，满打满算也就百十来号人，最红火的时候还为职工谋到了一块地，建了一栋福利房，地点就紧挨着我们商店的营业楼，在海淀区知春路那边。那栋福利房,让当时所有在职的上百号职工人人都分到了一套,而且除了副总经理以上的领导能分到三居室,其他人人平等,都是两室一厅的房子。至于位置及楼层,分配时也不偏不倚,采取的是抓阄儿,全凭自己手气,好坏都怨不得别人。我与同事高山水,就偏巧抓阄儿将房子的位置抓到了同一单元的同一个楼层,我家住东他家住西,两家人就这样成了谁都搬不走的邻居。

二十年河东,三十年河西。

后来随着市场经济的迅猛发展,我们单位的好日子像极了黄河道边被水流不断冲刷的泥岸,土崩瓦解,一去不复返。时至九十年代中期,濒临破产的商店被迫改制,彻底转为私有,职工纷纷拿了下岗补贴,打道回府自谋生路。幸好因了单位有史以来这栋唯一的福利房,大家才都有家可归,也各得其所。所以,尽管单位领导后来经营不善,导致职工下岗,大家颇有怨言,可一想到这届领导毕竟也曾办了件好事,让大家都住上了福利房,怨气也渐渐地烟消云散。只是我们所住的福利房,当初属于单位自有土地的自建房,其间不知是未经有关部门的正式批准还是中间某个环节手续不完善,反正是一直办不下来房产证,因而也无法上市进行正式交易。但原单位内部,同事之间,购买、置换房屋使用权,即便没有产权证,只要彼此有合同约定,似乎并无大碍,对我来说更不成问题,反正房子我家只用来自住,不打算也不可能再用于交易。

说来话长。我家三代同堂,已有五六年时间了。我和老伴、儿子儿媳以及孙子,一直同住在我下岗前分到的这套福利房里,这也是我家里唯一的一套房子。两室一厅,虽说建筑面积有七十六平方米,使用面积却只有五十五平方米,这样的房子却要容纳五口人,实在是太拥挤了。尤其是家里只有一个厕所,使用高峰,尤其是早晨使用时多有不便,内急时它不讲情面也不讲道理地时不时折磨着我们全家每个人。大人尚且可以忍让,小孩子急了却不管不顾,在厕所外疾风骤雨地催促着厕所里的人,甚至咚咚咚咚,一次次不停敲打着厕所门板，搞得里面的人时常手忙脚乱半途刹车草草收场停止便溺，继而起身拎裤系带，狼狈不堪匆匆忙忙开门而出为孩子让路。这时候孙子理直气壮，大人们却一脸尴尬和无奈，只得摇头苦笑。时间一长，我和老伴甫一商量，便双双约定，自觉地努力调整生物钟，将原本习惯了多少年的每天早晨便溺调整到了中午或晚上，为的是给儿子儿媳和小孙子让路。虽然这么一来，我家早晨厕所拥堵问题相对缓解了，但更大的麻烦还是无法解决。同众多退休老人一样，我同老伴每天除了忙忙碌碌买菜做饭搞卫生，伺候全家人的吃喝拉撒，闲下来的时候第一爱好就希望能坐到厅里沙发上看看电视。我本人喜欢看电视新闻和体育比赛，老伴儿则喜欢追电视剧，甭管好看不好看，什么样的电视剧只要她一沾上，就像蚊子撞到了蜘蛛网上，无法挣脱。可看电视必定会制造出声响，而儿子儿媳都有自己的工作，晚上回到家还经常加班，至于加什么班我和老伴儿至今也搞不清楚，反正他们每人都抱着一个笔记本电脑，儿媳猫在屋里，儿子则来到厅里的餐桌上，已经上幼儿园大班的小孙子则因为上了兴趣班也时常领回来作业，晚上也挨着他爸爸在餐桌上很专注地在作业本上比比画画，一本正经的样子。瞧瞧，这情形这阵势，我和老伴儿还怎么能够打开电视？

　　凡此种种，我们一家不约而同，早就希望扩大住房，或再购买一套房子了。早年间，家里积蓄有限，或者说根本没有什么积蓄，我下岗后在另一家民营的大型超市谋得一职，负责进出货运输，头几年每月只挣千把块钱，加上老伴儿当时在医院门诊收费处当收款员挣的与我大致相等的工资，我们既要抚养儿子又要与我的其他兄弟姐妹每月出份钱赡养老人，经济上每月都像粘了胶水被直接晒干的抹布，再怎么扯都紧紧巴巴，哪敢奢望扩大房子？梦里都不敢想啊！待到辛辛苦苦好不容易将儿子培养到大学毕业，而后参加工作，我们一家人经济上才像脱扣的裤带，悄悄松快了些。可刚刚有了一点积蓄，儿子很快又结婚生子了。好在儿子儿媳都在同一家通信公司工作，薪水还不算低，加上我和老伴还有社保发的退休金，每人每月都有五六千元，老两口仅凭加在一起的退休金，一家五口光吃饭和日常开支也足够了。儿子儿媳五六年来积攒的钱，加上亲戚朋友再借一点，买房的梦想够一够已经可以摸着边界了。

原本，儿子和儿媳是主张购买新房的，小两口甚至已经在西三旗那边一个新建的楼盘物色了一套房子，总面积一百三十五平方米，每平方米单价五万五，按揭二十年首付大约三百五十万元，但后来考虑到西三旗那地方距离北京市中心实在太远，不方便上班，更重要的是那边根本没有什么像样的学校可供孩子上。相比之下，我们家老房子所在的海淀区知春路这边，不仅寸土寸金，而且是地地道道的学区房。仅中关村一小二小三小，全都在我们家附近，就是闭上眼睛划片儿，我家孙子都能上个好学校。一家人为此反复权衡，思量再三，决定还是要在我家周边考虑购买或改善房子。可这又谈何容易？即便有足够的资金，我们附近的房子也不是想买就能买的。首先是根本就没有新楼盘，新房是不可能买到的。二手房的房源贵得离谱，大都是被房主住了四五十个年头的旧房了，可市场上的价格每平方米动辄八九万甚至十万以上，让人望而生畏。即使偶尔有二手房的房源，房子的位置、楼层、格局和老损程度，以及性价比到底如何，也是颇烧人脑筋的。反正此事我们前前后后已经物色了整整半年，几乎都一无所获。

前路茫茫之际，意外的事情发生了。

大约在2020年初，我家对门邻居、我过去的老同事高山水，某天夜里突然发热、胸痛、心慌，浑身乏力，呼吸困难，不得已打120急救电话，救护车和两位穿白衣的医护人员，很快来到他家，将他拉到附近医院的急救门诊，紧锣密鼓好一阵紧张检查，确诊是突发性心肌炎，医院遂对他进行紧急救治。无奈高山水却呼吸困难，高烧不止，胸痛不断加剧，很快转为重症，像一摊烂泥一样昏昏迷迷被送进重症监护室，虽经医务人员的全力救治，可还是由于心肺衰竭，最终意外离开人世，殁年七十一岁。

在这期间，对门高山水的猝然离世，也让我这个近邻加前同事跟着忙乎了一阵子。

高山水是独居老人，北京也无亲无故。他老伴儿数年前突遭车祸不幸去世，唯一的儿子却在国外，如今他自己突然去世，棘手的事不仅多如牛毛，更像牛屁股后面跟着的那条长长尾巴，怎么甩也甩不掉。

高山水入院的时候，大概是按规定填写了个人信息表，亲属联系人填写的是远在美国的儿子高远飞，紧急联系人填写的竟然是我的名字，这有些出乎我的意料，但同时也意味着他在危难之际对我的信任与求助。他儿子远在大洋彼岸，远水救不了近火，再则大疫当前，各国之间为防疫情层层设卡，交通不畅不说，往返进出海关之后还需长时间隔离，说到底根本指望不上。倒是我这个"紧急联系人"，虽然与高山水非亲非故，只不过是曾经的同事加近邻，人家指望我帮忙，这让我多少有些既诚惶诚恐，也惴惴不安。特殊时期，我哪能袖手旁观、见危不救？这时候倒让我想起了那句话："远亲不如近邻。"还有一句："救人一命，胜造七级浮屠。"虽然我已经救不了高山水的命，但死者为大，已经不幸离世的他在生命的最后时刻仍对我寄予厚望、委以重任，假若我对他的求助视而不见、不管不顾，也未免太不厚道了，恐怕良心都过不去。我要是都撒手不管，没准高山水九泉之下都会死不瞑目。真要那样，我的灵魂恐怕也不得安妥。"与人方便，与己方便"，"帮助他人也是帮助自己"，这时候所有的这些至理名言也都不请自来，纷纷从我的脑海里冒了出来。何况对待死者？恻隐之心我还是有的。

最初，医院的医务人员是用高山水的手机打微信视频联系到高远飞的。据悉，高远飞刚刚获悉父亲突然离世的时候，惊得目瞪口呆，显然感觉到突然，甚至有些不敢相信。少顷，那惊愕的神情变得有些悲伤、茫然和不知所措，继而是哭丧着脸，一脸无助，语无伦次地喃喃自语，说："这可怎么办这可怎么办，美国这边疫情严重，我工作又忙，恐怕无法回国啊！"医务人员说："我们知道你目前是无法回国，再说即使回来了也已经无济于事，因为你父亲已经去世，尸体目前暂存我们医院停尸间的冰柜，但因为我院冰柜数量有限，目前等用的人也多，暂存时间最长不能超过一周。我们现在打你的视频，一是向你通报你父亲因急性心肌炎不幸离世的消息；二是你得设法尽早安排你父亲遗体火化和骨灰安放事宜；三是你父亲住院急救离开家门时还带了手机、医保卡和你们家房门钥匙，手机、医保卡和钥匙目前在我们这儿暂存，待你安排来医院交接遗体时一并交接。啊，对啦，你也可以指定、委托国内的一位代理人替你处理父亲的这些后事。"高远飞大概是没有任何思想准备，在视频里一脸无助，只是一个劲儿地"这……这……这……可怎么办呀"地支吾着。医务人员有些焦急，遂提醒对方："你父亲刚入院填写个人信息时，还填写了国内的紧急联系人，名字叫李春风，这个人你认识吗？"这句话一出口，高远飞在视频里木槌捣蒜一般，不住点头："噢认识认识，李春风叔叔就住在我们家对门，他过去是我爸的同事！"医务人员说："那你是否同意指定李春风为你国内的代理人？"高远飞几乎是不假思索，脱口而出："当然同意，我目前在国内又无法找到其他代理人。再说李春风叔叔不仅对我家和我爸熟悉，还住在我家对门，我家的事处理起来也比较方便。问题是不知道李春风叔叔是否同意当我的代理人。"医务人员抢白道："那你尽快联系李春风呀！"……如此这般，他们爷俩就这样赖上我了，我有啥办法？

接到高远飞从美国打来的求助电话，我只得一个劲点头答应。我说："远飞你甭焦急，你爸过去是我的同事，咱们两家又是对门邻居，你爸突然离世我也难过着呢，没啥说的，你需要我替你办什么事，尽管说，叔叔我替你办！"这么一来，我就一五一十，将高远飞在电话中所有的托付，一一应承下来了。

高远飞首先托付给我的，是帮助安排他父亲火化和骨灰安放事宜，地点是北京昌平天寿陵园，也即高山水的老伴儿王秀兰数年前车祸去世后安放的地方。那地方天高地阔，山清水秀，空气清新，是安放亡灵的好去处，也是高山水为妻子也为自己将来百年之后亲手选定的。只是他自己恐怕做梦也未曾料到，当初考虑的"将来"如此快速变成了现在。真是人生如梦，世事难料啊！好在双穴的夫妻墓地，是自己当初多方物色选定的，这对高山水来说多少是一种安慰，也算是心遂所愿吧。

虽然高远飞知道他母亲数年前安放在天寿陵园，也知道他父亲当初选择和购买的是双穴的夫妻墓地，可实际上高远飞至今也未曾去过。数年前他母亲突遭车祸，一命呜呼，一切来得太突然了，远在美国的他同现在一样也是远水救不了近火，爱莫能助。他原本打算赶回来奔丧，但让他的父亲高山水制止了。高山水说，你远隔重洋，山高水远的，来了也赶不上为你妈送行，加上你工作又那么忙碌，我看就算了吧。等以后你有时间回国，我再带你一起去给你妈扫墓。高远飞绝没有料到，自己以后即便有时间回国为他妈扫墓，他父亲也不能陪他了。如今，他拜托我替他安排他父亲火化和骨灰安放事宜，是他眼下必须办的首要大事，我自然是责无旁贷，满口答应。

高远飞托付我办的第二件事，是让我代管好他父亲的手机、医保卡、钥匙、房门和物品，他会嘱咐医务人员将父亲遗留的钥匙转交给我。同时希望我能安排时间全面清理一下他父亲的遗物，最重要的是希望能替他找到他父亲遗留下的存折和现金，看看他父亲到底有多少存款，还有他父母在世时遗留的其他贵重物品。至于其他的物品，高远飞倒是很大方，他说让我随便处理，能卖的卖，不能卖的就扔，卖出收回的钱全都归我了，权当劳务和辛苦钱，他可以一点都不要。

刚接电话时，出于对高远飞的同情，我不假思索满口答应，甚至还安慰他要"节哀顺变"，不料我已听不出他有半点悲伤，或许他丧父的悲伤早已经烟消云散。他反倒安慰起我来："谢谢叔叔，我没事的。我们美国这边新冠疫情泛滥，比咱们中国严重数十倍上百倍，我家周围因得新冠去世的老人多的是，死人的事我都见怪不怪了。只是我没想到父亲不是死于新冠，反倒是死于急性心肌炎，而且一切是来得如此突然，这就是人们所说的命吧，我有啥办法呢？只好怨我爸运气不好，认命了！"听他这么说，我的心也宽松了些，但一想到他委托的事如此重大，并且突然压到我的心头上，让我有些喘不过气，不免有些后悔，也有些埋怨自己之前的草率。可一言既出，驷马难追，我若冉反悔未免也不太厚道。以至于我转而在内心埋怨起高远飞来，心想你高远飞此刻要是在国内该多好啊，或者当初你高远飞要是不出国留学或留学后回到北京的父母身边工作，那我不就解脱了，何至于非亲非故的却扯上我，让我摊上这么档子事？

话说到这里，我不得不停下来，先说说高远飞。

高远飞与我儿子李守家同龄，都生于一九七六年，属龙。作为同一个单位的同事，我和高山水都在龙年得子，当时这在我们单位都成了新闻和喜事，见了面同事们都纷纷向我和高山水祝贺，同时还同我俩开起了玩笑，说我们都得请客。同事说得多了，我俩都有些不好意思。可要是真的请客，单位里有百十号人呢，我们哪里请得起？假若只请领导和关系近一些的同事吃饭，那些未被请的同事知道了，那该多不好！这么一想，我与高山水合计了合计，决定合伙购买些喜糖，就像当初结婚时一样，给所有的同事每人都发一点，这样既皆大欢喜，也算有所交代了。

都说龙生龙，凤生凤，老鼠的儿子会打洞。要说儿子出生的时候，我与高山水相比，智商、学历、资历和在单位的工作岗位都不分伯仲。"文革"时我俩都曾插过队，他去陕北我去山西，恢复高考都没能考上大学，回城时安排在北京的同一个单位就业，从事的都是采购员的工作。要说我俩的老婆，条件也是彼此彼此，他老婆是公交车的乘务员，我老婆在我们附近的一家医院当收款员。两家人这样的婚配，按说后代的智商大概应该是在同一起跑线上，未来的发展按理也应该不相上下吧。还是孩童的时候，我们两家的儿子确实都活泼可爱，爱笑也爱动，他们像两只活泼的小兔子，天一亮总是形影不离，天天黏在一块儿结伴跑到楼下玩耍。父母自然也乐见其成，因为有了小伙伴的孩子都让当家长的轻松不少。两个天真无邪的孩子，怎么都看不出有何差异。可自打上了小学，两个孩子不知怎么的就分出了枝杈，一个是往上长，另一个像是横着生。他俩虽然在同一个班，可高远飞似乎天生就是读书的料，每门功课成绩总是名列前茅，而我儿子李守家的成绩却总是不好不坏，中不溜秋。古人说近朱者赤，近墨者黑。我儿子虽然成天与高远飞黏在一起，可学习上就是沾不到他的光。反过来，高远飞也从未被我儿子拖后腿。这事很邪行，让我和妻子百思不得其解，也让我们做家长的时常感到脸上无光。我曾向高山水开玩笑说：伙计，你可得同你儿子说说，好朋友之间不能自顾自，学习上可得帮一帮我儿子啊！高山水倒是大方地拍着胸脯打起了哈哈，说没问题，我跟我儿子说说，让他帮帮你儿子。伙计，你也可以提醒你儿子，学习上有啥不懂的，尽管找我儿子问。我儿子如果敢有半个不字，我保证当着你和你儿子的面狠狠揍他，哈哈，哈哈……

　　话虽这么说，两个关系虽然不错的孩子，学习上却依然像已经分了杈的枝丫，固执地各自向着自己既定的方向生长，反正我儿子李守家的成绩无论如何就是上不去，而高远飞的成绩却依然扶摇直上，既优秀又稳定。并非高远飞不愿意也没有帮助过我儿子，说到底还是我儿子冥顽不灵，学习上似乎天生缺了一根筋。时间长了，我和妻子也不免感到脸上无光，尤其是开家长会的时候，高山水的儿子时常被学校老师表扬，而我儿子却从来与表扬无关，甚至有时候还遭到老师的批评。这让我和妻子时常感觉到羞愧、懊恼，继而心生怨恨，心情不爽时会话中有话，拿儿子与人家高远飞比较，抱怨儿子学习上怎么就这么不争气。儿子听多了，自然也烦，平时既不愿意同我们多说一句话，甚至也不愿意同高远飞在一起了，上学时总是有意无意地躲着他。慢慢地，两个同年生、同属龙的发小，关系因此也渐渐疏远了。可这半点也碍不着高远飞进步的步伐，中考的时候，高远飞以全校第一的成绩考上了人大附中，我儿子却只勉强考上了中关村中学。到了高考，高远飞更是一鸣惊人，一举考上了清华大学自动化系，而我儿子李守家却勉勉强强只考了个三本，上了北京城市学院机械系。不仅如此，大学毕业，高远飞以优异成绩被美国麻省理工学院以全额奖学金的待遇录取，直至他在该校先后读完硕士、博士毕业，学费几乎都是全免。而我的儿子李守家，本科毕业后倒是在中关村的一家民营通信公司谋得一职，虽然待遇还算不错，叫也就是端了一个饭碗吧。而人家高远飞博士毕业后留在美国硅谷，据悉年薪近七八十万美金，真真正正属于高端科技人才了。不仅如此，高远飞还娶了个美国女人，据悉是他在美国的博士生导师的女儿，她同样是一位博士，目前与高远飞一起在硅谷的另一家高科技公司工作。他们两人结婚已经有十年时间，目前育有一儿一女，可以说事业有成、家庭美满。有这么出色的儿子，原本高山水和他的妻子是有足够的条件享晚福的，谁承想夫妻俩都没有这份福气，早早命丧黄泉、告别人世。确实，就像高远飞所言，说到底还是命吧。

……

现在，我糊里糊涂答应了高远飞委托的第二件事，细想虽不免有些后悔，可想想这时候人家作为美国的高端人才，还屈尊求助于我，我只好打肿脸充胖子，硬着头皮往前冲了。为了不致节外生枝，也让高远飞以后方便了解我整理他家东西的真实过程，我左思右想，出于慎重，决定替高远飞整理他父亲遗物时，进行全程录像。幸好我儿子李守家眼下在通信公司工作，我让他帮我在他们家事先安装个自动摄像头，应该不是什么难事。只是我同儿子说这事时，开始他有些爱理不理地朝我翻白眼，还嫌我真是多管闲事，是不是吃饱了撑的？我一听就火了，冲他咆哮："臭小子你别小肚鸡肠好不好，人家遭了灾呢，能帮的忙咱为啥不帮，要是一点同情心都没有咱还是人吗？再怎么说你同高远飞过去还都是一块长大的发小，这点旧情难道非得一刀两断吗？再说了，人家不到万不得已也不会找咱们呀！"见我动怒，儿子也不吱声了，之后还是按我的要求到对门高远飞的家安装了一套三百六十度无死角监控设备，这套设备是他从公司临时借来的。实际上，高远飞当初也并没有得罪或怠慢过我儿子，他学习好主观上也不碍我儿子什么事，是我们做父母的拿高远飞与儿子做比较，挫伤了儿子的自尊心。如此想来，责任显然是在我们这边，现在人家有求于我们，伸手帮一下还是应该的。这么一想，我也不再纠结了。

火化并安放完高山水骨灰的第二天，我开始进入对门高山水的家，按他儿子高远飞的旨意，寻找他父母遗留的存折和贵重物品，并开始一点一点地清点高山水的遗物以及他家里的其他物品。

那天是中国的周末，也是美国的周末。进入他们家之前，我让儿子帮助联通了高远飞在美国的远程监控，然后像电视台的现场直播那样，一边清点一边与万里之外的高远飞做着实时沟通。高远飞的首要目标是他父亲的存折和贵重物品，所以我们的共同目标自然是他父亲的主卧室。进入卧室，首先映入眼帘的是双人床床头正上方悬挂在墙上的高山水与妻子王秀兰的合影，照片中夫妻俩正笑吟吟地依偎在一起，面容都略带羞涩，一眼便看出他们正享受着夫妻间的恩爱与甜蜜。可惜此刻斯人已逝，甜蜜不再，他们人生中原有的一切都已经烟消云散。只是不知道他俩到了天堂是否还恩爱有加、甜蜜如故。

转过脸，我注意到他们夫妇合影的对面，即双人床床尾这端，紧挨着墙根的五斗柜上，摆放着高远飞母亲也即高山水的妻子王秀兰的一幅遗像，那容颜看一眼便可知是王秀兰年轻时拍摄的。这幅照片被放大后镶嵌在一个精致的相框里，相框后面有支架支着，相框上沿精心地镶缀着黑色的绸花，绸花两边的绸缎向两侧延伸。因此，这张相片在这间卧室里显得很是醒目，特别是那清纯迷人的笑容，可见王秀兰在生时对自己生命的热爱和对人生的眷恋，以及高山水在妻子不幸离世之后的精心制作和深沉怀念。王秀兰的这幅照片能在卧室里这么重要的位置摆放，也不难看出高山水生前对妻子的挚爱之情。我久久地凝视着这张照片，此刻的王秀兰正脉脉含笑，像兰花般默默绽放，深情款款地注视着我，让我内心一激灵，不由得联想起她在世时的音容笑貌。作为邻居，王秀兰是个爱说爱笑的女人，整天都乐呵呵的，见了面都会朗声一笑主动打招呼，嘘寒问暖，说这说那，很亲切很热乎的样子，像极了早晨树梢上快乐的喜鹊。因为她是公交车乘务员，每天都早出晚归，见多识广，肚子里装着说不完的新闻，所以每次同我和家人在楼道上相遇，都会眉开眼笑叽叽喳喳说个不停，那不断跳跃的眉眼和洋溢的笑容，让人感到她仿佛从来都未曾有愁心的事。

不过言多必失，凡事都得分两头说，王秀兰爱笑的另一方面是她也爱显摆，没心没肺地显摆。比方她儿子高远飞每次在学校考了好成绩，哪怕只是某方面在班里受到了老师表扬，她都会逢人便说，见到我和妻子也都会说个没完，丝毫不顾及我们在同一个学校里还有一个不争气的儿子。这情形要是一两次也就罢了，可王秀兰却三番五次地显摆，反正只要她儿子在学校获得了成绩就不管不顾地对我们说。时间长了，不免让我们反感，尤其是我妻子更加反感。原本自己的儿子在学校里学习不争气就够闹心的了，王秀兰却似乎是要故意刺激我们。尽管我自己至今不认为王秀兰是主观故意，她只是天生没心没肺，与别人说话打交道时脑子里缺一根筋而已，属于人们通常所说的缺心眼儿。只是我妻子并不这么认为，我妻子甚至认为王秀兰是成心的，以致有一次王秀兰又在我妻子面前显摆时，妻子的忍耐度实在已经到了极限，遂拉下脸不客气地撑了王秀兰一句："得得得，你儿子牛，关我们屁事，别老拿出来显摆！"话音未落便不管不顾，径自转身离去，让王秀兰闹了个大红脸。当然，这事之后，王秀兰便也知趣，偃旗息鼓，儿子再有成绩也不再在我们面前显摆了。只是这件事，也在原本关系要好的两个女人之间留下芥蒂，不仅不再像从前那样有事没事地互相串门，即使在自家门口或楼道撞见，彼此间也都只是礼节性地点个头或哼哼哈哈，有点皮笑肉不笑的样子，让人看着都替她们感到尴尬。女人嘛，天生就小心眼儿，眼下碰上这等事还不闹出点情绪和动静吗？

虽然两家的女人从此感情疏远，两家的男人之间却是若无其事的样子。虽然相互间也不再轻易串门，但见面说笑打招呼还是依旧，让外人丝毫看不出两家的关系已经出现裂痕……

我在高山水的卧室里被主人的两幅照片吸引并心生感触的时候，视频里的高远飞却似乎无动于衷，仿佛没注意到房间里的这两幅照片似的。他只是一个劲儿地催促我、指引我走向卧室里的大衣柜，让我打开柜门，又让我一个个打开衣柜里正中间的一小串抽屉。其中有一个抽屉是上了锁的，我试了试，无法打开，周边又找不到相关钥匙，医务人员转交给我的高山水遗留的那串钥匙，也没一把能够匹配。高远飞又指挥着我，让我打开双人床两边的床头柜，而后又打开卧室里五斗柜的所有抽屉，均未能找到钥匙。我对视频中的高远飞说，要不我到厅里和另一间房间找找，不料高远飞连连摆手，说算了算了，那么大的房子，那么多的家具和抽屉，谁知道我爸到底会将钥匙藏在哪里。他似乎有些急不可耐，建议我别耽误工夫了，索性到厨房找把刀或改锥将柜门里那个上锁的抽屉撬开，看看里面到底藏着什么宝贝。我还在犹豫，视频里的高远飞却再次催促我，我问这抽屉毁了不可惜吗？他说有啥可惜的，我连衣柜都不要了呀。我只好客随主便，走到他家厨房找来一把改锥和一把菜刀，三下五除二，咔嚓咔嚓地将那个紧锁的抽屉强行撬开了。打开抽屉，我在高远飞目光的注视下，从上到下，一件一件地检查着抽屉里的物品，有户口本、结婚证、身份证，有旧时的北京市布票和全国粮票，还有一条金项链和一个玉坠，每一项我都实时报给视频中的高远飞，并且特意举到他跟前晃了晃。此刻他的眼睛睁得好大，像极了两只明亮的探照灯。这时候他追问我："存折呢，有没有看到存折？"我特意将镜头对准了打开的抽屉，晃了又晃，照了又照，另一只手还不断扒拉，可就是没发现抽屉里有任何存折。高远飞蹙着眉说："奇怪，我爸会将存折藏到哪里去呢？——噢，我想起来了，我爸我妈都喜欢将贵重物品藏到高处，请您到厅里搬来椅子，看看衣柜的顶端有没有藏着东西。听他这么一说，我只好像孩子一样听话地到厅里搬来一把椅子，站了上去，探了探头，一边不停地用手摸着衣柜上方，终于摸到了一个包着塑料袋、书本大小的方形物件。我顺手将那物件抓下来，发现塑料袋里装着一个塑封笔记本。我下了椅子，将笔记本放到五斗柜上面，揭开透明塑料袋，取出笔记本，刚一打开便发现笔记本中夹着一个装有牛皮纸小信封的塑料袋。我像探秘一样继续揭开塑料袋和牛皮纸小信封，发现里面藏着的是一个工商银行的存折和储蓄卡，此外还有数额不等的一沓存款单，所有这些都写有高山水的名字。

谜底揭开，视频里的高远飞兴奋地惊叫起来："总算找到了，太好啦太好啦！叔叔您再帮助我仔细检查下，看看存折和存单总共有多少存款。"我禁不住瞥他一眼，发现他此刻两眼放光，亮度忽然间提高了好几倍，仿佛是骤然间充足了电、加大了功率。看他这样子，我只好又顺从地把它们一件一件、一张一张地移到镜头前，用特写镜头端给他看。四张银行存单，其中的存额是一张贰万，两张叁万，三张肆万，还有八张每张壹万。再打开存折，存折的前几页密密麻麻有银行打印的收入和支出的流水记录，收入相对稳定，基本上是每月两次，一次是4643.72元，后面标注"基养"二字；另一次是732.13元，后面标注的是"年金"。很显然，这张工商银行存折是高山水退休之后每月的社保工资收入。支出的记录就比较零碎，多时上万元（大概是主人零存整取转定期了），少时几百（显然是日常生活时不时的开销）。存折的最后一行记录，是取款10000.00元，余额3256.14元。

那张储蓄卡，无法查看账户数额，但凭经验我猜想是与这张工资存折相关联的。我在视频里向高远飞一一展示存单、存折并朗声报出每一张的存款数额时，高远飞在那边也一笔接一笔飞快地做着记录。待我全部报完，他几乎同步就报出总数283256.14元，这让我暗暗吃惊，感觉高远飞这速度，一点都不亚于计算器。我下意识地在视频中瞥了他一眼，发现他明明是人而非计算器嘛，可他怎么就计算得如此神速！高远飞如此的计算速度，都快赶上早年曾经名噪一时的速算大师史丰收了，也难怪他的智商如此之高，学习成绩一直是那么好。相比之下，我和儿子只能甘拜下风、自愧不如了。可这还不算，我还在想入非非而发呆时，高远飞这时候又在视频中说："叔叔，存折和存单的情况我这回清楚了。只是不知道我爸是否在其他地方还藏有其他存折和存单。其实还有一个更简单的办法，回头我给您传个委托书，麻烦您抽时间带上我爸和您自己的身份证，还有医院开具的我爸的死亡证明，到银行查一查我爸的账户就将一目了然。您看这样行吗？"他这主意一出口，又让我震惊不已，再次感叹这小子脑子真是灵光，思路清晰，思维超前，不愧是学霸和人精。事已至此，我也不好推辞，只好唯唯诺诺应承下来。

查完卧室的存款和贵重物品，高远飞说："叔叔，那咱们就说好了，我回头给您传来委托书，然后麻烦您带上我刚才说的相关证件和证明，到工商银行帮助查下我爸的账户和存款，如果银行还需要咱们提供其他的证明和材料，您随时联系我。我们家里的其他东西和物品，就有劳您慢慢整理吧，有啥东西你们家需要，尽管拿走。不需要的，能卖的卖，不能卖的就扔，反正我们是用不着了……"听他这么说，我当即打断他："远飞，我不明白你的意思，这事你之前说过之后我就想问你了，你为何匆匆忙忙要我帮你整理家里的东西？"

高远飞不假思索地回答："很简单，因为我爸我妈都不在了，这房子我家再也没有人住了，我打算尽快处理掉。噢对啦叔叔，以前我听说我家这房子没有房产证，不能通过中介正式上市交易。可我实在不想留着这房子，因为我家在北京已经没有任何人了，甚至连亲戚都没有，这房子再留着对我来说也没有任何意义，所以我想通过私人渠道将房子卖掉或出租。不过我想最好还是先选择卖掉，哪怕稍微便宜一些，这样也可以快刀斩乱麻。这房子要是出租，则比较拖泥带水，我本人又不在国内，以后会比较麻烦。所以我还想拜托您打听一下，看看咱们这栋楼的其他住户——对啦，他们也应该都是您和我爸过去的同事吧？——我想拜托您帮助打听一下，问问他们当中是否有愿意购买我家这套房子的？"好家伙，这小子又给我布置任务了，敢情是真赖上我啦！自打他请我当他国内的代理人，一件接一件为我布置任务，我内心的压力就层层加码。现在他不由分说又"拜托"起我，我本能地一激灵，仿佛是冷不丁被他抽了一鞭子。不过一听到他打算卖房，我内心倒是打起了小九九，进而浮想联翩，心想要是买下他家这套房子，倒不失是一种不错的选择。毕竟两套房子同在一层楼的对门，我和老伴儿住一套，儿子儿媳和孙子住另一套，平时一日三餐吃饭在一起，其余时间分开住，既三代同堂又互不干扰，岂不两全其美！即便未来我家再添一个孙子或孙女，两套房子共四间卧室，那也毫无问题足够住。这么一想，我内心有些小激动，却依然不动声色。

我试探着问："远飞，卖房子这事可是大事，你可得慎重，得好好掂量掂量。这是你父亲一生辛辛苦苦奋斗了一辈子才留下的房子，是他一生的根和安身之所。虽然你爸你妈现在不在了，但你们全家以后若回国探亲观光，还可以住呀。即使你们住宾馆，你爸你妈的这套房子若留着，也可让你们有根可寻呀，不然你们跟其他外国游人和过客有何区别？"

高远飞依然是不假思索："叔叔，我爸我妈都不在了，我以后回去的可能性就很小了。您想啊，我都拿到美国绿卡了，我老婆又是美国人，两个孩子也都是美国籍，我已经在这里扎根了。即使我以后偶尔有回国观光的机会，那住酒店岂不是更省事更方便？再说我要是一直将房子留着，岂不是浪费财产？如果房子留着出租，又实在太啰唆太麻烦。所以没啥说的，我首先只能选择将房子卖掉，哪怕是稍微便宜些。"

这番话明白无误地表明，他确实是下了决心要将房子卖掉。我继续试探："远飞，我明白你的意思了。如果你真要卖这套房子，你准备要多少价钱？"

高远飞说："这个嘛，我也不能信口开河，我还得查下咱们周边这栋楼的房价行情。但我也明白，因为没有房产证，房价肯定得打折扣。这样吧，待我安排时间查下行情之后再与您协商。另外，据您了解，您觉得我家这套房子价钱定多少合适？"

我说："这个我也不清楚，你还是自己查一查行情吧。"

高远飞说："好的。"

我说："那你看房间里的东西是不是就先别整理了，等你打听了行情、确定了房价将房子卖出之后再说。"

高远飞说："别别别，叔叔这是两码事，打听行情和卖房子，并不影响房间里东西的整理，有时间麻烦您还是抓紧整理吧，拜托啦！届时我会好好感谢您的。"

他的话说到这份儿上，我也只好赶鸭子上架，继续我这个"国内代理人"的职责了。不过，虽然口头答应了他，我还是有意放慢了整理东西的节奏，毕竟一些因素尚不确定。反正我又不是他家的雇工或保姆，必须争分夺秒在规定时间内干完。再说查存折和贵重物品这个最重要的环节已经当着高远飞的面完成了，屋里的其他物品确实可以慢慢收拾整理，何况我还得安排时间准备相关证明和材料，协助高远飞去查他父亲高山水在银行的存款呢。这些都需要时间，也是很啰唆很费神的事。

我以为高远飞因为工作繁忙，再说为了探行情查资料还得耽误几天时间，不会很快再联系我呢。不料刚刚过了一天，他就打通了我的微信视频："叔叔好！我昨晚上网查了北京知春路一带的房价行情，同时还电话询问了咱们附近的链家、我爱我家等几个房产中介，我也试探着询问了咱们这栋楼的大概房价，当然是没有告诉对方咱们这栋楼没有房产证的实情，人家告诉我因为是学区房，咱们这栋楼的房价至少也得每平十万元以上。我估摸着，没有房产证但通过私下交易，怎么说也得打个七折或八折的，就算按照七折算吧，我家这套房子建筑面积七十六平方米，总价七百六十万，打了七折应该是五百三十二万元。叔叔您要是能帮助我将这套房子卖了，我回收五百二十万就可以，另十二万元可以作为您帮助我卖出房子的佣金。您看可以吗？"他说这番话的时候，语速飞快，思路清晰，我听得心潮澎湃，内心窃喜。因为昨天回到家，我已经将高远飞要卖房子的消息告诉了家人。老伴儿听了大喜，拍手称快，说那太好了，要真能将咱们对门的房子买下来，咱们一家三代五口人，分而不离，还能在一起热热闹闹享受天伦之乐，那真是求之不得呀！儿子和儿媳也觉得在理，交口称赞，毕竟之前我们一家都已经物色了太长时间的房子，相比之下要能将对面的这套房子买下来，那是最理想不过了。只是儿子有些担心对方要价太高。我当即安慰他们："放心，价格肯定不会太高。因为一是这房子没有房产证，二是高远飞急于卖掉这套房子，何况他让我当他的国内代理人，需要我帮忙找买家呢！"不料仅仅隔了一天，房价的事就让我言中了。其实，因为之前到处物色房子，我们这一带房子的行情我早就摸了个透，昨天之所以没有如实直接告诉高远飞，是我感觉不太合适，毕竟是他要委托我找买家，最好还是他自己去设法了解行情，以免引起不必要的误会和猜疑。

此刻面对高远飞交出的房子底价，尽管我内心早已像蹿入了兔子，激动得怦怦直跳，但表面依然是不动声色。我夸奖他说："远飞你办事真是雷厉风行呀，而且效率还这么高，这么快就将房价的行情摸得门儿清，真不愧是高端人才！确实，就像你了解到的那样，我昨天也到中介询问了咱们这一带房价的行情，跟你刚才说的差不多。你要真是下决心卖掉这套房子，那我就按照你刚才说的这个价格，尽最大努力帮助你打听打听吧。"这时候，我当然还不便向他透露我家要买房的信息。

高远飞说："叔叔，那就拜托您啦！说定了，事成之后，我给您十二万元佣金。"说完，他还将事先准备好的委托书 PDF 格式文件从微信传给了我，委托书上签了他的名字。他希望我早点安排时间替他到工商银行查清楚他父亲的账户存款。

由于他准备抛售房子的事已经搅动我内心的波澜，让我和家人都已吊足了胃口，我这个他指定的"国内代理人"无形中便增添了动力。为了让他知道我在努力为他办事，第二天我带上高远飞的委托书、身份证、护照以及他父亲高山水所有的相关证件和证明，专门跑到附近的工商银行营业点询问相关事项，然后按要求又去了医院和派出所，将需要补充的相关证明和资料办妥，之后再次到了工商银行营业点查询账户，结果是高山水并无其他存单和存款，他在工商银行的全部存款，就只有我与高远飞视频实况时在他家主卧室查到的那些，总共是283256.14元。我请银行的工作人员为我打出高山水账户的全部存款清单明细，加盖了银行公章，然后拍照发回给高远飞。高远飞几乎是在第一时间回复："收到，谢谢叔叔！那劳请您同银行的工作人员说一下，帮助我将我父亲的存款转到我的账户里，同时请将我父亲原有的账户注销，您看可以吗？"信息发来的同时，他发来了一个中国银行的账号，户名是高远飞。我将高远飞的意思转达给银行工作人员，询问对方可不可以办理，由于高远飞的委托书里明确写了帮助查账和转账，并且上面也明白无误地提供了与他短信发来的相同的中国银行的账号，再则所需的其他证件和证明也都一应俱全，银行的工作人员便一一办理了。

　　转完账，高远飞秒回信息："收到汇款283256.14元，谢谢叔叔！接下来就辛苦您尽快帮助物色房子的买主了，您那边有了进展请及时告诉我哦，拜托啦！"我当即回复："放心，我会抓紧！"这条信息虽然发过去了，可我内心却另有盘算，心想我怎么可能抓紧呢？这房子我和家人早看中了，接下来得看价格。虽然高远飞已经开了底价，可我总不能现在就满口答应、草率接盘吧？买卖从来都是斗智斗勇、讨价还价的事，某种程度也是买卖双方之间心理的较量。虽然他出的这个底价已经符合我和家人的预期和心理价位，但我觉得如果再等一等，磨一磨，应该还可以再低一些吧。我也不可能再替高远飞去寻找其他的买主了，自己都看中的房子却还要去找几个来参与竞争和竞价，那我不是有病吗？有病或脑子进水的人才会这么干！我是正常人，虽然我和家人已经心心念念看中他家这套房子，可我也得拖一拖、耗一耗时间，越是拖和耗，人家才越以为我在撒开了到处寻找买主，是实实在在为他做事。所以后来的几天，我其实是按兵不动，像往常一样猫在家里喝茶看电视，或下楼溜达、与邻居街坊的其他老头老太太谈天说地或打牌下棋，日子过得优哉游哉。虽然这几天，高远飞每天都发来微信信息，询问寻找买主的进展，可我也是在回复的短信中胡诌："都在找，都在问呢，可还都没有结果。"或者："你别急，这事哪能急？等着吧，有消息我会第一时间告诉你。"

大约是过了一周，我觉得火候差不多了，便主动发微信："远飞，这几天至少问了不下二三十个邻居和街坊，都没有要购买房子的打算，主要是嫌房子没有房产证，有的则是嫌因为没有房产证，这样的房子还是有些贵。看来一时半会我还不容易找到买主。"听我这么说，高远飞有些急，他没回复文字，而是打通了我的微信语音电话，先是再三感谢我，说我这几天辛苦了。继而话锋一转，说："叔叔，李守家目前情况怎么样，也早结婚生子了吧？你们家目前总共有几口人，全家仍住在我家对面吗？有没有买房的需要？如果需要扩大房子，你们干脆就买下我家这房子如何，两套房子紧挨在一起，您和阿姨住一套，守家夫妇和孩子住另一套，既互不干扰又可以相互照应，共享天伦之乐，那是很理想的标配。如果你们家有意买下我家房子，我可以一口价，五百万元出手，比我原来说的价格便宜了三十二万元，您看怎么样？"没想到他竟然是竹筒倒豆子，将自己的想法和盘托出，甚至替我们一家想到了买下他房子的种种好处。更让我怦然心动的是，已经直接将房价优惠了三十二万元，真是够诚心的了。如果不是他急于要将房子出手，怎么可能将房子一下子优惠这么多？！此刻我内心的激动，就像钓鱼人见到钓鱼竿线下的浮漂开始下沉、鱼已经上钩一样，内心怦怦狂跳。可我依然是不动声色："远飞，谢谢你的好意！这无论对你还是对我，倒不失是一个好主意。可买房子毕竟不像买颗大白菜，事关重大，这事容我与家人好好商量商量，你看如何？"高远飞说："好的好的，那你们商量好了及时告诉我。如果你家也实在不想买，我看恐怕还得委托房产中介，虽然因为没有房产证不能公开上市，但委托中介私下交易，哪怕佣金多一些，总还是可以吧。"他这么说，既坦诚又实际，我预感这事时机已经成熟，不能再拖了。毕竟房子已经优惠了这么多，假若还想要更低价，就有些人心不足蛇吞象的味道了，弄不好不仅会鸡飞蛋打，恐怕也有乘人之危之嫌了。此刻，我的眼前莫名其妙竟然浮现出高山水和他妻子王秀兰的音容笑貌，他俩正笑吟吟地注视着我，仿佛是在审视并试图洞察我的心思和良心，瞬间我打了一个寒战，似乎感觉到忽然间有一阵阴冷的凉气从我的后背掠过。我赶忙说："远飞你放心，我也觉得要是买下你家这套房子，一家三代人生活起来会很方便。这事我马上就同家人商量，争取给你一个满意的结果。"

……

就这样，几经多方筹措，连借带贷，加上自家原先多年的积蓄，我们全家用了洪荒之力，终于凑齐了五百万元，买下了我家对面高远飞的父亲高山水遗留的这套房子……

如果说在未真正买下这套房子之前，面对房子原来的主人留下的家具和众多的物品，我还有些久拖不决，未及时放开手脚动手整理和清理，现在我可以付诸行动了，毕竟这套房子如今已经属于我家了，毕竟我家也盼望着能尽早入住这套房子。何况入住之前，我们还需要好好装修一番，时间少说也得数月乃至半年吧？

我决定动手清理这套房子了，之前我们全家早就协商一致：高山水一家所有遗留和用过的物品，无论是新还是旧，我们一件不要，毕竟都是已逝之人的遗物，只有逝者的后人或亲人继承或保存，才顺理成章，而作为外人的我们若留着用，无论如何还是有些顾忌的，至少是觉得不那么吉利吧。

至于如何处理他家留下的众多物品，我们采取的方式是快刀斩乱麻：该扔的扔，该卖的卖。枕头、衣物、碗筷、厨具、刀具、水杯、茶壶还有其他七七八八的杂物，都被我们风卷残云，一股脑儿扔到楼下的垃圾堆里。桌椅、衣柜、电视、沙发、洗衣机、双人床、单人床、床头柜等等，所有这些大件，我们则从街边招来收购旧家具的商贩，一律以跳水价卖掉，只象征性地回收了一点点小钱，其实是相当于白送吧。

眼看着房子快速空了下来，我以为余下的七零八碎收拾和清理起来应该更容易了，不料那天面对一些特殊的物品，我却瞻前顾后、犹豫不决，甚至可说是遇到了难题。

首先是五本相册。第一本是高山水年轻时的照片，有小学和中学的毕业照，有上山下乡在陕北插队时的照片，其中有一张是高山水在地里劳动时站在黄土高坡上头顶蓝天、脚踏黄土、肩扛锄头意气风发的样子，还有一些是他与同学和年轻朋友的合影，后面都清楚地标注着合影人从左到右的名字。第二本是高山水的妻子王秀兰的照片，有学生时代上台演出，或在体育馆挥拍打乒乓球的英姿，还有与其他年轻女伴出游嬉戏的个人照片和合影。第三本清一色是高山水与王秀兰谈恋爱时的各种场景和记录，他们曾成双成对、手牵着手同游天坛、故宫、颐和园，去香山一起观赏红叶，在北海划船时双双唱着"让我们荡起双桨"……从中不难看出当初他俩恋爱时是多么的恩爱、幸福与甜蜜！第四本相册是高远飞小时候从牙牙学语到蹒跚学步，从上幼儿园、小学、中学到后来上大学直到出国留学的历程。第五本照片是他们全家的生活照，其中有他们一家三口与高远飞的爷爷奶奶或外公外婆在一起的照片，还有高远飞的姑姨婶舅、叔叔伯伯、堂兄堂妹、表兄表妹等亲戚在一起聚会的合影，从中可以看出他们一家曾经是一个人丁兴旺、亲戚众多且兄弟姐妹之间和睦相处的大家族。这五本相册，折射出的是高山水、王秀兰一家数代人的成长史和一个家族的发展史，如此珍贵的相册，高远飞不是忘记了就是考虑欠周，他怎么可以让我全权随便处理呢？

除了上述那五本相册，我还发现了高山水五本陈旧的牛皮日记本。我索性坐到沙发上，慢慢翻阅，细细品味，发现这五本日记本里面记载的是高山水从十六岁到七十岁不同时期的经历、琐事和感悟，其中有学生时代成长时的烦恼，有青春期性意识萌发之后对女同学朦朦胧胧的爱恋，有下乡插队时每天繁重的劳作、初期的豪情满怀和后来对前程的怀疑与迷惘，还有那个特殊年代人际关系中的纯洁友谊和人情冷暖；有回城后安排工作、结婚和初为人父的兴奋，也有下岗之后的失意以及而后重新就业的喜悦，有为给孩子买自行车上学四处奔走借钱的窘迫，也有孩子生病时自己凌晨五点半就起床赶到北京儿童医院门口排队挂号的劳累与辛酸，还有寒夜里一个人开着出租车穿行在北京大街小巷拉客谋生时的辛劳和孤独……所有这些，都真实细腻地记录着高山水本人一生的成长和奋斗史。如此珍贵的这五本日记，我以为作为儿子的高远飞以前肯定看都没有看过，甚至恐怕都不知道，否则他不会如此草率地全权交由我处置。

我还从他家的一个角落里发现了一个不大不小的纸箱，纸箱里装的全是高山水和王秀兰夫妇不同时期的奖状、奖章和获奖证书，也有他们的儿子高远飞不同学年的学业成绩单、奖状和"三好学生"荣誉证书。所有这些都勾起了我对他们一家三口的美好回忆。想当初，高山水与我同事的时候，主要负责货物进出时的运输，工作极其努力勤勉，几乎每天早出晚归，加班加点。他吃苦耐劳，业绩也很突出，曾多次被评为先进工作者。后来单位改制，他下岗之后应聘到一家出租车公司开出租，工作没日没夜，可他却异常珍惜，每天都是多拉快跑，热情服务顾客，还因多次拾金不昧和助人为乐，受到出租车公司、派出所的表扬和奖励。至于王秀兰的情况，以前我不大清楚，但眼前的这些奖状，有几张竟然是她在不同年度被市公交公司评为优秀乘务员，另外还有一面失主送来的拾金不昧的锦旗，这让我不由得刮目相看。而他们的儿子高远飞更不用说，自从上学之后，从小学、初中、高中到进入清华，一直都是学霸，眼下的这个纸箱里数他的奖状和获奖证书最多。看来，他们一家人都有优秀的基因，称得上是一个优秀的三口之家，他们每个人一生中所获得的荣誉，都足以耀祖荣宗。这么珍贵的人生记录，远在大洋彼岸的高远飞，竟然想都不想，就委托我全权处理，真是太马大哈了！

这个特殊纸箱中的特殊物品，让我目不转睛，浮想联翩，足足耗费了我大半天时间。我将纸箱中发现的这些珍贵物品一一整理、归类、拍照，然后或多或少带着邀功的心理，兴冲冲将照片从微信发给高远飞，并以连提醒带责怪的口吻给他发了短信："远飞，你让我全权处理你爸遗留的物品，说什么该扔的扔，该卖的卖。可我今天在你家发现的这些照片、笔记本、奖状和获奖证书，莫非也可以随便扔、随便卖？"此处我加了个坏笑的表情包，接着话锋一转，"你也太粗心了吧！幸亏我及时发现，否则你恐怕会后悔莫及！"这里加的是挤眼嘲笑的表情包。微信的照片和文字发出之后，我满怀期待，以为高远飞理该对他的疏忽表示歉意并对我表示感谢。

不料高远飞却回复："叔叔，这些东西我也不要了，你尽管处理吧！"文字简简单单，也冷冷冰冰，这不由得让我大吃一惊，心想他不会是在跟我开玩笑吧？可我反复看了几遍他的回复，丝毫也看不出对方有半点开玩笑的意思。我心有不甘，遂又发短信提醒他："远飞，你仔细看我发的照片了吗？那可都是你爸你妈甚至你的爷爷奶奶外公外婆一生的照片和合影呀，还有你爸你妈的奖状和证书，以及你爸那五本厚厚的日记本，那是他一生多么真实详细甚至珍贵的文字记录啊！虽然你爸你妈都不在人世了，但将这些东西留着，也是对你父母和家族最好和最珍贵的纪念呀！我知道你眼下正埋头干事业，工作忙顾不上这些，可将来老了，退休了，闲来无事时翻一翻、看一看你爸你妈留下的这些照片、日记和奖状，不也是很好的怀念吗？所以，提醒你还是慎重考虑一下，这些东西到底是要还是不要？如果要，我给你留着，甚至我也可以帮助你寄到美国去，邮费我可以帮你垫付。如果你确实不想要这些东西，那我可就随便处理了啊！"信息发出之后，我以为高远飞这回怎么说也该慎重考虑一下。

不料他竟然秒回："叔叔，谢谢您的提醒，但我说过了，这些东西我不要，您随便处理吧。"我像是被当头泼了一盆冷水，内心一阵阵发凉，心想这个我打小看着长大的孩子，不会读书读出了毛病、脑神经出了问题吧？我忽然联想起眼下不少人的感慨：这一代独生子女，智商都很高，情商却很低，他们除了能读书玩网络游戏，根本不懂半点人情世故，更是把自家祖辈父辈传承下来的家风和传统全都丢得一干二净了。如此看来，这个学霸出身的高远飞，会不会就是他们当中的一个代表？内心虽然这么想着，可我仍心有不甘，拧劲儿也上来了，我倒要看看这个高远飞内心到底是怎么想的。我于是又发去了短信，但这回没有文字，只有三个大大的问号："？？？"

高远飞毕竟是学霸，他当然明白我的意思，也很快发回信息："叔叔，谢谢您再三的好意提醒！但人生如梦，过去了就让它过去吧，我觉得对已逝先辈的最好怀念，是存于内心而非什么具象的物品，何况这些物品存得了一代却肯定存不了第二代第三代，早晚都会成为过去，都会烟消云散。茫茫人海，芸芸众生，每个人都会是一样的，风过无痕，雁过无声，死了就宣告人生一切的结束，除非你是名人，否则早晚都会被世人包括自己的后代忘记得一干二净。想想吧，如果往前跨越四五代，包括叔叔您在内，谁能准确叫出四五代以前自己先辈的名字？其音容笑貌恐怕更是无从知晓。所以，叔叔您说的这些照片啊日记啊奖状啊什么的，我认为真的没必要留着，即使您好心替我寄到美国来，我都不知道该存放在什么地方，没准寄来了，不几天就让我那个美国老婆通通给扔掉了。既然是这种结果，那又何苦折腾呢？您有所不知，我这个美国老婆最爱干净了，除了必要的生活用品，她最烦家里堆放些乱七八糟的东西。至于我们的孩子，原本他们就是在美国出生和长大的，更不可能去惦记都未曾见过面的爷爷和奶奶，因为他们压根儿就没有这个概念。不过话说回来，我并非没有我爸我妈的照片，我的手机和电脑里以前也存有一些，我留着手头的这些照片作纪念就可以了，多了确实也没啥意义。所以叔叔您没必要再为我这事纠结了，您尽管看着处理吧！"

高远飞的这番回复，又一次大出我的意料，同时也大大超出了我这位长辈的认知！我万万料不到高远飞是这么看待问题的，说他这番话没有道理吧，细想又觉得确实有那么一点点道理；说他完全有道理吧，感情上我又无法接受。我左思右想，总觉得有些不对劲儿，甚至怎么也闹不明白，看着纸箱里高山水留下的这些宝贝，我真想问问高山水自己是怎么看的，这些东西到底留还是不留？如果留，当初应该是与骨灰一起带入坟墓呀！可惜现在晚了，总不能为了帮助高山水保存这些宝贝，重新挖开他的坟墓然后放进去吧？再说高山水生前留着的这些照片、日记、奖状和证书，到底是要留给自己还是要留给后代的呢？可他人走了，后代却不要，这事他要是知道了，九泉之下的他能瞑目吗？想到这里，我不停地自责，心想自己真是多管闲事、自作多情，人家高远飞早就说这些东西都不想要了，让我全权处理，可我却一直优柔寡断、婆婆妈妈，害得工作本来就忙碌的高远飞还得浪费时间给我回复这么长的信息向我作解释，害得我还担心他父亲高山水若是九泉之下有知还不开心。

话虽这么说，面对纸箱里的这些宝贝，我一时还是下不了狠心将它们当垃圾通通扔掉，内心犹豫不决、左右为难，我忽然想到此事挺棘手，估摸着是否也问问自己的家人，让他们帮着出出主意。

收工回家之前，我忽然记起这纸箱里不也还有高远飞自己的奖状和各学年的学业成绩单吗，心想他可以不要父母的遗物，可自己的东西总不能不要吧？于是，我又发了一条信息："远飞，我明白你的意思了。可纸箱里还存放着你自己过去的奖状、获奖证书和各学年的学业成绩单，甚至还有考试后发回的试卷，这些试卷有好多还打了满分呢！这些东西都是你成长的真实记录，莫非你也不保留吗？"

高远飞仍然是秒复："叔叔，通通不要！我的成绩只能证明过去，不能证明现在，更无法证明将来，所以留着毫无意义。"看着这条回复，我哑然失笑，心想自己真是老朽了，思想老是跟不上年青一代。同时内心对高远飞不由得也心生赞赏，心想这小子真不是一般人，真有志气，敢情他根本不将过去的成绩当回事，不愧是学霸和顶尖人才，看来将来必有大成，没准能拿个诺贝尔奖呢！

晚上，我们一家人齐刷刷围坐在自家的饭桌边吃晚饭，我边吃边将我今天在对门整理房子时遇到的难题和纠结说给家人。不料话音刚落，老伴儿就鼓着腮帮边嚼饭菜边举着筷子数落我："瞧你这老头子真是吃饱了撑的，净没事找事。人家都不想要的东西，你怎么还磨磨蹭蹭婆婆妈妈的，哪里像个大老爷们，赶快给扔掉吧！"

我反唇相讥："这些东西又不是垃圾，哪能说扔就扔？咱们家不也有类似的照片、奖状和证书吗，莫非咱老两口将来都不在人世了，你让儿子和儿媳他们就通通都扔掉？"我借题发挥，有意将儿子儿媳一军，想看看他们怎么回答。

不料儿子立马反驳："爸，哪跟哪呀，你刚才明明说的是他们高家的事，干吗将话题往咱家扯？依我说，我妈说得对，人家说过不要的东西，你干吗咸吃萝卜淡操心，赶紧都扔了吧！再说了，我今天都去家居市场联系房子装修的事了，你可要抓紧将对面房子里的东西都清理掉，可别耽误开工！"儿子振振有词，却没有正面回答我关心的问题，这让我多少心生不悦，可我又不便逼他正面回答，毕竟将来的事谁都说不清，何况我和老伴儿眼下还活得好好的，这事说多了也不吉利。我转而看了看儿媳，发现她只顾低头吃饭，似乎压根就没有理会我刚才说的话。

倒是六岁的孙子很乖巧，他停下吃，睁着圆圆的大眼睛仰头瞧了瞧他爸他妈，又看了看他奶奶和我，张着粉嘟嘟的小嘴说："爷爷，您和奶奶的照片，你们可别扔，得……得给我留着，我……我以后还要看呢！"孙子虽然说得气喘吁吁，声音既稚嫩又断断续续，可他这话却像一股暖流从我胸中掠过，瞬间我感觉到内心暖暖的。我禁不住伸手摸了摸他的脑袋，夸赞他："哎呀传传真乖、真懂事！好呀，传传你放心，以后爷爷奶奶的照片都留给你，那你可得好好保管哦！"传传是我孙子的小名，出生时是我特意给取的，他爸是我的独生子，他目前是我唯一的孙子，我希望我家的血脉能在他的身上平平安安、顺顺利利传承下去。此时他听了我的话，又乖巧地点了点头。

望着自己的孙子，我不由自主又联想到高山水远在美国的孙子，那是一个混血儿。那样一个混血儿身上还有他爷爷的影子吗？即使有那么一点点，身居异国的小孩子也肯定会被美国文化深深浸染，他内心的土壤里还能有他爷爷和他高家祖宗的根须吗？我无法预知。但我能够预知的是，他爷爷和奶奶留下的那个纸箱，以及纸箱里的那些照片、日记、奖状和证书，对于他们家族的历史来说，无疑是珍贵的。假如我真的将它们不管不顾通通扔掉，对于外人来说当然无足轻重，可对于他们高家来说则肯定是遗憾和损失，因为缺了这些真实珍贵的照片和资料，他们高家的历史甚至血脉，可能某种程度上就将被割断了。一想到这一点，我不免为死去的高山水深感惋惜和哀伤。看在此生曾经做同事和做邻居的分儿上，我忽然心生一计，决定暂时不扔他家那些特殊的物品，想办法尽可能先将它们保留着。因为没准儿将来有朝一日高远飞老来思乡，衣锦荣归回国观光、寻祖，忽然记起来并且还想看一看他父亲母亲曾经留下的人生遗迹和生活印记，那么这些特殊的物品，对他来说就弥足珍贵。而我现在要是能想办法帮助他家保留下来，将来有朝一日高远飞要是能见到这些物品，也不至于那么遗憾和后悔。这么想着，我故意放低调门，喃喃自语："你们说的，也对。只是那些东西确实不是垃圾，扔了就扔了，对咱们一家来说没什么值得可惜。不过对于高山水来说，那可是几十年费尽心血才留下来的，扔掉很容易，可扔掉了就再也回不来了。我估摸着……要不，我暂时帮高远飞留着，等他下次回国，我再亲手交还给他，由他自己处置，这样我也心安一些，而高远飞也不至于后悔莫及。"

老伴儿一听像被火烫着了，她将手中的碗筷往餐桌上一蹾，道：

"哎呀这个死老头子,你怎么还一根筋这么不死心!我问你,你说暂时替他家保留,你怎么保留?东西放哪儿?放咱们家,死人的遗物你不嫌晦气吗?我可丑话说在前,那些晦气的东西绝不能留在咱们家!"老伴儿理直气壮,尤其是"晦气"二字让我无言以对,何况老伴当初还与王秀兰心存芥蒂,她怎么可能容许保留她和她丈夫的遗物呢?看来,我是无法在家里帮助高家保留那些特殊物品了,哪怕只是暂时保留,我也无能为力。

现在我只好求助读者诸君了,各位高人:高山水留下的这些特殊物品,我到底是该扔还是该设法替他暂时保留呢?如果您觉得应该保留,那该怎么留?请帮助我出出主意。如果您自家有条件并且愿意帮助我暂时保留这些物品,那我求之不得,恳请尽快与我联系。我的手机号和微信号是:13123456789,拜托啦!(作揖)

龙头香

一

敬香，也称烧香。烧香中国人都不陌生，可无数的芸芸众生、善男信女中，有几位能说清烧香的来历？

其实，我也说不清。尽管父亲和母亲此次派给我一项异常庄严、非完成不可的任务，帮他们回到湖南老家崀山烧香，可我对烧香仍是知其然不知其所以然。职业习惯促使我首先上网，查阅关于烧香的来龙去脉。作为社科院的一名研究员，十多年的工作养成我做什么都要先搞清楚事由、目的、方向和路径的习惯，尽管这一次并非我自愿，而是被父母胁迫。

烧香，顾名思义，指在诸佛、菩萨、祖师像前燃烧各种香。又称"拈香""捻香""焚香""炷香"，真实意义在于"以香达信"，人们通过香火表达对神灵的诚心，所谓"一炷真香通信去，上圣高真降福来"。

烧香的历史由来已久，现存文献《诗经》《尚书》已有记载，则其起源必早于诗书时代即西周。明周嘉胄《香乘》引丁谓《天香传》谓："香之为用，从上古矣。所以奉神明，可以达蠲洁。三代禋祀，首惟馨之荐，而沉水熏陆无闻也……"

烧香的确是中国民俗生活中的一件大事，具有普遍性。汉人烧香，少数民族绝大多数也烧香，从南到北，从东到西，几乎无处不烧。对祖宗要烧，对天地神佛各路仙家要烧，对动物要烧，对山川树木石头要烧；在庙里烧，在厕所也烧；过节要烧，平常也要烧；作为一种生活情调要烧，所谓对月焚香，对花焚香，对美人焚香，雅而韵，妙不可言；作为一种门第身份，所谓沉水熏陆，宴客斗香，以显豪奢；虔敬时要烧，有焚香弹琴，有焚香读书；肃杀时也要烧，辟邪祛妖，去秽除腥；有事要烧，无事也要烧，烧本身就是事，而且还会上瘾，称为"香癖"，就仿佛现代人的抽烟饮茶一样。

中国人烧香，不仅是拜佛，最重要的祭祖、敬神都要烧香。而且通常会烧三根香，意谓"天、地、人"三才。古代先贤认为，世间万物由"天地人"三才构成。"人"是万物之灵，只有顺应天地，自然流转，才能"神于天，圣于地"。所以，我们的祖先相信万物有灵，最原始的信仰是"天地人"，而不是什么道教或者佛法。

现如今，中国人烧香拜佛，大多是求人天福报，现世平安吉祥，发财健康，等等，都是出于自私的愿望。其实，我也一样——不，是我父亲和我母亲也一样。

我自小生活在北京。我父亲副部级，母亲副局级，怎么说呢？反正在世人眼中，父亲怎么也算个高干吧。我自小生活的家庭，当然也算高干家庭了。父亲1951年出生于湖南崀山农村一个普通的农民家庭，按说与高干毫不沾边，可父亲出生的地方，虽然地处深山老林、穷乡僻壤，但人杰地灵，香火旺盛，历史上出过南宋抗金名将杨再兴，清朝大臣刘长佑及其孙子、著名古典文学专家刘永济，历史学家蒋孟引，中科院院士刘敦桢，法学家李双元，实战武术大师蒋兆鸿，等等名流。反正我父亲虽不知名，也不显赫，但能从一个农民家庭到北京当副部级高官，大小也算个人物吧，尤其是在我们的祖籍湖南崀山老家，可算得上是个大人物了。因为自我记事起，父亲与老家就有着千丝万缕的联系，老家各色各样的干部，大至县委书记、县长乃至副市长和市长，小至科局级的局长和科长，只要来北京开会或出差，几乎无一例外要来"拜见"父亲的。甚至到了后来，还有一些发了财的老板、富豪新贵，以前与父亲压根儿不认识，但不知怎么拐弯抹角，最终都到北京攀上我父亲这个当大官的老乡。当然，每逢老家来人，谁都不会空手而来，都是大包小包，甚至是大箱小箱，都是湖南老家各式各样的土特产，眼花缭乱，形形色色，应有尽有，反正每逢来人都将我家的客厅堆得像仓库或杂货店。最初的时候，母亲都喜笑颜开，对客人送来的东西一一笑纳，可时间长了，东西多了，母亲的笑容渐渐变成了愁容，因为我们家人口不多，战斗力有限，那些土特产什么的慢慢地便由宝贝变成了负担，除了刚送来时每人尝几口新鲜，大部分都扔掉，往往让捡垃圾的人喜出望外，像遇到天上掉馅饼。以至于后来，父亲的老家每每来人，母亲都要对父亲约法三章，不让老乡带土特产上门了。用母亲的话说，那些所谓的土特产不值得几个钱，送上门来却大张旗鼓、兴师动众的，费劲巴拉不说，影响还不好，都拉倒吧。再说现如今哪儿买不到这些土特产啊，京东、天猫、淘宝上网购有的是，一下单很快就送来了，既方便又花不了几个钱，干吗要落下个收礼受贿的坏名声？

别看父亲是副部级，母亲只是副局级，相差两个行政级别，可在家里，母亲可是一言九鼎，管着父亲的，再说母亲说得确实在理，让父亲无可辩驳。于是，每逢家乡再要来人，父亲便传达母亲圣旨，不让人家带土特产上门。可问题是，人家大老远，千里迢迢从家乡来，而且往往是来拉关系，有求于父亲、找父亲办事的，怎么好意思空手登门呢？

别急，人家自有办法，没准还从主人拒收家乡土特产的话语中听出了弦外之音，于是记不清起于何时，来我家找父亲的人不再大包小包地送什么土特产了，改送信封。所送的信封当然不是空的，里面装的是厚薄不一的人民币，用客人的话说："不好意思，我们没带什么礼物，也不知部长到底需要什么，留点茶水费吧，需要什么部长您让家里人自己看着买吧。嘿嘿，嘿嘿……"对方毕恭毕敬，满脸讪笑，话却说得彬彬有礼，很有分寸。尽管每次父亲和母亲都会客套几句，意欲推辞，但明眼人都能看出那只是出于外交辞令，不过是做做样子，撑撑面子。最终，所有送来的信封都被一一"笑纳"了。至于每一个信封里面到底装了多少钱，只有我母亲知道。因为每次都是母亲一马当先如数收藏，也独自清点，信封里的秘密她是断不会告诉我的，至于她到底告诉父亲了没有，我也不得而知。反正这么多年了，父亲的客人络绎不绝，除了家乡人，更多的还有家乡之外的其他人，尤其是逢年过节，家里更是门庭若市，应接不暇。他们当中绝大多数都会留下信封的，而且大多数时候，那些留下的信封大都是装得鼓鼓囊囊，大有破肚而出的架势。以至于每每客人前脚一走，母亲后脚便急急忙忙将信封收起，又急急忙忙躲进卧室清点，仿佛清点慢了生怕信封里的人民币真会溜走了似的。我曾几次提醒过母亲和父亲，说这信封不能收，父亲刚开始也认同我的意见，建议母亲不要再收，可母亲却不以为然，甚至是一脸不屑。母亲的理由是：如今是商品社会，你父亲老帮人办事，收点茶水费不算什么，那么多人来找他帮忙办事，总不能白帮呀，不说别的，光时间咱们就赔不起，也耗不起，何况你父亲确实也都帮人办成事了。

母亲说的也是事实。这么多年，父亲确实利用职位和权力，帮助别人办了不少好事。父亲帮人办的事，无非是提职提级，求医问药，孩子招生入学或找工作之类。大一点的事，是帮助人家找项目找资金，联系相关部委资金扶持或项目投资之类，反正几乎没有父亲办不成的事。要命的是，父亲素来热情好客，乐善好施，待人豪爽，对前来求助的人，无论是老乡、老同事还是老朋友，只要是过去有瓜葛的，或有瓜葛的旧交介绍来的，他几乎是有求必应。父亲这样做虽然也赢得不少称赞，树立起自己的口碑，却也给家里带来了不少麻烦，让我家变成了驻京办或招待所，三天两头就来客人，难得有消停安静的时候。正因如此，母亲时有抱怨，所以她理直气壮、来者不拒地收下客人送来的茶水费，也不是没有来由。尽管如此，母亲也并非心安理得、全无顾忌，尤其是当下全国反腐风声正紧，中央的"八项规定"像紧箍咒一样让不少干部谨小慎微战战兢兢，所以母亲也时常在家里烧香拜佛，祈求家人远离灾祸、幸福平安。母亲虽然出身名门，我姥爷也是京城的部级干部，但受父亲影响，母亲自打与父亲结婚起便对佛祖和神灵深信不疑，顶礼膜拜，虔诚至极。

父亲和母亲始终认为，父亲之所以能从一个农民家庭走进京城，奋斗到如今的副部级干部，除了他自己的努力，考上京城名校，毕业留在京城工作，以及后来岳父也即我姥爷的适时扶持，更大的原因是与我爷爷和奶奶不断为他烧香拜佛，保佑他平安健康、升官发财密不可分。因为父亲的家乡在湖南崀山，那里是全国著名的5A级景区，景区里有更著名的龙头香，崀山龙头香之灵验，让全国无数的善男信女趋之若鹜、不辞劳苦无惧风险络绎不绝前来烧敬龙头香。我早就听父亲说过，自打他上学，爷爷每年都冒着危险亲自攀上陡峭的崀山八角寨主峰烧龙头香，为家人祈福，为儿子求前程保平安。幸运的是爷爷屡试不爽，每年的付出都为家人换来平安和幸福，尤其是让儿子从偏僻的崀山瑶寨考上北京名牌大学，毕业后还留在京城的部委工作，且顺风顺水，从最初的办事员一路升至副科员、科员、副处长、处长、副司长、司长，直至后来的副部长，可谓官运亨通平步青云，这可是我家祖祖辈辈做梦都不敢想的，就连父亲和母亲早年自己做梦也不敢想。正因如此，无论是爷爷奶奶还是我父亲母亲，对佛祖和神灵的巨大恩威都笃信不疑，因而也更加虔诚、顶礼膜拜。

父亲是爷爷家的独苗，他没有其他的兄弟姐妹。按说，父亲在京城立足之后，理应将爷爷奶奶接到北京一起生活，共享天伦之乐，尤其是年迈之后应该在北京与儿孙一起好好享受晚年。可为了方便每年在家乡为家人，尤其是为父亲烧龙头香，爷爷奶奶只是偶尔被我们接到北京小住，更多的时候则是留在家乡，守护佛祖与神灵。可在去年，原本身体硬朗的爷爷却突发心梗去世，孤独年迈的奶奶被我们接到北京，总算与我们一家团聚了。老家已经没有我们的任何亲人，照说烧龙头香的传统在我家该宣告结束了吧，可父亲和母亲不让，奶奶更不让。

奶奶对我说："你爷爷为咱们王家烧了几十年的龙头香，你爸爸好不容易才有了今天的地位，咱们家也好不容易才有今天的好日子。现在你爷爷走了，咱们王家可不能就这么断了烧龙头香。要真断了烧龙头香，难说咱们王家会……"

话未说完，母亲就打断了奶奶，母亲不让奶奶往下说，但母亲郑重其事地接过奶奶的话，对我说："你奶奶说得对，不管怎么说，烧龙头香的事咱们家不能就这断了，至少今年不能断。眼看国庆和中秋放假在即，我看你就辛苦一趟，回崀山去烧一回龙头香吧。你看你父亲年纪大了，刚刚从岗位上退下来，身体又不大好，回老家烧龙头香的事也只能指望你了。当然，崀山八角寨的龙头崖那么陡、那么险，不是让你像爷爷那样每年都冒险亲自攀龙头崖去烧龙头香，而是上山之后雇当地山民烧，听说雇一次也就几千元。那地方那么危险，给人家几千元也不算什么，该花就花，就是一次上万元咱们也雇得起，也必须雇人家去烧。不烧可真的不行。你奶奶说得没错，咱们家能有今天，还真的是离不开佛祖和神灵保佑！"

我说："那能不能托我爸老家的那些熟人，比如老家那些曾经来北京找过我爸帮忙办事的干部，或者找老家的那些亲戚朋友上山替咱们烧香呢，咱们给他们寄钱？"我将脸转向父亲。

父亲还未回答，奶奶抢先说："那怎么行？烧香拜佛讲的是心诚，心诚则灵。要能找别人替咱们上山，你爷爷都一大把年纪了，那么多年还坚持为咱们家上山烧香？"奶奶说的也是事实，听奶奶说，爷爷身体还硬朗的时候，每年都坚持自己冒着危险爬到陡峭的崀山八角寨龙头崖烧香，后来上了年纪，奶奶、我父亲和母亲说什么也不让了，再三劝告爷爷不要冒险，父亲寄钱让爷爷雇山民烧香。爷爷开始很固执，不肯，后来大概也自觉年岁不饶人、确实力不从心了，尽管他依然是坚持爬到八角寨山顶，但冒险爬到龙头山悬崖烧香的事他不敢做了，代之以花钱雇山民烧龙头香。

这时候父亲咳了一声，郑重地看着我："你奶奶说得对，你爷爷不在了，无论如何你今年还是要辛苦一趟，为咱们家续上香火，烧一把龙头香。"

我说："那明年怎么办，还有后年、大后年呢？以后我是不是每年都得回湖南老家续香火啊？"说实话我有些费解，内心也不大乐意。

这时候母亲走到跟前，抚着我的肩膀，劝说道："王兴，咱们先管今年，明年再说明年的吧。反正你爷爷去世不久，无论如何今年咱们自己得续上香火。咱们家又没其他人可以指望，只能指望你，你就辛苦一趟吧。这都是为了咱们王家，也为你们的小家好。李婷和王子远在美国，他俩更需要佛祖和神灵保佑。你就别犹豫了，下决心去一趟吧！"我凝视母亲，此刻母亲的眼里满是期待，甚至带着祈求。母亲刚才提到的李婷是我的妻子，王子是我的儿子，他们远在美国波士顿，的确时常让我挂心，我当然希望他们在美国平平安安，一切顺利，一切都好。

母亲的话说到这份儿上，我已经别无选择，谁让我也是王家的第三代儿子，而且是独苗呢？其实，母亲比奶奶更重视烧龙头香，尤其是近几年，反腐的形势异常严峻，官场风声鹤唳，即便在父亲和母亲周围，认识和不认识的三天两头有人落马，母亲和父亲不说提心吊胆，至少也不是无动于衷。祈求佛祖和神灵保佑，便成为父亲和母亲的唯一愿望。虽然我也未见过父亲和母亲大规模、大额度地收受贿赂，但这么多年三天两头地收人家的信封，是不是受贿暂且不说，至少是让人感觉不那么踏实。谁都知道，现如今的官场，不查则已，要查，谁敢说自己屁股就一定那么干净？虽然从内心讲，我是反对母亲收受人家信封的，也确实提醒过父亲和母亲不要收。但我毕竟是父亲和母亲的儿子，我左右不了他们，更不可能大义灭亲去纪委举报他们。相反，我也是既得利益者。我虽然未直接收受客人送来的信封，甚至也因此拒绝从政，选择到社会科学院做学问而未曾享受到父亲和母亲仕途上的关照，但我和妻子儿子都一直与父亲母亲一起生活，且不说每月不用向父亲母亲上缴生活费，还享受了父亲分的部级豪宅，更重要的是如今妻子陪儿子在美国波士顿留学的费用，大都是母亲主动支付的。如果没有父亲和母亲的资助，我区区一介书生怎么可能支付儿子留学每年所需的几十万元费用？如此说来，我也是希望佛祖和神灵保佑我们一家平安无事、远离灾祸的。这么多年，父亲飞黄腾达却平安无事，总算熬到了全身而退，安全着陆，的确应当归功于佛祖和神灵保佑吧？我当然希望父亲退休之后，佛祖和神灵继续保佑我们全家。既然如此，回湖南老家崀山烧龙头香的事，我自然义不容辞，也责无旁贷。

二

二〇一七年的国庆长假，恰好是国庆和中秋两个节日的叠加。我预订了十月三日上午从北京飞往长沙的机票，想赶在四日即中秋节的那一天上崀山八角寨烧龙头香。

为了不影响出行，二日晚上我用手机上的滴滴打车软件预订了第二天一早七点去首都机场的出租车。谁料第二天早上，预订的出租车却未按约定准时到达我家小区门口。我一急往滴滴出租车的预约平台打电话催问，接电话的一个男声说您稍等，不一会他说："您赶紧呼叫实时出租车吧，我查了一下，那预约的车距离您出发的地方还远着呢，再等您恐怕来不及了！"

——妈的！预约好的出租车怎么能爽约，要是赶不上飞机可怎么办？我急得直骂娘。一边赶紧打开手机呼叫实时出租车，幸好运气不错，附近正好有一辆空驶出租车接活儿。挂完电话，不到一分钟那出租车便出现在我的跟前，这让我已经提到嗓子眼儿的心又放了下来。

因为顺利打上了车,我原本焦灼的心忽然像车窗外晴朗清爽的秋天,舒畅起来。接我的司机是个瘦小的中年男子,睡眼惺忪,不修边幅,典型的民工模样,我主动与他攀谈。

"师傅家在京郊吧?"之所以这么问,是因为我知道京城的出租车司机大都是郊区的农民。

"是的,我家在密云。"

"这么早你就从密云来吗?"

"不是,我没回去。"

"那你晚上住哪儿?"

"我吗?嗐,凑合着就睡车里,一觉醒来,天也就亮了。"

"哇——那能睡好吗,多辛苦呀!"我几乎是惊叫起来,由衷感叹。我怎么也想象不出这位出租车司机晚上在车上是怎么睡的,车里那么狭小的空间,腰身都伸展不开呢,车停在空旷的路边,寒冷不说,洗漱上厕所什么的,多不方便啊。何况这种不方便,不是一天两天,而是日复一日。

师傅说,他原来在市区租住一间平房,媳妇也跟着他从密云住到这间平房陪他,每天为他做饭。可前不久因为北京清理外来"低端人群",那房子不让租了,找新房源租金太高,根本租不起,无奈媳妇只好回密云老家了,他自己每天晚上在车里凑合着住。

"晚上你一般将车停在哪儿,洗漱上厕所怎么办?"

"我停在固定的一个加油站,我的几位司机朋友也停在那儿。因为我们时常在那家加油站加油,加油站也就不为难我们,乐意让我们晚上在他们那儿待着。"

"真不容易啊!"我感叹道。

"没什么,都习惯了。"

"那你几天回一趟密云?"

"一般是一周吧。我同我女儿一块回。"

"你女儿也在城里工作?"

"是啊,她在朝阳医院当护士。每逢她休息,我就接女儿一块回密云。"说到女儿,师傅兴奋起来,一脸满足和自豪。他告诉我,他女儿高中毕业考上北京护理学院,大学毕业后又考进朝阳医院当护士,每月工资比我多得多。

我问:"你女儿现在每月大概能挣多少?"

师傅笑:"一万二左右吧,还不算其他补贴。"

"哇——能挣一万二?真不少,比我都多好几千呢!"我不由惊叹,抱怨自己真是孤陋寡闻,真不知道现在的护士能挣这么多,比我这个硕士毕业做学问的都强。我不由得夸起师傅来,我说你开车虽然辛苦,但能培养出这么优秀的女儿,你的付出也算值了。

师傅听我这么说,有些不好意思地摇头:"嘻,马马虎虎吧,比上不足比下有余。我们平头百姓,挣的都是辛苦钱,不敢图大富大贵。只求上苍开恩,能让我们平平安安过日子,这就够了。"

话说到这里,我忽然问:"师傅你信佛吗,烧香吗?"

师傅不假思索:"烧呀!明天中秋节,我还要带女儿到雍和宫烧香呢,烧完了带女儿一块儿回密云与她妈一起过中秋节。"

"噢,你每年都到雍和宫烧香吗?"

"每年都去。我们平头百姓,无权无势,无依无靠,只有求佛祖和神灵保佑了。所以每年必须到雍和宫祭拜、烧香。"

"噢,看样子你很虔诚。那你很相信佛祖和神灵保佑?"

"信啊!怎么能不信呢?有句话说,佛法无边。还有另一句话,心诚则灵。反正这么多年,我每年都烧香,逢年过节烧,平时有时间了,也烧。我女儿高考之前,我烧。她毕业找工作,我也烧。事实证明,我烧了,佛祖和神灵就显灵,保佑我们,不然我们怎么能有今天?"

师傅这么说,让我不由想起此次回老家湖南的使命,为我们家烧龙头香。雍和宫里的佛祖和神灵都如此显灵,那群山巍峨、风景秀丽的崀山上的龙头香应该更显灵吧?不然,我父亲、我们家祖宗三代怎么也会有今天呢？

三

十月三日上午，我乘坐的航班准时到达长沙，然后转乘一个多小时的高铁到了崀山县，幸好父亲事先打了招呼，老家的两位朋友开着一辆奥迪A6，早早在高铁站等候我。两位朋友一位是陈总，名叫陈新贵，当地民企的一位老板，此前我没见过，但据说他曾到北京找过我父亲帮忙办事。跟陈总一同来接我的是他的司机小李。

初次见面，陈总满面春风，笑容可掬。他紧紧握着我的手连声说："欢迎欢迎，王老师你可是贵客。贵客到，好事来，难得，难得，要在平时我们要请你都请不来呢。这回我可得好好招待你！"我也握着他的手，打量着他，连声道谢。

这是一位约莫五十出头的中年汉子，国字脸，肉鼻梁，浓眉大眼，身材不高，但长得宽厚壮实，走起路来健步如飞，像开着辆小坦克。

坐上车，陈总依然如沐春风，话语不断。他说："王老师呀，你父亲王部长可是我的恩人，他对我的帮助太大了。很遗憾以前我上北京拜访王部长时没有见到你，虽然咱们俩没见过面，但你是王部长的公子，当然同样是我的恩人。这回你来湖南老家，可得充分放松，纵情游玩。你想吃什么我就请你吃什么，天上飞的地下跑的水里游的，只要崀山这地盘上能买到的，你尽可以放开肚皮，尽管吃，反正山珍海味保你吃够。你想玩什么，游山玩水唱歌跳舞吃喝玩乐，你也尽可以提出来，千万别客气！你们长时间生活在北京，北京虽然是首都、国际大都市，但皇城脚下规矩太多，干什么都不方便。我们这儿虽然是小地方，但天高皇帝远，干什么都相对自由。只要有钱，你想干什么都可以。不是有句话嘛，说什么只有……只有什么来着？……"

"只有想不到，没有做不到。"前边正埋头开车的司机小李忽然笑着扭过脸，替陈总回答。

陈总高兴起来："对！只有想不到，没有做不到哈哈……"他开心笑着，一边侧过脸看着我，那眼神既有热情，也不乏狡黠和神秘，多少有些高深莫测。

陈总刚才的这番话让我反感。什么只要有钱，想干什么都可以干什么，难道可以为所欲为杀人放火吗？这牛皮吹得是不是忒大啦？我真想反问他一句，却顾及自己是远道来的客人，与陈总又是初次见面，便忍住了。好在这时候陈总又主动介绍起他的公司。他说他的公司是一个生态农业和生态旅游相结合的企业，享受政策优惠，国家和地方政府都很支持。加上这一带属少数民族地区，国家和地方政府的支持力度就更大。"当初立项的时候，我到北京找王部长帮忙，王部长通过关系帮助我争取到了两千万元的扶贫资金专项贷款，要是没那两千万元的资金扶助，我的企业这些年哪能发展这么快呀！所以我说你父亲王部长是我的恩人，一点没错。说起来咱们都是自己人，你好不容易到老家来一趟，千万别见外。"陈总一路上像打开了话匣子，滔滔不绝。他除了介绍自己企业的状况，还介绍崀山一带的历史沿革、风土人情、风景名胜、各种土特产品和特色小吃乃至社会现状，他讲得绘声绘色，头头是道，如数家珍，真不愧是一家旅游企业的老总，我不由得开始对他刮目相看。

说话间，车已到了酒店。这是四星级的崀山国际大酒店，房间是陈总早就预订的。我掏出身份证，在酒店前台登记完毕，陈总和司机小李双双将我送进电梯送上房间。房间是套间，客厅连着卧室，宽敞明亮。客厅的皮沙发豪华气派，茶几上早已经摆着新鲜水果和茶点，电视电脑沙发落地灯和各色设备一应俱全。卧室里摆着宽大的双人床，透明的玻璃浴室连着厕所。站在房间宽敞明亮的玻璃窗户向外眺望，崀山县城鳞次栉比的建筑和城外远处的山峦尽收眼底。我对入住的房间感到满意，陈总却面带歉意："王老师实在抱歉，这是崀山县最好的酒店、最好的房间了。崀山最好的酒店只有四星级，没有五星级，你就将就着住吧。现在是下午五点，你先休息一会儿，六点我来叫你。晚饭我已经安排好了，我找几位弟兄为你接风，今晚咱们可得好好喝酒，喝个够喝个痛快！"

送走陈总，我无意间翻看房间桌上的酒店介绍本，发现我住的这间房间标准价每天1500元，内心多少有些忐忑，但忽然想起离家前父亲对我说的"到了老家那边你尽可放心，接待、吃住等一切都有人安排，也甭你掏钱"，我的心才稍稍回归平静。可我也禁不住想，要是我自己掏钱，是断不可能住这么豪华这么昂贵的房间的。

四

晚上六点，我入住的房间准时响起门铃，陈总和小李如期而至。我跟随他俩下楼走出酒店，门口还是那辆黑色的奥迪A6。

坐上车，我禁不住问陈总："陈总你怎么不开奔驰、宝马之类的豪车，开奥迪A6不是跟官员坐的公车一样了？"

陈总哈哈大笑，说："我就是想跟官员一样，小时候做梦都想当官，可惜参加工作之后，我是寡妇睡觉上面没人，当初要是能早一点认识王部长，那就是另一回事了。虽然官没当上，但我也想与官员一样平起平坐，所以我平时在本地喜欢坐这辆奥迪A6。但官员没有的我也有，比如到了外出的时候，我就坐大奔。要比吃喝玩乐，老子不仅不比那些官员差，还比那些官员自在、自由，哈哈，哈哈……"陈总望我一眼，得意地笑着。他这么说，我多少有些反感，毕竟我父亲也是官员，他这不是连我父亲也捎上了吗？但出于礼貌，我附和着笑了笑。

车开了大约不到十分钟，便到了一处挂着"瑶家风味"牌子的酒家。这酒家位置不在城区，而是接近郊外的一个湖边，比较隐蔽。

酒店是木式结构，上下两层，四周鲜花簇拥，绿树环抱，外表看上去古朴典雅、清新悦目，颇具民族风情。

陈总预订的雅间在二层，他和小李将我引入雅间的时候，房间里已有男男女女大约十来个人在这里等候。见陈总领着我进来，他们纷纷起立，笑脸相迎。陈总热情地将我介绍给了大家，说这位可是北京来的贵客，某某部委王部长的公子，青年哲学家，他与王部长一样既是咱们家乡人，也是咱们家乡的骄傲，他的名字叫王兴，大家叫他王老师吧。话音刚落，十来个人纷纷迎上前来，接二连三地与我握手。我每握一位，陈总便介绍对方的职务或名字。印象中，有职务的人包括县委书记、县长、人大常委会主任、政协主席，但全都是副的，并且全都是已经退休的。那几位在职的官员，却只有县里科局级的某某部长、某某局长。两位没有职务的，全是年轻女性，一个叫小英，另一个叫小惠，都长得俊秀甜美、清纯可人。陈总介绍说，这两位漂亮小姐，可都是我们公司项目开发部的优秀员工，今晚我特意安排这两位美女来陪你喝酒。我注意到，陈总说这话时，意味深长地注视着我，眼里透着暧昧。不过，我并不反感，爱美之心人皆有之，何况我是个荷尔蒙正旺却好久得不到释放的青壮年男子。再说，无论小英还是小惠，长得都很漂亮，都是那种一见就让人不免产生好感的女子。

主客分别介绍完毕，陈总请我入座，而且要安排我入座主位，我再三推辞，陈总却执意不肯。他按住我肩膀说："你父亲王部长是我最尊敬的长辈，也是我的恩人，在座的也大都接受过你父亲王部长的帮助和恩惠，你是王部长的公子，也是远道而来的贵客，坐主位理所当然、天经地义，就权当是你代表王部长回家乡、下基层来看望我们大家了，岂有不坐主位之理，大伙儿说是不是？"

"是——！"大家异口同声，洪亮的声音震耳欲聋，这声音连同众人的目光纷纷投向了我，聚积成无形却能量巨大的气场，逼迫着我，让我无路可退，别无选择。事已至此，恭敬不如从命，我只好放弃推辞，听从陈总的安排，在主位上落座。陈总则和一位我已记不清是什么长的官员或是前官员，一左一右分坐在我的两侧，其他人也纷纷入座。那些有职务或曾有过职务的男人开始争着同我说客套话，无非是说着我父亲的好，说以前到北京如何受到过父亲的热情接待，又如何受到过父亲的关照和帮助之类。接着又有人问起我父亲的近况和身体，出于礼貌，我都一一作了回应和介绍。

这时候有人问起我此行的目的，我如实禀告。我说，我是受父亲委托，明天上崀山八角寨烧龙头香来了。我问在座的各位每年是否也都上山烧龙头香，他们又一次异口同声："烧啊！"陈总刚点燃了一支烟，正吐着烟雾，边吐边补充道："龙头香是咱们家乡人的保护神，它那么灵验，那么神圣，怎么能不烧呢？我每年不只烧一次，而是要烧好多次呢！这些年我的企业能够顺顺利利发展，除了靠王部长、地方政府和在座的各位帮忙、捧场，还有重要的一点，就是离不开佛祖和神灵的保佑。所以烧龙头香就如祭拜自己的祖先、孝敬自己的父母，天经地义，责无旁贷，不可缺少。"在座的其他人也都纷纷点头，表示赞同。

说话间，服务员接二连三将各色菜品都端上来了，都热腾腾、香喷喷，多数我都未见过，更叫不出菜品名字。我想让服务员一一介绍，服务员却将目光投向陈总，陈总神秘地笑了笑，摆着手制止她："你先别介绍，一会儿我会一一介绍。"又煞有其事地对我说："王老师，咱们看小说，看电视，看电影，如果作者和导演先告诉读者和观众结局，你觉得看着有劲儿吗？"

我不明就里，随口说："当然没劲儿。"

陈总双掌"啪"地一拍，道："这就对了！小说也好，电影和电视剧也罢，都讲究悬念，吃饭也一样，不然就没意思了。为了让你感受咱们家乡饮食文化的博大精深，今晚啊，咱们吃饭先不要问菜品的名字，更不要刨根问底菜品是什么食材做的。你先吃，吃好了我最后告诉你，吃不好就当没吃，你看行不？"

陈总倒是一脸诚恳，我看不出他葫芦里面到底想卖什么药。心想反正是吃，好吃我就多吃点，不好吃我不吃不就得了，管它到底是什么、叫什么菜。于是，我就随口回答："行。"

陈总手一挥，说："好，痛快！"他端着服务员刚才为每人斟好的茅台，举杯站了起来，笑着对大家说："各位，今天可是个好日子，王老师代表咱们崀山人的骄傲、咱们尊敬的王部长远道从北京来看望咱们。王老师自己可是北京的大学者、大哲学家，也是咱们难得一见的贵客。俗话说，贵客到，好事来，各位都举起杯来，欢迎王老师的光临，感谢王部长和王老师为咱们大家带来好事和好运，让我们为王部长的健康和王老师的光临——干杯！"

陈总话音刚落，吆喝声和丁零当啷的碰杯声便此起彼伏。

一杯酒下肚，陈总开始张罗大家吃菜，同时为我夹菜。每为我夹一次，非让我品尝，问我香不香。说实话，他为我夹的那几样菜，过去我还真没吃过，味道都很特别，且各具特色，让人吃了一口还想再吃第二口。陈总听我说好吃，很得意，说："好吃吧，好吃你就多吃。人生在世，吃喝玩乐，但民以食为天，吃就是头等大事。每天都要吃好玩好。能吃尽量吃，能玩尽情玩，要不然辛辛苦苦挣那么多钱干什么？"

这时，一位正满嘴流油的不知什么人，接着陈总的话说："陈总你说得多轻巧，吃喝玩乐也得有钱啊！没钱怎么吃喝玩乐？说到底，还是你自在，要钱有钱，要什么有什么。今晚要不是你陈总财大气粗请客，我们哪里能有这种山吃海喝的口福？所以要我说呀，今晚我们这些吃大户的，得好好敬你陈总一杯！"他这一提议，立即得到许多人的响应，有几个人端起酒杯，争先恐后为陈总敬酒。

一阵觥筹交错、猛吃海喝之后，众人开始插科打诨，竞相说起了笑话荤话。

陈总笑得开心。他吸着烟，意味深长地望着饭桌上两位年轻女子小英和小惠，仍乐不可支，仍"哈哈……哈哈哈……"地笑。那笑仿佛是刚打开的可乐易拉罐不断冒出的泡，难以抑制。

笑完了，陈总端起杯，又开始张罗着喝酒，也互相敬酒。眼看酒早已过了三巡，我想起今晚吃的许多菜品还都不知名字，请陈总为我揭开谜底。陈总端起酒杯，向我敬酒："可以，王老师咱们先把这一杯干了，然后我来告诉你——"他先为我斟满酒，又将自己的杯加满，两杯相碰，陈总说了声"先干为敬"，不由分说先将自己的酒喝了。他举着倒置的空杯在我面前晃了又晃，对我说："干了吧！"他目光如炬，灼灼逼人。这架势，让我别无选择，我只得舍命陪君子，一仰脖子豁出去了——干！

干完杯中酒，我感觉有些晕乎，却不甘服输地学着陈总，举着倒置的空杯在他面前晃了又晃，对他说："怎么样，这回你真的得揭开谜底了吧？"

陈总向我竖起拇指，笑着说："好，王老师爽快！"说完，他举着筷子，指向桌上的菜品，一样接一样地向我介绍："王老师你可瞧好啰，这是清炖穿山甲，这是清蒸中华鲟，这是干炸眼镜蛇，这是红烧野山鸡……"什么——我一听如遭电击，毛骨悚然，脑袋像热气球一样迅速膨胀。陈总说的这些不都是国家禁吃的珍稀动物吗？我火冒三丈，血往上涌，想对陈总发火，但依稀存在的理智强行将我满腔的怒火压了下来，转而用低沉的声音责怪："陈总你……你怎么能这样？你……你怎么不事先跟我说一声？"

尽管如此，陈总还是一眼看出我不高兴了，他笑呵呵伸出一只手搭在我的肩上，安抚道："嘿嘿王老师，你别紧张，不就是吃点山珍海味嘛！你不是要到崀山八角寨的龙头崖上来祭拜、烧龙头香的吗？佛家说：酒肉穿肠过，佛祖心中留。没什么大不了的。再说吃点山珍，这在咱们老家很普遍啊！你是京城来的贵客，我想你平时什么没吃过呀，不就是想让你尝个新鲜、尝个稀罕。如果你确实不愿意吃，咱们就下不为例。来来来，咱们喝酒、喝酒！"他端起服务员刚刚斟满的酒，递给我一杯，自己又端起一杯，要和我碰杯。我接过杯，理都没理他，张口便将满满的一杯酒一饮而尽。我是带着懊恼和愤懑喝下这杯酒的，我多么希望这杯酒能冲洗内心的懊恼与内疚啊！可惜事与愿违，这杯酒下肚，我自己已经晕晕乎乎，脑袋疼痛欲裂，很快便不省人事……

不知过了多长时间，我在迷迷糊糊中醒来，发现自己已经赤身裸体躺在宾馆房间柔软的席梦思上，身边一位赤身裸体、香气迷人的女子正伏在我的身上，不断地撩拨着我，一下接一下地抚摸着我的下身和私处。我忽然像触电似的，内心深处的欲望霎时像被激发的火山快速升温，就着酒劲儿，这滚烫的欲望不断地撩拨着我，让我欲罢不能。我瞬间感觉自己变成一头失控的巨兽，一把搂过那体香迷人的女子，不顾一切地将那个女子紧紧地压在身下，我像一头近乎疯狂的野马奔跑在柔软清香的草原上，展闪，腾挪，迂回，撞击，时而缱绻缠绵，时而奔腾不息……当发生的这一切瞬间由高峰跌入低谷，心满意足却已经精疲力竭的我，又一次昏昏沉沉地坠入梦乡。

当我再次醒来时，已经是第二天早上八点。我身边那位赤身裸体的年轻女子见我醒来，小鸟一样伏在我的身上，温柔地笑："王老师醒啦？"我一惊急忙起身，发现是昨晚在一起吃饭喝酒的小惠，我语无伦次："你……你怎么在我这儿？"

"怎么啦王老师，你不欢迎吗？要是不欢迎，你昨晚干吗像一头公牛一样，那么疯狂，让我都快受不了呢，嘻嘻……"

这时，我才彻底惊醒，也才依稀记起昨晚发生的一切。满腔的羞愧热血般从内心涌起。我喃喃说："小惠，你……你怎么能这样，谁让你陪在我这儿的？"

"嘻嘻还能有谁啊，还不是陈总？"小惠脉脉含情地望着我。此刻她赤裸的身体完全显露在我的眼前。玉体横陈的她，含情脉脉，风情万种，毫无愧色。

我抱怨说："陈总让你来，你……你就来呀？"

小惠丢过来一个媚眼，撒着娇说："怎么老说这些！王老师真是不解风情，你真的不喜欢我吗？"

望着她火一样滚烫的目光，我无言以对，满脸羞愧、内疚，恨不得立刻钻进地缝里……

五

十月四日上午。

因为昨晚的销魂和早上的惊魂，我被陈总意想不到的"高规格"接待搞得异常尴尬，颇有些六神无主。在发现自己赤身裸体与小惠玉体横陈的那一刻，我羞愧惶惑，不知所措，却又久久回味。不过，回想起昨晚梦一般美妙愉悦的那段经历，望着小惠若无其事含情脉脉的笑靥，我竟然也很快释然。心想毕竟事情已经发生，有这样一段让男人都梦寐以求、身心摇曳的愉快经历，而且是与一位年轻俊秀甜美的妹子，只要是生理正常的男人，有谁能抗拒这种令人销魂的诱惑呢？古人说英雄难过美人关，何况我是俗人，而且是老婆已经好久不在身边的男人？再说，昨晚的艳遇并非自己主动所为，而是自己喝醉酒后的一时糊涂，此种情况，上帝恐怕也会原谅的。这么一想，我就转怒为安，嗔怪却又和颜悦色地对小惠说："小惠你真是大胆，我都不好意思，你却若无其事。快穿上衣服吧！"

不料小惠却飞我一眼，反唇相讥："哼，瞧你们男人，一个个道貌岸然，占了便宜还假正经。没看你昨晚搂着我疯狂的样子，狼一样不停亲我舔我，差点没将我给吃了，这你怎样解释？"

她这话像一团棉花堵住了我的嗓子眼儿，让我无言以对。我只得"嘿嘿"讪笑，转移话题说："好，好，我说不过你。不管怎么说，你快穿上衣服赶紧离开吧。"

小惠白我一眼，笑道："你干吗赶我，想让我下岗啊？陈总还让我今天陪你上龙头崖烧香呢！"

我忽然记起自己此行的使命，虽然这里是自己的老家，可我并非在此长大，人生地不熟的，如果没有人陪伴，我并不认识路，怎么上龙头崖呢？我有些不甘心，随口问道："那陈总呢？"我抓过手机，想给陈总打电话。

小惠却伸手拦我，说："你甭打啦，陈总交代过了，今天只安排我陪你。陈总和司机小李今天有事外出，说晚上等咱俩下山再为我们接风。"说完，小惠还调皮地朝我挤了挤眼睛，颇有几分得意，仿佛今天我是她捕获的猎物。

她话说到这份儿上，我只好作罢。心想当猎物就当猎物吧，反正小惠怎么说也只不过是个女孩，而且确实是招人喜欢的漂亮女孩，她再怎么泼辣、调皮甚至是恶作剧，也不至于将我这么个大男人给吃了吧？

湖南的崀山八角寨，是世界自然遗产、5A 景区，又名云台山，一山横跨两省，湖南和广西。在八角寨山顶，放眼望去，面包一样的丹霞峰群山像极了赶海的海狮群，争先恐后，重峦起伏，波澜壮阔，蔚为壮观。

八角寨最陡峭的一角，在云台寺东北侧绝壁：从绝壁延伸出五十余米，峰尖似昂首翘立的龙头。这里常年云雾弥漫，山风怒号，四周险崖壁立，深谷如坠。就在这奇险无比的峭角尽头，古人竟修有一个佛龛小庙。通往龙头的山脊小径仅宽一尺，两边是万丈深渊，烧香者在没有安全保护措施下，必须手足并用，匍匐前进，这就是著名的"龙头香"。其惊险令人惊悚！

史书记载，崀山八角寨的龙头香始于元朝，香客们都喜好在此上香，因而得名，至今已有七百多年历史。据说有胆量在龙头上香的人将远离灾难，有求必应，大富大贵。在以前有很多香客为了表达虔诚，冒着生命危险去烧龙头香，但稍有不慎，就将坠落深渊，粉身碎骨。龙头香自打有史以来，因冒险烧香从上面摔下去的人不计其数，其情形惨不忍睹。所以，如今真正敢铤而走险，攀上龙头烧香的香客只是凤毛麟角，绝大多数香客来龙头烧香，目睹千仞尖峰、万丈深渊，都会不寒而栗。正因如此，如今的龙头崖上才有了专门替人烧香的专业香客。这些专业香客都是当地山民，人数不多，据说初始有十来个人，后来摔死了两三个，又吓住了两三个。为避免争夺生意，也为了攀崖时的安全，剩下的四五个自发组成了烧香小团体，有生意大家一起接，有钱大家一起挣。也就是说，每逢接下生意，他们几个轮流冒险，轮流攀崖，钱大家平分。虽说他们生意不少，钱也挣得很多，但因为已有前车之鉴，当地的其他山民虽然羡慕，却并不妒忌，因为谁都知道这是在拿命赌博，稍微不慎就将跌下深渊、粉身碎骨。外地的香客更是望而生畏，不寒而栗，根本不敢冒险。久而久之，替人烧香这种高危职业，便成为八角寨山顶云台寺东北侧绝壁上这少数四五个人的职业专利。他们每接一桩生意，少则千儿八百，那是淡季人少的时候；多则数千上万，当然是在旺季的时候。因为旺季生意多，活多人少，他们都快忙不过来，不大愿意一趟一趟冒险接生意，干脆待价而沽，抬高攀崖烧香身价。他们身价一高，也就难住了不少香客，这些香客舍不得掏如此高昂的价钱，只得买香和纸钱自己烧，而且是隔着一段危险的山崖，面对龙头烧。好在卖香卖纸钱的人很多，都是当地山民，相比于雇人烧龙头香，价钱对大多数人来说已经不值一提。可烧香并非随便烧，景区的管理人员划出靠近龙头崖很小的一个范围，让香客烧。虽然不是正宗的龙头香，但毕竟绝壁就在脚下，龙头已经近在咫尺，何况已经长途跋涉辛辛苦苦攀上崀山八角寨云台寺东北侧绝壁，龙头就在眼前，在此地烧香拜佛求神，不叫龙头香还叫什么？这么想来，这些香客便大都释然。当然，对于虔诚且不差钱的香客来说，无论龙头香的专业烧香者要价多少，他们还是要将虔诚进行到底的，他们笃信心诚则灵的训诫。

那天早上吃完早餐，我与小惠从酒店出发，陈总派人开车将我和小惠送到崀山脚下，还为我们备好饮料水果和面包干粮，然后由小惠一路陪我向山上攀登。昨晚与小惠的缠绵和肉体之交，对我来说纯属馋猫偷腥、十足的出轨之举，也是我平生以来头一次，内心虽然不免惶惑，但毕竟是令人销魂、令人向往的男欢女爱，无形中已经与她有了一层特殊感情，俗话不是说"一日夫妻百日恩"吗！我与小惠虽非夫妻，但只要是肉体之交，性质是一样的，我非冷血动物，也非专业嫖客，对美丽可爱的小惠哪能没有一点感情呢？

金秋时节。天高地阔，云淡风轻，碧空如洗，阳光普照。崀山的风景虽然迷人，但山路崎岖、蜿蜒、陡峭，久居京城、平日又不怎么锻炼的我没走多久，就已经气喘吁吁。小惠却若无其事，健步如飞，蹦蹦跳跳，像一只刚放飞的小鸟，一路上喜笑颜开、叽叽喳喳地向我介绍着周边的风景，看着她心无旁骛、纯情可爱的样子，我的劳累似乎也轻松了不少。我忽然意识到陈总没派男子汉陪我而是派小惠这样活泼可爱的小女子，着实是颇为用心的。有句话说，男女搭配，干活不累。那么男女搭配，一块爬山，不也是同样道理吗？想到这里，我不再因为昨晚荒唐的事责怪陈总了，相反此刻对陈总心生感激。

我禁不住问小惠："你今年多大了？"

小惠翘起樱桃小嘴，扮着鬼脸冲我飞了一眼："嗯，不告诉你！"

我说："为啥不告诉我？"

小惠说："不是说不能随便问女人的年龄吗？哼，你不仅是京城来的，还是大学者呢，怎么不知道规矩？"

我说："那是因为咱俩关系特殊嘛！咱们都这样了，你……为啥还不告诉我？"

小惠脸上飞起红晕，长发一甩说："咱俩……哪样了？"她低着头，不敢正眼看我。

我故意将她军："你明知故问！"

小惠被逼至墙角，满脸通红。但仅仅几秒钟，她开始反击："告诉你，那也得有条件，除非……"

"除非什么？"我穷追不舍。

"除非你将我带到北京！"

我一愣，问："你想去北京——去北京做啥？"

"做你的妻子！"小惠大着胆逼视着我，双眸流光溢彩，透着柔情。

我又一愣，没料到她会说出这样的话，只能"呵呵"讪笑。我说："别开玩笑，我早已结婚，儿子都在美国留学了。"

小惠反过来将我的军："那我做你的情人、小三，总可以吧？只要你将我带到北京就行。"她目光灼人，眼里却荡漾着柔情蜜意。

我仿佛被她的目光烫着了。"哎哟——"一声，又讪笑着，笑得很尴尬。我说："小惠你真会玩笑！"

小惠却抢白道："我可不是开玩笑，我说的是真的。"这时候她已经一脸严肃。说实话，小惠比我妻子漂亮，也比我妻子年轻。虽然她想做我的妻子已经不现实，但假若做我的情人，也不失是一个不错的选择，尤其是在妻子远赴美国的时候。可我一向是个传统、守规矩的人，这样的事情我以前想都没有想过。现在小惠却逼视着我，我却不知如何回答，只得采取缓兵之计，跨前一步抚摸着小惠的秀发，喃喃说："小惠，这事我可从来没有想过，你得容我想想。"

小惠"耶——"一声，举着"V"的手势冲我欢呼雀跃，眉开眼笑。她的性格真像个孩子，无所顾忌，无拘无束，既热情又调皮……

说话间，太阳已经举至头顶，距离我们出发时间已经过去一个小时，我们已经登上八角寨山顶，放眼望去，云台寺东北侧的龙头绝壁已经尽收眼底。经过一个多小时的跋涉和攀登，这时的我已经上气不接下气。虽说正值秋高气爽季节，可我感觉浑身上下都已冒着热气，脊背和额角已经渗出汗珠。我不得已脱下外套，招呼小惠在山路旁的一处石凳上坐了下来。小惠见我呼吸急促，像拉风箱的样子，便捂着嘴"咯咯"地笑。我问她为何笑，不料她笑得更欢，末了才对我说:"王老师,您这样子很像一种动物。"

我问:"什么动物?"

小惠欲言又止,笑而不答。

我急着追问:"你倒是说呀!"

小惠剜我一眼,收住笑,严肃起来:"我说了你可不许生气!"

我哑然失笑:"有那么严重吗?有啥好生气的,你太小看我了。你说吧!"

小惠脸上的笑瞬间像拉开的电灯,忽然明亮起来:"我是说,您呼呼喘气的样子,像一头公猪,哈哈哈哈……"

我有些不明就里:"这有啥好笑的,公猪又怎么样,呼呼喘气怎么就像公猪了?"

小惠听我这么回答,笑得更欢,就像亮着的电灯忽然又加大了亮光。笑毕,她说:"王老师你真逗,您真不了解公猪吗?公猪是干什么的你真的不知道吗?公猪与母猪交配之后难道不是像你这样呼呼喘气吗,哈哈哈哈……"

"小惠你——"我举手正想打她,她却早有准备,像一只机敏的小猫迅速跳开,我没有打着她,她更加得意地笑。我有些气急败坏,干脆顺杆爬反击她:"我……我要是公猪,那你不就是母猪了?"说完我一脸坏笑。

没想小惠不仅毫不在乎,似乎还乐见其成:"是啊,你说得一点没错。王老师你是公猪,我是母猪,是公猪的妻子,你愿意吗?"她凑到我跟前,冲我扮着鬼脸,还冷不丁亲了我一口,令我哭笑不得。就这样,我俩一路说笑,一路打闹,渐渐向八角寨山顶云台寺东北侧的龙头绝壁靠近。

临近云台寺,我看到一位干瘦黝黑、满脸疲惫的中年农妇,那农妇一手拎着蛇皮袋,另一手正拿着一把竹夹,边走边夹着路边的垃圾。出于好奇,我禁不住停下来问:"您好!请问您是这个景区的保洁工?"

女子抬起头，诧异地看了看我，又看了看小惠，不置可否。我猜想，景区尽管游人如织，但游人肯定长年累月对她熟视无睹。此刻她的表情，大概不亚于当初的印第安人忽然遇到了早已经开化的人类。

小惠倒是鬼机灵，未等她开口就抢先安抚她："阿姨你别怕，人家可是北京来的大学者，人家看你这么辛苦，想关心你呢！"

或许是见小惠是个亲切可人的小女子，更或许听到小惠是用莨山当地的口音同她说话，中年农妇原本紧绷着的脸像春日渐暖的冰川，总算暖和下来，并且礼貌地点了点头。

我趁热打铁："大姐，您每天都在这一带清理垃圾吗？"

农妇点头说："是。"

我问："您家住在哪儿，远吗？"

农妇说："就在山下。"

我问："那您每天几点上山、几点下山？"

农妇说："我每天上两趟山，上午一次，下午一次。"

我惊叫起来："那多累呀！为什么要上两次山，中午带点饭或者带点干粮，不就可以不爬两次山了？爬山多累呀！"一想起每天爬两次山，我不免心生畏惧，自己这一趟还都未爬到山顶呢，就累得像个快泄气的皮球，眼前这干瘦的农妇怎么能够承受每天如此艰难的劳作？

农妇看着我的样子，只皱了皱眉，望了望我，脸上却无动于衷，像满山遍野风吹日晒却纹丝不动的石头。

小惠见状，主动用家乡话与农妇攀谈起来，叽里咕噜的，浓重的湖南口音，语速又快，我几乎像听天书一样不明所以。好在小惠与农妇聊完，转过脸将农妇说的话翻译给我：农妇每天两次登山，是因为中午须下山照顾有病卧床的九十多岁婆婆，她干这工作每月仅一千元工资。其夫数年前因打工工伤，一直残疾在家。他们家里有三个孩子，因家境所迫，大女儿和二女儿初中未毕业被迫辍学，先后外出到广东打工。最小的是儿子，去年小学还未毕业也已经辍学，跟着乡亲到长沙一建筑工地学砖瓦工……小惠这番话，让我震惊不已。作为在京城长大的我，自打来到世上就一直生活在优渥的环境中，吃穿从来不愁，可以说要什么有什么，哪里听说过像农妇这样的生活境况？苍天在上，芸芸众生，这个世界上人与人本是同类，也本该平等，可降生在不同家庭，境遇却有天壤之别，难道这一切都该归咎于命运？

我禁不住问农妇："你们家过得这么艰难，这么苦，平时烧香拜佛吗？"

农妇望了望我，摇了摇头。

我说："烧香拜佛，祈求神灵，不是能够去厄消灾，保佑家人平安幸福吗？"

农妇还是摇了摇头。我觉得奇怪，也感到纳闷儿，我说："那你相信龙头香吗？我可是专程从北京赶到这里来烧龙头香的。你近水楼台，龙头香近在咫尺，每天烧上炷龙头香，不就可以一生平安、人旺家兴吗？"

不料农妇这回既不点头，也不摇头。反倒是抓起袖子，一下接一下地抹起了眼泪。我心一紧，像遭遇针扎一样，扭过头看了看小惠，又看了看农妇。小惠也一脸惊诧，她一串碎步走上前，一只手搭在农妇肩上，另一只手从坤包里掏出纸巾递给农妇，关切地问："阿姨你怎么啦？什么事让你这么伤心啊？别哭啦别哭啦，哦，有什么伤心事，慢慢说。"

农妇浑身抽泣，哭得更厉害了。我和小惠没再劝她，俩人你看看我，我看看你，然后默默地看着农妇哭泣。农妇哭了一阵，身体才慢慢归于平静，末了对小惠叽里咕噜说了一通我一点也听不懂的湖南话，小惠也用湖南话与农妇交流了一通。完了，才回过头为我翻译。小惠先反过来问我："王老师，知道农妇为什么伤心吗？"

我摇了摇头："不知道，也猜不出。"

小惠说："她公公以前就是替人家到龙头崖烧龙头香，不小心摔死的！"

我像冷不丁挨了一记闷棍，脑子"嗡"地一响，眼前有无数金星在飞。瞬间也恍然大悟：难怪这农妇一直摇头，难怪她不再相信佛祖神灵呢！

小惠见我呆若木鸡，又指着农妇，补充道："她还说他们全家以前都是相信佛祖、相信神灵的，她公公经常上山，冒着风险到龙头崖烧香，就是希望佛祖和神灵保佑他们一家远离灾祸，平平安安，大富大贵。可是年复一年，佛祖和神灵不仅没有保佑他们富贵，也没有保佑他们平安。她公公因为替别人上龙头崖烧香祭拜，家里的经济刚刚有了点起色，不料却大难降临，公公在一次替人烧香祭拜时从龙头崖不慎摔下深谷，粉身碎骨，以至于连尸首都不见踪影……"

小惠这番话像挥出的鞭子，一下接一下抽打在我的身上，我只感觉到内心一阵阵抽痛。我默默看着眼前这位憔悴疲惫一脸苦相的农妇，想起她长年累月每天风吹日晒风雨无阻两次上山下山苦役般的劳作，我几乎不寒而栗，也心有戚戚，禁不住掏出六张百元钞票递到农妇手里。"六"代表顺利，是吉祥数字。我希望这位农妇未来的日子顺顺利利，平平安安赶上好运。农妇接过我递给她的六张百元钞票，先是一愣，瞪大眼睛死死地望着我，继而眨了眨眼、摇了摇头，大概以为是在做梦，不大相信。紧接着又摸了摸手中的六张百元钞票，忽然扑通跪在我的跟前，母鸡啄食般使劲叩头，连声说着"谢谢谢谢"。只不过，"谢谢"二字从她的喉咙里挤出来，声若游丝，那声音小得像夏夜的蚊叫……

小惠见状，惊诧地睁大了眼，看了看农妇，又看了看我，似乎被惊着了。忽然她冲农妇大声喊叫起来："啊哟哟，这位大姐，你今天算遇上大菩萨了，真是好福气呀！"小惠声如银铃，清脆，悦耳。农妇也被这声音惊着了，她猛然抬头、起身，弓着腰不住朝小惠点头作揖，不停说着"谢谢，谢谢，你和这位大哥都是好人、好人哪……"

小惠又冲我竖起大拇指："王老师才是真正的大好人呢，不愧是京城来的大学者，心系苍生，怜悯天下百姓，了不起！"小惠笑脸盈盈，但那笑分明带有几分狡黠、几分调侃。我有些不好意思，故意岔开话题，招呼她继续赶路。

六

八角寨的龙头崖越来越近。

沿着悬崖边弯曲的山路不断前行，转过一个拐角，放眼望去，一幅险峻山景赫然矗立在我的眼前：峡谷对面的悬崖顶上，镶嵌着一座寺庙，寺庙右侧是刀削的绝壁，绝壁向外延伸，宛若猛龙游云、仰天长啸。猛龙之下，云飞雾绕。再往下，是与我们脚下隔崖相望的峡谷深渊，峡谷阴森宽阔，恐有千米之距，令人惊悚！看着眼前的险山峻岭、峡谷深渊，我浑身一激灵，精神不由为之一震。

小惠指着对崖向我介绍："王老师你瞧，那座寺庙，就叫云台寺，寺右边飞耸的悬崖绝壁，就是龙头崖。你再瞧瞧，龙头崖上有没有一座猪圈一样大小的小庙？"

真的呢，朝着小惠手指的方向。我真的看到龙头崖上的小庙，小庙上还插着正随风飘扬的经幡，此刻隐约还能看到在小庙前烧香的香客。真是百闻不如一见，此情此景，瞬间牵动着我的神经，一股虔诚之情油然而生，庆幸此行真是来对了！内心一激动，便招呼着小惠赶快赶路。脚步也意外飞快，以至于落在后面的小惠紧赶慢赶，一边调侃说："王老师怎么忽然间不累了，是不是刚刚充了电呀？"我顺水推舟，哈哈笑起来："是啊，我刚刚充了电！"

我俩一路边说笑边欣赏着美景，转眼间就来龙头崖。

此刻的龙头崖，人来人往，既有香客也有游客。为安全起见，景区管理者在靠近悬崖往里的大约一米宽处，用水泥钢筋围上了隔离栏杆。隔着围栏往下看，峡谷深渊如猛虎张开的血盆大口，正静静地觊觎着崖上的游客，我不禁打了个寒战。尽管如此，仍不时有或男或女的香客不听劝阻，翻过围栏朝龙头崖的方向烧香。从他们跪拜的地方再往前一点点，就是通往龙头崖的斜坡，斜坡约莫数米见宽，像龙颈向前伸延十来米，那边便是龙头崖。这时候，龙头上的那个小土庙前，有位身着佛衣的香客正在那里烧香、祭拜。小惠告诉我，那香客就是受雇替人烧香的当地山民，而靠近围栏这边烧香祭拜的，则是不肯花钱雇人、宁愿自己烧香的游客。此刻，那位身着佛衣的香客已经祭拜完毕，沿着凹凸不平的龙颈往回爬。尽管龙颈狭窄，没有任何树木藤蔓，更没有任何人工护栏，稍微不慎就将滑下万丈深渊。如此险境，一般人都会望而生畏、不寒而栗。可那替人烧香的山民，此刻却熟练地从龙头爬上龙颈，他小心翼翼，手脚并用，如蜘蛛侠般匍匐前进。周围霎时鸦雀无声，大家都屏住呼吸，他的一举一动像一根无形的丝线，牵动着围在护栏这边紧紧盯着他的游客。

我正在为这山民捏着汗的时候，他却像一只机敏的狐狸，已经敏捷地蹿回到围栏这边，人群瞬间爆发雷鸣般的掌声，祝贺他涉险归来。我发现他面无惧色，微笑着不慌不忙地向大家挥手致意，仿佛享受着英雄凯旋的待遇。我仔细打量着这位山民，他的年龄约莫四十出头。他的外貌，黝黑干瘦，鼻子偏扁，凹陷的眼眶里，两只眼珠滴溜溜转来转去，活像狡黠机敏的猴子。但这时候的他显然累了，他在围栏前坐下来，一口一口地喘着粗气。刚才还滴溜溜转来转去的眼珠之上，已经耷拉下疲惫的眼皮。

我拨开人丛，从人缝中挤了过去，凑上前问这位山民："这位师傅，我是来烧香的，您还接活儿吗？"

山民抬了抬眼皮，眯着眼睛望了望我，懒洋洋地摇了摇头。

小惠用湖南话上前问："师傅您怎么啦，怎么不接了？人家可是大老远从北京赶来的大人物，能为他烧香可是您的福分哇！"

小惠清脆响亮的女声，惊着了山民。山民强打精神，斜着眼望了望小惠，又瞟了瞟我。摇着头，懒洋洋说："我累了，不想去了，想歇一会儿。要不，你们去找别人吧。"

我环视着四周，寻找着替人烧香的其他专业香客。与这位山民一样穿着佛衣的人还有两位，可那两位此刻也同样坐在围栏旁边歇息。小惠替我挤上前去，用湖南话问了一位，未果。又问了另一位，人家仍无动于衷。正在这时，一位身着西装、看似景区管理人员模样的中年汉子走过来，对我和小惠说："你们甭找啦，他们三人从早上八点一直干到现在，怪累的了。瞧瞧都中午十一点半啦，按惯例他们该收工了。"

我问："那下午还开工吗？几点开工？"

中年汉子答："两点吧。"

我看了看表，现在是中午十一点半，到下午两点，整整得等待两个半小时。我环视四周，午阳正炽。时节虽已入秋，但此刻灼热的午阳直晒下来，热烘烘的，让人感觉夏天仍未远逝。再看看空旷的崇山峻岭，在午阳的照射下似乎也失去了早先的生机，懒洋洋的，没精打采，看起来不免让人有疲倦的感觉。这样的状态倘若还得等待两个半小时，未免有些难熬。我有些焦急，遂又问那汉子："你是他们的领导吗？"

汉子瞥我一眼，双手下抱臂故意卖起了关子，表情有几分狡黠："也是，也不是。"

见我不解。汉子才解释道："他们在这里干活儿，由我统一组织、管理。但他们干不干，接几趟活儿，我说了不算，他们自己定。毕竟这活儿太危险，是拿命赌博，一般人干不了，也不愿干。"

我说："明白。可我是从北京来的，下午还有其他事，明天要赶到长沙乘飞机，来不及等到下午了，你看能否同那几位师傅商量一下，看哪位现在能否再接趟活儿，替我烧龙头香？"

汉子听罢，眯起眼上下打量着我，问："你出多少钱呀？"

我问："你想要多少？"

汉子毫不犹豫地说："至少得给一万。"

他话音刚落，我的心像被扯了一下，有些紧，又有些疼。喉咙像被堵上一团棉花。心想，这不是明目张胆，拦路打劫吗？

小惠见状为我打抱不平，她抢白道："师傅你这也太宰人了吧，上午你们替人烧一趟香，不就是两三千，至多是三五千吗？"

汉子乜斜着眼睛，瞟小惠一眼，说："怎么，嫌贵是吧？嫌贵，那你们就等下午吧。不过我丑话说在前，这么多人想烧香，我们只有三个人，忙得过来吗？没准下午花一万元，你们都排不上！"

汉子的话像一声警钟，敲击着我的神经。我环视周围，等待烧香的游客还真是不少，有男有女，有老有少，他们手里都拿着事先准备好的香和纸钱，渴望着烧龙头香。龙头崖的龙头虽近在咫尺，但因为隔着惊险的龙头颈，大家都望而生畏，不敢越龙颈半步，只得寄望于花钱雇那几位专门替人烧香的山民。可是山民人少，而游客众多，严重的供求矛盾，使得雇佣费节节攀升。忙不过来的时候，价格更是水涨船高，高价摆在那儿，正宗的龙头香你爱烧不烧，人家不会强求你，你自己看着办。再说了，人家也不是白拿你钱，也绝非平白无故拦路抢劫，毕竟人家是在拿命赌博，万一不慎摔下悬崖，生不见人死不见尸，这钱那么好赚吗？大千世界，芸芸众生，猪朝前拱，鸡往后刨，什么人赚什么钱，你眼红什么？有本事你自己来嘛！联想到自己千里迢迢从北京而来，设若等到下午那几位替人烧香的山民重新开工，且不说还需要近两个半小时的漫长等待，届时面对这么多有求于他们烧香的香客，还不知道会出什么幺蛾子呢。这么一想，我内心动摇了，我不想费时间等待一个没有把握的结果。于是，我用胳膊碰了一下小惠，低声对小惠说："算了，我不想等了，这钱让他们挣吧。"

小惠将我扯到一旁，睁大眼睛问："怎么，王老师真想给他们一万啊？"

我点了点头："是啊，我确实不想等了，该赚还得让他们赚，再说这钱也确实不好赚，不仅是辛苦钱，还是搏命钱。"联想到我父亲在位时三天两头收到客人送的红包，我忽然释然了，觉得花一万元雇人家烧香不算什么。当然，这话我没向小惠说。

小惠听罢直吐舌头，将拇指竖到我的眼前："厉害了，我的王老师，果然是大款风范，不差钱哪！不过……"她抿着嘴，欲言又止，神色忽然晴转阴，乌黑明亮的眸子左右睃巡。

我猜不出她葫芦里到底想卖什么药，便问："别吞吞吐吐的，你想说什么？快说！"

小惠又扯着我朝一旁紧走几步，见左右没人，这才噘起小嘴嘟哝道："王老师这么大方，可我从昨晚陪着你直到现在，还没有得到您半分酬劳呢！"她这话突如其来，把我噎住了，可同时也提醒我：眼前这漂亮小姐可不像是一般女子，也不是陈总公司项目开发部的什么优秀员工，她应该是职业公关吧，或者兼而有之？无论如何，她话都挑明了，我只好强颜作笑，一只手抚着她浑圆柔软的肩膀，乐呵呵哄她："小惠别急，我不是还没离开崀山嘛。走的时候，我一块儿给你，行吗？"

"好耶——"小惠听罢，调皮地冲我做了个鬼脸，然后像一只快乐的麻雀兴奋起来，拉着我快步走回到围栏前，找到刚才那个景区管理员模样的汉子说："师傅，你帮我们找一位烧香的师傅吧。"

那汉子看了看小惠，又看了看我，有些不屑地说："可以，但一万元你们掏吗？"

我说："一万太贵了，八千吧。"

汉子说："不行，我说过了，一万就是一万，一分也不能少！"言毕，他叼着烟，将脸转向别处，一副爱理不理的样子。

小惠一跺脚，有些不服气。她快步走向围栏边那位刚才替人烧香的山民："师傅，你能否辛苦一下，再走一趟，替我们这位远道从北京来的师傅烧龙头香？"

那位山民眯着眼望了望小惠，又望了望我，摇着头答："我不是说过了吗，我累了，收工了，下午再说。"

小惠说："我们给你八千块钱。"

那山民听罢，眼睛一亮，瞬间又暗了下来。朝刚才那位景区管理人员模样的汉子努了努嘴："你们得问问他。"

小惠却心有不甘，又去问了另两位专门替人烧香的山民，得到的都是同样的结果。

我恍然大悟，也有些扫兴。弄了半天，还是没能逃脱如来佛手心，原来那汉子就是他们的监工，包工头，他们烧香的活儿，统一由那汉子派遣。

我只好又回到那汉子跟前，说："师傅，那你就帮我安排一位烧香的山民吧，一万就一万。"

那汉子乜斜着眼睛，慢条斯理地吸着烟，好一阵吞云吐雾，这才说："怎么，想好啦？"

我毫不犹豫："想好了，你尽快帮我安排一个，越快越好！"

汉子将烟蒂往地上狠狠一丢，又用脚狠狠地踩了踩，招呼我说："好，跟我来！"

七

汉子帮我们安排出工的，便是那位刚烧完龙头香回来的山民。

那位山民刚站起来，我忽然心生恻隐之情："师傅，你刚才不是说累吗！你到底行不行？"我不希望他因体力不支而去冒险，我这话，其实也是说给他的包工头听的，潜意识里我似乎希望包工头安排另一位山民。

眼前的这位山民并没有直接回答我，而是凑近包工头，用湖南话与对方交流了几句，然后点了点头。末了，包工头扭过脸对我说："他没问题。钱呢？你先交一万块钱。"

我指了指那山民，说："他还没回答我呢。"我希望是山民亲自回答，而非这包工头替他回答。搞研究的职业习惯，提醒我凡事都要严谨。

包工头有些不耐烦,龇着牙摇头晃脑说:"哎呀放心吧,他已经同意,你交钱吧!"

我望了望山民。山民见状,径直对我说:"你先交完钱,交完钱把香和纸钱给我。"他这话说得很爽快,不像刚才话说得懒洋洋的,对我爱理不理。看来钱真是好东西,钱对他来说是兴奋剂。

我忙将刚才在云台寺前购买的香、莲花蜡和纸钱交给他,除此之外还有事先准备好的苹果、香蕉和糕点。

山民接过去,看我将那一万块钱交给他派活儿的汉子,这才放心地将祭品熟练地装进他专用的一个布兜,再系到自己的腰上。他的腰很瘦,我发现他整个人都很瘦,个儿也不高,一米七不到的样子。眼睛凹陷,胡子拉碴,头发蓬乱,长年的风吹日晒,使他的肤色近乎酱紫,还满脸皱纹,像极了腌了有些年头的咸萝卜干。此刻的他虽然有些兴奋,脸上却难掩疲倦之色。就像缺油的发动机最后时刻强打精神,那声音听起来有几分挣扎和气短。

我关切地问:"师傅,你是不是饿了,要不你先吃点什么东西之后再走?"

山民摇了摇头。他只是抓起地上一瓶没喝完的矿泉水,咕噜噜喝了个底朝天,用手抹了抹嘴,然后抖擞精神。可他没走几步,脚下就被什么东西绊了一下,打一个趔趄,整个人摇摇晃晃,像被狂风吹得东倒西歪的小树。我内心一紧,猛喊一声:"师傅你千万小心!"再看看那包工头和小惠,此刻他们两人也眉头紧锁,目不转睛地盯着他。

山民站稳脚跟,朝着龙头崖的方向,沿着斜坡一步一探,缓缓走下坡,在乱石与野草杂陈的狭窄龙颈上,他开始弯下腰来,双手着地,小心翼翼,匍匐前行。我的心再次悬了起来,再看看小惠、包工头和周围其他人,几乎所有的人都屏住呼吸,目光聚焦到那位山民身上。幸好那山民熟门熟路,没费多长时间便跨越那段险道,成功攀上龙头崖。此刻,他在小庙前停下来,解下腰带,将祭品一一取出,一一罢好,又取出打火机点燃香和蜡烛,然后跪下来,举起手,双掌合十,念念有词,开始求拜。远远看去,蓝色的香烟像灵魂出窍,袅袅上升,飘向天空,向上苍祈祷,向神灵祈祷。此时此刻,一股神圣庄严的情感在我胸间油然而生。像那位替我烧香的山民一样,围栏这边的我也朝着龙头香的方向跪下来,举起双手,双掌合十,祈求上苍和神灵开恩,为我们王家赐福,时时刻刻保佑我们王家家庭和顺,老少平安。恍惚间,我似乎听到了黄钟大吕,看到了普天之下,蓝天白云,阳光灿烂,鸟语花香,绿草茵茵,流水潺潺,众生普度,众神歌唱……与此同时,我分明也看到了我家人的笑容,像鸽子飞来,正一张张在我的眼前掠过:爷爷、奶奶、父亲、母亲、妻子、儿子。此情此景,我无法抑制内心的激动,眼看着不远处的龙头崖上,那位受雇于我的山民烧完龙头香和纸钱,起身正一步步往回走。说不清为什么,我忽然兴奋起来,像雄狮一样朝苍穹、朝峡谷引颈吼叫——"喔哦哦哦,哦哦哦……喔哦哦哦,哦哦哦……喔哦哦哦,哦哦哦……"此时此刻,遥远的苍穹,空旷的峡谷,仿佛万马奔腾,山呼海啸,我听到一声又一声雄浑而悠远的回响……

当一切回归平静,我发现人们的目光又投射到受雇于我的山民身上。此刻,那山民已经从龙头崖折回,手脚并用,匍匐在龙颈上。龙颈约莫一米见宽,乱石遍布,杂草丛生,两旁呈拱圆形。没有树,没有藤,也没有人工防护栏,任何人从上面经过,稍微不慎便将阴阳两隔。此刻,我紧紧地盯着山民,山民的一举一动,像磁铁吸引着我的目光,跟随着他前进的方向,不断前移。与此同时,我几乎悬到嗓子眼儿的心,怦怦直跳,不断在为他加油、祈祷。尽管理智提醒着我,这山民早已轻车熟路,长年累月,每天往返于龙颈这个生死关口无数遍,不会有事的,但此刻我的神经还是高度紧张,毕竟他受雇于我,毕竟他是一条活生生的生命,毕竟他是背负着一个家庭的山民。四五十岁的年龄,每天早出晚归,每天风吹日晒,每天凭苦力挣钱，每天搏命冒险。他年迈的父母，弱小的儿女，恩爱的妻子，正等待着他平安回家，带回他们养家糊口的又一天酬劳，期待一家人一起吃晚餐那每天快快乐乐的时刻吧？然而，有句俗话：不怕一万，就怕万一。还有另一句俗话：是福不是祸，是祸躲不过。正当那山民即将跨越危险、从龙颈起身迈上通往围栏这边的斜坡的那一刻，崀山风云突变，一股不知从何而来骤然刮起的旋风，以雷霆万钧之势猝然朝龙头崖袭来，不偏不倚，偏偏扑向那即将涉险过关的山民。刚刚从匍匐中直起身的山民被推了个趔趄，失去平衡，刹那间被这股莫名而来的旋风刮进峡谷。与此同时，一声凄厉的惨叫骤然而起，掠过天空，滑向龙头崖下面的深谷，伴随着呼啸的狂风，在群山峡谷中久久回响。

我被眼前突然发生的这一切和这凄厉的喊叫声，惊得目瞪口呆、魂飞胆丧……

八

我不知道自己是怎么离开龙头崖、离开崀山的。记忆中，随着那声凄厉的、山呼海啸般的惨叫，人群骚动起来。有人惊叫，有人哭喊。趁着混乱，小惠拉起我的一只手，没命地跑，近乎疯狂地跑，不知道是我裹挟着风，还是风推着我跑，反正心惊胆战，只管跑，直跑得我气喘吁吁，腰酸腿痛。两条腿像被灌了铅，越来越沉，越来越抬不动，我像一摊烂泥，整个儿瘫倒在路边的一小片草地上。

醒来的时候，我已经躺在酒店的席梦思上。守在一旁的小惠见我醒来，用手拍了拍我的脸，舒了口气嗔怪道："王老师你真够吓人的，我以为你死了呢哈哈……"话没说完，她自己先开心地笑，一副恶作剧的表情。看着懵懵懂懂、依然一头雾水的我，她这才收住笑，一脸严肃地对我说："你知道你是怎么回到酒店的吗？"

我当然不知道，只能是摇了摇头。小惠哈哈大笑，末了才说：

"真没想到你如此胆小,你真让我见识了什么叫胆小如鼠、抱头鼠窜了!不就是摔死了个人吗?何至于把你这个首都来的堂堂大学者吓成这样!你昨晚骑在我身上同我疯狂做爱的那种劲头儿哪里去了,嘻嘻,昨晚你像一头凶猛的狮子啊!没想到今天却变成了一只胆小的老鼠,你也变得太快啦,哈哈哈!"

我抢白道:"摊上这么大的事,都摔死人了,难道你不害怕吗?"

小惠说:"哎呀,不就是摔死个人吗!再说了怎么能叫摊上?你不是都给他们钱了吗?而且给了一万元,不少啦!这事就像做买卖,你情我愿,公平交易。他不小心摔下去是他自己的事,同咱们没半毛钱关系,你怕什么呀!"

想想也是,小惠说得在理。可我还是心有余悸,毕竟是摔死了个人,俗话说天大不如命大,芸芸众生,人生苦短,生命无论对谁,都是比天还大的事,即便是之于地位卑微的平头百姓。何况人死不能复生,损失不可挽回。虽然那位山民是自己摔死的,但毕竟起因与我相关,是我非要在人家已经休息体力不支的时候花重金引诱人家、雇人家替我烧香,他要不是因为体力不支,大概也不至于摔下悬崖吧?他是靠体力和冒险挣钱的,正年富力强,肯定是家里的顶梁柱。他就这样摔死了,家里肯定有老有少吧,以后他一家的生活可怎么过呀!……这么想着,我不禁为死者难过,也为自己难受,内心不停自责。

不过看看小惠,她一脸不屑,若无其事,回想她刚才说过的话,我悬着的心渐渐放了下来。我喃喃问:"那我……我是怎么从山上回到酒店的?"

小惠说:"我看你吓得昏死过去,使劲儿掐你人中,一边不断呼叫你,一边打陈总手机。陈总很快派来我们公司的同事和几位民工,将你连抬带背地扛下山,下了山又将你抬到救护车上,送到崀山人民医院,经过一番紧张检查和救治,医生说你没事,主要是受惊吓和太过疲劳,回去睡一觉应该就好了,我们这才将你送回到酒店房间……"

我有些惊讶:"真的是这样?我怎么一点儿也不知道呀!"

小惠又白我一眼:"哼,你一直睡得像头死猪,当然什么都不知道。可我们为了你,弄得手忙脚乱,焦头烂额,你差点儿没将我们吓死。陈总说了,你这位京城来的堂堂大学者、王部长唯一的公子,要真是死在我们这里,我们可怎么向德高望重的王部长交代呀?!"经过了昨晚的肌肤之亲,小惠跟我说话少了客套,已经变得像夫妻或情人一样无拘无束,还时不时带着调侃。

我问:"那陈总呢,陈总现在在哪儿?"

小惠正想回答,房间却响起门铃。

真是说曹操,曹操到,进门的正是陈总。他风风火火闯进屋来,身后跟着司机小李。

我急忙起身,为陈总让座。陈总开口问我:"王老师怎么样,感觉好些了吧?"说着走到我跟前,一只手搭在我肩膀上,眼睛里满是关切。

我说:"谢谢陈总,我好多了。真是对不起,今天我……"

陈总摇头摆手,打断我:"王老师你不必客气,更不必内疚和自责。咱们是自家人,一家人不说两家话。我和你父亲王部长什么关系呀,认识好多年了,王部长既是我的恩人,又是我的老乡,恩人加老乡,亲上加亲!这么多年王部长一直帮助我,我一直心存感激,没有王部长的帮助哪有我陈某人的今天呀!王老师你是王部长的公子,受王部长之托千里迢迢回老家烧龙头香,我理当全力做好服务。至于今天发生的这个意外事件,刚才我已经同各方面协调关系,处理好了,你放心吧。你要是现在感觉好些了,咱们一块儿去吃晚饭,你看怎么样?"

尽管我感觉浑身乏力,也没有什么食欲,但伸手看表,发现已经是傍晚六点半,正是晚饭时间。客随主便,我对陈总说:"我没事了,听你安排。"

见我点头同意，陈总便带着小李、小惠和我，来到酒店一层的一个雅间吃晚饭。刚一落座，陈总就说："今晚就咱们四个人了，人少，安静，再说今天山上摔死人的事已经在崀山闹了一点动静，满城都在议论此事。人多嘴杂，咱们还是先避避风头吧。再说了，王老师今天很累，今晚得早点休息，养精蓄锐，明天好赶航班飞回北京。"陈总的话说得很熨帖，但他话中有话，让我内心刚刚回归平静的湖面再次掀起了波澜，我很想知道他说的今天山上摔死人的事在县城闹了一点动静，到底是什么样的动静。但陈总似乎猜透了我的心思，顾左右而言他，有意岔开了话题。他在讲崀山今天发生的其他新闻，什么某某官员出轨与小三鬼混被老婆冷不丁打上门来，什么某某老板昨晚与人赌博输掉了十万却埋怨对方作弊大打出手，什么某某餐厅最近进了一批日本牛肉价格贵得惊人许多顾客吃了却拉肚子纷纷找上门论理……反正五花八门，都是本城区最新发生的社会传闻，饭桌上的陈总边吃边说，眉飞色舞，津津乐道，直说得嘴角冒泡，唾沫星子四处飞溅。以至于原本就没什么胃口的我更是没胃口了。虽然陈总点了满桌的菜肴，荤荤素素花花绿绿，热腾腾香喷喷，但我只是有选择地吃了点清淡的素菜，喝了点粥，浑浑噩噩胡乱地打发完晚饭的时光。

吃完晚饭，陈总特意让小李和小惠继续留在餐厅等他，说有事要同我单独商量，然后一个人亲自将我送到了酒店房间。我以为陈总是要说说今天山上摔死人在崀山闹出动静的事，以及他与各方面的协调处理情况，没想到他是有事求我，刚在房间的沙发坐下便开门见山："王老师，难得你回老家一趟。原本我是打算最近抽时间到北京拜访王部长的，刚好你来了，我最近又比较忙，有两件事干脆就同你直接说了吧。"

我问："什么事？你说吧。"

陈总扭了扭身，伸长脖颈，将脸凑近我："第一件事，我的公司想在崀山上修建两个索道，一个打算修在龙头崖，另一个打算修在骆驼峰，这两条索道若能建成，肯定能吸引更多的游客尤其是中老年游客前来崀山旅游。但这两个项目投资巨大,需要数千万资金。崀山县是国家级贫困县,是国家精准扶贫的重点县,我想请王部长再帮帮忙,同我们省里和县里的领导打打招呼,帮助我们申请到扶贫资金专项贷款。"

我说:"扶贫资金专项贷款的审批权目前在哪儿,我父亲都退休了,这事他能否帮上忙,这不好说,我只能回北京后问问他。"

陈总说:"中央的扶贫资金专项贷款,审批权以前在国务院扶贫办,王部长以前帮助我们申请到一笔。二〇一四年以后,国务院将扶贫资金专项贷款项目的审批权下放到省和县,省和县这两级关系都应当打通。虽然王部长已经退居二线,但他人脉都在,跟我们省和县两级的领导都熟悉,他肯定还能帮上忙。"

我说:"这个我只能回北京问问我父亲。陈总要说的第二件事是什么呢?"

陈总点燃一支香烟,晃灭手中的打火机,长长地吸了一口,又慢慢地吐着烟雾说:"噢——是这样。眼看时间又到了年底,省里的两会召开在即,我想请王部长也向省里和市里的领导打个招呼,看看能否帮助我当上新一届省人大代表或政协委员。"

我禁不住问:"陈总是企业家,人大代表或政协委员,对你来说有什么实际作用吗?"

陈总又吸了口烟,边吐烟边说:"作用大着呢,我们这些干企业的,假若能当上省里的人大代表或政协委员,就如同穿上了漂亮的马甲,既可以享受荣誉带来的政策、税收等方面的优惠,法律上还有一定程度的豁免权,所以谁都想要,争夺激烈。"

我说:"陈总是本地知名的企业家,也应该是本地的纳税大户了。为何这么多年还不是省里的政协委员或人大代表?"

陈总一甩手说:"嘁,我不是说了吗!无论是政协委员还是人大代表,干企业的谁都想要,竞争激烈。可我的公司是民营企业,先天不足,哪里争得过国企老总?再说县里的民营企业,实力同我不相上下的也有好几家。我争取了好几年，都没有争得过人家，迄今也只是当了地市一级的人大代表，所以我想请王部长帮助我想想办法，将我的人大代表级别升格，弄个省级的当当。噢对啦，我刚才说的这两件事，你回去务必转告王部长，让王部长尽力帮助我，找找关系，把事情都办了。需要我什么支持和配合，请尽管说。喏，这里有一张卡，是用我的名字和身份证开的户，里面有二十万元，密码我回头用短信发到你的手机。你帮我带回去交给王部长，就算是我托办的这两件事的经费。"说着他将一个印有某银行字样的白信封递给我，显然那信封里面就装着他说的那张存有二十万元的银行卡。面对这张卡，我却像见了一块被烧红的烙铁，怕被烫着了，摊开双手使劲儿推辞、躲闪。

陈总却拉下脸，有些生气："王老师你这样就见外了，这卡你必须拿，眼下这社会办事哪能不花钱？以前我每次找王部长办事也都这么做，这是惯例。再说了，这卡也不是给你的，是让你替我带回去给王部长的，你不带就是不给我面子啊！"陈总说出的话像机枪，嗒嗒嗒一连串，几乎将我逼进墙角，让我无路可退。

我却且退且战，想方设法予以回击："陈总你不能这样，不能强人所难，你别逼我和我爸犯错误，反正这银行卡我绝对是不带的。"

陈总急了。他像蹋死一只蚂蚁一样，狠狠地掐灭夹在手指上的烟蒂，仿佛将满腔的不满发泄到那只无辜的烟蒂上，嘴上蹦出一串话："王老师你看你这话说的，真是十足的书生口气，没见过世面。我不是说了吗，眼下这社会是商品社会，哪里有办事不收钱的理？要说这点事是犯错误，那眼下这社会犯错误的人多了去了！要说这点事是犯错误，那你老爸王部长早就犯了，可我认为这点事压根儿就与错误不沾边儿。虽说施恩图报非君子，可还有一句知恩不报是小人呀！我托你父亲王部长办事，怎么能不报恩？"

见陈总情真意切，已有些生气，我口气软了下来。我说："俗话说人走茶凉。我父亲都退休了，他能帮你什么忙呢？陈总你太高估我父亲啦。"

陈总"哧——"地从牙缝中挤出气，一脸不屑："王老师你大概是学问做多了，真是个书呆子，太不像你父亲啦！你不仅不像你父亲，还不相信你父亲，这太不应该了。你父亲是京城的部长，在官场经营了数十年，德高望重，人脉众多，虽然他已经退居二线，但在中国这个人情社会，我相信王部长就像一棵根深叶茂的大树，一时半会儿恐怕还摇不动，他肯定还有许多人脉和资源可以利用。何况中国还有句俗语：瘦死的骆驼比马大！你不相信你父亲的能力，我可相信，而且是百分之百地相信。你就帮我将卡带回给他吧，我得走了，我还有事呢！"话音刚落，他不由分说将那个装有银行卡的白色信封扔到我跟前的茶几上，转身便走。我像被烫着了似的从椅子上弹了起来，紧追几步抓住他的一只胳膊，心急火燎地说："陈总你可不能这样不能这样……"他却一把甩开了我，甩得我一个趔趄，急匆匆地开门而出，回头还扔下一句："明天八点半我派司机小李送你去高铁站！"说完，他"咣"的一声将我关在房间里。我追门而出，陈总却已经消失在酒店灯光昏暗的楼道里。

九

回到房间，陈总的短信如期而至——991818，显然，这应该是他留下的这张银行卡密码。

我急忙打开陈总留下的那个白色信封，里面果然是一张崭新的银行卡，这张卡包在一张纸中，那张纸是银行的开户说明，户名写着陈总的名字和账号，金额是二十万元。也就是说，只要拿着这张银行卡，按照陈总刚才发来的密码，我就可以随便消费，或到自动取款机取款了。可此刻面对这张天上掉下的大馅饼，我不仅没有半点的喜悦和兴奋，相反是惴惴不安、忧心如焚。这张银行卡像一座沉重的大山猛然间压在我的心头，让我心跳加快，呼吸急促，顿时感觉快透不过气来。

二十万元，对我来说可不是一个小数目，这差不多相当于我这位副研究员一年半的工资，是我平时五百四十多天辛勤工作才能得到的回报。可现在，我不费吹灰之力，这二十万元唾手可得，虽说陈总是送给我父亲的，但归根到底是属于我们家的，天下果真有这么好的事！难怪当今社会，那么多人打破头都想当公务员，那么多人千方百计都想往官场钻。可官场之于我，我并不喜欢。我不喜欢官场那种阿谀逢迎、溜须拍马、说一套做一套的风气和做派，我天生更喜欢干业务，渴望做学问的那份自由。可现在，这张原本与学问无关，也与我无关的银行卡落在我的手里，我的心瞬时像冷不丁爬进了千万只蚂蚁，痒酥酥火辣辣的，浑身上下都感觉不自在。我一时手足无措，左右为难，不知如何是好，一个人傻呆呆站在酒店的房间中，看着手中的那张银行卡发愣。

房间这时响起了门铃。我内心一惊，感觉像来了警察似的，赶紧收起银行卡，快速将它装进我的皮包里。内心揣摩着到底是谁来了，莫非陈总又回来了？

我警惕地问："谁呀？"

外面响起清脆的女声："我——小惠！"听声音倒是有点耳熟。

我又将眼睛凑近门板猫眼，警惕地朝外望了望，果然是小惠，一颗悬着的心总算落了下来。

打开门，小惠一阵风一样扑了进来，还夹带着一股诱人的香水味儿。她一进门便像饿虎扑食似的，紧紧地搂住我，疯狂地吻我，两只活蹦乱跳的乳房紧紧地贴着我，不停撩拨。要是换成以往抑或昨天，我肯定早就欲火烧身，霸王上弓，准备应战了。可现在，我竟然没有半点情绪，浑身像冰冻一样无动于衷，霸王也按兵不动，软塌塌的。小惠却毫不理会，不停朝我身上拱，一边继续疯狂吻我，仿佛要将我吃了。我且战且退，搂着她用尽全力将她按坐在床沿上，她误以为我将应战，满脸兴奋地伸手欲宽衣解带，双手却让我钳住了。

我摇着她的双臂问："小惠你别这样，你怎么又来了，你找我有什么事？"

听我这么说，小惠忽然停止闹腾，抬起头来，睁着迷人的眼睛疑惑地看着我，像刚刚认识我似的。樱桃小嘴终于蹦出话来："哟——王老师你怎么这么说话，难道咱俩是刚认识吗？你今天怎么像换了个人似的，你昨晚的疯狂劲头哪里去了？"她迷人的眼睛冒着问号，也闪出逼人的寒光。

我不敢直视她，赶紧将目光移开，尴尬笑着。我敢肯定，这时候我的笑一定很难看，尤其是在一个年轻美丽的性感女子面前。我竭力回避着她既迷人又逼人的目光，索性站起身了，讪讪地说："小惠对不起，我现在没情绪，今天的事……"不料我还没说完，小惠却"哈哈哈哈"地笑起来，笑得花枝乱颤、满屋生风，笑得"哎哟哎哟"捂着肚子直喊笑死我啦笑死我啦。她足足笑了有一分钟，末了她才停下来说："王老师你太逗了，怎么说你也算个男人吧？无论怎样，无论什么时候，男人就应该顶天立地，经得起大风大浪。真没想到今天山上的事，把你吓成这样，这哪里是男人应有的气概哟，哈哈哈哈……"

小惠的话，让我如坐针毡。我辩解说："小惠，你可别这么说，这压根儿就与男人不男人的扯不上关系。今天都摔死人了，难道这事还不够大吗？"

小惠寸步不让："今天的事，陈总不是给你摆平了吗，你还怕什么？告诉你吧，别看陈总不是个官，甚至连个股级芝麻官都不是，但只要在崀山这地盘上，陈总几乎没有办不到的事。他都明确告诉过你，今天的事他都摆平了，王老师你还有什么不放心的呀？！"

小惠这么说，让我一直惴惴不安的心又多了一丝安慰，但一想起摔死的那位山民，我内心还是无法平静。不料小惠接下来说的话，让我原本不平静的内心又激起风浪。这时候小惠已经从床沿上站了起来，在屋里来回走动，边走边说:"不过话说回来，今天这事要不是陈总给你挡着，为你摆平，恐怕这次你是逃不脱崀山这地盘的。"她说得轻描淡写，却字字像重锤一样敲击着我的内心，原本松弛的心瞬间又悬了起来，浑身每个细胞像鼓起的风帆一样高度紧张。

我沉默片刻，壮着胆问小惠:"小惠，你快说说，今天这事后来情况怎么样，陈总都是怎么摆平的?"

小惠注视着我，眼神儿意味深长、有些深不可测。她抿着嘴，故意欲言又止，站起身来踱了踱步，这才说:"你还记得出事后你没命地跑，而我在后面没命追的那阵吧?咱俩跑了没多久，我就发现后面有人在追咱们，我见大事不妙，边跑边掏出手机给陈总打电话求救。当你跑不动且被吓昏的时候，对方气势汹汹追上来了，是两位山民，幸好这时候陈总派出的人也赶来了，真是神兵天降啊，陈总真的太厉害啦!陈总派的人一位是景区工作人员，另一位是景区保安。这时候，那两位山民围住了咱俩，说他们那位兄弟是你害死的，讨要说法。景区管理人员却毫不客气，说钱都让你们收了，这都是有约在先，你情我愿的事，摔死了那是你们自己的事，替人烧龙头香本来就有风险，不然怎么一下子给了你们一万元呀，要没有风险，人家能给你们那么多钱吗，天底下没有这等好事!这番话说得理直气壮，只见那两位山民一时不知所措。但其中一个涨红着脸，说本来我们已经干了一个上午，又饿又累，需要休息了，可你们这位先生非得要我们那位兄弟继续干，这不是他的责任吗?景区管理员又理直气壮给撑了回去:你话可得说明白了，是人家逼你们那位兄弟干吗?不是!人家只是许诺酬金加到一万元，你们那位兄弟完全可以不接这活儿啊，可谁让他接了?这不明摆着是你情我愿的事吗?接下活儿收了钱，理所当然就得替人家烧香，出了事也是你们自己的事，能怨别人吗?这话撑得那山民无话可说。可另一位山民说:哎呀人家接下活儿，还不是因为家里穷，想多挣点辛苦钱嘛!你们有所不知，我们的这位兄弟，母亲得了肺癌无钱医治，一直待在家里，妻子原本在北京打工卖菜，可不久前她和其他几位乡亲被清理出北京，说是低端人口不让待了，他们家的两个孩子还在读书。可现在这位兄弟却摔死了，他家往后的日子可怎么过呀？！说这话的那位山民又急又愁，好像说的是他们自家发生的事似的，我听了也心生同情。可这时候你已经被吓得不成人样了，陈总派来的后援人员又陆续到来，众人七手八脚将你连背带抬地抱上担架，而景区工作人员和保安却挡住并继续劝说那两位民工，我一边陪着被抬在担架上的你继续赶路，一边竖着耳朵关注后面的动静。只听见那位景区工作人员依然理直气壮地说：你们说的这些跟人家没有半点关系，天下穷人还多着呢，人家又不是开福利院或慈善堂的，没有义务救济，也救济不过来，我劝你们别闹了，赶紧回去。我可丑话说在前，人家可是从北京来的大官，你们别得罪人家，得罪也没你们好果子吃，没准儿龙头香也不让你们烧了！我因为陪着你下山，后来的事怎么样我就不知道了。但估计不会有什么事了，陈总不是说了吗，这事他已经摆平了。陈总的能量，我们公司谁都佩服。今天要没有陈总，你真的会很麻烦了，说不定真的回不了北京，所以王老师你真的得好好感谢陈总。"

小惠这番话，让我像听天书一样，也让我仿佛看完一部情节惊险的惊悚大片，只听得我毛骨悚然，羞愧难当，脊背一阵阵发凉。我舔了舔干燥的嘴唇，咽了口唾液，对小惠说："小惠，谢谢你，也谢谢陈总。真没想到，这次来湖南老家烧龙头香，会惹出这么大的事，真是难为你和陈总了，真的谢谢啊！"

小惠莞尔一笑，意味深长地看着我："王老师，可别光将谢谢挂在嘴上，你怎么谢陈总，我不管。我只是想问，你到底要怎么谢我啊？"

我愣了一下，问："这个嘛……我还没想好，要不你说吧，你希望我怎么谢谢你？"

小惠说："你带我到北京吧，我愿意做你的情人。"

我说："你别开玩笑了，这个不现实。我因为是干部子弟，在北京是被纪委和公安部门监控的人，你不怕到北京被抓去坐牢啊？"我故意吓唬她。

小惠信以为真,听了眨巴着眼睛,直吐舌头。样子有几分可爱,还有几分滑稽。

我不忍心刺激她,安慰她说:"你说点现实些的吧,你到底想让我怎么感谢你?"

小惠审视着我,噘着嘴说:"你让我说,我说了你能做到吗?"

我答:"你先说吧,只要能做到,我尽力而为。"

"耶——那就太好啦!"话音刚落,小惠扑上前来,一把搂住我,疯狂吻我。她整个身体像燃烧的火把,浑身上下散发着热辣辣的气息,仿佛要把我点燃。她边吻边喃喃地对我说:"眼看你明天就要走了,咱俩先玩一会儿吧,就像昨天晚上那样,要知道你昨天晚上有多么疯狂,简直就像一头公牛、一头雄狮一样,要多棒有多棒,爽死我啦,一点都不像我原先想象中文质彬彬的北京大学者……"

此刻她的样子近乎疯狂,我有些猝不及防,且战且退,极力想挣脱她。要不是被今天的意外惊着了,我肯定是投桃报李,求之不得,早就会像烈火干柴一样烧着了。可眼下,我浑身就像一具僵尸,欲望和每一个细胞都是冰冻的,下身原本那活跃的家伙也像冬眠的蛇一样纹丝不动,情绪也依然处于冰点。我边挣扎边说:"小惠你别这样,真的别这样,谢谢你,对不起我今天身体真的不舒服,没情绪。"我边说边用力推她,她冷不丁跌坐在床沿上。

小惠拉下脸,瞪着眼逼视着我,刚才千种娇媚、万种风情忽然消失殆尽,转而用冰冷的眼光抵着我。娇小的嘴蹦出一串子弹:"王老师,你别敬酒不吃吃罚酒,这两天我没有亏待你吧,我连身子都给你了,你怎么这么不解风情。老实说,男人我经历多了,要说在崀山这地盘,我什么男人没尝过?我也就是看在你是北京来的大学者,又是高干子弟,想尝个鲜,不然你以为我稀罕男人啊。明天你就要走了,往后也不一定有机会见到你,再说这两天我一直陪伴着你,眼看就将要告别了,你连再陪我一晚都不行吗?"

听小惠这么一说，我更是害怕，心想原来她真是个妓女啊！她什么男人都尝过、经历过了，她身上难道没有梅毒或艾滋病吗？这么一想我不寒而栗，肠子都快悔青了，真是后悔昨晚喝多了酒糊里糊涂与她鬼混。此刻面对她逼人的目光，我苦笑道："小惠真是对不起，我今天真的是身体不舒服，我……"

小惠二话不说，猛地从床沿上弹了起来，伸出一只手撩拨我的下身，我瞬间被惊呆了，像触了电似的，傻傻地站在房间里，下身任凭她怎么拨弄，都无动于衷。那个关键部位一直像蔫黄瓜一样软塌塌的，仿佛已经失却了男人的功能。她拨弄了半天得不到回应，嘴一噘啪拍打了一下我的小祖宗，生气地喷出来一句："哼——真是个废物，气杀我啦！"她这话像刀剑一样直捅我的自尊，要知道天下男人最怕的是被女人骂成废物，尤其是在事关性功能的问题上。我心生愤怒，却不知为何敢怒不敢言，甚至内心的怒也没敢流露到脸上，自个儿依然傻傻地站着。小惠见我像木头一样，大有恨铁不成钢的味道，她忽然像泄气的皮球一样跌坐在床沿上，先是叹着气，接着变戏法对我说："算啦，你这么没用，我也不难为你啦。不过你明天要走了，这两天我陪你的费用，咱们俩得结算一下。"

她如此直截了当，大出我的意料，也令我措手不及。我一时愣了，傻傻地问："你……不是陈总派来陪伴我的吗？"

小惠说："没错，是陈总派我来陪伴你的，可陈总并没有向我支付费用。"

我一时语塞，无言以对。心想这怎么可能？陈总到高铁站接我的时候，不是说让我放开吃、开心玩，想吃什么就吃什么，想怎么玩就怎么玩吗？他这么说难道不就是要尽地主之谊、尽情招待我吗？再说了，离开北京的时候我父亲就说过了，到了老家一切由陈总安排接待，不用我操心。内心虽然这么想，我却不敢说出来，更不敢问，也不便问。我总不能在这个时候，打电话问陈总，毕竟我与小惠鬼混的事是见不得人的，拿不到台面上，我怎么开得了口？再说自己玩女人却要找别人为你买单,这是很丢人的事,真要这么做还算个男人吗?这么一想,我表面虽然依然尴尬,内心却渐渐释然了,于是咽了口唾液问:"小惠,你要我支付多少费用?"

小惠伸出手指比画,说:"十万。"

我如雷轰顶:"什么——十万,你不是开玩笑吧?"

小惠不动声色:"我给你开什么玩笑,十万已经是优惠价了。"她确实不是开玩笑,与之前将近一天多的时间比,她像变了个人,原本的千娇百媚转瞬间已经跑得无影无踪,成了眼下的冷艳无情。她这个样子,简直是明目张胆敲诈吧?这时候我记起中国的一句老话:"最毒女人心。"

此刻我内心怦怦直跳,耐着性子问:"小惠,你说你不是开玩笑,那你说说这十万元是怎么算出来的?"

小惠索性坐到沙发上,交叉着双臂,跷起二郎腿,一脸不屑地审视着我,一字一句地说:"王老师,别看你是京城的大学者,但看样子果真是未见过世面啊!好吧,既然你有所不知,那本小姐就明确告诉你。在崀山这方圆数十公里的地盘上,本小姐可是女子中的第一身价,每小时陪伴费一万元。你算算从昨天晚上开始到现在,本小姐陪你多少个小时了,不仅陪你睡觉陪你上山烧香,甚至还在今天你遇到危难时救护了你,你还有啥不满足的?本小姐用这么多时间全身心投入陪你,才要你十万块钱,这不是优惠是什么,难道你还觉得委屈?你好意思觉得委屈?"

小惠这番话,既像一梭子弹嗒嗒嗒击中了我,也像一团臭袜子塞进我的嘴里,让我好一阵眩晕,只感觉到既恶心又憋气。我极力镇定自己,捂着胸口喘了喘气,沉默了足足数分钟,这才强打精神,却还是垂头丧气地说:"小惠……对不起,我从没有经历过这样的事,你这一说我整个人都感觉不好了,糊里糊涂,就算你说的都在理,那你也得等等,我这就打电话给陈总,问问他到底是不是这么回事。"

我正在手机上寻找陈总的电话号码,不料小惠却一个箭步冲上前来夺走我的手机，冷笑道："王老师，你要是敢向陈总打电话说这回事，可别怪我不客气！"我惊恐地发现，她说出这番话的时候，她那双原本美丽迷人的眼睛已经露出了瘆人的凶光。

我有些恼怒，虽然我人生地不熟，但这地盘毕竟是我父亲的老家，这里有陈总等一大批我父亲的朋友，她一个小女子还能把我这么个男人给吃了不成？我强迫自己镇定下来，冷冷地问："小惠，你想怎么样，你快把手机还我！"

我以为她还会没收我的手机，没想到她却爽快地还给我，却叉着腰甩着手，像教训孩子一样一字一句地警告说："王老师我可丑话说在前！第一，你绝不许打电话向陈总说这事；第二，你现在就得用手机银行转账的方式将十万块钱划给我。否则到时候，嗯哼——本小姐可是有你难受并且将让你后悔莫及的果子吃！"

我说："你到底想怎么样？"我猜不出她葫芦里到底想卖什么药，更想象不出她一个小子女到底还能有什么绝招，莫非她身上此刻藏着刀枪要将我置于死地？但这种猜测很快被我否定了。我以为她是故弄玄虚，便壮着胆子说："小惠你别闹了，我早就看出来，你无非就是想吓唬我弄几个钱花。实话说吧，给你点钱可以，但你狮子大开口要十万元，别想了，门都没有，再说我哪里有那么多钱？！"

小惠听罢一声冷笑，然后不动声色地向我甩出底牌："王老师，既然你这么说，我就不跟你绕弯弯了。跟你直说了吧，昨晚咱俩做爱的视频……嗯哼，早已经掌握在我的手里。十万块钱到底给不给，你自己好好掂量掂量吧——嗯哼！"说完，她一屁股坐到了沙发上，又交叉着双臂跷起了二郎腿，微笑着看着我，之后是一副扬扬自得爱理不理的样子。

我像瞬间被击中七寸的蛇，脑袋一下子耷拉下来，只感觉忽然间天旋地转，整个人昏昏沉沉，半天缓不过神儿。我知道自己遇到大麻烦了，内心又气又急，眼看着小惠此刻趾高气扬的样子，真恨不得扑上前去将她一把掐死。但理智却像开春的安塞腰鼓，一阵紧似一阵地敲打着我，让我极力转动着大脑的神经寻找着解围的对策。

　　大约沉默了一分钟，我才厘清了利弊，逐渐理出了头绪。我苦笑着，缓和口气说："嘿嘿小惠，你让我刮目相看，我真的没想到你这位外貌漂亮迷人的小女子如此厉害，真让我长见识了。好吧，算我倒霉，我愿赌服输。但俗话说一日夫妻百日恩，看在咱俩已经……已经有过肉体之交的面上，你放我一马，少要些钱，因为我确实也没有这么多钱。来日方长，咱们交个朋友，以后有什么用得着我的时候，我再尽可能想办法帮助你，好吗？"

　　不料小惠"哼"的一声，冷笑道："王老师，你说的比唱的好听，以后帮忙什么的，多么熟悉的承诺啊！可惜这种话我听得多了，全是你们男人花言巧语、无法兑现的鬼话！你说你没钱，你父亲是北京部级高干，你自己是北京的大学者，家里连十万元都没有？鬼才相信！我没时间跟你废话了，我只问你最后一句：十万元你到底给不给？"说完她霍地站起来，大有一副不答应就将会大打出手的架势。

　　看她凶神恶煞的样子，我不免心虚，却也极力辩解："小惠，我……我现在上哪儿给你弄十万元呀？！"

　　小惠抢白道："我刚才不是说过了嘛！你把手机银行打开，从手机银行给我转账。"她逼视着我。

　　我仍在犹豫，感觉她这样子简直就是讹诈，内心正翻江倒海，悲愤交加，却不能报警，甚至连给这次全程安排接待我的陈总打电话的勇气都没有。想到小惠说的昨晚我与她鬼混的视频，我懊恼不已，无比羞愧，真的是一失足成千古恨呀，此刻我连死的心都有了。

　　小惠见我依然磨蹭，催促道："你到底给不给，你要真是不给，也行，只要你不怕后悔，我走啦——"说完起身欲走。

　　我的神经被猛地扯了一下，瞬间紧张起来，急忙拦住她："小惠你等等，我真的没那么多钱，不信我打开网银给你看看——"我边说边打开手机，快速地刷着手机页面，打开网银。我忽然变得像个听话的乖孩子，极力想在家长或老师面前表现好自己，唯恐表现不好被家长或老师挑出毛病。当我意识到自己这种近乎变态的转变，我敢发誓我是百分之百地瞧不起自己痛恨自己，可此刻我已经身不由己，我卑贱的身体与依然渴望高贵的灵魂高度分离。很快，我就打开了自己工行的网银，我的账户存款总数显示数为：68470元。我将手机页面展示给小惠，小惠睁大眼睛，看了又看，她那长长的睫毛一下接一下，忽闪忽闪。看了一会儿，她索性夺过我的手机，检查了网银页面，此刻她原本美丽的双眉已经扭曲成了蚯蚓，明亮的双眸探照灯一样转向了我："你堂堂的大学者，我不信你就只有这点存款？你还有其他网银吧？"她满脸疑惑，显然难以置信。

此刻我已经一脸平静。我说："我只有一个工资账户，不信你检查一下我的手机，看看上面是否有其他网银。"

小惠依然满脸疑惑，除了摇头，还是摇头："不可能，不可能，我就是不信！"

我依然像个诚实的孩子，唯恐她不信，索性如实汇报："我的工资收入，每月扣除住房公积金等各种费用，实发不到一万元。我儿子在美国留学，妻子辞职到美国陪读，每年的费用折合成人民币需要五六十万元，假如没有我父母接济，我根本就供不起他们在美国的这笔费用。我在北京其实是个十足的穷光蛋！"说这番话的时候，我感觉自己一脸苦相，简直是掏心掏肺，将自己的家底全盘托出了。此刻我的心情无异于恋人求爱的一方向另一方坦诚表白。

小惠几乎像听天书一样，听完了捂着嘴，笑得花枝乱颤。她笑了足足有一分钟，边笑边说："堂堂的北京大学者，外加堂堂的部长公子，每月就挣这么点钱，真是笑死我啦，简直是不可思议！王老师我跟你说，你挣这么点钱还干个什么鬼呀，简直让人笑掉大牙，赶紧辞职吧。我跟你说，你的月工资收入还不如我每月挣的一个零头儿呢！哎呀真是的……好吧，算我倒霉，碰上你这么个穷光蛋！这样吧，看在咱俩昨晚亲热的分儿上，你这点钱我也不全要。俗话说六六顺，你现在给我转六万六千元，我给你留点零花钱，这零花钱连同本应该是十万元的其他余款,我都不要了,算我送给你。我还是挺够意思的吧,哈哈哈!"

她这么说,我多少有些意外,甚至有几分惊喜,毕竟她也手下留情了。我想尽快搬开压在我心头的大石,于是赶忙母鸡啄食般不住点头:"好的好的,我这就转,请你告诉我账号!"

依着小惠的指导,六万六千元很快转完了。小惠看着自己手机银行的到账信息,像一朵盛开的花一样美美地笑了,然而此刻她在我看来笑得很丑陋,像开裂的榴莲,已经没有半点可爱的神韵,反而已经有几分狰狞。

她离开的时候,忽然扑上前来搂住我,"叭叽——"一声很响地亲了我一口,又趴在我耳根儿说:"谢谢你王老师!其实我压根儿就没有拍摄咱俩的视频,今晚你尽可以放心睡大觉嘻嘻嘻……"还没等我反应过来,她又一把推开我,猫一样躲开,嬉皮笑脸地冲我摆了摆手,嗲声嗲气地扔下一句"拜拜——",然后夺门而出。她随手带上的门"咣——"一声将我狠狠地关在了屋里。我的心为之一震,只感觉房门的那一声巨响像一记响亮耳光,狠狠地扇在我脸上,扇得我眼冒金星六神无主,我只感觉到自己的脸上热辣辣的……

十

小惠走后,我一夜未眠。如潮的烦恼和忧愁像黑夜一样笼罩着我。以至于第二天陈总的司机小李开车到酒店送我,我依然昏昏沉沉,似睡非睡,似梦非梦。我不知道自己是如何离开崀山回到北京的,反正只感觉自己一路上糊里糊涂,似乎一直都在做梦,而且是一直在做噩梦。

这次湖南之行的遭遇让我惊魂未定,返程的路上一直心有余悸。虽然使出浑身解数好不容易挣脱了小惠的纠缠,可我清醒地感觉到自己依然无法脱离噩梦。龙头山上那个替我烧香不慎坠崖的山民，陈总委托的事和他强行塞给我的那张二十万元的银行卡，还有小惠说的真假难辨的性欲视频……所有这些像一块块大石压在我心头，让我感觉到异常压抑，情绪低落，呼吸困难。那一块块大石无一不像魔咒一样紧紧缠绕着我，如影随形，让我想挣挣不脱，想逃逃不掉。想起此次湖南之行的初衷，我在内心深处一遍遍祈求佛祖神灵，祈求他们快快显灵保佑我和我的家人。我想，假若龙头香真的像自古以来世人传说的那么灵验，佛祖和神灵理应保佑我和我的家人才是。毕竟我不辞劳苦，千里迢迢专程从北京来到湖南崀山，还花了一万元重金雇山民替我攀缘烧龙头香，如此虔诚，没有功劳也有苦劳吧？至于那个不慎坠崖的山民，并非我故意所为，尽管我迄今对他的不幸深感负疚并深深同情，可说到底坠崖也是那山民自己的责任吧。

　　走出首都机场，我上了一辆出租车。司机是个心气颇高但精明能干的小伙子，典型的北京侃爷，我一上车他便高谈阔论牢骚满腹，他说雍和宫那边这几天真是别提了，乌泱乌泱全是人，拥挤得像粪坑里的蛆一样，闹得周边几条街都堵死了，简直是没法走。"爷就闹不明白，那么多人为啥就非得上雍和宫烧香，不仅北京人，就连外地五湖四海的人几乎都来了，有的还拖家带口，七大姨八大舅的。昨天我到首都机场接客人，一对内蒙古赤峰那边来的男女一上车就说要去雍和宫，爷一听头都大了，爷告诉他们雍和宫那边根本就无法走车，爷只能将你们送到小街桥完了你们下车往南走，一站地就到了。不料那男的不干，非得让爷开车送到雍和宫，不然将投诉爷拒载，爷一听火了，立马将他俩轰下车，都他妈什么人呀，一点儿都不讲道理，动不动就拿拒载说事，有本事你投诉去，爷不怕！再说了，那对狗男女一看就不是什么好鸟，一大一小年龄相差那么悬殊，还黏黏糊糊腻腻歪歪的，一看就不像夫妻，俩人偷鸡摸狗还大老远跑到北京雍和宫来烧香，太可笑了！佛祖要是连他们这样的人都保佑，简直是瞎了眼啦！"

原本是疲惫不堪、晕晕乎乎的我，忽然间被司机这一番话震了一下。我禁不住问："师傅，那你相信佛祖、相信神灵吗？"

司机说："我不信，但也不反对别人信。我觉得不管什么人，平时心地善良，守纪守法，积德行善比什么都重要。一个人平时要是蛮不讲理为非作歹，却装模作样非要去烧香拜佛，那不是很可笑吗？也太他妈虚伪了吧？佛祖神灵怎能保佑这样的人，要连这种人都保佑，这个世界不都乱套啦？"

他这句话像针一样扎痛了我，也让我浑身一激灵，精神又为之一震——他这话在理呀！我这个所谓的哲学家，怎么就没有想到这一层呢？都说高手在民间，的确如此，我还终日忙忙碌碌假模假式做什么学问，真是太惭愧了！此时此刻，我感觉到脸上热辣辣的，像被无数只马蜂蜇了一样。

车在高速路行进，这位年轻司机的话让我无言以对，我心乱如麻。司机却并不在乎我是否回应，也不在乎我是否愿意继续听，他说话的欲望像开了闸的阀门，话语流水般滔滔不绝。他的车开得飞快，还左闪右躲，不断超车，不断在车流中穿梭。他边开车边不停地说："你看爷的车开得飞快吧，不过你尽可以一百个放心，爷技术好着呢。二〇一四年北京开APEC会议那阵，全市举行技术比武，为会议选拔司机，爷拿了个全市第三，牛吧？其实，爷开车纯粹是玩儿，爷开车敢在拥挤的车流中左右穿梭不断超车，还让你坐在车上没啥感觉，能把车开到这份上有几个做得到？可我能。只要我开车，车就得听我的，我想让它干吗它就得干吗，想让它走东它绝不可以走西。说到底，车就像人一样，只要你摸准了它的脾气，驯服它，驾驭它，它就得老老实实听你的。爷毕竟车龄都十四年，车还能开得不好？哧——不可能吧！别看爷还是个'80后'，可经历一点不比别人不少。爷早年参加过业余赛车，踢过足球，还当过国安二队的足球队员。我父亲早先在北京防疫站工作，我母亲在一家不错的国企，爷打小家庭条件还马马虎虎，说得过去。不瞒你说，爷天生睡眠少，却喜欢开车。爷平时每天只睡五个小时,却从不犯困,也从未出过事故,牛吧?爷绝非吹牛,爷只要开上车就像打了鸡血似的,两个字:高兴!不仅如此,爷还喜欢开快车、超车,为啥呢?快车和超车才能展现你的技术呀,不是吗?"

说到这儿,他侧过脸望我一眼,得意地笑。"跟你说吧,别看爷只是一名司机,也仅仅是个'80后',可爷如今啥都不缺。爷已经是两个孩子的父亲,爷每天负责接送两个孩子上幼儿园,每天还都赶回家做饭。爷除了喜欢开车,还喜欢做饭炒菜,而且做得一手好菜,牛吧?爷也不让媳妇上班,甚至不让媳妇干家务——干吗呢?啥也不干。爷的媳妇是朋友介绍的,她当初一见面就与爷对上眼了。娶了她,供着她,爷愿意。既然爷娶她为妻,就得一心一意爱她,宠她,真正的男人就该宠媳妇是不是?不然你娶她干吗呢?"

尽管旅途跋涉,让我已经身心疲惫,但这司机口若悬河,滔滔不绝,而且时不时口出妙语,忽然让我刮目相看,也让我感到自愧不如。联想到我妻儿目前在美国留学却依靠父母资助供养,此次回湖南老家我还鬼使神差与小惠鬼混,我忽然感觉到无地自容。

幸好司机丝毫理会不到我此刻内心的波澜,他依然目光专注地凝视前方,继续边飞速开车,边侃侃而谈,他的声音和妙语锦句不时在我的耳边回响,也在我的脑海盘旋——

他说:不瞒你说,爷家里有四套房,而且都在四环以内。爷根本就不缺钱,钱是王八蛋,没了就赚。

他说:人跟人没可比性,家教、环境、经历都不一样,怎么比?要比只能跟自个儿比,你自己今年是否比去年强。

他说:这世界上各人有各人的活法,谁也不比谁强多少,你现在牛,可你能保证老是第一、老是牛吗?

他说:男人就该负起责任,对妻子、孩子、父母的责任,没责任感,整天在外头瞎逛荡、吃喝嫖赌的男人还能叫男人吗?

他说:人必须有脑子,可这社会有些人偏偏没脑子,只糊里糊涂活着。

他说：有时候我也与哥们儿聚，可我从来不喝酒，我不喜欢酒，也不抽烟。再说我是职业司机，怎么能够喝酒？脑子注水的人才会开车喝酒呢！

……

司机路上这一连串的话，对我来说可谓醍醐灌顶，让我思索良久。以往，我一直自视清高，很少与底层百姓接触，以为底层百姓没文化，缺教养，其实高手果真在民间，数量庞大的底层原来也是藏龙卧虎的大海哇！

我不禁为自己过往的无知和清高而深深羞愧……

十一

我回到北京家的时候，已经是国庆长假的十月五日下午三点。

见我进门，父亲母亲和奶奶欢天喜地地迎上前来，嘘寒问暖，他们最关心的当然是我这次回湖南老家烧龙头香的事。比方说，他们问我一路是否顺利，陈总接待得怎么样，哪天上山的，当天的天气好不好，几点烧的香，花了多少钱雇人家烧香等等，事无巨细，我都一一作答，当然不是如实禀告。我所雇山民意外坠崖和我与小惠鬼混并被她敲诈六万六千元这些事，我当然没说，也不能说。

在得到我的一一答复之后，母亲的表情像逢年过节一样流光溢彩，奶奶皱巴的脸也笑成了寿菊，父亲则微笑着点了点头，一脸满意。显然，家长都为我此次能够完成他们的重托而欣慰。仿佛没有我这次的老家之行，他们就将冒犯了佛祖神灵，并且将会得到佛祖和神灵惩罚。

当家里回归安静的时候，我趁奶奶和母亲不在意，稍稍拉着父亲进他的书房，将离开湖南老家时陈总委托的事全盘托出，并将那张陈总给的存有二十万元的银行卡交给父亲，再三强调这张银行卡并非我有意接收，是陈总强行留在酒店房间而我又没时间退还他的。同时我还向父亲强调，陈总这次对我招待得很好，他的企业发展得不错，正雄心勃勃想扩大规模，他想继续争取扶贫资金专项贷款的愿望非常迫切，包括他想当省人大代表或省政协委员的事，请父亲尽可能想办法帮助他。虽然父亲官居副部级，可在以前我从不找他办事，也从不过问或干预过他为别人办事，可这一次我却一反常态，迫切希望父亲能满足陈总的请求，设法助他一臂之力，而且迫切希望父亲对陈总这两件事的帮助最终都能取得成功。这大概与我这次在湖南老家所经历的波折与所冒的风险有关，虽然事情已经过去，可我至今仍然心有余悸。我希望父亲对陈总的帮助能进一步抹去我这次回湖南老家的不愉快记忆。

父亲听着我的陈述，一会儿点头，一会儿摇头，末了感叹说："陈总托的这两件事，恐怕都不大好办啊。俗话说人走茶凉，我都退下来了，如今再找人家办事，人家还能买我的账吗？"

他这么说，我有些着急，生怕父亲一上来就拒绝或不当回事。我赶忙说："爸你说的不是没有道理，可还有另一句俗话叫瘦死的骆驼比马大。不管怎样，你退下来不久，关系还在，人脉也广，这么多年在位的时候为别人办了那么多事，这个社会虽然有过河拆桥的人，可知恩必报的人也还不少。你现在请人家帮忙，人家不看僧面也得还看佛面。再说了，陈总是你在湖南老家最亲近也最信任的人之一，此次我回去也是你让他全程接待我的，眼下他有求于你，这个忙要是不帮，恐怕说不过去吧？"我边说边加重语气，想一步步促使父亲下决心帮助陈总。

父亲见我心情比陈总都迫切，更由于父亲与陈总关系特殊，他沉吟片刻，终于点了点头说："王兴，你说得也对。陈总委托的这两件事，容我想想办法吧。"

见父亲终于表态，我悬在半空的心总算重新落地，内心不禁窃喜，同时又提醒父亲："爸，陈总给的这张银行卡，存了二十万，他说是请你办这两件事的费用。"我说着欲将银行卡递给父亲。

不料父亲抬手将我挡回，说："拉倒吧，我找人家帮忙办事，难道还需要钱吗？别寒碜我啦！"

我提醒他："爸，你不是说自己已经退下来了吗？现在托人家办事与过去托人家办事，或许已经不大一样？"我之所以这么说，一是担心父亲现在已经没有实权了，即便人家答应帮忙办事，可能也不会像先前那么痛快，需要用钱开路。二是我迫切希望钱与人情的结合能成为双保险，托人家办事成功率会更高些。

不料父亲像忽然被我揭了短似的，他不耐烦地横了我一眼，使劲挥了挥手："哎呀你别烦我啦，我说过不要就不要！"我明白了，父亲态度如此坚决，大概是因为刚退下来未适应角色转换。想想他在位的时候，他只习惯别人找他办事送礼送钱，他找别人办事哪里还要这个环节？打个招呼就是了，他潜意识中可能还没有送礼送钱这一回事。其实他有所不知，他许多人脉的情来礼往，都是我母亲为他打点，谁该回礼谁不该回礼，谁该送礼谁不必送礼，全都是我母亲为他包办。在这一点上，我父亲简直是个礼盲，他以为自己官至副部级，是凭自己本事干出来的？哧，拉倒吧！要没有我姥爷的背景和我母亲这么多年的苦心经营，哪有我父亲的今天？

我说："那这张银行卡该怎么办，要不我设法给陈总退回去？"

父亲犹豫了一下，说："要不，还是交给你妈处理吧。"

我说："这张卡要交给我妈，我妈肯定就收下了，这不合适吧？我单独告诉你就是不想让我妈知道了，我妈太贪心，早晚会惹事的。"

父亲不满地瞪我一眼，显然他不愿意我这个做儿子的这么说他的妻子。可他又不赞同现在就将这张银行卡退回给陈总，这大概是因为他觉得这样会太伤陈总的面子吧，要不就是感觉我对他的提醒是对的，他现在托人家办事跟自己在位时可能真的不一样，说不定真需要花钱。于是他沉吟片刻，对我说："算了，这张卡暂且放你那里吧，我先设法找关系，看能否将陈总这两件事都办了。等需要用钱的时候，我再跟你说。"

父亲这个主意让我很是佩服，毕竟是当过副部长的，考虑问题就是细致周全。

十二

父亲果真信守诺言，国庆之后，他紧锣密鼓地寻找着各种关系，全力为陈总托办的两件事忙碌，事情确实有了不同程度的进展。

大约过了十来天，父亲亲口对我说，他已经分别找了扶贫办和湖南省各级的有关领导，两件事人家都答应会尽全力、设法帮助解决，只是事情不会那么快，需要时间。何况依照惯例，省一级的人大代表需要下一级的人民代表大会选举产生；省政协委员候选人，需要再过一段时间推荐才能确定。只是按照规定，人大代表和政协委员不能同时兼任，只能选择一种。按照陈总的意思，他想获得一定程度的法律豁免权，那只能选择当人大代表，因为政协委员是没有豁免权的。

父亲将这个消息告诉我的时候，脸色红润，容光焕发，显然掩饰不住内心的喜悦。看样子他在为自己没有因为退下来被人家冷落而欣慰。更何况，父亲找人家办事，也还没有提到要花钱送礼的事。

我兴奋地说："爸，那就帮助陈总争取当上省级人大代表吧。陈总主要目的就是希望能够一定程度获得法律豁免权。"

父亲点了点头，表示赞同。

没过多久，事情又取得了进展。某天，父亲又告诉我，陈总作为湖南省省级人大代表候选人向省里推荐的事，崀山县的上级市已经基本敲定。只是最终能否当选，还需要下一级人民代表大会选举确定。

在获得这个消息之后，我第一时间给陈总打电话告知情况，并提醒他必要时那边也得做做工作，陈总听后很兴奋，连连道谢，并说你和王部长放心，只要能进入候选人行列，选举之前我在老家这边自有办法。既然他这么说，我自然也很高兴，心想有上下两方面的配合，陈总当省级人大代表的事看样子大有希望。

时光像流水一样缓缓流逝。

转眼就到了年底，全国各地正纷纷召开地方两会、举行地方选举。正当我和父亲满怀信心期待陈总的好消息时，风云突变。

那天晚上十一点，我已经上床准备睡觉，手机铃声急促响起，一阵急似一阵。这么晚还打手机，到底是谁啊？我有些纳闷儿，也有些不快，以为是骚扰电话呢。拿起手机正想按拒接键，发现屏幕显示的是陈新贵即陈总的名字，我迅即按下通话键。

我问："陈总好！这么晚了还来电话，是不是报喜来了？"

陈总说："哎呀王老师，恰恰相反，我捅娄子了，惹下了大麻烦，恳求你和王部长尽快想想办法帮帮我！"

我一惊，忙问："到底出了什么事？"

陈总一五一十地告诉我。原来这几天崀山县的上级即地级市召开两会，他利用会议间隙在人大代表驻地四处活动，请客送礼，找关系拉选票，不料被人举报到市纪委和省纪委，据说省、市两级纪委已经成立专案组正在追查。说完事情的来龙去脉，陈总以急促且近乎颤抖的声音恳求我："王老师，恳求你尽快同王部长说说，让他找找关系设法阻止省、市两级纪委的调查，不然我麻烦可就大了！需要钱打关系，你们尽管说，我会全力以赴不惜代价！"陈总说这番话的时候，全无我在湖南老家与他见面时的那点神气，印象中他那种趾高气扬无所不能的牛气荡然无存，连我听了都内心发凉。

我只能尽力安慰："陈总，你先别着急。这事我会同父亲说，请他想想办法帮助你。"

陈总在电话那边千恩万谢，说什么只要你和王部长设法帮助我渡过难关，日后必定重谢，并且将永生铭记你们的大恩大德……反正他是恨不得掏心掏肺，把所有能想到的感谢话语通通说了个遍。我告诉他你先别客气，也不用谢，反正我和父亲会先全力想办法，有什么情况咱们再及时电话沟通。

第二天一早，当我将昨晚陈总电话中说的情况告诉父亲，并请父亲设法帮助陈总时。父亲"唰——"地拉下脸，表情严肃凝重。父亲说："这事非同小可，可不比一般的事情找找关系就能摆平，毕竟这已经触犯纪律甚至已经违法，何况选举是敏感事件，当前又是反腐倡廉的敏感时期，这事根本就无从入手，也无法帮忙。唉，这个陈新贵是怎么搞的，这回真是捅下大娄子了，恐怕真的会有大麻烦！"说完，父亲"唉——"一声，长长地叹了一口气。

我的心像被压上了一块大石。

沉默片刻，我又不甘心，焦急地问父亲："爸，这事难道就真的没办法了吗？"

父亲盯着我，依然是一脸沉重、一脸严肃。他说："我不是说了嘛，这事本身就太敏感，又出在当前反腐倡廉的敏感时期，很棘手，真的无从下手。都有人举报了，你还去找纪委过问，甚至还想阻挠，让纪委高抬贵手，那不是笑话吗？那不等于自投罗网撞到枪口上啊！陈新贵做事也太鲁莽、太张扬了，选举拉票的事，怎么能够大张旗鼓，公开请客送礼呢？他……他这是作茧自缚、自掘坟墓嘛！"父亲越说越冲动，说完又是"唉——"的一声，长吁短叹，不停摇头。

父亲话已经说到这份儿上，显然帮助陈总的路已经被堵死了。父亲说得也确实在理，让我无话可说。我忽然记起前些天向陈总透露有关方面已经将他列入省级人大代表候选人时，提醒他那边选举前也设法做做工作的事，现在想来极其后悔。虽说陈总在此次选举捅了娄子的事与我对他的提醒没有必然联系，更不是因果关系，说到底是陈总自己做事张扬考虑不周所致，但至少我是这事的始作俑者，不过这事我没向父亲说过。

眼看着陈总出事我又无法伸出援手，我又急又悔，内心像忽然间爬进千万只蚂蚁，我终日焦躁不安，寝食不香，就连上班也时常心神不定，浑浑噩噩，惹得同事时常投来异样的目光。

事情果真被父亲不幸言中。就在我同父亲商量对策无果的当天晚上，从湖南方面传来消息，崀山县上级市人代会期间有人举报贿选，某民营公司的法人代表陈新贵等人被立案调查。当我从网上看到这则新闻时，心头像被针狠狠地扎了一下，既疼痛又紧张。而当我忧心忡忡将这则消息转告父亲时，父亲像触电般整个儿愣了，嘴巴张得老大，两只浑浊的眼睛睁了好半天，久久说不出话来。父亲的这种表情像瘟疫一样，很快传递给在场的母亲、奶奶，她们也都像触电一样，一个个也都愣了，老半天说不出话来。原本整天喜气盈门的我们家忽然间像遭了瘟疫，瞬间便丧失了生机。

之后的日子，平时开朗健谈的父亲变得沉默寡言，整天心事重重、忧心忡忡，母亲和奶奶见状也都大声不敢说大气不敢出，唯恐不小心惹恼了父亲。而我的心情一点不比父亲好，每天都感觉心头像压着一块大石，心情沉重，呼吸困难，也不爱说话，上班时连同事跟我打招呼我都没心情搭理，做什么都丧失了热情，只是机械应对，敷衍了事。我担心陈总被调查的事最终会牵涉到我，或许还会牵涉到我父亲和我们全家，所以夜深人静时，我时常联想到国庆节去湖南崀山烧龙头香的情景，一次次遥望南方的崀山，一次次双手合十祈求崀山的佛祖神灵快快显灵，保佑我和我的家人免遭灾祸，平安无事。与此同时，我也在内心深处一次又一次祈求陈总，希望他接受调查时能顶住压力，千万别交代此次贿选之外的更多细节和事宜，以免牵涉到我和我的父亲乃至我们全家。

然而，是福不是祸，是祸躲不过。

事情果真向着我担心的方面不断演进。

大约不到一个月时间，我所在单位的上级纪委约我谈话，问我是否曾经收受湖南某地一民营企业家一张数额二十万元的银行卡。这突如其来的打击让我措手不及，面对纪检人员的讯问，我双腿发软，浑身颤抖，根本没有任何抵抗的勇气，立马将那张二十万元银行卡的来龙去脉和盘托出、如实交代。

同一天，我父亲也被中纪委立案调查。

接踵而至的打击让我精神瞬间全线崩溃，眼前的世界突然电闪雷鸣风雨交加地动山摇，我脊背发凉浑身哆嗦。

此时此刻，我分明感觉到自己家庭的行将毁灭和世界末日的即将降临……

过 程

已经连续好几天了，老秦每天早出晚归，一个人躲在单位里整理办公室：书柜，抽屉，纸箱，桌子上列队矗立的众多文件夹，反正是办公室里所有能放置东西的架子和容器。这些容器装着老秦数十年来众多的财产：稿件、资料、文件、书籍、杂志、信函、照片、名片、信封、纸张、邮件、杂物和其他各种办公用品。在这之前，老秦选择先整理电脑中海量的各种电子文件和电子邮件。光文件夹就分公函、私函、稿件、资料、记事、照片、视频等等。而文件夹中的子文件夹，光公函中就分上级通知、工作汇报、工作总结、合作文件、新闻信息、广告宣传、党建工作等等；稿件中分小说、散文、诗歌、评论、报告文学、跨文体等等；资料中分时政、文化、文学、文史、艺术、体育、健康、音乐、娱乐等等。反正所有的文件夹都是分门别类，一分再分，数十年的日积月累，洋洋洒洒蔚为大观，不说汗牛充栋也该是数量惊人了。

老秦是一家文学杂志社的资深编审、副主编，自打从北大中文系毕业，他就被分配到省城的这家文学杂志社工作。他像一颗螺丝钉一样被紧紧钉在这个岗位上，从未挪窝，一干就是近四十年。倒不是他没机会调动工作，甚至他还有机会调岗晋升，但老秦太敬业，太热爱文学，太热爱他从事的这份工作了，所以那些几乎撞到他头上的机会，他都一一放弃。老秦甚至是有机会当这家文学杂志的一把手的，也就是说，按资历、能力和业绩，他原本有机会当这家杂志的社长兼主编。可老秦从来都淡泊明志，与世无争，除了热爱文学和他的岗位，他对高官利禄、金钱财富从来都视若浮云，他甚至不愿意为文学和本职工作之外的其他事务牵扯精力和浪费时间。假若他当初听从上级组织的安排当了社长和主编，他就责无旁贷，他就得分出精力和时间去从事杂志的经营创收，管杂志社一二十号人的工资福利、吃喝拉撒。更令人头痛的是，他得分出精力和时间去应付形形色色的各种会议，此生他最讨厌的事恰恰就是参加与业务无关的各种会议。当然，他毕竟是副主编，是杂志社领导班子中的一员，有时候实在脱不开身硬着头皮参加会议，他也总是在随身带的公文包中塞进除笔记本之外的书或稿件，领导或其他人在会上滔滔不绝讲话，他则不失时机低着头旁若无人悄悄地看书或审稿。如此等等，十几年前前任老社长兼主编退休、上级组织部门找他谈话并征询他个人的晋升意向时，他就将晋升当社长兼主编的机会让给了比他还小两岁、入职时间也比他晚两年的另一位副主编，此举不啻晴天里的一声炸雷，让本社的同事、上级领导和周围的亲朋好友瞠目结舌、议论纷纷，无不以异样的目光打量起老秦，多数人甚至怀疑老秦的脑子是否出了毛病。面对猜疑与质询，老秦却若无其事，宠辱不惊，脑子里还冷不丁冒出《诗经·王风·黍离》中"知我者，谓我心忧；不知我者，谓我何求"的名句。其实，老秦自己是清醒的，他知道自己要什么，虽然当一把手有权力，看起来很风光，但背后的压力、辛劳与付出却是老秦避之唯恐不及的，所以他心甘情愿当副手、做绿叶。当副手，怎么说毕竟也是杂志社领导班子中的一员，老秦也需要分担杂志社的部分公共事务和管理工作，但与一把手所承担的压力毕竟不可同日而语。

不过话说回来，老秦并非无欲无求。他对文学和本职工作就顶礼膜拜、异常痴迷，他觉得文学能给他带来心灵的愉悦与快乐，编辑工作则能为他赢得职业成就感、自豪感和作家读者们的尊重。编辑工作之外，老秦也坚持着文学创作，业余时间他断断续续写评论和散文，几十年来已经分别出版数本评论集和散文集。虽然他迄今并未像那些知名作家一样大红大紫，可他却一直乐在其中，并且坚持不懈。他始终认为，光阴似箭，人生苦短，往事如烟，而文学是记录生命历程的最佳方式，一俟生命结束、人生谢幕，自身的作品就是留给人世间最好的生命印记。所以，老秦对文学一直是心存敬畏，也一直是心怀期待的。

这些天，老秦之所以要马不停蹄、日复一日地收拾办公室，是因为他距离退休只剩下为数不多的几天时间了。他的职业时间早已进入倒计时，那嘀嘀嗒嗒的秒针分明就是时光老人急促的脚步，他甚至能够感觉到时光催促他的哨音。对他来说，他感觉日子从来没有这么紧迫过，如同百米短跑的赛场，那到达终点的哨声随时都可能响起。尽管他的同事并没有催促他，小他两岁的社长兼主编也没有催促他，甚至上级人事部门和主管领导也没有催促他，可他自己却心中有数，有种无形的紧迫感在内心挤压着他。他知道过了这个月，他就将年满六十，下个月单位就将停发他的工资、改由社保局发放了，他的办公室也有上级提前安排的副主编等着入驻，自己退休了总不能赖着不搬吧？老秦从来都是一位有自知之明也不乏自尊的人，他做事从来都是一丝不苟、一板一眼，也从不拖泥带水，甚至近四十年时间上班或开会都未曾迟到或早退。他做事从来就不愿意留下瑕疵，让别人说三道四、指指摘摘。眼下临近退休，他更不愿意晚节不保。所以，他早就给自己订计划、下任务，一定要赶在自己生日也即退休的那一天，将自己办公室里的东西整理完毕，将自己使用多年的办公室腾出来交还单位。

办公室里的东西实在是太多了。老秦以前每天忙忙碌碌，几乎从未认真整理过。除了垃圾、废稿和废旧报刊，其他东西他几乎从来都舍不得扔，甚至许多年以前作家和读者的来稿来信以及每年的贺年卡，还有过去与新认识的朋友见面时对方赠送的名片，各种文学活动和会议留下的照片、通信录等资料，更多的还有作家和业余作者的赠书，他几乎是来者不拒，都是尽可能留着。他认为这些东西都是生命的印记和友谊的见证，留着起码是对人家的一种尊重。如此这般，日积月累，年复一年，老秦的办公室到处都塞得满满当当，所有的书架、柜子、抽屉都被挤爆了，甚至沙发底下、茶几下方、墙根墙角、犄角旮旯……所有能利用的空间，都被老秦一网打尽。以至于同事、朋友或其他人来访，第一感觉都是老秦的办公室太拥挤、太逼仄了。恭维他的朋友一进门总是跟他开玩笑，说老秦真是富豪啊，财产这么多！也不乏有关系亲近的朋友或同事对他调侃：老秦你这是在地窖里办公啊，怎么感觉这么压抑？无论是恭维还是调侃，老秦都打着哈哈，一笑置之。

　　此刻是上午八点，距离规定的上班时间九点还有一个钟头，老秦却早早进了自己的办公室。他家与办公室在同一个院子，是本单位早年分配的职工宿舍，那时候叫职工福利房，一套总面积不到一百平方米的小三居室，住着一家三代四口：母亲、夫妻和自己的儿子。之前还有父亲，前年父亲去世之后，已过八十高龄的母亲独住一间，儿子也独住一间，老秦与妻子合住一间，三间房子充当三间卧室，都住满了人，根本就没有老秦这辈子做梦都想要的独立书房。老秦和妻子都是普通工薪阶层，早年有这套三居屋的福利房可住，老秦已经心满意足，根本就没动过心思要调整房子或多买一套房子。直到前些年，在妻子怂恿下，老秦倒是动了要多买一套房子的心思，可面对高企的房价，老秦那个念想像被风吹灭的蜡烛，很快烟消云散。这辈子老秦最怕欠别人钱，也从不借别人钱，一想到要按揭贷款好几百万，老秦吓得后背直冒冷汗，仿佛从此将背了个十字架似的。其实老秦与妻子工作了数十年，夫妻俩节衣缩食同甘共苦，家里在银行的账户少说有着一二百万的积蓄，加上已经参加工作的儿子也有工资，交个首付调整房子或新添个二居室，办个二三十年的按揭每月交万把块钱的房贷，应该是没问题的，妻子和儿子也一直为他这么盘算，甚至是苦口婆心，可一根筋的老秦就是刀枪不入、无动于衷，调房或购房的事就这么不了了之。直到这两年临近退休，老秦才又动了调房或购房的心思，可上网一查房价，比前些年又高出了一截，一想到自己辛辛苦苦攒的那点钱在高涨的房价面前越发贬值，老秦的肠子都快要悔青了，尽管他满腹愧疚，却不敢向家人提及房子的事。老秦又动了买房子的念头，主要还是退休日渐临近所致，在职的时候办公室近在咫尺，数十年来他都将办公室当自己的书房了。退了休，他办公室没了，可他那些原本视若宝贝的"财富"该如何处置？

老秦进了办公室，按惯例他拎起开水瓶先到开水房打回开水，泡上一杯茶，再用抹布在紧挨卫生间的水房和办公室之间来来回回走了几趟，将沙发、办公桌、椅子和茶几擦拭干净，然后坐下来继续前几天的工作、整理东西。

现在，他准备先整理名片。他从办公桌左侧的抽屉拿出来十来个约两倍于火柴盒大小的透明塑料盒，那叫名片盒，每个盒里都满满当当装着已记不清何年收藏的名片，因为许多年都没有人送他名片，而他也不给别人送名片了。新结识的朋友时兴互赠名片已经是十几年前的事了，那时候还没有微信，见面的时候先是一阵寒暄，然后彼此互赠名片，名片上标明单位、职务或职业、邮政编码、联系电话，电话还分固话和手机，更详细的还要附QQ号或邮箱。名片的样式花花绿绿，赤橙黄绿青蓝紫都有，印刷的字样有黑体、宋体、楷体、隶书、幼圆、新魏体、仿宋体等，不一而足，反正是萝卜白菜各有所爱。在名片时兴之前，方式更加古老，记得刚参加工作的时候，老秦是拿着小本子当通讯录的。那时候每认识一个新朋友，见面寒暄、一阵热聊之后，彼此都要掏出那个小本子记下对方的联系方式，以便之后联系，这种方式是比较传统也比较麻烦的。设想一下，如果见面的双方是在室外，那多麻烦啊，那时候手机也还没有普及，要是彼此随身都未带笔和纸，你拿什么记呀？后来有了手机，彼此记个电话就方便了。但再方便也比不上现在的微信，自从有了微信人们也不再时兴见面互赠名片了，想建立联系双方就都会掏出手机，扫个码，互相加个微信，之后便有了联系的纽带，除非一方将另一方拉黑，否则这纽带便永久存在，还可以拉得无限长。即使你走到天涯海角、彼此天各一方，彼此也都如影随形，随时都可以联系上。甚至于彼此间还能视频，想见随时可见，彼此还可以看到对方动态。科技的发展、时代的进步真是太快了，老秦不由得感慨。要不是要整理办公室，老秦甚至都忘记自己还保留着这么多名片了。

现在，老秦开始翻阅名片了。一张，又一张，再一张，数不胜数，真是太多了。他忽然意识到这些名片到底是该留还是不该留。按说现在都有微信，联系较多的朋友彼此早都加了微信，再不需要名片了，留着这些名片已经没有意义也没有必要。可难道就将这些名片当垃圾一股脑儿扔掉？老秦犹豫了，他有些不舍。这些名片，虽然已经没有用处，但再怎么说也都是自己曾经与朋友们交往的见证与纪念，就这么不分青红皂白地扔了，不仅是对别人不尊重，还可能将自己生命和生活中的一种记忆给彻底抹杀了。可这么多的名片通通留下，显然又不现实，家里房子太小，这间办公室又将移交，什么东西都不加选择通通搬回家，家里人就没办法住了，没准儿还会引来妻子或儿子的一场吵闹。自打数年前老秦反对购房，妻子和儿子就一直对老秦心生怨气，从此不再在他面前提购房调房的事，甚至于与老秦的关系也不像从前那么融洽了。没事的时候，妻子和儿子都不大搭理老秦，有话的时候似乎都故意背着老秦说。好在家里还有耄耋母亲，否则老秦恐怕就有些孤家寡人了。

老秦左思右想，决定将所有的名片都认真检查一遍。一张，又一张，再一张，很多，没完没了。天南海北，三教九流，职业形形色色，有官员、编辑、教师、医生、军人、老板、研究人员，他们当中大都是业余作者或文学爱好者，还有全国各地文联或作协的书记、主席、副主席、秘书长或副秘书长，更多的名字都是读者似曾相识或熟悉的作家，甚至是知名作家，自己认识的人真是多啊！老秦觉得，如果此生不是从事文学编辑工作，自己断不可能认识这么多的人，是文学这个共同爱好、这根无形纽带将自己同这么多原本陌生的人联结在一起了，老秦为自己此生从事的职业感到荣幸。只是，这么多名片中的这么些名字，有的当然很熟悉，都是至今仍经常联系的作家、编辑、朋友、同学、亲戚，可有一些名字，现在看来已经似熟非熟，也有一些已经变得很陌生了，甚至有的都已经想不起是什么时候、在什么场合认识的。老秦忽然有了主意，知道该怎么处理这些名片了。该处理掉的首先是这些名字已经很陌生的名片，他跟这些人肯定都只是一面之交，说不清是什么时候什么场合，出于礼貌彼此打了招呼、互赠了名片，之后便分道扬镳，再未曾联系，如此，这些名片留着何用？扔掉吧！老秦总算有了一次快刀斩乱麻的快意。可他刚刚将陌生的名片扔到垃圾筐，忽然又感觉不妥，遂又一一捡了回来，用剪刀咔嚓咔嚓剪成碎片，再重新扔回到垃圾筐里，他觉得这样也不至于将这些人的个人信息流传到社会进而招来麻烦，这也算得上对这些一面之交的人应有的尊重吧？这么想着，老秦很是为自己的做法感到欣慰。老秦觉得第二类要处理掉的名片，是那些熟悉得不能再熟悉的人，这些人老秦手机里都已经存着他们的手机号码和微信，随时随地可以联系，还有个别人是本系统或邻近单位的，平时也经常联系，甚至是抬头不见低头见，老秦的手机里同样留着他们的电话和微信，现在还要这些人的名片作甚？通通扔掉吧！这么想着，老秦就将这类人的名片分到一边，然后拿起剪刀咔嚓咔嚓又剪成碎片，扔到垃圾筐里。剩下的名片，老秦犹豫了，到底留还是扔？他觉得需要好好考量，反复斟酌。此刻他停下来，喝了一口茶，平复一下心情，然后小心翼翼，像考古工作者一样对剩下的名片进行甄别、筛选。名作家和其他名人的名片，老秦留下了，尽管老秦手机里也有他们的电话和微信，但怎么说他们都是名人，留着做个纪念吧，那些追星族天天挖空心思、挤破头都想着巴结这些名家名人呢！那些狂热的追星族要是知道他这么草率将这些名片当垃圾扔掉了，情何以堪？人家肯定会认为他老秦是个疯子！留下了名家和名人的名片，老秦继续小心翼翼，像淘金一样一点一点往前淘。他又挑出了一些名片，有几张他觉得无论如何应该留下，当中有的是本市三甲医院的医生，分布在不同的医院和不同的科室。眼下到三甲医院挂个号看个病多难啊，患者每天在各大医院人挤人排着长队，像极了每年春运赶火车准备回家过节的民工。老秦与这几位三甲医院的医生平时虽少有联系，但他们中有的是老秦当时为了给父亲挂号看病通过朋友间接介绍认识的，还有个别医生本身就是文学爱好者兼老秦所任职的这家文学杂志的读者，老秦记得当初是自己在参加某场文学聚会时认识的。无论如何，老秦觉得这几张医生的名片都应该留着，万一耄耋老母或自己和家人哪天要挂号看病，不得已时找这些医生帮忙，这几张名片或许能起作用吧？另有几张名片，老秦犹豫再三，决定还是留下，这几张有的是小学教师或中学教师，甚至有的还是中小学的教务主任、校长和副校长。老秦虽然与这些人并没有什么联系，只知道他们都是业余作者或文学爱好者，之前老秦对他们并无所求，反倒是他们对老秦毕恭毕敬，因为他们都曾经向老秦投过稿，有几位还曾经在老秦帮助下在老秦任职的这家文学杂志发表过作品。眼下，老秦即将退休，帮不了这些人了，估计这些人也不会再找他了。老秦原本想将这些名片通通扔掉，可转念一想，自己将来的孙子或孙女上学时遇到困难呢？尽管自己已满三十岁的儿子至今连女朋友有没有还都是个问号，反正儿子是从不透露，即使自己有孙子或孙女日子还早着呢！可老秦还是觉得这事得未雨绸缪，留着这些名片没准儿将来有朝一日就能用得上，何况这些人所任职的学校无论是小学还是中学，还都是炙手可热的重点学校。

老秦继续整理名片。他发现剩下的有一些奇葩名片，忽然记起当初对方将名片送到他手里的时候，他一看就差点笑喷，出于礼貌他将笑忍了回去，只让那笑像蛔虫一样在自己的体内很滑稽地扭了一扭、颤了一颤。其中有一张名片，主人姓徐，只是一个业余画家，特爱画马，其画作老秦之前看过，画得非驴非马，老秦实在不敢恭维，可此人却大言不惭，名片上赫然印着"著名画家，徐悲鸿第二"。另有一张名片，姓张，自由职业，爱好旅游和诗歌，名片上自我标榜"当代徐霞客，转世李白"。一位某省正处级事业单位的主任，唯恐外人将他低看了，名片上在主任和职务后面加了括号，括号内特意标注"正处，与县委书记同级"。老秦自己家乡的一位亲戚，家里在县城开着的只不过是一个完全由家人组成的五金配件小商店，名片上却赫然印着华东寰宇国际五金贸易公司董事长兼总经理。还有一位某研究单位的学者，名片上的头衔密密麻麻列了十几个：长江学者、"四个一批"人才、国务院政府特殊津贴专家、某某奖项获得者……唯恐漏掉一项没人知道似的。还有几位作家或业余作者的名片，本人作品没发表几篇，其名字迄今恐怕都没几个读者能记住，却非要在名片上标榜"一级作家"或"著名作家"，让行内的人看了恐怕都要笑掉大牙。老秦当然也理解，这也是一种生存之道，这些人是拿文学的光环在哄外行人呢，要不然这社会怎么会有这么多喜欢舞文弄墨、附庸风雅之人？凡此种种的奇葩名片，曾经博得老秦一乐，多少年之后的今天，老秦再看还是有些忍俊不禁。不过，老秦还是决定将这些奇葩名片通通处理了，他觉得自己以后断不可能再与这些人打交道，于是他又拿起剪刀，咔嚓咔嚓将它们通通剪碎，随手扔进它们该去的地方。

经过这么长时间的整理，老秦眼前的名片已经越来越少了。他停了下来，喝了一口茶，思忖片刻，又低下头来继续他的工作。此刻他又发现几张特殊名片，其中一张是省委某部领导的，姓邱，邱部长当初上任不久曾经到老秦所在的这家文学杂志社调研考察，当着杂志社全体员工和主管单位负责人的面，信誓旦旦地声称要重视文学杂志的建设，要加大对文学杂志的投入，推动文学事业的繁荣和发展。末了还给主编和老秦各留下一张名片，说以后杂志社有什么需求可以直接找他，其亲民风格当时让老秦顿生好感。可这之后，邱部长对文学杂志重视的事却是雷声大雨点小，甚至好长时间未有什么实质性下文，再之后此事也就不了了之。老秦和主编也没有再主动找邱部长，因为他们也有自知之明，多少知道一点官场文化。没过多久，这位"亲民"的邱部长就被省纪委"双规"，让老秦大跌眼镜。邱部长的这张名片，按说早也该进垃圾堆了，要不是退休要整理办公室，老秦都忘记这名片竟然还被自己一直收藏着，真是太丢人了！此时的老秦禁不住责怪起自己，他迅速拿起剪刀，将邱部长的名片狠狠剪碎，又像送瘟神一样迅速扔进垃圾筐里，末了还朝筐里狠狠地吐了口水，脸上满是厌恶。打发完邱部长，老秦又发现了几张官至副部级、副省级的官员的名片，都是老秦曾经出席什么会议或文学活动时，与他们打照面时互赠的名片，此后彼此间就像断线的风筝，根本就互不搭理、更未再见过。对于官员，老秦从来就敬而远之，觉得他们与自己不是一路人，老秦觉得自己也不可能主动去找他们，何况自己又即将退休，留着官员的名片毫无意义，于是他毫不犹豫地将省部长们的名片处理了。

老秦处理完名片，接下来准备处理照片。论数量，老秦收藏的纸质照片一点也不亚于刚处理完的名片。这些照片大都是老秦数十年来外出参加各种笔会、采风、研讨会时的工作照片和留影，也有的是作家和作者在本刊发表作品时寄到编辑部扫描配合作品刊用的，之后便留下了。平时因为忙着编务，老秦不加选择通通将照片放到书柜的抽屉里，日积月累，各种纸质照片迄今已经满满当当地装了两大抽屉。现在，老秦走到书架前，打开抽屉。他发现两大抽屉里的照片不仅量大，而且很乱，有的装在相册本里，有的装在信封里，但更多的照片是七零八落、横七竖八被直接丢进抽屉里。老秦先搬出来一摞照片，放到茶几上，然后坐在沙发上开始一张接一张地整理照片。他忽然意识到，这些纸质照片距离他似乎已经很遥远，甚至都有些陌生了。眼下谁还会去冲洗出纸质照片呀，恐怕傻子才会，恐怕大街上也难觅纸质照片的冲洗店了。自打出现了数码相机，尤其是自从人人都拥有了智能手机，曾经风靡一时的纸质照片就难觅踪影了。老秦后来外出拍摄的照片以及工作需要收留的作家照片，通通都存到手机和电脑里了。数码相机和智能手机要是能早些普及多好啊，那样就不用存这么多纸质照片，眼下也用不着专门花时间整理了，老秦想。眼下这么多纸质照片，都留着显然是不现实的，必须像刚才整理名片一样认认真真筛选一遍。老秦首先是将自己的照片挑选出来，凡有他在场的照片，无论是个人照片还是集体合影，都是他职业生涯和人生旅程的宝贵见证，当然是必须保留的。与别人的随机合影，凡与同事、同行、熟悉的朋友和作家，当然也包括著名作家，都必须留下。除此之外，那些现在都叫不出名也已经记不得对方到底是谁的合影，无论合影中只有一个人还是好几个人，老秦觉得留下是没有意义的，反正都是各地的业余作者、文学爱好者和读者。更多需要处理掉的，是已经在杂志上刊用过的作家和作者照片，无论是名作家还是普通作者，太多了，老秦觉得家里实在没地方放置，只好委屈它们了。经过长达两个多小时的筛选，照片中留与弃，老秦已经为它们分出阵营了。那些不留的照片当然也不能这么一弃了之，老秦拿起剪刀，咔嚓咔嚓剪成碎片，通通将它们打发了。然后，老秦将那些准备留下的照片，连同之前也准备留下的名片，小心翼翼地装到一个中等大小的纸皮箱里，他准备搬回家去，毕竟墙壁上挂钟的指针已经指向整十二点了，他必须回家吃午饭。虽然单位有食堂，但老秦的家近在咫尺，与他的办公室就在同一个院子里。自打妻子五十五岁退休，老秦中午就很少在单位食堂吃饭，因为有妻子在家里做饭。家里的午饭虽然做得简单，中午一般也只是包子，或者饺子，或者面条，外加小米粥，但几十年来老秦已经吃惯了妻子的饭，家里的饭无论做得多么简单，老秦都觉得比单位食堂的香。再说在自家吃饭午休，干什么都方便——喝茶，上厕所，刷手机，看会儿电视，在沙发上平躺，自由自在，无拘无束。不是有一句话，金窝银窝都不如自家的狗窝吗？更重要的是，老秦也希望在家多陪陪八十多岁的母亲，他是个孝子。

要放在平时，老秦饭后都有午睡的习惯，一般是在家里睡上一小时或至少是半小时，下午两点的时候，老秦会准时到单位上班。可这几天因为惦记着整理办公室，即便饭后在家里的床上躺下，老秦不知怎么，翻来覆去就是睡不着。这天中午也是如此，他记挂着整理办公室的事。他觉得自己退休进入倒计时，时间正在一天天减少，办公室的东西又实在太多，万一退休时间已到而自己的办公室却还没能腾退出来，同事和外人会怎么看呢？没准以为我老秦不愿意退下来，故意要在办公室赖着？算了吧，还是得抓紧，凡事能提前绝不能拖后，我老秦可不愿意被人家指指点点，背个骂名。无论做人还是做事，这辈子老秦可从来都是清高和认真的。

  还不到下午一点钟，老秦就又离家来到办公室。午饭的时候妻子再三叮嘱他，你办公室那么多东西，能扔的都尽可能扔了吧，那些个书籍报刊废纸资料什么的，能卖就都卖了，咱们院后面的胡同每天不是有人等着收购废旧书籍报刊吗！你要是忙不过来言一声，我去帮你招呼。反正家里已经这么拥挤，你可别什么东西都往回搬。

  老秦下午准备整理的，偏偏是数量最多、挤占的空间也最多的书籍。老秦这辈子，钱没挣多少，报刊书籍却很多，多得都快无处搁置了。家里能占用的空间基本都已经占用，原本就为数不多的两个书柜以及书桌，甚至书桌和沙发底下，已经没了位置。办公室的书柜虽然多些，但也早已经填满。办公桌下面，沙发和茶几底下，墙角墙根，犄角旮旯，所有能占用的空间都已经堆满了书，那些书还都是一沓一沓摞起来的，摞到没法再摞为止。其实这么多书，很少是老秦自己花钱购买的，他甚至已经记不得自己啥时候购买过书。并非他不爱读书或不想买书，而是他真的忙不过来，他在杂志社负责稿件二审工作，平时那些由编辑推荐送到他案头上等待二审的稿件，还有数不清的其他作家和作者直接寄给他希望尽快听到他审读意见的稿件，像陈年失修的水龙头淌下的流水，源源不断地流落到他的案头，等待他的审阅，甚至周末和节假日的时间也都被占用了，何况老秦自己还时不时要写东西、搞创作，哪里还有精力和时间去看其他的书呢？老秦拥有的这么多书，都是作家们或众多的业余作者送给他的，甚至有的作者老秦根本就不认识或已经记不得，可人家就是那么热情、虔诚，甚至是毕恭毕敬地赠送到他的手里。长年累月，日积月累，老秦的书自然而然就很多很多了。之前，出于对作家和作者的尊重，无论是知名作家、业余作者还是无名小辈，老秦通通不加选择笑纳，收回到家里或办公室，可眼下这些书却成了压在他心头的一块巨石，他得考虑到底该如何处置它们。

同上午一样，老秦先是习惯性地泡了一杯茶，然后开始下午的工作。此刻，老秦坐到沙发上，弯下腰从茶几底下搬出一摞书，放到茶几上面，准备将所有的书筛选一遍。老秦早就想好了，他准备将书分个三六九等，首先是将自己发表过作品的样报、样刊和收录有自己文章的样书或个人专著，通通留下来。再有就是名著名作，尤其是同自己认识并且经常联系的著名作家赠送给他的著作，这些专门赠送给他的著作扉页上都写着"秦史老师"也即老秦的名字，请老秦"指正"或"雅正"或"存正"或"惠存"或"闲阅"……不一而足，然后都龙飞凤舞地签了作家各自的大名。他们可都是曾经名声显赫或时下正当红的作家啊！许多名字在读者当中都如雷贯耳，不说别的，这些著名作家光是每个人的签名，在他们各自的读者中就珍同拱璧，那些狂热的粉丝都求之不得呢，在老秦这里却似乎不足为奇，老秦总不能不珍惜、不保留下来吧？再说了，保留下来也是对他们应有的尊重啊！其他的赠书，尽管扉页上也都写着请老秦"指教"或"指正"或"惠正"或"雅正"等谦恭之词，相比于那些著名或正当红的作家，老秦也知道这些人的谦恭是实实在在的，肯定没有半点的虚假或客套，可老秦实在是没有地方通通收留它们，他需要费些心思好好掂量掂量。于是，老秦一本接一本地翻阅着，除了留意每本书作者的名字，老秦还要打开封皮检查检查扉页上给他写着什么、怎么写，凡与自己关系密切的作者，或者扉页写的文字言辞恳切，确有特点和纪念意义的，比方像"感恩秦老师，您是我一生的贵人"或"敬爱的秦老师，您是我文学路上的引路人，感激感恩，永生不忘"之类，老秦觉得这类赠书具有纪念意义，虽然他们的名字目前还不为多数读者熟知，但过几年或许走红或成名成家，也未可知，所以这类书也理当留下。其他更多业余作者或非知名作家的赠书，老秦决定一册不留，通通处理掉。可无论这些书怎么处理，找渠道捐献给贫困农村抑或当废品贱卖掉，老秦都觉得必须先将每本书扉页上的题字和作者签名撕掉，否则流落到社会，万一让那些作者知道了，那该多么尴尬呀，弄不好还会挨骂的。这么一想，老秦就将那些不准备留下的赠书的扉页题字和签名，一一撕去，又撕成碎片通通丢进垃圾筐里。

就这样，整整一个下午，老秦既像母鸡刨食，又像淘金者淘金一样，一摞摞、一本本地挑书选书。那些书，在老秦的安排和指挥下，像等待检阅的士兵一样纷至沓来，先后出场接受老秦的检阅、筛选，然后又按照老秦的摆布重新排列站队，各归其处。只不过经过这一番检阅之后，它们当中有的完好无损，有的则已被残忍地撕掉扉页，等待着被捐赠或贱卖。这一个下午，老秦除了喝茶和上厕所，几乎没有挪窝，专心致志地与形形色色的书握手、照会、拉扯、留下或告别，转眼间办公室里的书便已经被老秦整理出一大半。

时值隆冬，夜幕早早降临。窗外的寒风在呼呼刮着，时不时撞击着窗户，将窗门撞出咯吱咯吱的声响，这声响有时甚至一阵紧似一阵，老秦感觉那窗户的声响仿佛是有人在催促他，这让老秦无形中又有了一种紧迫感。老秦心里很清楚，自己的生日刚好是十二月三十日，而现在距离这个日子已剩下不到三天时间。过了这一天，进入元旦，他就已经是退休人员，这间办公室就不归他使用了。老秦下意识地抬头看了看墙壁上的挂钟，此刻是傍晚六点二十分，原本已打算收工回家的他却忽然改变了主意，他打算抓紧时间再干一会儿，多干一点是一点，凡事可提前不可拖后，这是他数十年来的作风。这么想着，他又从墙根搬来了几摞书，坐下来继续筛选、整理。可不到十分钟，手机响了，老秦一看，是妻子的电话。妻子问："喂，你怎么还不回家？"老秦答："我还想再多干一会儿呢，办公室需要整理的东西实在太多了。"妻子催他："我饭菜都做好了，妈也已经上桌等着你，你赶快回来吧！想干你晚饭后再去干不一样吗？"老秦赶紧回答："那好吧，我这就回。"他这才想起来了，家里的晚饭时间是六点半，这个时间是为照顾老秦的父母，自己曾经与妻子商量确定的，迄今已经坚持了十几年了。没有特殊情况，十几年来老秦家这个晚饭时间雷打不动，母亲毕竟年纪大了，虽然饭量已经大不如前，但按时吃饭是老人健康的基本保证。一想到母亲，老秦毫不犹豫，他没有理由不立即回去。此刻他站起身，顺便拎起两捆已经挑选过、准备保留的书，两捆都是自己先前出版的样书。已经好多天了，每次回家，老秦都像蚂蚁搬家，顺手从办公室搬点什么回去。

　　两捆书真沉，每捆都有二三十册。虽然办公室距离家不过五六百米，可老秦一路拎一路歇，气喘吁吁总算将两捆书拎回家里。进了家门，刚好撞见了妻子，妻子正忙着往饭桌端热菜。她刚将盘子放到桌上，就一边在胸前的围裙擦拭着双手，一边一串碎步来到老秦跟前，弯下腰睁大眼睛检查老秦刚刚拎回的两捆书，那专注认真的样子像极了海关人员检查进口入关的货物。老秦的妻子忽然嚷嚷起来："呀，这些书你昨天不是刚刚拎回来两捆吗，同样的书怎么又拎回来了？"老秦道："看你说的，自己写的书，我总不能就将它们都扔掉吧？"妻子说："你自己的样书，家里不是放不少了吗？留这么多干吗，依我说该卖卖，该送人送人，实在不行当废纸卖也还能换几块钱。这么多样书搬回家里有啥用啊，再说家里哪儿有那么多地方存放？！"老秦一听一脸不悦，随口撑妻子："这个你别管，我自己想办法！"妻子也没好气："得了吧，家里就这么大，你能有啥办法，除非你有钱给咱们家多买一套房子！"瞧瞧，老秦妻子又戳他痛处了。自打多年前错过了买房机会，一说到房子老秦在妻子和儿子面前总感到理亏，总感到英雄气短，而妻子和儿子则有意无意时不时拿房子的话题撑他。像以往一样，妻子刚才这番话像塞进老秦嘴里的一团棉花，让老秦沉默了。只不过老秦也不太在意，他只顾将两捆沉甸甸的样书继续往家里搬，放置到沙发旁边的一个角落里。

放下书，老秦才意识到早已经坐在餐桌旁边等他的母亲正注视着他。老秦强装笑脸叫了一声"妈"，走进厨房洗手，知趣地帮助妻子端菜端饭，然后与妻子双双坐到了餐桌前。他们的儿子在一家外企工作，经常加班，晚饭时常赶不上，老秦的妻子每晚只好事先盛出来一些给儿子留着，等儿子下班回家之后加热再吃。

因为夫妻俩刚才闹了点不愉快，本来就只有三个人的晚饭吃得有些沉闷，没有了往日的说笑与轻松，三个人只是闷头吃饭。为了调节气氛，老秦对母亲说："妈，过几天我就要退休了，这几天在忙着整理办公室，因为办公室东西太多，怕整理不过来，吃完晚饭我还得继续到办公室加班，没有时间陪您。您在家里看看电视，累了就洗漱好了先去睡，别等我。有事您随时同佩红说，她会照顾好您的。"佩红是老秦妻子的名字。说这话时，老秦故意朝妻子挤了挤眼，他想调节一下眼前的气氛。妻子见状，却故意不予理会，自顾自继续老秦刚回家时的话题："老秦，我跟你再说一遍，你办公室的东西爱留什么不爱留什么，按说我是不该管。可咱们家紧紧巴巴的就这么一套房子，当初跟你商量买房你一直反对，先后两次错过了机会，现在想买房又买不起。买不起咱们凑合着住也不是不行，可你办公室那么多东西要是啥都舍不得扔，啥都要搬回家，把屋里堆放得乱七八糟像个杂货铺或乱石滩，这个家还怎么住，这个家还是家吗？不说别的，你儿子还得找女朋友对吧，你儿子如果好不容易谈了个女朋友，有朝一日将女朋友带回家来，还不得将人家给吓跑了？"她停顿一下，故意将脸转向婆婆："妈您说是不是，就这个问题，您是不是给评评理？"妻子说这番话不仅理直气壮，还将母亲也搬出来了，将了老秦一军。老秦望了一眼妻子，愣了，一时无话可说。沉默。这时候老秦的母亲说话了，老人清了清有些沙哑的嗓子，瞅了瞅儿媳，又瞧了瞧儿子，说："儿呀，依我说，佩红说的……不是没有道理，一是家里确实是太拥挤了,你办公室的东西,能扔的……还是扔了吧,搬回家一是确实没地方放。二是,什么东西……一存放可能就是一二十年,除了占地儿,还真不一定有用。以前呀,我和你爸……也是啥都舍不得扔,我们在老家房间里留的一些东西,那么多年……其实连动都未动过,更谈不上用了。人生嘛,到了六十岁,到了退休年龄,就应该做减法,不要像过去那样……什么都想要,什么都想留,到头来呀,恐怕……恐怕只能给自己增加负担。"既然母亲发话了,一向孝顺的老秦不好再当闷葫芦,他边听边点头,边听边回答说:"妈,我知道了。"年轻时,母亲是小学语文教师,她虽然学历不高,但勤奋好学,读了不少闲书,见识也不少。老秦的父亲和母亲退休后原本独自在老家生活,十几年前孝顺的老秦将二老双双接到省城来一起住了。老秦正回味着母亲刚才说的话,只听妻子又说话了:"妈说得一点没错!就说你的那些样书吧,有的出版时间已经很长了,尤其是那几册评论集,我觉得每本留几册就可以了。留那么多,时间一长,更是成旧书了,还有谁会看呀,送朋友人家恐怕都嫌旧,还不如趁早多送人或捐出去呢。退一步说,即使当旧书卖了也说明还会有人看,总比自己长时间留着却碰都不碰强。"妻子这番话,其实说得入情入理,可老秦还是有些抵触,内心甚至有些烦,但当着母亲的面他不便发作,便有些不耐烦地蹦出一句:"行啦行啦,别再说啦,你容我想想!"

这时候妻子已经吃完饭,端着空碗起身到厨房收拾去了。母亲见状,适时地朝老秦努了努嘴,指了指客厅正面墙壁上挂的那幅书法:"大道至简",这是老秦认识的一位书法家朋友特意题赠给老秦的。数年前,老秦应邀参加一个聚会,地点是省城的某处私人会所,在场的人有作家、画家、书法家和其他艺术家。聚会结束,省里的那位著名书法家应邀为在场的每位朋友即兴题赠书法一幅,内容自选。轮到老秦,书法家问老秦题什么,老秦毫不犹豫说"大道至简"。老秦很欣赏老子《道德经》中的这句话,他想借用这句话作为自己的人生信条和生活准则,只做自己喜欢做并且应该做的事,尽可能深居简出、拒绝其他的世俗诱惑。现在母亲让他看这四个字，提醒了他，让他无意间重温了自己曾经的人生信条和生活准则。他忽然记起前些天有位正热心于公益养老的著名画家在微信朋友圈发的感慨："名利场光环再大抵不过生命步伐。职场曾有过的光环在晚年羸弱生命面前一切清零，毫无用处。"配图是一位正苟延残喘躺在病床上输氧打吊针的老人。老秦也不由得联想起早些年八〇后作家韩寒的那句名言："什么坛到最后也都是祭坛，什么圈到最后也都是花圈。"想到这里，老秦内心不由得打了个冷战，他有些扫兴，甚至有那么一丝悲哀。他感慨时间真是太无情了，原本旺盛的生命、蓬勃的青春和勃勃的雄心，仿佛被浇了一盆冷水，转眼间似乎就将熄灭。然而，老秦却心有不甘，自己刚刚六十岁，如果能保持健康平安，岁月静好，一切正常，生命还能有二三十年光景，刚退休就宣告事业结束、一切寿终正寝，未免太过悲观了。不过冷静下来，老秦觉得母亲的提醒是对的，妻子说的其实也没错，人到了退休这个年龄，确实是应该做减法了，毕竟时间和精力有限，要有所为有所不为了。想明白了，老秦反而坦然起来，内心刚才的那一点点烦躁似乎也烟消云散。他将碗里剩余的饭菜一股脑儿扒进嘴里，抹了抹嘴唇，边咀嚼边鼓着腮帮说："妈，知道了，我明白您的意思。"他有意又朝厨房的妻子大声说："佩红，我去办公室了啊，你刚才说的意思我记住了。你放心，从现在起我尽量做减法，办公室里的东西尽可能处理掉！"老秦这番话让妻子很是意外，听得她一串碎步追至厨房门口，眨巴着眼睛，像极了刚冒出水的青蛙。此时的老秦却毫不理会，他已经穿上外套打开房门转身离去。

这天夜里，老秦一个人在办公室继续他的工作。他不再纠结，不再踌躇，不再优柔寡断。同样是整理书籍、报刊，包括老秦原本保存着的大量样书、样报、样刊，他都只是分别留下一两份，其他的通通归入将要处理的行列，颇有些大刀阔斧、壮士断腕和快刀斩乱麻的劲头儿，于是他整理东西的效率比白天的时候提高了好几倍。与此同时，老秦边整理边反思，似乎也已有所顿悟。他觉得人生在世，无论你追求什么、获得什么，无论你曾经拥有多少荣誉、掌声、鲜花与光环，所有的一切总归会成为过去。进而他又觉得，说到底，人生其实只是一个过程，只要你在这个过程中奋斗过、快乐过、充实过，其实没有必要太计较结果，也大可不必考虑将来，因为一俟生命结束，将来对自己来说已经不存在，也没有意义了。有了这样的一个认识，老秦如释重负，他忽然感到自己浑身都轻松愉悦起来。

之后的几天，老秦浑身像充足了电的机器，办公室的整理工作快速、迅猛、高效，颇有些秋风扫落叶之势。在退休日到来的前一天，老秦将自己办公室里所有的东西都处理得干干净净，几乎是一夜之间换了新颜。

第二天就该是元旦假期了。十二月三十日上午，老秦将办公室的钥匙郑重其事交给了那位比他还小两岁的社长兼主编。这位社长兼主编也早有准备，当天下午特意安排全体编辑员工为老秦召开了退休茶话会，与老秦话别，上级主管领导和人事部门的负责人也出席了。会上，无论是上级主管领导还是社内曾经与他朝夕相处、共同战斗的同事，都对老秦的为人和数十年来的工作给予了充分肯定和高度评价，大都说得情真意切，个别员工甚至还抑制不住不舍之情，流下了惜别的眼泪，让老秦甚为感动。

晚上回到家，老秦发现妻子特意为他多做了几道菜，鱼、肉、虾都有了，加上老秦爱吃的排骨炖莲藕和其他几个菜肴，色香味俱全。难得的是，儿子不仅为老秦买回了生日蛋糕，同时还准备了一瓶长城干红葡萄酒。晚饭时大家落座，一家四口齐刷刷咣当碰杯的那一刻，老秦内心涌起一丝久违的、难抑的感动，他忽然间意识到人生是如此珍贵，生活是如此美好。同时，老秦也清醒地意识到，从明天开始，自己将开启新的一段人生旅程。甚而他还在心里暗自盘算，估摸着退休后还得找一家报刊社或出版机构返聘发挥余热，多挣一份工资，尽快为家里实现买房的梦想多积攒一点本钱。

新正如意＊

　　手机铃声响了，估计又是拜年电话。不错，春节期间谁的手机都会是最繁忙的时候，我也是，何况今天是正月初一，拜年的高峰。

　　时间已是正月初一下午四点。经历了昨天一整天和今天上午及中午自始至终电话和微信的狂轰滥炸，我已经有些疲惫了，对新来的电话和信息也多少有些懈怠甚而抵触。可出于礼貌，我还是抵不住手机铃声的催促。猛一瞧，手机屏幕上显示的名字既熟悉又陌生——郭少鸿？是啊，郭少鸿，就是儿时那个与我整天光屁股晒日头滚泥巴的郭少鸿，他已经好久没来电话了呀！早几年的时候，时常是我主动联系他，逢年过节习惯性地给他打个问候电话，送几句祝福语，自然也免不了要嘘寒问暖，问这问那，可每次他都是支支吾吾、被动应答，到后来我甚至隐约感觉到他似乎是有意在回避我。要知道，我与他可曾经是终日形影不离、无话不说的小伙伴啊！

　　说来话长。我与郭少鸿，原本是河水与井水的关系，八竿子也打不着的。因为他是土生土长的当地农民子弟，我则是外来户，而且

＊ "新正如意"是中国最传统的拜年词语，是古汉语的句式。潮州人特别讲究吉祥吉利，凡事都强调如意和健康为主，"新正如意"其中的"正"就是"正月"的意思，用来泛指新的一年，读音也和"正月"的"正（一声）"一样，贯穿起来就是新年万事如意的意思。

是居民户口，因了我自己的父母年轻时从外地来到当地当乡村教师，他们在此结婚生子，我也随之在此地诞生了，阴差阳错便与郭少鸿一起成了咿呀学语混沌蒙昧的玩伴。待到长成少年，我俩更是形影不离。那时候物资匮乏，生活清苦，社会气氛压抑，少不更事的我俩却没心没肺，该玩就玩，该笑还笑，丝毫不理会大人们的事情和外面的世界。夏天是我们最快乐的时候，我俩时常光着屁股到村头的池塘游泳、捉鱼、摸田螺、挖河蚌，或到小河边钓鱼、到田野里的小沟渠截流排水，待沟渠露底之后，所有的大小鱼虾田螺泥鳅通通束手就擒，被我俩一网打尽。虽然是小孩把戏，收获也不算多，但所有的战利品一分为二各自带回家里，却是解了大人们终日缺肉少荤之愁，也让全家人在饱尝日常的清汤寡水之后难得地开了点荤。正因如此，大人们也采取放养方式，任由我们到处疯玩，只是每次外出都再三提醒我们注意安全。正因如此，我们也有更野的时候，比方月夜里到豌豆园里偷豌豆，到甘蔗园里偷甘蔗，到花生田里偷花生，以解饥渴之馋，当然这只是偶尔为之。虽然少不更事，但我俩也都深知偷是要冒风险的，更不敢让家长知道。何况干这种事，我向来胆小，往往是郭少鸿事先提议，并由他身体力行付诸行动，而我只是躲在后面望风，美其名曰掩护他。他家是贫农出身，根正苗红，干这种事他自有底气。而我是外来户，那时候父母是时常被批斗的臭老九，自然养成我姐弟几人向来胆小怕事的性格，我怎么敢像郭少鸿那样冒天下之大不韪呢！直到长大我才明白，望风其实就是同伙，被抓到也是同案犯，压根是无法逃责的。幸好那时候郭少鸿只是带着我偶尔为之，每次都神不知鬼不觉，次次得手。即使如此，我俩也没有上瘾，见好就收，更不是屡犯。纵然少不更事，混沌懵懂，但冥冥之中也知道小偷小摸是不对的，不然咋看不到别人大摇大摆这么干？更简单的道理是，郭少鸿家的自留地也种着各种蔬菜瓜果，也有偶尔被偷的时候，每次他父母都会气得吹胡子瞪眼，他母亲更是指天跺地破口大骂小偷，不骂他个祖宗八代绝不罢休。即便是郭少鸿自己知道了，也会咬牙切齿地骂上几句，对小偷恨得牙痒痒。将心比心，郭少鸿也知道偷人家东西是不对的。之所以偶尔为之，一是无聊之时寻找一下刺激，二是有时候肚子实在饿得不行了，家里一日三餐总是喝稀粥就咸菜菜脯（潮汕地区农村一种传统腌制的咸萝卜干），肚子里缺油少肉不说，还不经饿。饱汉不知饿汉饥，如今已丰衣足食的大多数人，是无法体悟我们那时候挨饿的滋味的。

尽管我的父母是乡村小学里的公办教师，双职工，每月领着两份薪水，但薪水却低得可怜。好长时间，记得我爸我妈每月薪水每人也就四十八元五角，况且每月还得给城里的奶奶和外婆分别寄十块钱赡养费。我爸我妈剩下的那点工资，既要养活自己，又要养育嗷嗷待哺的四个儿女，一分钱恨不能掰成两半用的日子，至今想来都让我倍觉寒碜，我真佩服我爸我妈当初生养女儿的勇气。不过如今回过头看，相比于独生子女时代众多父母，我爸我妈却是儿孙满堂，其乐融融。每每这个时候，我又不得不佩服父母当初的勇气与远见。

由于经济拮据，生活清贫，我们姐弟几个从小便很懂事，功课之余尽可能帮助父母分担家务甚至经济负担，正所谓穷人的孩子早当家吧。比如每天早上，起床洗漱完毕，我负责烧火煮粥，我姐则陪伴母亲拎着一竹篮昨晚换洗的衣服到水利沟边或沙溪边帮助淘洗。课余时间，我姐跟着同学和农村的那些小姐妹学潮汕刺绣，领回活儿按要求完成之后上交雇主，挣点工钱上交给我妈。我和弟弟，放学之后或周末，则是背起竹篮到路边拾蔗粕，或扛着竹耙到竹林里收集落叶，蔗粕和竹叶晒干后是那时候做饭的燃料。有段时间，我甚至起早贪黑，拎着竹簸箕和竹夹子，跟着郭少鸿或另一位小伙伴郭少平四处寻觅狗屎牛粪，每每发现便如获至宝，拾进簸箕拎回来卖给本村的生产队，狗屎每斤能挣二分钱，牛粪每斤能挣一分钱。即便如此，生产队也不是现买现兑，而是每次记录在册，直攒至年底再行兑现。记得有一年春节前，我卖出的狗屎牛粪累计兑现了五六块钱，自己兴奋得像中了大奖，领了钱高兴得屁颠屁颠地回到家邀功，教师出身的母亲竟然也同我一样高兴，她似乎也没有因儿子拾狗屎牛粪此等事而觉得脸面无光或有辱斯文。足见那时候，我们家经济上是多么窘迫。

由于郭少鸿同时又是我妈的学生，虽然他在班里学习成绩一般，但热情勤快，擦黑板扫地参加集体劳动一类的事，他总是兴致勃勃抢在前头，深得我妈赏识，我妈时常当着全班同学的面予以表扬。那时候，学校里虽然也考试，但不唯成绩论，相反是热爱集体热爱劳动助人为乐的学生备受表扬。因而，学习成绩一般的郭少鸿在老师和同学眼里也是好学生。而受到表扬的郭少鸿也是知恩必报，隔三岔五地，会给我家送点自家自留地种的新鲜蔬菜或红薯一类的农产品，逢年过节还送来些刚蒸出笼、热腾腾香喷喷的菜粿或薯粉粿什么的，都是潮汕农村过年过节时传统的特色食品。而我也不忘投桃报李，放农忙假的时候，到地里帮助郭少鸿一家收割稻谷、甘蔗、黄麻等农作物，还帮助他家采摘紫云英籽用于出卖。一来一往，不仅是我与郭少鸿，我俩的家长乃至我俩的家庭，关系之密切堪比亲戚。

我的童年和少年时代，便是在这样的农村、这样的环境中度过的。郭少鸿也成了我童年和少年时代最要好的伙伴。

到了后来，各级学校恢复升学考试，我俩才分道扬镳、各奔东西。我有幸在初中毕业辍学两年之后考上高中，而后又考上大学，毕业时分配到北京当记者。郭少鸿虽顺风顺水一直读完高中，却未能考上大学。他先是在家务农，后又外出打工谋生。开始几年，我俩还互相通信，彼此介绍自己的近况。可能是我俩之间的生活反差太大了，渐渐地我感觉到他对写信不热心了，甚至有意疏远我。开始时我们的通信是你来我往，一比一。后来是我去两三封信他才回复一封，回的信也只是片言只语，感觉是无话可说。其实他在外打工谋生，相比于我这个坐在大学安静的教室听课或静谧的图书馆看书学习的大学生，郭少鸿的酸甜苦辣、五味杂陈，我自是无法与之相比的，他只不过懒得同我说，或觉得不适合同我说罢了。尽管他懒于多说，但凭直觉，我还是隐隐约约感觉到他外出打工谋生的不易，挣的钱也非常有限吧。及至大学毕业到北京当记者，我给他写信告知，信是寄往东莞一家电子厂的，那是他上一封信留下的地址，不料却如泥牛入海。我有些纳闷儿，心想莫非他又换工作变更地址了，抑或因了我上了大学又到了北京工作，对他又产生了刺激？两种可能，两个答案，我左思右想都没能找到。由于思友心切，我甚至利用当记者的便利，打长途电话到东莞的那家电子厂劳资科查询郭少鸿的下落，回答是郭少鸿半年前就离职了。真相大白，我不断自责，觉得自己先前对郭少鸿不回信的另一种猜测，未免有些神经过敏了。不过另一个问题已经实实在在摆在我的面前：郭少鸿是联系不上了，他像断线的风筝不知飘向了哪里。我也试图向少年时代的其他同学和伙伴打听郭少鸿的下落，可他们与郭少鸿一样都是漂在外面打工谋生的浮萍，我无从下手。自我到北京参加工作，我爸我妈也退休离开了我儿时所在的那个村庄的那所小学，承蒙县政府和县教育局的关照安置到本县的一个城镇居住，数年后又跟随大学毕业在银行工作的小弟回到原籍揭阳市城区定居，也算是叶落归根吧。而我与郭少鸿，许多年便也失去了联系。

某年某天，我忽然接到一个来电，一口的潮汕话，对方自称是郭少平，还说自己现在是在北京，我很意外。郭少平，不就是那个在读小学时经常调皮捣蛋打架斗殴被学校开除的郭少平吗？与郭少鸿一样，他也是我妈的学生，也是我少年时代很要好的小伙伴。少年时期我那段跟着郭少鸿拾狗屎牛粪换钱的时间，郭少平也是同伙，我有时是跟着郭少鸿，有时是跟着郭少平。郭少平还教了我一招，平时外出要是在路上看到狗屎牛粪，先捡张废纸或拔些路边的杂草盖上，回到家尽快带上簸箕竹夹将狗屎或牛粪拾回。这并非玩笑，那个时候我们见到狗屎牛粪简直就像见到黄金，如获至宝。他教我的这一招确实管用，效率和收益也成倍提高。他说拾狗屎和牛粪还有另一个秘诀：必须抢早，不然就让别人拾走了。因而，郭少平每天起得最早，几乎是凌晨五六点就拎起簸箕和竹夹出发了，每次起早他还不忘前来叫醒我。那时候我家住在村子学校的一座祠堂，那是潮汕地区传统典型的"四点金"：类似北京的"四合院"，整体为一方形，中轴线为前厅—天井—后厅，前后两厅各有东西两间旁房，占据整座庭院的四角，故谓"四点金"。因为这座四点金为村里的公产房，四点金后厅左右两侧的房子都拆除改成教室了，而前厅左右两侧较小的房子，则留作教师宿舍。我妈便被安排住在左侧的那间房子，而我爸在相距十多里外的另一所乡村小学任教，周末才回家。我妈带着我们姐弟三个住那间十来平方米的房子，我和二弟又已经长成少年，显然无法住下。我妈便在郭少鸿一家的帮助下，在房子前面的回廊上用长条的干甘蔗叶紧挨着左侧的院墙围了个蔗叶房子，入口与我妈的房子相对，然后在蔗叶房里用木板搭了个简易的床铺。每天晚上，我和二弟就睡在那张简易的床铺上，而我妈我姐则住在对面的房子里（那时候小我十岁的小弟尚未出生）。床铺与我妈房子相对的右侧，则是四点金的旁门，夜间那旁门的木板门都用木闩闩上。即便闩上，木板门也并不严实，不隔音不说，还漏风，寒夜里呼啸的北风时常不请自来，飕飕地往门缝里钻，让躺在床铺上的我时常记起杜甫那首著名的《茅屋为秋风所破歌》。而郭少平每天早起前来叫醒我时，便时常靠近我家墙院旁门的门缝很响亮地吹几声口哨，或学几声鸡叫或猫叫。每逢此时，我便一骨碌翻身起床，穿衣出门，一手拎着簸箕，另一手拿着竹夹跟着郭少平屁颠屁颠地走村串巷，或村前寨后到处寻找狗屎牛粪。时间长了，我发现郭少平这人很讲义气，还时常大公无私。比方他走在我的前头，发现同时有两堆狗屎时会分一堆给我，发现牛粪时则一分为二，这让我时常很感动。他这样做，我自己也投桃报李，如法炮制，他也不推辞，每次也都是乐呵呵地笑纳我分给他的狗屎或牛粪。如此这般，我俩可谓有苦同吃，有福共享，亲如兄弟，情同手足。

在别人眼里，郭少平是个不好惹的刺儿头，争强好胜，脾气暴躁，动辄骂人甚至拳脚相见。在学校和其他老师眼里，他调皮捣蛋，不遵守纪律，上课不认真听讲，对同学态度粗暴，一般人都不敢惹他，是个地地道道的"问题学生"。可他也有个优点，那就是对语文课感兴趣，只有上语文课时他才认真听讲，作文还写得顶呱呱，时常被我妈当成范文在课堂宣读。这让他时常倍受鼓舞，也对任语文课的我妈尊敬有加，这也是他对我妈和我们一家情有独钟的缘故。别的老师甚至是校长的话他可以不听，可我妈说的话他竟然句句入耳，虽说不上言听计从，可也十不离九。剩下的那一句听不进的，就是上其他课时他总是三心二意，老师在讲台上侃侃而谈，他则在台下搞小动作。比如有几次上课时他因低头玩蝉让课堂冒出蝉的叫声，以致被任课老师当场抓了个现行。他如此冥顽不灵，害的不仅是他自己。他除了语文课每次考试优秀，其他功课成绩都是一塌糊涂，长此以往，也连累到了我妈。校长和其他任课老师发现郭少平只有语文课优秀，不仅不表扬我妈，反倒暗地里议论起我妈，说郭少平不喜欢其他功课，十有八九是我妈搞的鬼，肯定是我妈想抬高自己暗地里想方设法打击别人。如此一来，原本同我妈关系不错的另几位任课老师，比方教算术的郭镇唱和教体育的郭意农等，便慢慢地疏远我妈，甚至也记恨起我妈来。可郭少平获悉这种情况，却暴脖瞪眼，咬牙切齿，当着我妈的面大骂校长和其他任课老师，要不是我妈苦口婆心一个劲儿劝说制止，他大有当场找校长和那些老师理论和拼命的架势。这之后，他对我妈和我们一家不但没有丝毫疏远，反而是更加亲近了，仿佛普天之下只有我妈和我们全家才是他的亲人，而校长和其他老师全都是他的敌人。像郭少鸿一样，平日里他隔三岔五给我家送点家里自留地种的新鲜蔬菜或红薯一类的农产品，逢年过节还送来些热腾腾香喷喷刚蒸出笼的菜馃或薯粉馃什么的。这事后来不知怎么被那些忌恨我妈的老师发现了，遂告到校长那里，一向具有敏感政治嗅觉的校长如获至宝，觉得是阶级斗争新动向，于是专门召开了学校的全体教师大会，对我妈横加指责、批斗围攻，要我妈如实交代自己是怎么腐蚀贫农子弟，又怎么收受贫农子弟贿赂的。我妈和我爸原本就出身不好，既是那时候划出的"黑五类"，又是外来户，之前就被当作臭老九批斗，这回我妈是罪加一等，却有口难辩，只能低着头一个劲儿默默抹泪，将苦往肚子里咽。即使如此，我妈也未逃过此劫。隔天几张大字报便像一排旗帜一样被挂在绳子上一字儿拉开，系在我家门口的石柱上，指名道姓地攻击我妈收受贿赂、腐蚀贫农子弟。每张大字报都毫不忌讳地署着郭镇唱和郭意农等人的名字，都是那几个忌恨我妈的任课教师。这事让郭少平获悉，他二话不说就跑到我家门口将那几张大字报通通撕掉，他将撕碎的纸屑像天女散花一样往天上一扬，让在场的人包括校长和那几位写大字报的老师一时间目瞪口呆，眼睁睁地看着郭少平气哼哼扬长而去。尽管校长和那几位教师恨得牙痒痒，但郭少平说到底还是个小学生、少不更事的少年，关键是他还是贫苦农民子弟，根正苗红，他父亲还是本村的一个生产队长，因而校长一时间拿他也没办法。但时隔不久，郭少平便因为一次与同学打架并且将那同学揍得鼻青脸肿，终于被校长和那几个教师抓住把柄，召开教师会时群情激愤决定将郭少平开除。从此，小学未毕业的郭少平辍学回家务农。尽管回家当了农民，可他仍念念不忘在学校读书时我妈对他的好，他仍然隔三岔五给我家送点家里自留地种的新鲜蔬菜或红薯一类的农产品，逢年过节还送来些热腾腾香喷喷刚蒸出笼的菜馃薯粉馃什么的。

　　那一年夏天，当地遭遇特大洪灾，决堤前村里的大喇叭一遍遍呼喊大家赶快逃命，村头巷尾还一阵接一阵鸣锣报警，震耳的广播和声嘶力竭的铜锣声听得人心惊胆战。时值黄昏，我们一家人正围坐在家门口的小桌上吃着清汤寡水的晚饭，听到锣声和广播声，全家人丢下碗筷没命往外逃跑。其时，学校里一位叫林运绍的男教师也正在学校里的食堂吃饭，见我妈手里抱着我还未满周岁的小弟弟，遂一把从我妈怀里抢过小弟一起拼命奔跑。我们一口气跑到大约半公里外邻村一座华侨捐资建的三层大楼避难（那也是当地方圆十余里唯一的一座高楼）。待登上楼，楼上已经密密麻麻挤满了避难的乡亲，惊魂未定的我妈突然记起逃跑时家门忘记上锁，正急得手足无措满脸愁容时，郭少平忽然从人丛里冒了出来，问我妈急什么。听我妈不得已说了情况，郭少平一听拍着胸脯丢下一句："老师别急，我帮您去锁门！"话音未落，他像一根离弦的箭射了出去，转眼便消失在我们视野之外。这一来，我妈更急了，扯开嗓子一遍遍呼唤郭少平的名字，让他赶快回来。显而易见，眼看洪水随时都可能降临，她怎么能放心让郭少平这么一个曾经的学生冒着生命危险去帮助自己锁家门？然而，仿佛一点也没听到我妈呼叫声似的，郭少平转眼间便跑得无影无踪。我妈急得捶胸顿足，直后悔将事情告诉了他，心想自己家徒四壁，除了一张木板床、一个写字台和一个装了几件衣物的小木柜，其实啥也没有，犯不上让一个懵懂少年去为自家卖命，万一他出事了那该如何是好？！幸好那次洪水姗姗来迟，郭少平不仅将我家的门锁上了，还活蹦乱跳回到我们面前，甚至还将原本挂在我家门口锁头上的钥匙原原本本地交到了我妈手里，这让我妈如释重负、喜极而泣，在场的我也被郭少平的勇敢义举深深感动了，从此视他为患难兄弟。可惜那场大水过后，郭少平便不辞而别，外出谋生了。他不但没有向我和我妈告辞，甚至连他自己的家人好长时间也不知道他的下落。

一晃三十多年过去，郭少平却冷不丁在北京冒了出来，这让我不能不有些恍惚，疑心自己是不是在做梦。可定下神来，电话里传出的潮汕话却实实在在，既陌生又熟悉。眼见为实，我只得静观事态发展，答应他见面的邀约。他反客为主，点了一家叫潮好味的潮汕餐厅，说请我吃家乡菜。我疑心有诈，也没听说过北京有什么潮好味餐厅，遂开口说要不你先到我办公室来坐坐吧，我原本还想说"我请你"的，一闪念却将这话咽回肚里，心想待真见了真人视情况再说吧，人都还没有确认呢，干吗急着说要请他？凡事都必先留有后手，否则无法掌握主动，这是我处事的习惯。不料郭少平听罢，却满口答应，说："好好好！反正你已经是老北京了，我初来乍到，理也该先上门拜访你。"我于是同他约定了见面时间，地点就定在我单位的办公室。我暗自思忖：这是我的主场，即便对方想要花招甚至诈骗，恐怕也不那么容易。

那天是工作日，单位的办公室都挤满了上班的同事，我神闲气定，心里盘算着同这个自称郭少平的人见面时的种种可能。比如，假若对方是冒充郭少平的人，我该如何对待？再比如，对方不仅冒充郭少平，还花言巧语提出非分的要求，我又该如何对付？反正这时候我满脑子都不大相信已经消失了三十多年的郭少平会像潜水艇一样忽然间从时间的海水深处冒出来，何况还来到了北京。待郭少平活生生被我的同事引进我的办公室时，他像一块吸力巨大的磁铁，瞬间将我铁屑般的目光通通吸了过去。我紧紧地注视着他，脑海不停地回闪，穿越时空隧道，竭力想从对方身上寻找郭少平从前的影子：这是一个圆脸宽肩的中年汉子，粗眉大眼，皮肤黝黑，个子虽然不高，但壮实的身体看上去颇像一座稳健的铁塔。关键是他见到我是一见如故，眉宇带笑，活色生香，生动得确实如阔别重逢的亲人。刚一见面时他那声"秋生啊，我可找到你啦"的呼唤声，像珠落玉盘，动人心魄，亲切得让我先前的疑云通通消亡殆尽。我再定神打量，记忆的流水如同打开闸门的喷泉，很快被唤醒了。尽管岁月流转，世事更迭，沧海桑田让眼前这张男人的脸像风化了的岩石，粗糙又沧桑，可他确实是我曾经熟悉的、调皮而又亲切的那张脸，尤其是他那又一见如故的眼神、那地道的潮汕话和他那难脱粗犷的音色，让我转瞬间对他深信不疑，他的的确确是我儿时的玩伴、曾经的好哥们儿郭少平！我立马回叫他的名字，紧紧地握住他的手，另一只手拍了拍他的肩膀，之后便是热烈的拥抱、寒暄和亲切的交谈。从他滔滔不绝的讲述中，我终于知道了他三十多年来的经历。

那次洪灾之后，郭少平像一头挣脱了家乡土地束缚的野牛，很决绝地奔向了远方。他没有告诉任何人，甚至也没有明确告诉父母自己到底要去哪里。他只是在出走的前一天晚上轻描淡写地对父母说我不想种田了，种田是没有出路的，再种下去只会跟你们又苦又累穷一辈子。听完儿子的这番话，做父母的不停眨巴着眼睛，似懂非懂，父亲数次张着嘴似乎想说什么,终究未能说出,最后只得与母亲一起,一个劲儿摇头叹息。

第二天鸡叫头遍,郭少平便单枪匹马,一个人朝着西南方向踽踽独行,之前他听人说过,那就是宝安(深圳市前身)和香港的方向。宝安和香港仅一河之隔,要是能泅过那条河,就能去到香港,香港就是人间天堂,那里的人个个富得流油,即便到香港当个乞丐,也是不愁穿不愁吃的。离家的时候,郭少平身无分文,他甚至都没有开口向父母要一分钱,他知道家里穷得叮当响,要钱的事说了等于白说,还让父母堵心,何必呢!于是,从家乡到宝安两三百公里的路程,他硬是靠两条腿走路。他身上只带了几件简单的衣物,光着双脚日夜兼程、风雨无阻,饿了就在路边的农田里偷挖一两个番薯,或偷一两根香蕉或黄瓜。困了就在路边的草地里枕着随身带的衣物,天空当被、大地当床,四仰八叉地呼呼睡上一觉。经过一个星期的长途跋涉,他总算疲惫不堪地来到了宝安地界上的深圳河畔。稍事休息调整,他数次到深圳河畔探查,数次利用夜晚的掩护想泅水渡河游向对岸,每次却都被巡逻的边防军发现。第一次,他被边防军拘留教育,数天之后就释放了。第二次,他被拘留之后遣送回家,半路上却利用上厕所的机会逃之夭夭,并且数天后又折回宝安一带的深圳河畔。不几天,他又故技重演,可同样是还没下水便被警惕的边防军逮了个正着,几个边防军"嗖"的一下神兵天降,团团将他围住,然后像老鹰捉小鸡一样将他五花大绑押回拘留所。第二天,他便被遣送到粤北清远山区的一个农场强制教育改造。在农场的那些日子,他虽然每天早出晚归参加劳动,打石、锄地、除草、挑水、施肥、喷农药……所有的农活无所不干,每天累得腰酸背痛,可他不仅毫无怨言,相反有了塞翁失马般的庆幸,因为在农场他每天都有饭吃,虽然也时常喝稀粥,可每餐却也有菜,菜中还能见到泛着亮光的油珠,甚至偶尔还能见到零零星星的肉末,重要的是,他每餐还都能吃饱。这比他在家时半饥半饿清贫寡淡的生活已经强多了!因了之前有了三次想逃港却都铩羽而归的经历，郭少平对逃港一事已经有些心灰意冷了。时至今日，他反而有既来之则安之的心态。有了这样的心态，他干活儿便很积极很卖力。别的人多少有些三心二意、疲于应付或故意磨洋工，他却干得风生水起、虎虎生威，而且效率还很高。比方打石吧，将一块大石块用锤子和铁扦敲成碎石，别的人要用两天时间，郭少平却只需要一天。再则他年轻活泼，性格开朗，能说会道，勤快肯干，慢慢地深得领导赏识。没多久，他被任命为小队长，一年之后又被任命为队长。再之后赶上改革开放，农场大刀阔斧推行生产承包责任制，郭少平抓住机会，自告奋勇一马当先抛出了农场承包方案，夸下海口提出农场三年奋斗目标，一下将其他竞争者镇住了，郭少平如愿以偿当上了农场的执行场长。上任之后，他将现有人员重新编排，各尽所能，人尽其才，按劳分配，同时还制定了一系列激励机制，多劳多得，极大地解放了生产力，农场的生产效益也大幅度提升，所有职工福利待遇和生活水平也得到大幅度提升，农场还在年度的各级评选中，先后获得清远市和广东省先进农场称号。借着这股荣誉的东风，郭少平乘胜追击，以优惠的价格买下了农场上千亩土地五十年的经营权，凭借此番操作，他一跃成了农场场主。之后，经省民政厅引荐，郭少平所在的农场被北京某国字头的基金会收编，成为该基金会属下的一家农场。因为业绩突出，郭少平最近又被该基金会调到北京，成为该会属下某事业发展公司的经理，该公司虽然也带有承包性质，但郭少平所任职务的行政级别已经相当于副司局级，他举家从广东搬迁到北京工作定居。如今，他们一家四口在北京已经购置了自己的房子，一儿一女也跟随父母到北京读书……

那天下午，听着郭少平滔滔不绝的讲述，我像听天方夜谭一样，心潮澎湃，思绪像飘忽不定的阵风一样左旋右转、跌宕起伏。他的经历简直是太传奇了，传奇得远远超出我的想象，甚至也大大超出我的认知。一个原本小学未毕业便被开除的"问题学生"，经过岁月的磨砺和社会的淘洗，以及自身不屈不挠的打拼，竟然挣脱了底层的泥淖，摇身一变到了首都北京工作，还成了堂堂正正的国家副司局级干部？如此传奇的经历，我之前不仅闻所未闻，甚至做梦都难以想象。可这样的传奇，却出自我眼前这位少年玩伴、患难之交的朋友之口，以致我刚开始时是疑惑不解，也难以置信。可他讲这些经历时，却神闲气定，不仅丝毫没有半点脸红和心慌，甚至脸上还显露着无法掩饰的自豪。关键是讲完了他自己的经历，面对我的惊讶和赞叹，他还自谦地笑道："没什么，我这也就是同你们大多数人一样，到北京混了个饭碗而已。秋生啊，我初来乍到，人生地不熟的，目前北京就你这么个朋友，往后你可得多多关照呀！"他甚至还邀请我周末到他在北京通州刚安的新家去做客。他既然敢这么说，我有些相信了。为了印证他传奇的经历，我当即说好呀，我倒要看看你们的新家到底是什么样子。我暗自思忖：眼见为实，到他家看看一切也就真相大白了。

　　星期六上午。一大早，我坐上地铁一号线直奔通州，又转了一次公交车，在潞河中学附近找到了郭少平的家。他家在一个新小区，购买的楼房面积不小，有一百五十平方米左右的样子。因为一家人刚刚入住，家具和杂物不多，房子显得还有些空旷和冷清，好在他们一家四口个个欢声笑语，人气很旺，大约是还沉浸于刚落户首都北京的新鲜与兴奋之中。见我到来，他们更是欢天喜地。一男一女两个孩子欢呼雀跃，前一句叔叔后一句叔叔不停地叫我，亲热得让我仿佛心头抹蜜，甜丝丝、美滋滋的。我仔细打量，两个孩子，儿子像他的母亲，女儿像她的父亲，但都长得都活泼可爱，穿戴得也都清清爽爽，明亮的眼睛不断地打量着我和眼前的世界，一看便知道他们正处在看到什么都觉得新奇的年龄。郭少平介绍说，两个孩子原本在广州上学，现在转学到北京来了，因担心教材不一样、学习衔接不上，两个孩子到北京都重读一年。儿子读初二，女儿读初一，他们两人也刚好相差一岁。我不无羡慕地说："我只有一个儿子，你们却儿女双全。你们超生的女儿有没有被罚款，怎么上的户口？"郭少平听了哈哈大笑，说："小事一桩小事一桩，交罚款不就万事大吉了？在咱们广东老家,生两个算是少的了,生三个四个的比比皆是,要不信你可以回老家看看。"我说:"怎么不信?我信!在老家,我小学和中学的那些同学确实大都是两个孩子以上,三四个孩子的家庭也不在少数。我只是不明白,那些超生的孩子算黑户吗,还是都上正式户口了?"郭少平说:"因人而异吧,多数应该都上户口了,反正我两个孩子是上了,不然孩子怎么上学?"我问:"交钱就能上吗?你这个超生的女儿交了多少?"郭少平说:"不多不少,三万。"我问:"当初嫂子怀孕时计生部门没上门干预吗?"郭少平答:"我有那么傻吗?躲啊!老婆怀上了就找亲戚朋友寄居、到处打打游击,待生米做成了熟饭,计生干部总不能将我们生下来的孩子杀了吧?再说,超生的人多了去了,那些计生干部自己都想生呢!其实抓计划生育,他们也是奉上级之命,例行公事,所以往往是睁一只眼闭一只眼。"我不由调侃:"咱们老家的计生干部挺有人情味嘛!"郭少平说:"可不是嘛,要是没人情味,这些年我也不可能干得这么顺风顺水,甚至还能举家到北京来工作。"他说这话,不知是指他超生孩子,还是指他小学未毕业却照样能得到重用,应该是兼而有之吧。反正广东人向来敢吃螃蟹,又赶上改革开放,何况事在人为,没有什么不可能。就说没有什么文凭的郭少平吧,全凭自己吃苦耐劳和敢打敢拼,硬是在竞争激烈的社会中脱颖而出,劈出了自己的一片天地,如今拖家带口的都到北京安居了,真是"不拘一格降人才"呀!这要是放在改革开放之前,谁敢想象?而眼下我所看到的一切都真真切切。至此,我对郭少平是真正的刮目相看了。甚而,内心深处也不由得对他的打拼精神倍感赞赏,更是为自己在北京多了一位故交而欣喜。就这样,我与郭少平老友重逢,从此又成了情同手足的好友。打那之后。我们两家人时不时聚会,逢年过节来来回回串门,每次见面总是亲密无间,无所不谈。

　　与郭少平的重逢,让我不久之后还获得了郭少鸿的联系电话,这让我喜出望外。那曾经断线的风筝,总算也重新连接起来。那一次,当着郭少平的面,我当即打通了郭少鸿的手机。对方"喂——"

的一声，很快接话了。听着那熟悉的声音，我又有老友重逢的兴奋，故意让他猜猜我是谁。不料他一下就戳穿了我的把戏："还用猜吗，你不是秋生还是谁？"我哈哈大笑，连声说："少鸿啊谢谢你，不愧是老友，还记得我的声音，也没有忘记我。这么多年我一直想联系你，还给你写了好几封信，可每封信都石沉大海，我以为你将我忘记了呢！"郭少鸿说："这怎么可能？只不过是因为这些年我一直居无定所，忙于谋生，无法收到你的信而已。"我关切地问："你目前在哪里，在做何种工作？"他答："我还在东莞，在一个建筑工地打工。"我又问："那你的老婆孩子呢，也在东莞吗？"对方答："没有。老婆在老家呢，三个儿子和一个女儿都在老家读书。"我说："天哪，你竟然有这么多儿女啊？了不起，我为你感到高兴！"对方说："嗯，高兴？高兴个鬼哟，这些年差点没把我累死！"我一愣，道："哧，养孩子哪有不累的？明知道累，你干吗还超生那么多孩子？"他答："嗐，说来话长，还不是受老祖宗老思想影响。当初是觉得多子多福，还有就是打虎亲兄弟、上阵父子兵，以为跟人家打架人多力量大，其实别的我还都看不到，现在能看到的只是累。"我安慰道："孩子还小时，做父母的当然会累些，但长大了都是壮劳力，一切都会好起来的。反正你多保重，祝你好运。噢对啦，我是从少平那里得到你的手机号码的，以后常联系啊，有事你给我打电话！"郭少鸿问："少平？少平怎么联系上你了？"我说："是呀，少平调到北京工作了，还举家来北京定居了，你不知道吗？"没等他回答，我将手机交给了郭少平。

郭少平乐呵呵地接过手机，冲那边大声喊："喂，少鸿啊，好久不见，你怎么样，一切都好吧？"话筒依稀传出对方的声音："嗐我还能怎么样？到处流浪讨饭吃，哪有你小子厉害啊。好多年不见，刚才听秋生说你又发达了，到了北京工作安家，说到底还是你有本事啊，羡慕羡慕！"郭少平哈哈大笑："哪里哪里，我只不过是人憨胆大，瞎想瞎闯而已！对了，以后有机会欢迎你到北京来旅游啊！"听得出，郭少平这句话，既是客套也是真心，不料却可能有意无意刺痛了郭少鸿。因为这次通话，不仅没有密切他俩的关系，甚至也没有密切郭少鸿和我的关系。尽管我与郭少鸿好不容易重新联系上了，但自此之后的许多年里，他与我的关系一直是不冷不热，准确说是一头冷另一头热。逢年过节，我发的第一个短信，不是自己的父母和兄弟，也不是自己的其他好友和同事，而是发给了郭少鸿，可有时候他回复，有时候却不回复。后来看他的微信朋友圈，也一直是白茫茫一片，看不到他的任何动态，不知道他是因为关闭了让我观看的功能还是他压根儿就没有发过朋友圈。由于念及少年时的友情，闲来无事的时候，我也会时不时给他打个电话问候，想同他交流交流近况，也想力所能及地关心他，看看他有什么事需要帮忙而我又能帮上忙。可他每次都是一问一答，支支吾吾，不问则绝不会多说一句话，反正感觉他总是心不在焉，或者纯粹是在应付，更从不会主动问候我。我心生纳闷儿，时间长了内心不免不舒服，仿佛是心窝里忽然间爬进了几只蚂蚁，反正是很不爽。

我后来将这种感觉告诉了郭少平，不料他听了连声说正常正常："人家正在底层忙着谋生打拼、终日忙碌呢！哪有心思同咱们这些在北京安居乐业的人闲扯？你还好，跟少鸿还有联系。那次咱俩在一起时同他通电话，之后的一个春节我给他发拜年问候短信，这小子竟然回都不回。他不理我，我干吗理他？再后来我同他就再也没有任何联系。"说这番话时，郭少平云淡风轻，我内心却更加闹腾了。在他们村里，他俩原本是郭姓家族的叔伯兄弟，虽然是远房而非直系，可两家人关系还是比较亲的，何况还是住在村里同一条巷，郭少鸿家住巷头，郭少平家住在巷尾，每天是抬头不见低头见，他俩在郭姓家族的辈分排序中还都同属"少"（绍）辈，况且还是同龄，上小学时还是在同一个年级的同一个班。其实，小时候他俩同我都是很要好的玩伴，夏天的时候外出游泳玩泥巴打水仗捉迷藏什么的，我们仨谁都很少缺席。后来上了学，由于性格的原因，他俩慢慢地有了分野。在学校，郭少鸿比较听话，守纪律，也爱学习，成绩相对郭少平好些，在老师那里属于好学生。郭少平相反，他淘气调皮，活泼好动，不守纪律，课堂常开小差，学习成绩严重偏科，在老师眼里是坏学生。也可能还受到一些老师的影响，虽然见面时彼此仍嘻嘻哈哈、相安无事，可慢慢地郭少鸿不怎么愿意同郭少平一起玩了。及至后来，郭少平因打架斗殴被学校开除，辍学在家而后又外出流浪，而郭少鸿则顺风顺水一直升学读完高中，尽管最终他没有考上大学，但毕竟完成了学业，拿到了高中毕业证书，成了人们尤其是他们郭姓家族长辈心目中中规中矩的好青年。这样的好青年，潜意识中自然不愿意与郭少平那样的"坏学生"为伍，他不会主动联系辍学之后漂泊在外的郭少平。而早已经在外面打拼谋生的郭少平，也绝不会平白无故主动联系还在老家读书的郭少鸿。及至后来，郭少鸿高中毕业也出外打拼谋生，有一年春节他俩双双回乡探亲，意外见面时也才互留了手机号码，重新建立了联系。尽管如此，春节后他俩又各奔东西，一个在清远，另一个在东莞，隔天隔地，隔行隔山，一年四季，基本上也没有什么交集。虽然郭少鸿每年依然回家过春节，可父母已经去世的郭少平却很少回家乡了……

一晃又过去许多年。

这个春节，郭少鸿竟然主动联系我了，让我又一次喜出望外。少年时代的往事忽然间历历在目，一股无法替代的亲切感油然而生。我几乎无法抑制住内心的激动，以至于说话都有些语无伦次："是少鸿啊，你好你好，新正如意！这……这么多年没怎么联系，你……还好吧？"

手机那头传来爽朗的笑声："哈哈很好很好，我现在一切都很好。"

我问："这些年你又在哪里打工，回家过春节了吗？"

对方说："你说打工吗？哈哈，我现在哪里都不去，我只在南宁给儿子打工。这个春节，我和大儿子、二儿子全家大小十几口人都回老家来过了。这不，我现在就是在老家给你打电话拜年呢，祝你们全家新春快乐、新正如意！"

我听得一头雾水，他怎么跑到南宁去了，还说是给儿子打工，这到底是怎么回事啊？我将这一连串疑问抛给了电话那头的郭少鸿，他听了依然是"哈哈、哈哈"地朗声大笑，之后才一一向我道来，我这才知道了他近十年来生活的大致状况。

大约是十五年前，郭少鸿十九岁的大儿子郭江山高中毕业没考上大学，经人介绍即到南宁的一家民营电缆厂打工。他虚心好学，肯于吃苦，勤于钻研，有时候为了钻研一个技术或工艺可以做到两个月专心猫在厂里不回家。仅仅过去四年时间，二十五岁的郭江山便脱颖而出被提升为分厂厂长。又仅仅过了两年时间，郭江山便掌握了电线和电缆全套的生产工艺和技术，熟悉了电线电缆生产销售运营的整个过程。看到了电缆市场的广阔前景，他毅然辞职自立门户，通过借贷等方式，用三千万元的资金注册成立了江山电缆厂。创立之初，工厂规模不大，但郭江山紧紧抓住质量这根命脉，精益求精，以小搏大，通过优化生产流程、创新生产工艺，用近乎严苛的标准做产品，在市场上打响了品牌知名度，每年的销售额以滚雪球般的速度增长。仅仅用了五年时间，电缆便实现了产值突破一亿元的目标。借此东风，工厂也进行改制，一跃而成了家族式股份制公司，郭江山也成为公司控股的董事长，其二弟郭高山成为总经理，小弟郭大山为副总经理，父亲郭少鸿成为公司监事。如今的江山电缆公司，产值已超过五亿元，成为南宁市的明星民营企业……

郭少鸿在电话中给我讲他儿子上述创业史时，虽然简单扼要，也只是讲了个大概，可我听起来却又一次像听天方夜谭。他大儿子仅仅是高中毕业，进电缆厂打工后仅仅四年便被提升为分厂厂长？两年后竟然能筹资数千万元自立门户？又过了五年产值破亿元，如今产值竟然能超过五亿元？如此快速高效的业绩，除了奇迹还能是什么？而这样的奇迹偏偏出在一个只有高中毕业文凭的农民子弟身上，这个奇迹到底是怎么产生的呢？郭少鸿讲完这一切，我脑海里电闪雷鸣，闪出串串疑问，多少也有些将信将疑。遂一边在电话中连声向对方祝贺，一边问："你儿子太有本事啦，他到底是怎么做到的，他的成功到底有些什么秘诀？"

郭少鸿朗声一笑："哈哈，说来话长。他具体是怎么做的，我也说不大清楚。不过，你可以上百度查我儿子郭江山的相关信息。"

听他这么提醒，我说："好，我刚好在电脑前呢，我查下你稍等。"一边迅即敲打键盘，百度上很快跳出一连串南宁江山电缆公司及董事长郭江山的相关信息。首先是百度百科显示："郭江山，1986年7月出生，南宁江山电线电缆有限公司董事长。公司深耕高科技轨道交通专用电缆、新能源汽车高效充电桩电缆等多个领域，获评国家绿色工厂、国家高新技术企业。2021年10月22日，入围第十一届'中国青年创业奖'人选。"百度上还有另一篇人物故事《郭江山：质量立业，匠心筑梦》，讲的内容与郭少鸿电话中介绍的差不多，比较简单扼要，只介绍了郭江山创业的大致过程，未能更详尽地道出其成功创业的奥秘并提供更多的有效信息。百度上的第三篇是人物访谈《展望2023 "广西青年创业省长奖"获奖者郭江山：广西将迎来前所未有的重大机遇》，这篇访谈内容更多的是对新一年企业发展的展望，也未能提供郭江山更多的个人信息。我索性在百度打开全球首个移动端一站式企业信用信息查询平台——企查查，南宁江山电线电缆有限公司法定代表明白无误地写着郭少鸿的大儿子郭江山的名字，注册资本显示3000万元人民币，企业的统一社会信用代码、成立日期、公司简介、地址和电话等等都一应俱全。以上信息让我不得不吃下了定心丸，至此我不得不相信郭少鸿说的一切都是真的了，内心忽然间不由掠过一阵冲动，遂对电话那头的郭少鸿频频道喜、连连祝贺，进而突发奇想提出："少鸿啊，好久没有同你通电话，今天一聊竟然聊了这么多，我真是太高兴啦。咱俩好久不见，干脆咱俩改成视频电话见个面如何？"不料我这个提议，竟然与他不谋而合，他几乎是喊出声来:"好呀好呀,刚才我正是这么想的呢!"言毕,他迅即拨通了我的微信视频。

视频见面的那一刻,我俩高兴得几乎同时喊出声来,彼此间笑声朗朗,有种他乡遇故知的兴奋。

我笑着说:"少鸿啊!新正如意,我总算是见到你啦哈哈!"

他也说:"秋生啊!新正如意,我也总算是见到你啦哈哈!"多年不见,他明显发福了,满脸喜气洋洋、容光焕发,红润的皮肤饱满且富有弹性,与我想象中的憔悴消瘦、满脸皱纹的形象形成了巨大反差,让我忽然有种梦幻的感觉,心想真的是人逢喜事精神爽啊!

我发现郭少鸿视频影像的背后,是宽敞明亮的房子,遂问:"少鸿你现在是在哪儿,是在你家吗?"

他说:"是呀是呀。"遂主动将视频镜头转向他家的房子,像记者现场直播一样兴奋地向我一一介绍:"你看,这是我家新厝二楼的客厅,面积大约有二百平方米,分餐厅和会客厅两个区域。楼下是一层,有一个车库和一个厨房,上面的三楼有三间客房、一间健身房、一间娱乐室和两个卫生间,四楼一共有六间卧室,全都带卫生间,此外还有一个花园室的观景阳台。"说完,他果真用手机视频一一向我扫描直播,每一层都宽敞明亮、富丽堂皇,直看得我眼花缭乱、心潮澎湃,禁不住啧啧称赞:"少鸿啊,你这哪里是住宅,简直就是宾馆酒店、十足的别墅豪宅呀,厉害了!只是这么大的豪宅,这么多的房子,你们家有那么多人吗?你们住得过来吗?"

郭少鸿"嘿嘿"笑着,镜头转回到脸上,我发现他这时候是一脸的骄傲和满足。他亲切地看了看我,又清了清嗓子,然后微笑着反过来问我:"秋生啊,你可知道我家里目前有多少人吗?"

我望着屏幕中的他,满脸疑惑,继而轻轻地摇了摇头。他笑着在视频中向我掰起手指,一一道来:"你看,我有三儿一女,都已经结婚成家。大儿子和二儿子目前已经各有两个儿子一个女儿,三儿子有一儿一女,我最小的女儿去年初刚刚结婚,现在也育有一女。"

我惊叹道:"哇,你目前总共有九个孙子?真正是儿孙满堂了啊,太幸福啦!唉,相比之下我已经被你甩下不只十八条街,简直是跟不上时代啦!"

听我这么说,他皱了皱眉,反过来问我:"你现在有几个孙子?"

我摇了摇头,一脸丧气,如实招来:"唉,说来惭愧,迄今我一个都还没有!"

郭少鸿顿时瞪大眼睛,惊叫道:"怎么会,你不是也有个儿子吗,莫非至今还没有结婚?"

我苦笑道:"真让你猜着了。"

"你儿子今年多大了?"

"三十五啦。"

"那同我大儿子郭江山同龄呀,郭江山都三个孩子了,你儿子怎么还不结婚?你儿子不是很优秀吗!记得他还是清华的高才生,找女朋友不是可以随便挑吗?"

他这话说出来,像针扎一样刺痛了我。我说:"唉,真是又让你猜对了。可优秀管什么用,偏偏就是因为优秀害了他。虽然他目前工作、事业都不错,可找女朋友却一直挑三拣四。我和他妈没少说他,告诉他要明白结婚和恋爱完全是两码事,想结婚就要找个性格温和贤惠、能踏踏实实过日子的,模样看着顺眼就行了,漂亮不漂亮的倒在其次。可不管你怎么说,我儿子就是刀枪不入,听不进去,甚至还威胁说找不到意中人这辈子就不想结婚的混账话。你说我有什么办法?!"

郭少鸿听罢惊叫起来:"操,原来你儿子也是不婚主义哪?哎呀呀,哎呀呀……"他脑袋摇得像拨浪鼓,不停地啧啧叹息,显然是为我和儿子感到着急、可惜。他竟然也知道"不婚主义",这让我既惊讶又惭愧。想当初,我当了潮汕地区那年的高考状元并被录取到北京大学的时候,一时间轰动了四乡八邻,周围的人纷纷前来祝贺,总算扬眉吐气的我父亲竟然有些飘飘然地对我说:"儿子啊,到了北京你可得好好学习，争取将来在专业上搞出点名堂来，好光宗耀祖。对啦，更重要的是，还要娶个称心如意的老婆，好传宗接代，最好是能多生几个，好让我和你妈晚年享天伦之乐！"我父亲这话虽然有些戏言成分，可我知道他说的肯定也是心里话，我记住了。如今几十年过去，我虽然专业上也勉强搞出了点名堂，可独生子女时代，我无法多生孩子，我只有一个独子。即便只有一个独子，事业上比我也更加优秀，可这小子至今偏偏就是不结婚生子，早已经去世的我父亲要是九泉之下有知，不吹胡子瞪眼狠狠臭骂我们这些不肖子孙才怪！可叹的是，现如今像我家的这种情况，并不在少数，尤其是我周围那些知识分子家庭。再放眼全国，尤其是在北京乃至上海、深圳、广州等一线城市，大男大女不想结婚，或即便结了婚又不想生子的人比比皆是，人家自己都不急，你做父母的急了又有何用？眼下国家还在鼓励生育呢，看来国家人口问题的解决，只有拜托文化不高思想简单、传统观念牢固且数量庞大的底层人群了。记得新加坡的人口政策，是学历越高越奖励生育。我们国家的现实情况却是：学历越低生得越多。不过如果都能像郭少鸿那样，生出像郭江山那样虽然没能考上大学却聪明能干、敢想敢干并且勇于创业创新的后代，也算是国家之幸、民族之幸了。

我一边胡思乱想，一边接着郭少鸿刚才的话茬儿，叹息说："哎呀少鸿啊，时代不同啦，现在的孩子在某些方面同我们这一辈人想的完全不一样，我有什么办法呢？还是别提它吧，提了它伤心、扫兴！"

郭少鸿听了连连叹气，表示同情，末了还不忘记安慰我："话说回来，人各有志，不能比。你和你儿子都是高级知识分子，国家栋梁，都忙着干事业呢！哪像我们这些农民出身的土八路，天生就头脑简单，终日忙忙碌碌只为着生计，只知道满足自己的七情六欲，这么一来孩子可不就是生得多呗，哈哈、哈哈。"

我说："你可别这么说，什么高级不高级的，人说到底还是过正常生活好，现在我是真心羡慕你这种状态：儿孙满堂尽享天伦之乐，真的是人生之大幸呀！噢对啦，你的儿孙们都在家吗，能否让我也看看？"

郭少鸿说："公路东头今天有舞狮队在舞狮拜年呢！刚才他们全都出去看热闹了，一会儿就回来。"说话间，视频中的他这时候已经来到了他家的四楼，他一边介绍一边继续用手机视频直播。此刻手机镜头扫过四楼的六间卧室，之后来到花园式阳台的观景台，光线瞬间明亮起来，天地无比宽阔。镜头先是在阳台的花草上巡视，眼前飞红走绿，花草、盆景和凉棚上碧绿耀眼生机勃勃的常春藤，争奇斗艳、相得益彰，凉棚下有一张茶几和数张藤椅，饮水机、电热壶、茶叶和茶具一应俱全。镜头接着转向楼下，先是楼下姹紫嫣红的草地和花园，花园出口处是树木掩映的公路，公路上不时有车辆和行人从镜头前掠过。再往远处，是蓝天白云和广阔碧绿的田野。我禁不住问："你这房子到底是建在什么地方，我怎么见不到你们村庄过去的影子？"郭少鸿哈哈大笑："我这新厝是建在公路旁的，距离过去居住的老寨旧址大约还有一里地。现在的老寨区基本是没有什么人居住了，只留下过去那些破旧的房子和少数的一些老人在那里留守，有本事的人家大都来到公路边建新厝了。"他这话让我脑海不时浮现起童年的记忆与生活场景，对那个如今没落并行将逝去的村庄五味杂陈，既有欣喜，也不乏感伤。

此时此刻，我忽然记起村庄里一些曾经熟悉的人和事，于是一一询问郭少鸿。他欣然作答，一一道来——

郭美书和郭美德。郭美书，小学时与我坐同桌的同学，皮肤白净，长得胖乎乎的，走起路来呼哧呼哧，稍微有些摇摆，像极了鸭子赶路，却异常可爱。可能是父亲遗传的缘故，他们家三兄弟体态都有些偏胖，走路大都也是这个样子。意外的是这个样子并没有影响到他大哥和二哥先后应征入伍。大约是因为当兵时开了眼界，见了世面，郭美书的大哥郭美德数年后复员回乡，并不满足于像父辈一样守着一亩三分地却依然受穷。他不知从哪里找到的门路，将本村集体时不时砍下的竹子，或村民自制的竹筷子收购后倒卖到外地，这一番让旁人看来有些眼花缭乱的操作，让他家很快与众不同。首先的不同是郭美德时不常地缺席集体出工，工分比其他社员少。那时候中国还没有改革开放，农村还没有实行包产到户的生产承包责任制，而是记工计酬，你工分少，生产队集体收成的时候分到的粮食和年底的酬劳就相对减少。尽管如此，村里人不但没有看到郭美德一家生活水平降低，相反是比其他村民过得还好。比方，郭美德每次从外面回来（谁也不知道他是去了哪里），总是给家里带回些糖果零食什么的，邻居三天两头的还时常能闻到他们家里飘出的肉香，馋得邻居和路过他家门口的乡亲禁不住直流口水，原本就饥肠辘辘的肚子也被刺激得更加难受。时间一长，郭美德一家难免遭到其他村民嫉妒。刚好是七几年吧，全国农村大割资本主义尾巴，村村户户撒网式地排查资本主义苗头，因遭受村民匿名举报，郭美德很快被生产大队派来的民兵揪了出来，五花大绑地拉到村头的露天戏台上开批斗大会，严加批判。那些曾经嫉妒他的村民这回可逮着机会了，竟然有那么几位不顾情面指手画脚上台大声训斥，指责他带头走资本主义道路，辱骂他"没心没肺的太过自私，家里买了糖果零食、煮了肉什么的也不拿出来让乡亲们集体共享"。批斗会结束之后，大队还组织民兵到郭美德家里抄家，将他家之前的"非法收入"通通清查没收。打那以后，郭美德被民兵日夜监视，要求他不许离开本村，他每天只好又老老实实跟着生产队集体到地里干活儿。至此，村里唯一的这条"资本主义尾巴"算是被彻底铲除了。可对郭美德一家来说，霉运却刚刚开始。首先是村里人对他们一家另眼相看，有意无意地将他们一家划入"黑五类"，等同于地、富、反、坏、右分子，路遇或平时见面时都自带敌意和鄙视，这让原本贫农出身、根正苗红的郭美德一家，在村里开始抬不起头来。这还不算，同我一样，与我小学和初中时一直同桌的郭美书，平时品学兼优，初中升高中时未能被推荐（那时候没有升学考试，只靠推荐，我是因为家庭出身遭受歧视而未受推荐），失去了上高中的机会，这对勤奋好学的郭美书来说无异于遭受雷击。同我一样，年仅十六七岁便辍学在家的他从此一蹶不振，整天待在家里暗暗落泪。没过多久，有一天郭美书不辞而别，从此在我和村民的视野中消失。他的家里人心急火燎，到处寻找，却都一无所获。不久村里有人传出消息：郭美书是逃港渡河（海）时，被水淹死了。郭美书究竟是否真的因为逃港丢了小命，我不得而知，不过他们的村里都在这么传，况且自此以后那么多年，村里的人包括郭美书的家人，再也没有见到他的踪影。现在想来我仍不免伤感，毕竟他曾经是我要好的同桌。我在视频中问郭少鸿："近年可有郭美书的消息了？"他很肯定地说："根本没有。"我又询问郭美书一家尤其是他大哥郭美德后来的情况，郭少鸿说："改革开放之后，郭美德他们一家在我们村是最早发家致富、最早成为万元户的。当初还被新闻媒体当作典型大加宣传了。"我问："他们是靠什么致富？"郭少鸿说："郭美德很早就利用本村充足的竹林资源，筹建竹器厂，还招聘了数十位村里的竹艺高手，制作竹艺制品，竹椅竹帽，竹筷竹筒，甚至是竹制工艺品，他们都做或找乡亲收购。眼下他们厂的竹艺制品不仅销售到全国各地，还出口到东南亚和欧美地区呢。"我听罢暗自高兴，心想是金子总会发光，郭美德总算人尽其才、找到用武之地了。我同时也为早年消失在这个世界上的郭美书倍感惋惜并暗暗祈祷，心想他要是九泉之下有知，也该死而瞑目了。

郭少涩。郭少涩是郭少鸿的堂兄弟，也即郭少鸿伯父的儿子，与郭少鸿同龄。与郭少鸿不同的是，郭少涩读书时，学习成绩是丝线挑豆腐，怎么都提不起来，与郭少鸿比差得不是一点半点，每次考试他在班里总是倒数第一，甚至数学成绩总是得个鸭蛋。因而，郭少涩小学没读几年，便辍学在家了。他年龄尚小，不可能安排到生产队干集体活，在家便无所事事。家长让他白天提着竹簸箕和竹夹子，村头巷尾地到处转悠，寻觅牛粪狗屎，拾到了便拎到生产队卖钱，郭少涩很是听话地照办了。其实他也乐得，这个年龄他不可能整天傻待在家里，假若那样那非得憋死不可。虽说是捡拾牛粪狗屎，可他照样可以与其他辍学或原本就不上学的孩子疯玩，打斗笑闹，甚至可以在村前的池塘或不远处的沙溪边游泳打水仗。有时候他还在水里捉回几条鲫鱼或摸回些河蚌或田螺，与牛粪和狗屎一起拎回家里，满载而归，乐得他父母合不拢嘴。这时候，他的父母就觉得孩子不上学有不上学的好。其实，他们家的几个孩子都不爱读书，也不善读书的。郭少涩在家里排行最小，他的几个哥哥当初也像他一样，因学习成绩太差，小学没读几年便都提前辍学了。郭少涩辍学后的这种状态，也是他几个哥哥之前就经历过的状态，后来他的几个哥哥都长大了，就成了家里的劳力，每天早出晚归到地里参加生产队的集体劳动，挣工分。放学或放寒暑假时，我和郭少鸿也时常同郭少涩在一起玩。那年夏天，我们几个在村后的另一个鱼塘里游泳打水仗，大家齐心协力，双掌用力拍打水面旋出水炮和水花，水炮的巨响惊得鱼儿纷纷蹿出水面。刚好有一条倒霉的鳙鱼蹿出水面，却回落到我附近岸边的番薯田里，尽管它拼命挣扎企图蹿回水里，但临水的番薯垄的高度挡住了它逃生的可能。我见状喜出望外，迅即上岸穿衣，紧紧逮住那条足有两三斤重的鳙鱼，兴冲冲和我二弟一起飞也似的往家里跑，此时郭少鸿和郭少涩在我俩后面紧追不舍。我是以邀功的心情跑到家里的，心想我们全家一日三餐平时都清汤寡水，总是喝稀粥就咸菜或菜脯，至多再加一两个缺少油腥味的青菜，难得有腥味和肉味，眼下天掉馅饼水送大鱼，白给我家的，我妈见了还不乐得满脸开花？不料我俩气喘吁吁将大鱼抱回家时，我妈问明情况，大惊失色，摊开的双手像送瘟神一样将我们往外赶，一边对我和二弟大声训斥，要求我俩立即将鱼送回池塘放生。我俩大感不解，一脸委屈。郭少鸿也站在一旁帮助我俩辩解："老师啊，这鱼是自己跳上岸让秋生捡到的，并不是偷来的，干吗不要呀？"我妈听罢连郭少鸿也一起训斥："胡说！鱼塘是村集体的，跳到岸上的鱼也是村集体的，捡回家来怎么能不算偷。现在你们必须立即给我送回鱼塘放生，听清楚没有？！"我妈义正词严，厉声呵斥，紧张惊恐的脸瞬时扭曲了，长这么大我和二弟还从没有见到过我妈这个可怕的模样，郭少鸿和郭少涩肯定更没有见过。虽然不免失望，可我二话没说，只好知趣地抱着鳙鱼转身走出家门，打算送回鱼塘放生，郭少鸿和郭少涩依然紧紧地跟在我和二弟身后，满脸扫兴和不解。离开我家十来米路，转过巷口，郭少涩忽然快走几步挡住我："秋生啊，这鱼真要放生，太傻了吧？多可惜！"我说："我妈要我放生，我也没办法呀！"我知道，因为家庭出身的原因，我妈原本在学校就挨批斗、被歧视，一直心有余悸的她肯定是担心这事要让别人知道了传回学校，又将罪加一等，眼下她让我将鱼送回池塘放生，也是情理之中的事。可郭少涩这时却出了个主意："这样吧，将鱼交给我，我送回家，今晚我让我妈煮鱼粥，晚上咱们玩耍结束之后，先到我家吃鱼粥。"他这么一说，我的口水瞬时汹涌而出，我急忙使劲儿往下咽。说实在的，平时的一日三餐，我们都太缺腥少肉了，天天饥肠辘辘，个个都像饿鬼，如果能够饱尝一顿鱼粥，那实在是太美妙、太诱人了。再说将鱼送到郭少涩家里煮粥，那时候还年少无知的我以为这样做即便出了事也将与自己无关。我将征询的目光转向身边的郭少鸿，发现他此刻也正馋得直咽口水。他见我在等待他的意见，竟然也毫不犹豫地点了点头："你就听少涩的吧，出了事我和少涩负责。"他这话让我一时间像吃了定心丸，于是爽快地将鱼交给了郭少涩。郭少涩接过那条鳙鱼，高兴得像捡到个宝贝，连蹦带跳一溜烟跑回了家。当晚，皎月当空，月光如水，我、二弟、少鸿和少涩像往常一样在村头巷尾玩捉迷藏，开心地追逐玩耍，不一会儿便早早鸣金收兵，因为我们每个人都惦记着那香喷喷的鲜鱼粥，郭少涩也信守承诺地将我们带到他家。到了他家，我发现他父亲母亲，还有大哥二哥也早已齐刷刷等候在家里。见我们几个小屁孩到来，他母亲搬出一大摞碗一个接一个盛出了早已经煮好的鱼粥。这天晚上，郭少涩全家人和我们几个愣头愣脑的少年酣畅淋漓大快朵颐，美美地饱餐了一顿鲜鱼粥。虽然一晃数十年过去，可时至今日，我还是念念不忘，甚至觉得那是我这辈子吃过的无与伦比的美食。当然,这事我和二弟一直瞒着我妈,我妈也一直蒙在鼓里,她也没有过问,以为我和二弟早已经将那条鱼放生了呢。直至我读完大学分配到北京工作,有次回家探亲,全家人在一块说笑时我又想起当年的那条鱼,我和二弟都公开了那条鱼的真正去向。母亲听罢,皱着眉瞪着我和二弟,嗔怪道:"好哇——你们兄弟俩原来合伙糊弄我哪?!"我和二弟直乐。一会儿,二弟收住笑,嘻嘻地问母亲:"妈,要是再有鱼跳上岸让我们逮着拎回家来,您还让不让我们送回去放生?"不料母亲横一眼二弟:"那还用说?不是你劳动或花钱换回的东西,啥时候都不能要!"我和二弟听罢,没再笑,只是望着生养我们的母亲,久久说不出话来……几十年之后的今天,我却仍不忘那条鱼的故事,也忽然记起别出心裁为我们煮美味鱼粥的郭少涩一家。问起他们一家这些年的境况,郭少鸿在视频中朝我摇了摇头,叹气说:"他们一家家运不好,因为身体的原因,少涩的父母和两个哥哥早早去世了。家里也穷得叮当响,少涩至今仍打光棍呢,他今年已经是个六十四岁的老头啦!"我听了不由得连连感慨,内心不免有几分感伤,毕竟在物资最匮乏的时期,郭少涩一家以特殊的方式为年少的我提供过一顿永生难忘的鲜鱼粥……

郭镇唱和郭意农。这两个人都是我妈的同事,同在村里的小学任教。所不同的是,我妈是县城里来的公办教师,郭镇唱和郭意农则是本村的民办教师。公办教师是居民户口,每月粮油由当地政府统一限量供应,工资也会比民办教师高出许多。民办教师是当地农业户口,每月由学校发部分薪水,另一部分由本村生产队记成工分,年底与出工种田的村民一样统一计酬。从待遇和社会地位上讲,虽然郭镇唱和郭意农比我妈这样的公办教师要低一些,但他们都出身贫农,根正苗红,家里又有地有田,再则我妈是外来户,出身又不好,此消彼长,因而我妈与郭镇唱、郭意农之间,彼此间的感觉还是相对平等的。刚开始的时候,他俩同我们一家的关系还不错。郭镇唱与我妈教同一个年级的学生,我妈教语文,郭镇唱教算术,工作上有一定交集。他年龄比我妈小一些，教学上的经验和水平都不如我妈，所以对我妈还比较尊重。我妈也以礼相待，教学上也时常帮助他出谋划策，农忙的时候还让我和我姐到他家帮助带孩子和干农活。郭意农则是我妈学生辈的同事，与我妈一样教同一年级，他教的是体育。他刚高中毕业当上民办教师参加工作那阵，对我妈是尊敬有加，老师前老师后地称呼我妈，亲热得像个乖巧的学生。可后来因为学生郭少平严重偏科的原因，郭镇唱和郭意农开始嫉妒我妈，甚至怀疑是我妈搞鬼，遂联合起来与我妈作对，还双双公开署名将攻击我妈的大字报白纸黑字地贴到我家门口，给我家难堪，让我妈在那段时间备受屈辱与煎熬。如今几十年过去，郭镇唱和郭意农后来的情况如何呢？郭少鸿告诉我："郭镇唱退休后没几年便患了肝癌，已经死去很多年了。不过他大儿子早几年曾经在竞选中通过拉票当上过村主任，风光了好几年，只是后来因经济问题被举报，上级组织将其查处撤职了。"我想起来了，郭镇唱的大儿子小时候我和我姐都帮郭镇唱带过，他长得虎头虎脑，性格像他父亲一样暴躁，脑袋轮廓生得有些扁平，前面宽侧面相对较窄，所以本村的村民给他起了个绰号"老扁"，迄今我还不知道他的真实姓名，只记得大家都叫他"老扁"。至于郭意农的情况，郭少鸿说："他当体育教师时，距离退休还不到三年，却因上体育课时猥亵女生，该女生回家向家长哭诉，其家长带着一帮亲属到学校大吵大闹，将郭意农揍了个鼻青脸肿，此事一时间闹得满城风雨，结果郭意农未到退休年龄便被学校辞退了。"我问："他们一家现在情况怎样呢？"郭少鸿说："都不大好，被学校辞退后，郭意农和他的几个弟弟一样漂泊到深圳和东莞一带打工，听说也没挣到什么钱，养家糊口而已。"我说："记得小时候他兄弟几个都很野蛮，见到谁都横眉怒目，像随时要打架的样子，见到我和二弟更是时常拿我爸我妈的名字开涮，故意挑衅，还骂我们是'地富反坏'。受我妈反复教育和提醒，我和二弟见到他们总是绕道走，不敢惹他们。"郭少鸿道："嗯，此一时彼一时吧，野蛮如今不能当饭吃，他们几兄弟本身没有什么本事，天生就该穷一辈子！"

陈八碗和郭少航。陈八碗是女性，郭少航是男性，他俩虽然同村，但非亲非故。我之所以将他俩相提并论，向郭少鸿询问他们境况，是因为他们两家人当时都属于"黑五类"，均出生在地主家庭。准确地说，陈八碗嫁的是地主家庭，她是地主郭德昌的儿媳妇。在那个特殊时代，陈八碗之所以肯屈尊嫁给地主家庭，是因为她自己生来就先天不足，患先天性小儿麻痹症，走起路来身子一摇一晃的，一只脚像不停地在扫地。不仅如此，她还长得奇丑，肥头大耳，腰身矮小粗壮，看上去像是一只水桶。不仅如此，她饭量还奇大，据说一日三餐每顿要喝八碗粥，所以村里人给她起了个绰号"陈八碗"。她的丈夫，叫郭广田，虽然是地主的儿子，却长得人高马大，相貌堂堂。只因为出生在地主家庭，三十好几了还娶不上老婆，其父郭德昌担心长此下去，自家恐断了血脉，遂苦口婆心地说服儿子，将本村媒婆主动从外地客家山区牵线介绍来的陈八碗娶为妻子。只是人娶进来了，好几年过去，却一直不见陈八碗为这家地主添丁生子、续上香火。个中原因，有人猜测陈八碗先天是个石女，根本不会生育，有人则猜测是地主儿子郭广田压根儿就一直不碰陈八碗身子。真实原因到底是什么，村里没有人能准确说清，反正是众说纷纭。郭广田是地主郭德昌唯一的儿子，郭广田的两个妹妹，却早就嫁作他人妇了。陈八碗的这个样子，让地主郭德昌终日愁眉苦脸，可自己是地主出身，本来就感觉低人一等，人娶过来了，迫于社会压力，让儿子跟陈八碗离婚根本不可能，只能是哑巴吃黄连，自讨苦吃。幸好陈八碗也还识趣，明白自己的丈夫不得已娶了自己，是受了委屈，故而对自己的丈夫是百般呵护，百般侍候。她对自己的公公和婆婆，也是百般孝顺，百般照顾。挑水做饭，擦灰扫地，洗衣洗碗，所有这些日常的家务活，陈八碗全都揽到自己身上。甚至还有人从他们的家门口经过时，发现陈八碗给公公郭德昌端过洗脚水。这事不知怎么地在村里人传开了，地主郭德昌又罪加一等，说他在家里虐待贫农出身的儿媳妇，于是又被拉去单独游街、批斗。记得小时候，我时常看到郭德昌和郭少航的父亲郭劳暑被一起拉去游行、批斗，他俩都被戴上高高的纸帽，双手被反剪着捆绑到背后，周围的人对他们高声呵斥，或起哄辱骂，郭德昌和郭劳暑总是颤颤巍巍、面若土灰。郭德昌被单独拉去游街、批斗，我还是第一次听说，我也没有去围观过，我只是想从此以后，他的日子肯定更不好过吧？至于郭劳暑，由于谐音，村民给他取了个绰号"郭老鼠"，他儿子郭少航也是我儿时经常在一起的玩伴，上小学时也是同学。记得放学后或寒暑假，我们还时常一起背起竹篮到处拾蔗粕。所谓蔗粕，就是人们啃甘蔗吮吸完蔗汁之后丢弃的甘蔗粕，拾回家晒干后可用于烧水煮饭。虽说是拾蔗粕，可蔗粕也不是随处随地可以拾到的，我们只能村头巷尾、路边溪边，甚至是到附近的山上到处转悠寻找。我和郭少航当然是边走边玩，有时在沙溪边摸鱼捉蜻蜓，有时在堤坝的陡坡上滑沙梯，甚至有一次还冒着霏霏细雨浑身脱得精光，在他家山坡自留地的柑橘园里欢快地狂呼乱跳，好不开心。可这样的欢乐不久便消失了。因为郭少航的家是地主，他爸郭老鼠隔三岔五地时常被大队民兵押去游街，周围的人纷纷像躲瘟神一样，要么歧视他们全家，要么是躲得远远的，唯恐引火烧身或染上霉气。而同样被视为"黑五类"的我们一家，更是谨小慎微，唯恐又被人抓住什么把柄，因而我妈早早地就警告我们兄弟几个：绝不能再与郭少航一起玩了。我妈的话自然成了圣旨，自此我和弟弟再也没有找郭少航玩，而他也有自知之明，同样不再来找我。直到改革开放，我有幸重新参加升学考试升上高中，而后又考上大学，都一直未与郭少航再有联系，听说他早就外出打工谋生去了。忽然记起陈八碗和郭少航，我不由得在视频电话中询问他们俩的下落，据郭少鸿介绍：自从不论出身不讲阶级斗争了，陈八碗的丈夫郭广田就像换了一个人似的，从过去的闷葫芦忽然间变成了活跃的吹哨人，先是张罗着将自家承包的土地进行改造，别的人还按部就班跟世世代代的老祖宗一样一成不变年年如是种稻谷、小麦，他和父亲则别出心裁种蔬菜种花生种旱烟，周围的人纷纷嘲笑他们，甚至调侃他们说"地主被批斗傻了吧，连田都不知道该怎么种了"，大家都怀疑他家不老老实实种粮食却种这些不能当饭吃的东西，"到时候去吃西北风啊"，可一年过去了，人们渐渐发现这家地主并未饿着，他们不仅吃得比别人饱，还吃得比别人好、比别人香，他们家不仅吃香喷喷的白米饭，还时常吃肉。没多久，郭广田又将本村外出打工乡亲撂荒在家的田地租了下来，扩大种植，他一家仍然不种粮食，而只种蔬菜种花生种旱烟甘蔗柑橘等经济作物，年收入大幅度增加。再到后来又与外地来的人合作成立了农村经济合作社，流转了本村甚至邻村大部分农民的土地，扩大了种植和生产，而且是种植、加工和销售一条龙，还雇工解决了本村一批未外出打工乡亲的就业，让那些就业的人感恩戴德。当然也有人悄悄议论、调侃，说什么"胡汉三又回来了吧，郭广田这么做，不就是地地道道的地主吗"，议论归议论，调侃归调侃，村里的绝大多数人却不得不从内心佩服起这家地主来。现在郭广田一家可都是当地声名远播的富裕户，他家也修建有一栋豪华楼房，地点就在郭少鸿眼下这栋楼房附近，距离也就一百米开外，另外还修建有一座崭新的四点金。只是他们家的老地主郭德昌没怎么享着福，十几年前就因病去世了，郭德昌的老婆倒是还在，今年都快九十岁了，还能挂着拐杖在自家的家门口溜达。郭广田与陈八碗，则是早在三十年前就离婚了，郭广田娶了本村一个小他二十岁的女孩为妻，并且生了二男二女的四个孩子。郭广田虽然与陈八碗离了婚，可也还讲情义，并没有将陈八碗赶出家门，而是留下她在家里帮助打理家务，日子过得倒也相安无事、和和谐谐。虽然致富了，可郭广田为人谦和，待乡亲都很好，人还很低调，几乎逢人便说："全靠党的政策好，感谢邓小平，感谢党！"说到郭少航，郭少鸿说："郭少航早年就外出打工谋生，他的详细情况我不是很清楚。听说开始也是去逃港，但也未成功，后来在深圳和东莞一带打工，再后来听说是在深圳做生意，据说做得还不错。反正没多久他们就举家搬到深圳定居，他家村里的房子至今都还铁将军把门，一直空着呢。"我问郭少鸿能否打听到郭少航电话,他回答说比较难,郭少航一家搬到深圳后,好像就没听说过跟本村的人有过什么联系。听他这么一说,我多少有些遗憾,也有些失落,毕竟他是我儿时曾经要好的伙伴,我希望能有机会重新联系上他。我在视频电话中拜托郭少鸿:"如果能够打听到郭少航的电话,请一定及时告诉我。"

郭义群。他既非我儿时的要好伙伴,也非我小学的同班同学,但我俩年龄相当,他在我们同一所村小学同一个年级的另一个班就读。那一天是周末,星期日下午,我们一帮孩子在村里的篮球场打篮球,我和郭义群被分到不同组打对抗比赛,双方你来我往争夺激烈。我瞅准时机,在中场截断了对方传球,正将球紧抱在自己怀里,传丢了球的郭义群却冲到我的跟前,挥起拳头击打已被我紧抱在怀里的篮球,因为他用力很猛,而且来得突然,篮球被他突如其来的猛力击落在地。严格地讲,对方这个是明显的犯规动作,因为篮球本来已经被我得到,而现在被对方以犯规动作突然击落,我自然是不愿意也不高兴。要是正规比赛,裁判的哨子这时肯定响了,也压根儿用不着我与对方交涉。但我们打的并非正式比赛,而是自由分组玩耍,虽然比赛是打着玩,但个个斗志昂扬,互不相让,争夺激烈,我自然也寸步不让。篮球被郭义群犯规击落的那一刻,我下意识一个箭步冲上前去,本能地与他争夺篮球,不料双方短兵相接,篮球被双方四掌同时得到,俩人都紧紧地抱着篮球暗暗较劲儿,彼此角力。开始是势均力敌,进退两难,篮球始终是被我俩的四只手掌紧紧地箍住了。我见这么下去肯定抢不下篮球,忽然灵机一动,双手抱紧篮球来了一个摔跤动作,只听"哐嚓"一声,对方连球带人一下子被我摔倒在地,我也与他一起摔倒在地上。与此同时,我听到对方发出一声惨叫,并且下意识一眼瞥见他一只踝关节突然变形并且红肿了。坏了,我知道自己肯定闯祸了,惊得魂飞魄散,"嗖——"一下跃起身,不管不顾没命地往家里跑。不知道是我裹挟着风,还是风裹挟着我,反正我只感觉到自己风驰电掣地闯进家里,然后一溜烟钻进家里的床铺底下。我妈肯定被我这突如其来的怪异动作惊着了,她大惊失色大声呼叫着我的名字,问:"秋生你怎么啦你怎么啦?"语音未落,门外已经吵吵嚷嚷跟来了一大群人,那群人堵在我的家门口。有人大声叫喊着我的名字:"秋生啊你快出来,你将义群的脚骨摔折了你知不知道,你快出来——"我妈一下子明白了怎么回事。一回头猫腰将我从床底下往外拽,边拖拽边骂。待我被拖拽出床底,我妈就用平时教训我们姐弟几个的小竹条噼里啪啦、劈头盖脸地狠命抽,我双手抱头任由我妈发狠地抽,一边哭一边嚷嚷说:"妈我错了我错了,可我不是故意的,再说是义群先抢我已经得到的球!"可我妈根本听不进去,只顾不停地用竹条狠往我身上抽。那一刻,我想我妈肯定是气坏了,也肯定是想对前来围观的人有所交代,她抽得可真狠。以前她虽然也用竹条抽打过我,但从来没有这么狠过。她每次抽打我或者我二弟,我们身上都会立即浮现竹条抽打的伤痕,那伤痕又红又肿,像烙铁烙过一样,形似蜈蚣,又痛又辣,难受极了。可这一次,我妈的竹条落到我的身上,不仅又痛又辣,而且锥心刺骨,我忍不住放声大哭。待我妈抽打累了,才一边喘气一边向围观的人进一步询问情况,也一边向他们道歉,而后又跟着那帮围观的人前去球场察看义群的伤情。只是我妈赶到球场时,郭义群已经在球友们的帮助下,被他的家人送到邻村的一个私人祖传接骨医生那里去求医问诊了。尽管如此,我妈仍不敢有半分怠慢,她马不停蹄地不知从哪儿买了两斤猪肉、两包糖果,上门去向义群的父母道歉。我妈后来告诉我,她是带着诚惶诚恐和忐忑不安的心情去上门道歉的,她原本就被视为"臭老九""黑五类",三天两头遭到批判,内心原本就承受着巨大的精神压力,眼下自己的儿子闯了祸,还不知道人家会怎么兴师问罪呢。待真的到了郭义群的家,郭义群的父亲虽然也不乏怒气和怨气,但见到我妈主动上门道歉,还送来了两斤猪肉和两包糖果,那怒气和怨气已经瞬间消了一大半。正所谓"伸手不打笑面人",何况我妈怎么说也还是学校的老师。尽管那时候我妈也遭受一些人的批判和歧视,可在本村的大多数群众心目中，当教师的我妈还是受到了一定的尊重与同情。所以见到我妈，郭义群的父母还是以礼相待，甚至还很通情达理。听完我妈一而再、再而三的道歉，郭义群的父亲说："我儿子被你儿子摔断脚骨，我们一家是很心疼，也很生气，不过事情发生得有些意外，而且是两个孩子为争夺篮球不慎造成的，你儿子也并不是故意，老师你又亲自上门来道歉和慰问，这事我看就过去了吧，你不必太过自责和内疚，更不要过多地打骂你儿子。毕竟他们还都是孩子，顽皮、不懂事。"听他这么一说，我妈如释重负，一块巨石从心头落地，内心瞬间也暖暖的，涌动着一丝莫名的感动。她内心也不由觉得，尽管世道险恶、人心叵测，但心地善良的人任何时候、任何地方也还是有。我妈再三道谢，还恭恭敬敬地向郭义群全家人鞠了个躬。傍晚回到家里，我妈见我坐在火炉旁一边煮粥一边抹泪，二话不说掀开我的上衣，发现我的后背密密麻麻布满了她用竹条抽打后红肿的伤痕，有几条伤痕还隐隐约约冒着血珠。她愣了一下，竟一把将我从矮凳上拎了起来，紧紧地搂住我号啕大哭。那一刻，我感觉到自己的肩头和脖子忽然凉丝丝的，显然是我妈的泪珠滴落在我身上。我心一热，也紧紧地搂紧了我妈，委屈和悔恨的泪水夺眶而出。而后的一个多月，我发现我妈没有买肉回家，家里一日三餐更加清汤寡水、缺腥少荤了。开始时我有点纳闷，憋不住问我姐，不料我姐白了我一眼，责怪道："哼，你还有脸问？你闯了祸惹得妈妈不得已买了两斤肉上门向人家道歉，这个月哪儿还有钱买肉回家？！"我恍然大悟，哭丧着脸好一阵悔恨和自责。要知道那时候我们那儿的猪肉至少是三四块钱一斤，糖果每包至少也得是一块钱。我妈和我爸每月的工资也就四十八块五角钱，除了要养活我们一家六口，每月还要分别给奶奶和外婆十块钱的抚养费，哪里还有什么钱可应付额外开支呢？时至今日，我仍然为自己当初的年少无知、给原本就含辛茹苦支撑我们全家度日的我妈添堵而懊悔，也为被我曾经造成意外伤害的郭义群深表负疚和歉意，更为他父母的善良和宽宏大量深表敬意。此时此刻，我当然希望向郭少鸿了解他们一家的情况。郭少鸿说:"郭义群的父亲当时是公社供销社的员工,退休之后按规定可以由子女顶职,郭义群在家是长子,高中毕业后就顶替他父亲到公社供销社工作了,结婚后生有一儿两女,听说也都已经结婚成家了。郭义群的父母亲前几年已经先后去世,他的两个弟弟,一个外出打工,另一个在本地开店做小买卖,生活都还过得去。"我听罢,内心在默默祈祷,愿好人一生平安,希望他们全家老少能安居乐业、幸福安康!

郭沐亭。郭沐亭是村里的理发师。他们家除了种田,祖宗好几代一直都有人专事理发,不过他们只是在村里为乡亲服务。论手艺,郭沐亭在当地四乡八邻都屈指可数。仅男发型而言,什么中分发型、侧分发型、短背发型、侧背发型、前刺发型、寸头发型,只要你理发时提出来,他都会剪。那时候的社会还比较保守,没有像眼下满大街都随处可见的飞机头发型、男士烫发、立体碎盖等,不过我估摸着即便是这些标新立异的发型,那时候只要有人敢留,郭沐亭恐怕十有八九也能给你剪出来。反正我少年时代,当地的乡亲只要是剪发理发,无论是男是女,是剪短发还是修长发,首先都会想到去找郭沐亭,我们全家也一样。郭沐亭生就典型的南方人身材,个子不高,长脸瘦肩,慈眉善目,理起发来动作既温柔又麻利。他理发的场地很简陋,没有专门的理发间,村头巷尾,只要他人一到工具一摆,那地方便是他的理发室。他理发的工具也很简单:一把推刀,一把剃刀,一把剪刀,一件围裙,一条毛巾,一个脸盆,一个喷壶,一把椅凳。每天只要他提着工具箱将凳子往村头或巷尾上一摆,不一会儿就有三三两两的乡亲围上来,排队等着他给理发。理发排队,一般规矩是先来后到。如果这时候是许多人同时到,他便笑呵呵地另排了个序:老人和小孩优先,次之是妇女,最后才是成年的男人。奇怪的是他这样排序,从没有人敢提出异议,从中也足见人们对他是多么尊敬。这种尊敬,也不是凭空而来的。郭沐亭手艺虽好,却从不以艺压人、以艺傲人,正好相反,他对谁都是笑眯眯的,一脸的和蔼。等待理发的人在说笑聊天，郭沐亭耳朵专心地听着，眼睛和双手却很专注地忙活，从不会出错和耽误。当然他理发的程序也简单，轮到谁了，他让对方坐到椅凳上，白围裙往对方胸前一披，布绳往对方脖子上一系，再用喷壶适当打湿对方毛发，接着便用推刀或剪刀咔嚓咔嚓地剪，剪完了便像制作一件艺术品似的左看右瞧、前瞅后瞄，而后又用剪刀修理出发型，末了再用剃刀修理左右两边鬓角、刮脖颈后侧的茸毛。刮茸毛时他有一绝招，剃刀往对方脖颈后侧一搭，握剃刀的手轻轻一抖，那剃刀便蜻蜓点水般似有若无地在脊梁的正中间游走，一丝痒痒凉凉的感觉忽然间会由上而下轻轻掠过，像被人在后背挠了痒痒一样，却远比挠痒痒适度熨帖，真是舒服极了！因而，村里的人找郭沐亭理发，除了他发型理得好，还有就是要享受郭沐亭在自己后脖颈和脊梁连接处那令人叫绝的温柔一刀（挠）。我也一样，尽管迄今几十年已经过去，可时至今日提及此事，我脖颈后面似乎还隐隐约约感觉到痒酥酥的，仿佛是郭沐亭那温柔一刀刚刚从我脖颈的后侧掠过，那种舒服的感觉真是无与伦比！记得郭沐亭每次为我理发，都要夸我的头发茂密、黑亮，他还同我妈说她的几个孩子，数我的头发最为茂密黑亮。惭愧的是，数十年之后，如今的我已经成了近乎秃顶的糟老头了，不知道到底是岁月无情，还是我确实经不起郭沐亭的夸奖。郭沐亭还有更令人敬佩之处：尽管找他理发的人门庭若市，甚至不少外村的人也慕名而来，可他收费从不涨价，更不囤积居奇，至少是在我考上大学离家之前，他理发的价格总是一成不变，无论男女，大人一律两角，老人小孩每人一角。遇到五保户等孤寡老人，抑或残疾人，他一律免费。所有这些，都是他之所以赢得大家赞赏和尊敬之处。我问郭少鸿："那个理发的郭沐亭是否还在世？"他回答说："嗯，他那么大年龄怎么可能还在世，早见老祖宗去了。"我又问："他们家是否还有人在从事理发？"郭少鸿说："岂止有人？郭沐亭的儿子女儿、内孙外孙，全都在端理发这碗饭，村里镇里都开了好几间理发店。只是他们理发的水平没法与郭沐亭比，收费还奇高，光理洗剪三项就得收三十元。不仅如此，理发之外他们还搞些异性的洗头按摩，那些项目收费更贵，虽然也还有生意，但骂他们的人更多，尤其是老辈人骂得更凶，说什么'人心不古世风日下'，反正郭沐亭在世时的好名声全让他们的子孙给毁干净了！"听罢，我内心不免失落、惋惜，心想如果事实果真如此，不知道九泉之下的郭沐亭会作何感想。

郭牧阿。郭牧阿是一位普通村民。他其貌不扬，与我和我们一家都没有什么交集，之所以想起他，是因为在那个死气沉沉、寂寞得让人有些窒息的年代，他以特殊的方式引起其他村民的注意乃至围观。郭牧阿是中年汉子，约莫三四十岁，吹得一口好箫，他时常在月夜下一个人坐在村前的池塘边吹箫。他尤其喜欢吹忧伤的曲子，像《情咒》《长相守》《人生何处不相逢》《明月千里寄相思》等等，他都喜欢吹。但吹得最多的，要数《二泉映月》这首，他几乎每回都吹，而且反反复复吹，吹得如泣如诉、肝肠寸断，让听的人每每都不免触景伤情、怦然心动。郭牧阿已经娶了老婆，但据说他老婆是他家花了三百块钱买来的，属于强扭的婚姻。正因如此，他钱虽然花了，名义上老婆也有了，可是老婆刚刚娶进家门的当晚，就一直疯疯癫癫。她一会儿哭一会儿笑，一会儿唱歌一会儿又发出猫叫或狗吠的声音，反正新婚之夜弄得他们一家鸡飞狗跳、鸡犬不宁，让窗外前来听房的乡亲惊得从一个个挤眉弄眼到瞠目结舌，弄不清这对新郎新娘到底是怎么回事。而郭牧阿也被折腾得精疲力竭、气喘吁吁，没有人说得清新婚之夜他到底成功地行使了新郎的权利没有。人们只知道第二天早晨，新娘并没有像人们习惯看到的村俗那样起床做饭、担水扫地，相反是披头散发夺门而出，而且疯疯癫癫说不清到底要去哪里。惊得郭牧阿大声呼叫一路狂追，追了大约二百米，他总算将新娘逮住了。他逮新娘时有一手，不由分说抓住她的长发，像牵牛一样往回拽，不怕你不跟。他这一招果然奏效，甚至有四两拨千斤的效果，新娘只得乖乖地哈着腰低着头跟着他跟跟跄跄地往回走，她一边走一边哭，两只手还伸到前方不停地去抓抠郭牧阿的手，企图让对方松开自己的头发。只是她这一切的努力，最终都是徒劳。回到家之后，不知郭牧阿对她施展了何种魔法，新娘似乎消停了几天，反正邻居好几天也没有听到他家有什么动静，乡亲们看到的那位新娘总算成了郭牧阿的老婆。只是事情并未完结，没过几天，郭牧阿的老婆又不消停了，她又像新婚之夜那样，一会儿哭一会儿笑，一会儿唱歌一会儿又发出猫叫或狗吠的声音，反正连夜带日弄得他们一家鸡飞狗跳、鸡犬不宁，也让村里的乡亲有了喋喋不休的谈资。有人猜测郭牧阿娶新娘时肯定没事先请算命先生占卜，看看是否属相相冲，是否没有选择个良辰吉日，要不然新娘怎么会平白无故中邪？这话很快传到郭牧阿家里，他父亲和母亲都觉得有道理，遂请来了一位算命先生，某日在新郎新娘结婚的房子里施展法术，念念有词，装神弄鬼。可先生离去之后，却不见有什么成效，郭牧阿的老婆一切如故，该疯疯，该傻傻，该哭哭，该学猫狗叫还学猫狗叫，弄得郭牧阿的父母整天总是哭丧着脸，束手无策。而郭牧阿整天也满脸愁容，双目紧紧地盯着自己的疯女人，苦苦地寻找着对策。他先是对自己的女人大打出手，左一个耳光，右一个耳光，直打得女人鬼哭狼嚎，哇哇惨叫。惨叫声从郭牧阿的家里传出，既刺痛着自己的父母和弟妹，又闹得四邻的乡亲终日不得安宁。时间长了，他们一家都觉得不吉利。郭牧阿遂换了种方式，拽着老婆的长发像牵牛一样将她牵到村前晒谷场，用长绳子像拴狗一样将女人拴到晒谷场一侧的一根石柱上，又用一根铁链锁住了女人的双脚。虽然这种办法并没有驯服女人，女人仍不停哭闹，一会儿哭一会儿笑，一会儿学猫狗叫，一会儿又扯起嗓子唱起别人都听不懂的歌。女人的哭闹声怪叫声引来了围观的乡亲，乡亲们纷纷蹙眉瞠目，有叹惜，有同情，但更多的人是看热闹，那样子如同围观前来村里摆台表演的江湖杂耍。对前来围观的乡亲，郭牧阿似乎并不忌讳，不在乎家丑外扬，他总是很耐心地观察着自己女人疯疯癫癫的表演，像一个导演一样把控着自己女人哭闹的节奏。只要自己的女人是低沉的哭闹，他便不动声色地站在一旁默默注视。一旦女人疯疯癫癫高潮迭起，他便用手里的竹条使劲抽打，甚至有时候他还找来了脸盆，到晒谷场旁边的池塘里端来一盆凉水，劈头盖脸地泼到女人的身上，让女人瞬间变成了落汤鸡。郭牧阿这样做，大概是想让自己的女人冷静下来，甚至希望她能清醒过来，变回正常人，只是他所有的努力最终都是徒劳，女人依然一切如故。不过，郭牧阿也很有耐心，三天两头地，他都会如法炮制，将自己的疯女人像牵牛一样拴到村头晒谷场的石柱上，收拾调教，供众人围观。而围观的乡亲，每每也都像观看江湖杂耍，当中虽然也不乏同情者，却从未有人主动上前劝说、制止，人们大概都认为这纯粹是郭牧阿自家的事，更认为那女人肯定是精神不正常，郭牧阿这么做也纯属无奈。那时候我也只是一个十来岁的孩子，因为平时上学，郭牧阿在村头晒谷场收拾调教他女人的情景，我只见过一次，记得那女人长得柳眉凤眼、皮肤白净，挺漂亮的，成了疯女人实在让人叹惜。别的人每每都前去围观，我不仅是无暇顾及，更是不忍心再看到那种场面，即便那女人真的是精神失常，那就理所当然该遭受虐待吗？何况之前就听说郭牧阿的女人是他家花钱买来的，那么那女人为何被卖给了郭牧阿，那女人自己愿意吗，她内心有着多少痛苦和难言之隐？这一切都无从知晓，似乎也没有任何人愿意去主动探究，只知道围观看热闹让事态任其发展。待到后来我离开家乡上了大学，每当想起此事，便五味杂陈，时不时也会不由自主地惦念着郭牧阿和他的女人后来的情况，只是我身在北方，天高地远，岁月沧桑，世事苍茫，星移斗转，人地日渐生疏，故一直无从问及和知晓。正巧郭少鸿打来了视频电话拜年，天南地北海阔天空叙旧之时，忽然记起郭牧阿和他女人的那桩奇特婚姻。郭少鸿听后一声长叹："唉，那女人命苦。早在郭牧阿三天两头在村头晒谷场折腾她的那段日子，有一次她瞅准机会挣脱了郭牧阿的看管和束缚，拼命跑向晒谷场附近的池塘跳水自杀了。"他话音刚落，我一激灵，感觉浑身像起了鸡皮疙瘩，内心也掠过一阵刺痛，眼前忽然也浮现那女人跳水自杀的惨景。迄今我仍清楚地记得，村头的那个池塘紧挨着晒谷场，距离郭牧阿捆绑他女人的石柱也就是十来米的距离,那个池塘水深起码也有一两米,那女人选择跳水自杀,是顺理成章的事。此时此刻,我只能为那个可怜女人的命运深感惋惜与悲哀,也不由得在内心深处默默地为她祈祷,希望她若有来生,那样的悲剧不要再重演。至于郭牧阿后来的情况,郭少鸿说:"大概是受他之前那桩婚姻和那个女人自杀的影响,他一直名声不好,再没有女人愿意嫁给他。他今年可能快八十岁了吧,可至今仍打光棍,成了孤寡老头。"听罢,我不禁唏嘘,心想一桩强扭的婚姻,毁了一男一女两个人的一生,真是可悲。郭少鸿还告诉我:郭牧阿虽然已经是孤寡老头,但他养了一条狗,每天与狗为伴,也依然像年轻时那样每天吹箫。只不过他每天吹的都是些忧郁悲伤的曲子,让人听了都不免唏嘘……

我与郭少鸿在微信视频电话中正聊得滔滔不绝、余兴未尽,忽然却听见他那边传来嘈杂声和欢笑声。郭少鸿笑着说了声"噢,是我家的一大帮人回来了",话音刚落,他便将视频镜头转向楼下。我这才记起他之前说过今天外面有舞狮队在舞狮拜年,除了他自己,家里人全都出去看热闹了。而这时候郭少鸿是站在他家楼顶的观景台上,居高临下地将视频镜头对准楼下正说说笑笑从外面回来的家人,镜头里他的家人是男男女女、老老少少、轰轰烈烈的一大帮,一时间让我眼花缭乱,想数都数不过来,心想他家真的是人丁兴旺啊。面对楼上观景台郭少鸿的招呼,他的子孙儿媳们此刻一个个欢呼雀跃、喜笑颜开地朝郭少鸿招手,不难看出这是一个和谐欢乐、充满生机的大家庭。谁能想到,当初这个连一个大学生都未曾出过的普通农户,如今却一跃成为在社会上引人注目、令乡亲们和所有熟悉他们的人纷纷羡慕的富裕家庭呢?

写到这里,有必要将郭少鸿的家乡、我少年时代生活过的这个村庄描述一下:这个村名叫翠竹寨,地处潮汕地区的丘陵地带。村庄的不远处有一条水面宽阔的沙溪,溪水清澈甘甜,村民们日常除了饮用井水，也时常到稍远一点的沙溪边挑水。我们家也饮用过那条溪的溪水，印象中溪水水质要比村里的井水好得多，只不过相比于取井水，取溪水相对麻烦，大伙儿也就只是随兴所至、偶尔为之。沙溪里溪水清澈见底，鱼儿在自由自在欢快游弋，溪底波浪形的沙子也清晰可见。因而，这条溪的水面之两侧全是绵延不绝的沙滩，溪水里不仅有鱼，溪底的沙子里还有蚬子。小时候我们姐弟几个时常跟着妈妈到沙溪淘洗衣服，在细软的沙滩上嬉戏打闹，在溪底里捞蚬子。蚬子是那时候我们得以开荤的另一条途径，我们时常隔三岔五将蚬子捞回家，用清水静养数天，让蚬子吐净细沙和污物，然后用葱姜蒜爆炒，或者用开水或滚烫的米汤焯熟之后加入油盐等调料凉拌，吃起来鲜美可口。

沙溪的两岸，一簇簇、一片片，密密麻麻地长满了凤尾竹。不仅如此，翠竹寨的村前寨后，水沟边和池塘边，随处都可见成群结队簇拥着疯狂生长的凤尾竹，或许正是这个原因翠竹寨才得名吧。除了竹子多，翠竹寨的水也多，除了不远处那条常年流淌的沙溪，村前寨后还有数个池塘，田园里也时不时可见小湖泊或小水塘，人工修建的水利沟（也即水沟）更是从村前寨后蜿蜒穿过。水利沟是何时修建的，不得而知，但水利沟的功能显而易见：既利于旱时灌溉、涝时排水，也为乡亲们提供了生活的便利，春夏秋冬一年四季，乡亲们洗衣洗澡都离不开水源丰沛、日夜川流不息的水利沟。翠竹寨除了水多竹子多，人也多，相反地却很少，记得我考上大学离开那里之前，全寨大约就有上千人口，可平均每人却只有两三分耕地，这么一点耕地，仅仅靠种田想养活这么多的人口，谈何容易？可那个时候，中国社会是一潭死水，农村也是铁板一块，翠竹寨的农民被死死地禁锢在极其有限的那点土地上，尽管内心渴望摆脱贫困，寻找出路，可民间稍微冒出种田之外的苗头，便时常被扣上吓人的帽子，甚至被当作"资本主义尾巴"割掉。如此这般，让当地农民心如死灰、欲哭无泪。

幸好迎来改革开放、春暖花开的时刻。同样的村庄，同样的一方水土，同样的农民百姓，时来运转的翠竹寨却释放出巨大的潜能，发生了戏剧性的一系列变化。

一个拜年电话，让我从一个侧面意外地看到了翠竹寨的这种变化。天地玄黄，宇宙洪荒，世事苍茫，星移斗转，岁月沧桑。人生如蚁，命运如潮水般起起伏伏，谁得意谁失意，谁苟且谁发达，不仅仅是靠自己的运气和造化，更是靠国家的政策，靠天时地利，靠自己的勤劳、智慧与努力。善与恶，美与丑，爱与恨，得与失，希望与失望，沉寂与活力，困境与突围，死气与生机，悲伤与欢乐……所有的这一切，让翠竹寨这个世世代代生生不息的古老村庄，在中国的改革开放年代受到了前所未有的荡涤与淘洗。短短的几十年里，村民们八仙过海，各显神通，各得其所，呈现出了它本来就应有的样貌。

一个拜年电话，勾起了我太多的回忆，翠竹寨这个我少年时代曾经生活过，给我和我们一家带来过快乐与悲伤，也给我们一家的人生旅程留下难忘印记的村庄，那些曾经熟悉的人和那些发生过的事，此时此刻像电影的蒙太奇，不断地一一从我的眼前掠过，让我不由得浮想联翩、心潮起伏，不由得心生感慨，也不由得在内心深深祈祷：愿翠竹寨所有善良勤奋的人们新正如意、兴旺发达，愿那个村庄所有的好人一生平安、幸福美满！

我的朋友刘秘书

一

刘秘书是我的朋友，也是我的同学和发小。巧合的是，我们俩不仅出生在同一个山村，还是同年同月同日生，只不过出生的时间相差了一个时辰，我先来到人间，刘秘书接踵而至，而且是村里的同一个接生婆接生的。所以严格地讲，刘秘书比我年轻，他应该叫我哥。不过，刘秘书从不叫我为哥，我也从不叫他为弟，就像大多数人那样，彼此约定俗成，只认同与对方同龄。

我们所在的山村很小，满打满算只有二三十户人家，各家房子也挨得很近，邻里之间好事坏事，甚至在屋子里放个屁，几乎都能惊动彼此。而我与刘秘书的家，更是毗邻而居，故而我俩自打脚丫子着地，蹒跚学步，呀呀乱叫，每天就形影不离地黏在一起。大一点了，每天更是一起疯玩，打闹，甚至时常在房前屋后的土坡上追逐翻滚，弄得灰头土脸的，像个泥人，但双方家长也乐得，因为孩子散养，家长省事，何况大人们也忙着农事，没时间也懒得管我们。就这样，天长日久，我与刘秘书自然而然也结下了友谊。当然，那时候刘秘书还不叫刘秘书，他小名叫土豆，大名叫刘绿水。土豆和绿水这名字都是他父亲给起的。叫土豆是因为我们山村谁家都种土豆，谁家也都不缺土豆，土豆甚至是我们村里人安身立命之本。土豆虽然命贱，但生命力旺盛，叫起来既熟悉又顺口。而刘绿水这个名字就有些匪夷所思，因为我们的山村恰恰缺水，村里人吃水用水，只能到一公里外的山坳里取水、挑水，不像土豆哪儿都有，随处可见。可仔细一想，绿水这个名字可能与他父亲乃至父老乡亲们常年盼水的缘故有关，毕竟水是村里乡亲人人都盼望、家家都需要的，绿水与青山一样又是乡亲赖以生存的环境，唯其如此，绿水才显得更加金贵。刘绿水这个名字，自然也隐含着父辈对儿子人生前程的更多期盼。

我与刘绿水一块长大。我们俩不仅结伴玩耍，还结伴上了小学、中学，甚至还双双考上了我们家乡地区所在的师专。别看仅仅是师专，我们俩在我们那个小小的山村还算是有史以来第一次出的大学生呢，当然村里后来有好几个孩子还考上了比我们好的大学，这是后话。

还说我和刘绿水，平时和高考的成绩都不相上下，但进了师专，情况就不一样了。我学的是中文，而且喜欢上了曹雪芹、鲁迅、雪莱、海明威、巴尔扎克、屠格涅夫等文学大师，甚至邯郸学步开始舞文弄墨，提笔学着其他同学开始写些豆腐块和歪诗，时不时还撞个大运有个豆腐块或一两首小诗发表在本地区的报刊，到了后来也加入了学校的文学社，于是有了个浪漫的外号叫"文艺青年"。而刘绿水读的是政治教育系，入学后便爱上了马恩列斯，政治上积极要求进步，很快当上了学生干部，毕业前还入了党，在人们心目中成了政治上的"有为青年"。我俩专业和方向上的不同自然带来了毕业时工作上的分野，我被分到县城一中当教师，而刘绿水则到了县政府机关工作。表面上看，我俩都在县城工作，可在我们山村百姓的心目中，地位却开始出现差异，甚至有了天壤之别。虽然县城一中是我们那个县最好的中学，虽然当教师也是人人公认的铁饭碗，可人们都认为那是一个从一开始就已经能够摸到天花板的职业，眼下虽然当上了教师，可即使干到将来退休，不外乎还是个原地踏步的教师。可刘绿水就不同了，人家进了县政府大院机关，在乡亲的心目中相当于旧时进了衙门、当上了官，即便刚刚进去时至多是个提笼跑腿的小吏，可将来必定会前途无量，因为升官发财、耀祖荣宗，自古以来就是人们心目中特有的路径和荣耀。正因如此，刘绿水无论在我们村里的乡亲，还是在我们前后左右的同学和朋友中，社会地位无形中就升高了。获悉刘绿水进县政府工作的消息甫一传开，我们家乡那二三十户人家的山村像烧沸了的开水，瞬间沸腾了，乡亲们喜笑颜开奔走相告。原本是孤儿寡母、相依为命的刘绿水及其母亲，以前很少见到有人登门拜访，可自刘绿水进县政府之后，门口忽然间一改往昔的冷清变得门庭若市起来。就连平时与刘绿水家老死不相往来的个别人，也都跟着欢呼雀跃的人群聚集到刘绿水的家门口欢庆祝贺，仿佛过年过节，仿佛刘绿水给全村的人都带来了荣光，也仿佛全村人将来都可以沾上刘绿水的光了。相比之下，我家的家门口却显得冷冷清清，门可罗雀，甚至于父亲或母亲与村里的乡亲见面，人家似乎都忘记我也同刘绿水一样读完大学分配在县城工作的事。

在我们中小学的同学中，刘绿水同样成了大家一时间津津乐道的明星，聚会见面时，大家的目光纷纷都投向了刘绿水，话题也都纷纷围绕着刘绿水，都夸赞刘绿水为我们的同学争了光。落座的时候，大伙儿也都自然而然、不约而同地将主座让给了刘绿水。享受了众星捧月待遇的刘绿水，无形中也慢慢地增添了底气，挺直了腰杆儿。尤其是每天众目睽睽时能大摇大摆进出县政府办公大楼，那份待遇，那份荣光，瞬间让他走路时似乎有了气宇轩昂、气壮山河的感觉。

二

进了县政府大院，刘绿水既没有辜负自己的期望，也没有辜负同学和乡亲的厚望。被安排在县委办公室工作的他，勤恳努力，积极进取。他似乎天生就是从政的料，进了机关就更是如鱼得水。

他高度自觉，上班的时候每天都早出晚归，每天早上都抢先一步进办公室打好开水，傍晚下班时都将办公室打扫得干干净净才肯离开。还有，他当天的工作一定要求自己当天完成，完不成就一定要在办公室里加班，直到完成才回到宿舍。每天工作之余，他都不忘看书学习，当然每天也都会见缝插针浏览当天的国内外新闻，关心国家大事，晚上睡觉前还要习惯性地记日记，哪怕只是三言两语或简单扼要。

他高度亲和，每天只要一进县政府大院，他见了谁脸上都阳光明媚，春风拂面，仿佛县机关大院里谁都是他的亲人。

他高度自律，自己从不抽烟喝酒，不随便扎堆拉拉扯扯吃吃喝喝，也从不打听别人隐私或与别人随便议论人事，更不会搬弄是非对别人指指点点说三道四。

他天生还有一副好记性，该什么时候开会学习，或某领导什么时间什么场合讲过什么话，他都青葱拌豆腐，记得一清二楚。以至于有时候领导讲话时突然卡壳，说了上句忘记了下句，或者布置工作时偶尔疏忽或遗漏，只要是他在场并且是坐在领导身边，他都能善意悄悄提醒。

难得的是他还写得一手好字，虽然不是龙飞凤舞挥斥方遒的那种，却也工整清秀、刚劲有力。不仅如此，他还写得一手好公文（天知道他是何时学来的），通知、报告、总结、上下级之间或兄弟单位之间的公函，只要是出自他的手，他每每写得行云流水，收放自如，关键是分寸感还把握得很好，每每还能融入与上级尤其是中央精神相吻合并且与时俱进的新思想、新建议，这使得他时常得到领导的赞扬与赏识。正因如此，工作不到一年时间，他便被县长点将，担任了县长的专职秘书。这消息自然又是不胫而走，很快传到我们家乡和我们共同的同学和朋友当中。显而易见，在人们心目中，刘绿水的地位无形中又升格了，一如早晨冉冉上升的太阳又向上爬升了一大截，那光焰更鲜亮,并且又照得更远了。从那时起,认识他的人不再叫他刘绿水,而叫他刘秘书了。

主贵臣荣。显然,刘秘书已经沾了县长的光,以至于在世人眼里,他身上也自带光环了。自然,他在享受老家乡亲和周围同学朋友热捧的同时,也开始了他日复一日的工作。只是,秘书的工作可不像外人想象的那么荣光,不是大庭广众之下陪伴在领导前后左右被众人高看一眼的待遇,而是鲜为人知的对领导日复一日、事无巨细、无微不至的侍候。这工作琐碎、平淡、枯燥,却又让他战战兢兢、如履薄冰,生怕哪件事被自己疏忽了,或做不好或未做到位,让领导不悦。比方,刘秘书跟着的这位县长,姓傅,可刘秘书称呼他时从不带姓,而只叫县长,他也时常提醒周围的人甚至是来访的人,称呼县长时切不要带姓,因人家县长本来就是堂堂正正的正职,你要是称他为傅县长,不光听着别扭,也是对县长的不敬,一旦外人听了以为这县长是副县长,这不是招县长烦吗!刚见面你就让县长烦,那接下来还怎么谈事、人家还怎么为你办事?这道理是显而易见的。

县长点将让刘绿水当秘书,首先是看中他的才干和踏实。不过,开始的时候,县长也有意要对刘秘书进行考查。比方,县长不管是工作上的还是生活上的事,一律托付给刘秘书去办。刘秘书除了一日三餐、端茶倒水、提包擦鞋,无所不做。当了领导秘书,你就成了领导的仆人、拐杖、左右膀,甚至成了领导的影子。只要领导还在工作,你便不能离开,必须随时听从使唤,甚至他走到哪里你也得跟着到哪儿。领导隔三岔五住在办公室,你也得跟着住办公室。只是领导办公室里有单间,还有配套的卫生间和一应俱全的洗漱用品和床铺被席,当秘书的却没有。这可怎么办?总不能涎着脸跟领导说,领导我可否同您住在一起吧?那领导的眼珠子还不瞪暴了,领导不认为你脑残才怪呢!所以,你只能自己想办法,没有条件也要创造条件。刘秘书就是这样,每逢傅县长实际上是正县长加班住办公室的时候,刘秘书就在自己隔壁的办公室里因地制宜。一开始,他只是趴在自己的办公桌上，凑合着睡，可这样睡实在不舒服，人像只煮熟的大虾，屈着腰趴在桌面上，双臂垫着脑袋，这哪能睡舒服啊？即使你潜意识中强迫自己睡，可睡神经并不怎么听你使唤，它会时不时表示抗议，时不时将你弄醒，你便只能是时睡时醒，或者只能是迷迷糊糊似睡非睡似醒非醒或半睡半醒。第二天天亮，困倦会像魔障一样缠绕着你，让你像丢了魂一样不能真正打起精神。这样下去误了工作事小，要是让县长觉察了，那还了得，你自己梦寐以求的大好前程还要不要啊？这么一想，刘秘书禁不住后背发凉，甚至不寒而栗。后来再逢县长加班住办公室，刘秘书就准备了一张床单，直接铺在办公室的地毯上，睡觉时总算能躺平了，本以为睡神经这回该不会抗议了吧？刘秘书满以为这回可以踏踏实实地睡了，不料睡至半夜，脖子和后背莫名其妙开始发痒。从睡梦中醒来的刘秘书，下意识伸手往后背发痒的地方一抓，竟抓出一点泥一样的异物来。他一骨碌爬起来，开灯一看，发现是被自己掐死的虱子，此刻那只被掐死的虱子已经血肉模糊，让刘秘书手上也沾满了吓人的鲜血。再摸一摸发痒的地方，已经鼓出了包，此刻奇痒无比。刘秘书不禁毛骨悚然。他从地上一跃而起，再将内衣脱下来狠劲一抖，竟然抖出了几只虱子来。刘秘书一声惊叫跳将起来，手脚并用，以迅雷不及掩耳之势，将妄想逃窜的虱子通通碾成肉酱。尽管报了仇，解了恨，可刘秘书这觉是无法睡了。安静下来的时候，他重操旧业，趴到自己的办公桌上，心心念念强迫自己入睡，可虱子留给他的创伤仍时不时发痒，甚至还隐隐作痛，至此他睡意全无。无奈之下，他开门上了趟公共厕所，回办公室索性强打精神开灯看书，一直熬到了天明。

  幸好第二天一早县长到市里开会，通知规定除了司机，不准带其他随行人员，让本已无精打采的刘秘书逃过一劫。县长前脚刚走，刘秘书内心就欢呼起来，逃也似的跑回到自己的宿舍美美地补了一觉。直到下午两点醒来，刘秘书午饭都顾不得吃，他急匆匆地跑到附近的百货商场买了一张折叠床、一套被褥、一瓶杀虫剂，迅速送回到办公室。一进办公室，他就迫不及待地端着杀虫剂朝着办公室的每一个角落，展开了一次地毯式消杀。自此以后，每逢县长再加班住办公室，刘秘书总算是有备无患，可以在自己的办公室睡个安稳觉了。

然而，县长对刘秘书的考查并未就此停止。比方，别人送来的食品饮料，县长时常不敢吃，县长总是让刘秘书品尝在先，见刘秘书平安无事了，县长才敢吃。有时候，县长当着刘秘书的面，故意说些周围同事的长短，甚至对包括县委书记、副书记和副县长在内的人都不放过，末了还要问刘秘书："你看我这么说对不对？"刘秘书既不能懵懵懂懂，也不能不置可否，虽然内心也有自己的是非评判，却也只能附和着县长的意思和口吻，连哄带骗、添油加醋地胡乱说几句。虽然有时候明显感觉到口是心非，却也不得不自我安慰：反正别人听不见。

每逢县长要开会讲话，县长都要求刘秘书事先准备好讲话稿。重要的会议，县长当然会拎出要点，事先交代个一二三。一般的会议，县长有时会交代，有时却不交代，让刘秘书看着办。每逢县长不交代，刘秘书难免心中没底，只能根据会议的性质、内容和参会对象，挖空心思极力揣摩县长将会讲、将要讲的意思，以县长的角度和口吻，装模作样极力拼凑出讲话稿。幸运的是，刘秘书拼凑出来的讲话稿，交到县长手里时，每每都让县长感到满意，让县长在会上左右逢源、应对自如。

不过，刘秘书也经历过尴尬的时候。一次，在县委机关干部生活会上，县长将刘秘书写的讲话稿中的"如火如荼"，读成了"如火如茶"，刘秘书当即凑近县长，贴着县长耳根低声提示说："县长，这个成语念'如火如荼'。"县长听后极不自然地说："那你说'荼'和'茶'区别在哪里？"刘秘书忙解释道："'荼'是一种苦菜，草本植物，开的是白花，'茶'是咱们平常斟泡喝的树叶饮品，生长在南方的常绿灌木，这两个字只差一横。"县长又问："茶开什么色的花儿？"刘秘书说："开白花。"县长听后脸一沉，极不乐意地说："我说大学生，茶开的是白花，茶开的也是白花，再说写出字来也就差那么小小的一笔，总体上还是差不多的嘛，你干吗钻那死牛角尖儿……"当着众人的面，县长说得理直气壮，这回尴尬的倒不是县长，而是刘秘书了。以至于会议结束后，刘秘书在县长面前仍一脸尴尬，一脸内疚，那样子像极了自己不懂事犯了错的孩子。县长见状，又板着面孔训斥："你身为秘书，以后说话要和我保持一致，不要吹毛求屁！"刘秘书一听哭笑不得，县长又把"吹毛求疵"说成了"吹毛求屁"，刚想更正，可嘴巴张了半天，话是再也说不出口了。

自此以后，刘秘书更加谨小慎微了。只要与县长说话，他都如履薄冰、战战兢兢，生怕什么时候将话说错了，又遭到县长训斥。训斥事小，影响自己前程，那可不仅是得不偿失，更严重的说不定就前功尽弃了。这一点，刘秘书心知肚明。以至于后来，即使县长开会时说错话、念错字，刘秘书也不敢轻易主动提醒了。这样子虽然让刘秘书内心备受煎熬，也承受了越来越多的委屈和压力，可也让刘秘书更多也更深地见识了官场文化和人情世态。时间一长，刘秘书也想明白了，内心不再痛苦纠结，也不再为此灰心丧气，反而是时不时用"天将降大任于是人也，必先苦其心志，劳其筋骨，饿其体肤"这样的古训为自己打气。何况吃一堑，长一智，这样的事情经历多了，刘秘书犯错的概率也就相应减少了，甚至还相应地学乖了，也学精了。

话分两头说。用惯了刘秘书，县长也很依赖刘秘书了，就连家里的事也都交给他去办。一次，县长外地的老家来人，刘秘书带着司机一起把人从车站接回来，却不知道该送到哪儿去。县长说自己忙，让刘秘书看着安排。刘秘书只得自作主张，安排县长的亲属住下，还陪着吃饭，逛街观光，直到几天后把人送走，所有费用都是刘秘书自己掏腰包。那时候刘秘书已经结婚成家，妻子丁小玲是我和刘秘书在地区师专的同班同学，与我一同分配在县一中当教师。我们仨原本只是同学关系，我和刘绿水与丁小玲之间，都只有单纯的友谊和朦胧美好的情感，可自打刘绿水成了刘秘书，我们之间关系的平衡很快被打破了。丁小玲很快成了刘秘书的恋人而后又成了夫人,据说还是丁小玲主动出击的,速度之快大大出乎我的意料,令我咋舌,也让我内心隐隐约约感觉到有些不是滋味。刘秘书自掏腰包招待县长亲戚的事,是丁小玲休息闲谈时透露给我的,因为那时候他俩的工资收入并不高,家里的经济本来就有些紧巴,刘秘书还要供养自己老家孤寡的母亲,所以丁小玲对此事一直耿耿于怀,内心多有不悦。我试探着问:"他为什么不开发票找县里报销?"丁小玲说:"因为是私事,绿水怕给县长找事,造成不好的影响。"她这么一说,我觉得刘秘书这么做事,是对的。后来有在县政府机关工作的熟人告诉我,县长现在对刘秘书挺信任也挺满意,县长在人前夸赞过刘秘书,多次公开说过:刘绿水是最值得信任的人,并盛赞刘绿水"做将军就是彭德怀,当士兵就是黄继光"。

面对县长的信任,刘秘书不骄不躁。他依然是早出晚归,勤恳工作,该陪县长加班住办公室的时候,他依然住自己办公室,该为县长起草文件或讲话稿的时候,他继续为县长赶稿、写各种材料。

三

按说,主贵臣荣。县长身边的人,沾了县长的光环和余威,人们都以为,刘秘书即使不请县长出面,甚至也不用打着县长的旗号,手里是有些权力可以帮助老乡和朋友办事的,刘秘书对此却十分谨慎。自打他当了县长秘书,县长办公室挂的那幅据说是省城某著名书法家前来县里采风时赠送他的书法"清正廉洁"四个苍劲有力、赫然醒目的大字,也深深嵌入了刘秘书的脑海。刘秘书心想县长都将清正廉洁作为从政的准则呢,自己当然更应该将清正廉洁当作工作的座右铭,千万不能滥用权力,千万不能给自己留污、给县长添乱。不仅如此,刘秘书后来分到房子,结婚成家之后,还请了自己大学时的老师兼书法家，为自己题了"慎独"二字。这两个硕大的隶书，他到书画店花钱请画工裱了出来，镶嵌在画框上，然后带回家，端端正正悬挂到自家的客厅上。刘秘书很喜欢儒家这种道德修养的方法，他要求自己在纷繁的人世间、在复杂的官场上谨慎不苟，即使在闲居独处无人监督之时，也务必谨慎从事，自觉遵守各种道德准则和纪律法规。

正因如此，刘秘书一直把握的原则是，凡事多请示，不越权，不自作主张，县长交代的事一定要办好，县长没交代的事不要轻举妄动。县长不让知道的事，一概不问。县长私下说过的话，自己只心知肚明，绝不外传，甚至回到家里也绝不向妻子丁小玲透露。刘秘书不会随便找各乡镇一级政府和县政府各部门办私事，更不会打着县长的旗号随便向各乡镇一级政府和县政府各部门发号施令。正因如此，刘秘书任职以来，一直婉谢了众多乡亲、亲戚、朋友和同学的求助，什么招工、招生、征兵、贷款、卫生、环保、工商等等，所有这些会干扰正常程序和相关部门权力运行的事，刘秘书一概谢绝。即便为了这类事，有的乡亲或朋友已经求上门来，还大包小包地带来礼物，有的朋友和同学甚至还送来厚厚的信封，刘秘书一看就明白对方意图，惊得像冷不丁遇到了蛇，脸色"唰"地瞬时就变了，他会立马摊开双手，像送瘟神一样做谢绝状，嘴里还语无伦次连声道："这可使不得，这可使不得，你这么做简直是要害我呀！"随之而来的是连推带送，将客人请出了家门。

由于担心别人叨扰和托请，刘秘书渐渐地害怕交友，尤其是害怕聚会，甚至就连我们同学聚会，他也以工作太忙为由，一次次推辞了。这样的经历多了，周围的人便渐渐以异样的目光打量起刘秘书，觉得刘秘书这种做派，未免太故作清高，至少是太不懂世故、不近人情。正因如此，后来我们同学聚会，再也不通知他了。他身边原本联系较多的亲戚、同学和朋友，渐渐地也不再主动找他了。他老家那孤家寡人的母亲，渐渐地也回归到过去的冷落和静寂，甚至与他母亲在村里的田间地里，或村头巷尾路遇，一些乡亲也已懒得与他母亲打招呼了。此种人情冷暖，世态炎凉，冷热不均，让刘秘书的母亲极不适应，甚至怀疑自己是否在做梦。儿子打来电话的时候，做母亲的禁不住将这种感觉告诉了儿子，儿子很是惊讶，却也不觉得意外，因为人与人之间的这种变化，他已经"春江水暖鸭先知"，并且感同身受了。

其实，刘秘书虽然未利用职权，为自己的乡亲、亲戚、朋友和同学办事，可他也并非都冷若冰霜，更不是冷眼相对。每次面对求助，他都尽可能耐着性子，笑脸相迎，也耐心地听完对方的诉求，然后和颜悦色、和风细雨地向对方解释，阐明自己为何无法帮忙，或为何不能帮忙，他以清正廉洁的准则，动之以情、晓之以理，尽可能耐心地说服对方。尽管如此，并非所有的人都能听进他的解释。听得进的，虽也不免失望，不乏扫兴，却也尽可能强颜欢笑，礼节性地告退。听不进的，脸上的不悦，像极了六月的天，说变就变，刚才还阳光灿烂呢，瞬时间却乌云密布，风雨飘摇。更有甚者，有的人二话不说，招呼也不打，转身离开，扬长而去，回头还将刘秘书拉黑，自此不再联系。作为当事者，刘秘书见惯了诸如此类形形色色的人，时常是摇头苦笑，内心也不免纠结和苦闷。事实上，除了坚持原则，凡是能够帮忙的，他也尽可能帮了。比方有前来县城求医，却挂不上号的，出于治病救人的仁心，刘秘书不得不联系县医院的熟人，帮助求医者加插挂号。比方对远道前来求助的乡亲或亲戚，只要是赶上吃饭时间，刘秘书都会自掏腰包请对方吃饭，甚至有时候还将年纪大的乡亲或亲戚送到车站，还帮助对方买了返程车票。诸如此类的事，有时候让妻子丁小玲知道了，不免抱怨，说人家求你办的事你没给人家办，请人家吃再多的饭，帮人家买再多的票有何用？人家该抱怨照样抱怨，干吗非要充冤大头做好人！再说你又不是富翁，咱们家又不是救助站！面对妻子的责怨，刘秘书时常打起哈哈，一副男不跟女斗、宰相肚子能撑船的大度，这让妻子时常有气无处出，有种一拳头打到棉花堆上的感觉。正因如此，丁小玲课余时间在学校与我闲谈时，时常向我抱怨，说刘绿水这人太较真儿，太不懂人情世故了。中国是人情社会，只要你不是明目张胆以权谋私，收钱办事，或搞权力交换，只是给人家打个招呼，成不成的你也不用打包票，那叫什么事呀！与人方便，与己方便。多个朋友多条路，人生路漫漫，说不定将来什么时候你也有求于人呢，你说是不是？丁小玲的这番话，我点头赞同。但若换位思考，我又觉得刘绿水自己的处事方式，也事出有因，自有道理。但想当初，丁小玲像飞蛾一样，毫不犹豫地主动追求并嫁给他，还不是刘绿水当了县长秘书的缘故？可县长秘书的魅力何在，不也就是因为有权力的光环吗？而权力的光环又会为他们带来什么，我想是不言而喻的。如此看来，丁小玲眼下有些抱怨，有些委屈，也是不难理解的。

四

刘秘书的母亲日渐年迈。原本因了她儿子当县长秘书主动亲近她的乡亲，如今却日渐疏远她，也让老人日渐孤独。刘秘书决定将母亲接到县城来，这事丁小玲有些不乐意，却也不敢公开反对。丁小玲也出身农村，她的家乡在本县另外一个乡镇，距离县城数十公里，距离我们家乡也是数十公里。丁小玲的父亲是她老家所在村的村主任，政治上颇有抱负。想当初丁小玲的父亲很希望丁小玲大学毕业能分配到政府机关工作，可丁小玲天生大大咧咧，快言快语，活泼开朗，在人群里时常像只蹦蹦跳跳、叽叽喳喳的麻雀，哪里适合在严肃有余、活泼不足的政府机关工作呀！丁小玲自己对此也心知肚明。再说她也不喜欢从政，她喜欢当教师，喜欢与孩子们在一起。她说过，只要与孩子们在一起，她就会觉得快活，觉得自己永远年轻。对了，还需补充一句，当初在我们地区师专读书，丁小玲学的是英语。她天生一副好嗓子，歌唱得好听极了。尤其她唱的英文歌曲，既抒情流畅，又声情并茂，极富韵味，用北京一句曾经流行的话说，那真是"盖了帽儿了"！正因如此，丁小玲曾在我们师专的一次大学生歌咏比赛中，获得了英文歌曲组冠军。这样的一个歌咏冠军，后来闪电般嫁给了稳重有余活泼不足的县长秘书刘绿水，这也是大出包括我在内的许多同学的意料的。

丁小玲之所以不大乐意婆婆来县城居住，倒不是因为家里的房子不够大。作为县长秘书，刘绿水刚当了一年秘书，县政府就给他分了一套一百五十平方米的新房，三室一厅二卫，与我这个至今仍住着二房一厅、总面积不到九十平方米的穷教师，已有些天壤之别了。这一点，丁小玲还是很满意的。因而，他们家的条件多住一个老人一点也没有问题，甚至住两个老人也完全没有问题。只是丁小玲内心盘算的不是让婆婆来住，而是让自己的母亲甚至连同父亲来县城一起住。当初丁小玲生儿子的时候，就是她的母亲住到她家里帮忙带孩子的，直到儿子上小学了，丁小玲当村主任的父亲每天忙忙碌碌，需要母亲照顾，丁小玲的母亲才回到了老家。对于结婚女人来说，母亲与婆婆相比，最亲的当然还是自己的母亲。谁都知道，婆媳关系，是除计划生育之外的天下第二难事。天底下大多数媳妇与婆婆相处，总感觉像主人与客人同住，表面上虽然客客气气、相安无事，但内心却总还是隔着一层。即便如此，婆媳之间相处得不好，轻的如大象进了瓷器店，总免不了磕磕碰碰；严重的则如仇人相处，每天剑拔弩张，甚至打打闹闹，家里不得安宁，这也是丁小玲内心不愿意婆婆到家住的原因。只不过，婆婆日渐年迈，而且独居老家，丈夫不放心，需要尽孝，这也是明摆着的。对此，丁小玲虽然心存芥蒂，可也不便公开反对，只好听之任之。

母亲的到来，让刘秘书解了心结。毕竟老人住到他的身边，能吃得好些，还能享受一家三代的天伦之乐，万一老人身体出现问题，做儿子的也好照顾。做母亲的，自然也求之不得。不过，老人家也并非只是来享受的。农妇出身的她，年轻时丈夫因病意外早逝，她一个人含辛茹苦，早出晚归，风里雨里，到地里刨食，日复一日，年复一年，将自己唯一的儿子拉扯大，并且上了大学，当了县长秘书，那是多么荣光的事情啊！现如今，虽然儿子将她接到县城来了，可她一生习惯了劳动，她闲不住。自打她第一天住到城里，她同样习惯性地早早起床，自己洗漱完毕，然后做饭，打扫地面，擦拭桌子、柜子、床铺、窗户，里里外外收拾得窗明几净。虽然儿子儿媳早就告诉她，不用忙着做早餐，热些牛奶，吃点现成的面包就可以了，都是儿子儿媳前一天事先买回来的，他们一家人早餐都已经习惯了这么吃。儿子甚至早餐都很少在家里吃，儿子说县政府机关食堂啥都有，想吃什么就吃什么。所以牛奶和面包其实往往是儿媳和孙子吃，可老太太却不习惯。她不仅不习惯这么吃，还不习惯早上"不劳而获"，轻轻松松就将早餐吃了。所以老太太只跟着儿子儿媳吃了一次牛奶加面包，第二天便放弃了。她习惯性地要熬点小米粥或大米粥，烙点饼或蒸个馒头，再煮个鸡蛋或煎个鸡蛋。她一人在老家的时候，早上吃鸡蛋只是偶尔为之，因为她舍不得吃，尽管鸡蛋是她自家养的母鸡下的，可她也舍不得吃。她每每都将鸡蛋攒着，等着儿子回老家看望她时，让儿子将攒着的鸡蛋带到县城里去，给儿子、儿媳和孙子吃。她曾再三告诫儿子儿媳，别吃市场上购买的鸡蛋，那些鸡蛋都是商家用鸡饲料催生出来了，不仅不香，没准还含了化学药品，吃了会得病的。现在来到城里，住到儿子儿媳家，老太太早餐煮或煎的鸡蛋，就是儿子接她来县城时，她顺便从老家带来的。她知道儿子儿媳和孙子早餐只吃牛奶和面包，不吃她熬的粥、烙的饼或蒸的馒头，可她煮或煎的鸡蛋，儿媳和孙子还是吃的。实际上，也并不是儿媳和孙子早晨不吃鸡蛋，是人家早晨急于上班和上学，时间紧迫，而无论是煮鸡蛋还是煎鸡蛋，儿媳丁小玲都嫌麻烦。现在好了，有婆婆在，他们能吃现成的，何乐不为？这一点，让丁小玲感觉到婆婆的到来也并非只有坏处。可让她感到并非只有坏处的又何止这么一点？以前儿子上学，基本上都是丁小玲送，她丈夫刘秘书总是一大早就去县政府上班，送孩子上学的事从来就指望不上他。丁小玲每天早上开车送儿子到学校，虽然距离不到一公里，但开车路堵，骑车危险，走路又太慢。问题是儿子上的学校与丁小玲上班的方向完全相反，送儿子上学至少也得多花十分钟到十五分钟。现在好了，婆婆住到家里来的第一天，就主动提出送儿子上学。虽然婆婆是走路送儿子上学，但走路最多也就十五到二十分钟，何况儿子听说是婆婆走路送他上学，也很高兴，因为他可以与其他同学一边走路一边玩了。如此一来，丁小玲既省力也省出时间，何乐不为？所以她也顺水推舟，同意了。实际上，婆婆的到来，丁小玲成了最大的受益者。每天她除了上班和采购，做饭刷锅、洗碗洗衣、拖地擦灰，所有这最琐碎麻烦的家务就全交给婆婆了。虽然婆婆做的饭菜有时候不太对她口味，可丁小玲至少是节省了大量时间，所以即使凑合着吃，她也乐得。当然，丁小玲也隔三岔五，时不时亲自下厨掌勺，做几个拿手的菜肴，但那也是当她高兴和有时间的时候。眼看母亲与丁小玲相处得相安无事，刘秘书原本一颗悬着的心，也总算松了下来。

不过，这样的日子平静不到一周时间，不愉快的事就不约而至。

那天丁小玲下班回到家，忽然发现家里的阳台堆满了易拉罐、矿泉水瓶和折叠成捆的硬纸盒，满脸疑惑。她问婆婆到底怎么回事，婆婆见儿媳脸色不对，讪讪笑着，磨蹭了数秒钟，支支吾吾，说是白天接送孙子上下学时，顺手从路上捡来的。丁小玲问捡这些东西干吗，婆婆这回倒很爽快回答："嘻嘻，卖钱呀！"老太婆以为这样说，儿媳就会高兴了。不料儿媳说："这能卖几个钱啊，还不够你累的！再说这些东西脏兮兮破破烂烂的，你捡回家不仅将咱家阳台堆得乱七八糟，没准还给家里带回病毒。妈，以后你可别再将这些东西捡回家了！"最后这一句，儿媳似乎有意加重了口气，那句话从她的口中蹦出，如同电光石火，掷地有声，让婆婆的笑一下定格在脸上。

这时候倒是孙子站出来为奶奶解围。孙子本来正在自己屋里写作业，听到自己的妈妈大声嚷嚷，思维大受干扰，遂小兔子一般蹦蹿出来，对妈妈说："妈妈妈妈，你别这么对奶奶说话，小声点不行吗？再说了，奶奶这么做我觉得没什么不对。学校里的老师早就教导我们，要勤俭节约，要爱护环境，要提倡日常生活中使用再生产品以减少人类对自然生态的破坏，何况奶奶捡的这些东西还能卖钱，一举两得，这不是很好吗？"儿子这番话说得振振有词，脸上一本正经，这让做母亲的丁小玲既气恼又觉得好笑。她有些尴尬，又有些哭笑不得，一时间竟找不到话对付自己儿子。她只好僵在那里，一双眼睛在儿子和婆婆之间左右睃巡。这时候倒是婆婆出来给她解围，婆婆嘿嘿笑着，对孙子说："小宝，你妈妈说的也不是没有道理，既然你妈妈不让捡回这些东西，我往后就不往家里捡了。"小宝是孙子的小名，大名刘传宝，那是上学时才用的名字。自打孩子出生，全家人都喜欢叫孩子的小名。

婆婆的一句话，让尴尬的丁小玲如释重负，家里的气氛也恢复了平静。只是，事情并未因此烟消云散。

第二天早上，刘秘书的母亲送孙子上学，回来的路上又捡到了一些瓶瓶罐罐和废弃的硬纸盒。不过，这一回老太太并未将这些东西搬回家里，而是暂时堆放在单元门入门的楼梯底下，那地方相对隐蔽，也不妨碍其他居民出入行走。老太太又上楼将家里阳台堆放的瓶瓶罐罐和废纸盒通通搬回到楼下的楼梯底下，集中码放。而后，她走出单元门，又走出小区门口，守候在那里，眼睛紧紧地盯着门口来来往往的人流车流。没多久，她就盯住了一个骑着三轮车，车头上挂着"收废品"字样的老头，眼睛一亮，像发现新大陆一样一边朝对方挥手，一边大声嚷嚷："哎哎哎——收废品的快过来！"那老头见状，仿佛茫茫人海中找到了知音，骑着车一脸喜气飞奔而来。

刘秘书的母亲这次卖废品，收获了整整二十块钱。她估摸着，盘算着，这二十块钱，靠在老家卖鸡蛋得整整卖五斤，一斤鸡蛋至少是八个，五斤鸡蛋整整是四十个。这四十个鸡蛋靠自家养的那四只母鸡，即使齐刷刷每只每天都下，至少得连续下十天呀！四只母鸡辛辛苦苦用了十天下的鸡蛋，让下乡上门收购的商贩收购，才换回二十块钱，可自己进县城住到儿子家，仅仅两天时间，轻轻松松就挣回了二十块钱。城里果真到处是黄金呀，难怪城里人都那么有钱，难怪村里年轻的男男女女都要背井离乡，争先恐后往城里挤，原来是因为城里挣钱容易哇！老太太越想，越沾沾自喜。越想，她越激动。她庆幸自己能够跟着儿子住到城里来，她估摸着要这么下去，自己靠捡垃圾，一个月至少能挣三千块钱呢！早知城里挣钱如此容易，自己早就该住到儿子这边来了。不过她又安慰自己，现在来城里也不晚，反正自己刚刚尝到甜头，她暗下决心，从现在起自己要大干一场！

当天晚上，老太太进了自己房间，正美滋滋准备上床睡觉。儿子刘绿水却随着她的屁股后悄悄跟了进来。进来就进来吧，儿子进自己母亲房间，没啥稀奇，也并不犯忌，老太太以为忙碌了一天的儿子要进屋来关心关心自己，对母亲嘘寒问暖呢。哪知儿子进了房间，随手还将房门关上了，再看儿子，脸色有些凝重，表情有些怪异。做母亲的如堕十里雾峰，满脸疑惑地看着儿子。儿子招呼母亲，母子双双在床沿坐了下来。儿子先是问母亲这几天住城里是否习惯，吃得怎么样，睡得好不好。母亲一听，一颗悬着的心瞬时松了下来，一张老脸开成了一朵菊花，朗声笑道："很好很好！"哪知笑声尚未回落，儿子就紧接着问："妈，听说您白天在捡废品卖钱？"老太太一愣，道："是呀是呀！"她又凑近儿子，压低声音喜滋滋说，"儿子，不瞒你说，我今天卖废品挣了二十块钱哪！"老太太脸上还荡漾着喜色，她希望让儿子分享自己的快乐呢。可她发现儿子此刻却一脸严肃，说："妈，求您了，你明天起不要再捡垃圾好不好？"话一出口，老太太的笑脸像突遭寒霜，瞬间就僵住了。她望着儿子，一脸不解："咋啦，我捡垃圾卖钱，有啥不好？"说完这句，她还伸出手掰着手指，一五一十地将二十块钱相当于在老家卖四十个鸡蛋的盘算拆给儿子听。不料儿子还是一脸严肃，儿子说："妈，您这么算是没错，您的初衷也是好的。可是……可是这是在县城，与在咱们老家农村环境不一样。您要知道，我在县政府机关工作，而且是县长的秘书，如果让别人尤其是让县长知道我的母亲在县城里整天捡垃圾，人家会怎么想？！"一句话，倒将老太太问住了。她"啊——"的一声，睁大眼睛，半张着嘴，若有所思，似懂非懂，末了喃喃自语："也是也是，儿啊，你说得有道理，都怪我事先没多想，给你们添乱了。"老太太虽是个农妇，可也是个明白人。她也知道人活一张脸，树活一张皮，假若一个相亲的姑娘去见对象，无意间却听人说对方的母亲是乞丐或小偷，那这桩婚事还能成吗？这么一想，做母亲的对儿子说："儿啊，从明天起，我就不捡了吧。只是……只是……那些个垃圾，白花花的可都是钱哇，不捡怪可惜的。"儿子安慰说："哎呀妈，那些垃圾，只要您不去捡，别人自然会去捡，那些辛苦钱就让别人去挣吧。妈，您要花钱，随时同我说，我随时都可以给您！"说着，他果真将事先准备好的一个信封塞到母亲手里。母亲见状，摊开双手推辞，一个劲儿说"不要不要，我有钱！"可儿子却不由分说，扔下信封，转身走出了房间。老太太捏了捏信封，又摸出来数了数，总共是一千块钱。钱虽然不少，但相比自己捡垃圾挣来的那二十块钱，老太太内心没有半点喜气，心想宁可要自己挣的那二十块钱，也不要儿子给的这一千块钱。可儿子已经出了房间，房间外还有儿媳和孙子，老太太觉得不便将儿子给的这一千块钱再送回去了。她只好拿着信封和那一千块钱发愣。只是她闹不明白，自己白天捡垃圾和卖垃圾的事，怎么也让儿子知道了呢？要说是儿媳告诉他的，可儿媳也只知道昨天的事并不知道今天自己又捡垃圾卖钱的事呀！她觉得这城里也太奇怪了，似乎到处都长着眼睛，自己的一举一动似乎也都在别人的监视之中……

五

转眼又到了年底。按惯例县里将召开全县工作会议，由县长做一年来全县的工作报告，报告需要总结一年来的工作成绩、经验和不足，工作报告的起草自然而然落到了刘秘书身上。刘秘书领受了县长亲自布置的任务，预感到责任重大，他不敢怠慢，专心致志，全力以赴。为了将工作报告写好，他甚至像往年一样向妻子和母亲请假，一个人住到了自己的办公室，整整一周不曾回家。他先是紧锣密鼓地向县政府所属的各部门、各乡镇下达任务，收集相关材料，然后一个人关在办公室里，披沙拣金，条分缕析，又用三天的时间写出了报告初稿，然后交给县长审阅。像往年一样，县长看完报告，并未提出大的修改意见，只是将个别地方的表述文字做了调整。

  第二天，刘秘书起草的工作报告被分到县委各常委审读。两天之后，县委召开常委会，内容只有一个，那就是审议县政府工作报告草案。会议开得很热烈，大家围绕刘秘书起草的报告，七嘴八舌展开讨论，分歧巨大。县委书记定调说，报告缺乏高度，须推倒重来。刘秘书不敢怠慢，遵照县委书记的指示，用了两天时间又写出第二稿。然后又分发给各位常委征求意见。第二稿反馈回来，县人大常委会主任又说报告不够实在，让再次改写。刘秘书又用一天时间，改出了第三稿，按要求又分发给各位常委征求意见。不料县政协主席又提出，第三稿写得太实，还需进一步归纳和提炼，刘秘书不敢违抗，又用了一天时间领命修改出第四稿。如此这般，报告的修改整整经历了一周时间，先后七易其稿，直到再次开常委会审议，报告才总算通过，刘秘书这才如释重负。可当天晚上，当刘秘书拿出报告的第一稿和第七稿相对照时，竟然无意间发现两个稿子从观点到事例几乎完全一样，一周的时间，报告又回到了原点、恢复了原样，这一周算是白折腾了，他很委屈，可又哭笑不得。这期间，刘秘书的脑细胞不仅全部白耗，而且第一次在各位常委中落了个"很难领会首长意图"的骂名。

  不过，刘秘书也有过高光时刻，有他高兴的时候。

  那一年，县召开全县经济战略发展研讨会，要求全县每位县委常委、各乡镇一把手都必须在大会上发言。县长自然要发言，发言稿自然将由刘秘书起草。刘秘书领命后，全力以赴，日夜奋战，他用了五天的时间为县长写出了讲话稿。县长看后,眼睛一亮,桌子一拍,竟然破天荒竖起大拇指,对刘秘书大加赞赏。县长一字不改地将讲话稿带到大会上宣读,讲话稿从本县的现实情况出发,高屋建瓴,纵横捭阖,从本县的历史沿革、发展现状、地理优势、自然及文化资源的挖掘,深入浅出进行了回顾、阐释、剖析和展望。县长声音洪亮、充满激情的宣读,数次被雷鸣般的掌声打断,最后更是达到了高潮。在场的刘秘书感觉到,县长的发言所赢得的掌声,甚至比最后上台发言的县委书记所赢得的掌声还要热烈,这让他内心既高兴又不安。

大会结束,刘秘书发现,许多乡镇的书记和镇长纷纷围住县长,大赞县长的发言真是太精彩了。他们都意犹未尽,纷纷与县长交流,希望县长讲话中的一些内容能尽早实施,以促进自己所在乡镇的经济社会和生态文化等方面的进一步发展。虽然掌声和赞美声是给县长的,可一直站在一旁旁听的刘秘书内心却美滋滋的。他暗自思忖,这次的讲话稿,确实充分显示出他这位县长秘书的水平,县长应该会为自己这次的出彩打高分的。

刘秘书的文章虽然写得多,也写得好,却也有郁闷的时候。

那一次省里要求各县在年轻秘书中推荐优秀笔杆子,以便参与省里举办的一次秘书职业技术比武,要求报名者事先提交至少两篇公开发表的高质量论文,可刘秘书挖空心思、翻箱倒柜找了整整一个晚上,就是找不到一篇署有刘绿水名字的文章,别说是要高质量的论文,就是连署有刘绿水的豆腐块文章也没有。这让他极其懊丧,那样子如同遭遇了一场严霜拷打的南瓜叶。这时候刘秘书终于意识到,除了自己服务的领导,秘书的劳动及其价值是不易被人们理解和承认的。领导永远是红花,而秘书只能永远当绿叶。如果得不到领导和组织的赏识和提拔,只要你作为秘书,就要时刻准备着:无出人头地之日,有默默无闻之实。原本省里的这次秘书技术比武,机会多么难得啊,刘秘书很自信自己在这方面的能力,可眼下按要求连自己署名的论文都无法提交,自己的秘书生涯何时才能有出人头地之日呢?这天晚上，刘秘书躺在床上，翻来覆去思虑着自己的前程，辗转反侧，竟然破天荒头一次失眠了。

第二天，县长要下乡调研，前一天县长就说好要今天早晨八点出发的。可一觉醒来，刘秘书发现时间已经到了早晨七点半，他内心一惊，一个鲤鱼打挺，一跃而起，内心还一遍遍自责，昨晚自己睡前是在手机设置了闹钟的呀！七点正怎么没听见闹钟铃声响？显然是自己半夜失眠早晨睡得太死了。现在距离出发只有不到半小时，而自己下地库开车赶到县政府大院至少也还得十到十五分呢！内心一急，动作飞快。此刻他像一个接到战斗命令的战士，一阵风穿上衣服，冲进厕所，便溺，洗脸，刷牙，而后抓起公文包和手机，又一阵风卷进楼下车库，开着车匆匆赶到了县政府大院。再看时间，还好，差一分钟八点，但早餐他是没时间到食堂吃了。此刻县长的司机和专车已经在楼下等候，他一路奔跑过去，刚好与县长同时上了车。县长见他气喘吁吁，瞪他一眼，问他怎么急成这样？他支吾了一下，随口胡诌："嗐，刚才出门时自己的车出了点故障，耽误了一点时间。"话一出口，脸却红了，自己都有些吃惊，因为这是他人生中破天荒第一次撒谎，而且是对县长撒谎。他有些后怕，感觉此时后背正直冒冷汗。幸好县长只是"哦"的一声回应，并未再往下追问。刘秘书暗自庆幸，一颗悬着的心总算放回了原处。可他还是对自己刚才的表现感到吃惊，甚至困惑，原来自己也是会撒谎的呀！

县长这天的调研要连续跑三个乡镇，主题是关于生态保护和新农村建设，对村容村貌特别是农村公共厕所现状作重点考察。一天跑三个乡，必须是马不停蹄才能跑完。

县长是当兵出身，他有个特点，走路快，说话快，吃饭快，睡得快，醒得也快。县长简直就是一阵风，干什么都雷厉风行，不过脾气也火暴。县里除了县委书记，谁同他说话都得让他三分，要是有一句不对头，县长的声音就会瞬间高出八度，哪怕是在讨论问题，他的声音和气势也非压着你不可。刘秘书跟县长这么多年，早就摸透了他的脾性，所以为县长说话办事，他都是谨小慎微、毕恭毕敬。当然，刘秘书也见到过县长毕恭毕敬的样子，那是上级领导到县里来考察或县长到市里或省里向领导汇报工作的时候。

这天上午，考察调研完第一个乡，乡里安排了四菜一汤的工作餐。县长三下五除二，吃完饭都在乡政府临时安排的房间睡着了，刘秘书紧赶慢赶却还没吃完饭。县长睡了大约半个钟头，起床了，刘秘书却刚刚在与县长一墙之隔的临时房间睡着，是一阵急促的敲门声将刘秘书从梦中唤醒。幸好刘秘书是和衣而卧，他一骨碌起身，抓起公文包急匆匆赶到门外，发现县长和司机已经在门口等着他了，尴尬的是乡里的干部也等候在一旁准备送行。敢情这时候角色颠倒了，自己倒成了领导和主角。他有些紧张和狼狈，一路小跑还一边用手指擦着迷糊的睡眼，稀里糊涂、连滚带爬地钻进了车里。车启动之后，县长狠狠地批了他一通："你他妈的今天怎么啦，无精打采的，哪像个工作的样子，到底还想不想干啦？不行你干脆回县城吧，别跟着我到乡里头丢人现眼！"这话像一记重锤，重重地敲打在刘秘书的心头上！这是自给县长当秘书以来，县长对刘秘书最严厉的批评。他双手抱拳作揖，脑袋一下接一下点得像锤子捣蒜，苦着脸一个劲说："县长，实在是对不起实在是对不起，我昨晚胃不舒服，一晚上没睡好，今天确实是精神不好，不在状态，请原谅，以后我一定注意！"县长听罢，这才"哼"地白了刘秘书一眼，虽然仍一脸不悦，可也不再作声。刘秘书暗自庆幸，为自己有生以来第二次撒谎暗暗吃惊，这也让他恍然大悟：撒谎常常能化凶为吉，难怪那么多人都会撒谎，难怪眼前这世界充满了谎言。

自此以后，刘秘书长时间陷入了苦恼。因为他当县长秘书迄今已经过去整整八年，可自己的升迁至今仍原地踏步。再过一年，县长的任期就将届满。一年之后，县长能升迁吗，他会到哪里高就？升迁之前，县长会帮助自己在本县安排个一官半职吗？抑或县长又会带着自己到新的岗位继续当他的秘书？从内心上讲，刘秘书已经不想再当秘书了,他渴望单飞,当然是在县长提携和帮助下的单飞。要不然,自己长时间窝在秘书这个位置上,何时是个出头之日呀?不过,刘秘书自己也明白,在实现单飞之前,自己还是得沉住气。尽管刚刚受到县长的严厉批评甚至呵斥,但自己无论如何还得承受,这不仅是秘书这个职位所应有的要求,还是每一个秘书所应有的气度与担当,更是自己未来和前程的需要,古人说"小不忍则乱大谋"嘛。这么一想,刘秘书也就不再纠结,不再苦恼了。他强迫自己振作精神,继续当好县长秘书,并且要求自己进一步提升对县长的服务水平,至少是从此以后要让县长满意,再不能有半点闪失,否则恐怕将前功尽弃。于是,从这天起,刘秘书的工作更加主动积极,凡事也更加谨慎了,他甚至做梦时也在盘算着第二天如何做好自己的工作。除此之外,他更加遵守机关纪律,待人也更加随和、谦恭和热情,甚至让人觉得他变得比以往都更加谨小慎微,似乎他谁都不敢得罪,也似乎谁都掌控着他的前程和命运。

六

时间像缓慢前行的流水,一天天向前推移。

刘秘书每天勤奋而又小心翼翼地工作,同时充满期待又忐忑不安地盼望着,盼望着一年之后自己的仕途能有个好转折和好的结果。

然而,半年之后,事情的发展大大出乎刘秘书的意料,县长傅荣华因涉嫌严重违纪,被上级纪检部门宣布立案调查。消息传来,刘秘书惊得眼珠子差点没滚下来,脑袋也重重地像挨了一闷棍,只感觉一阵剧痛和眩晕瞬间在自己的身体掠过。他怎么也不相信,自己辛辛苦苦服务了近九年的县长,怎么就严重违纪了?此时此刻,他的脑海像过电影一样,细细地回想自己近九年来在县长身边工作的一点一滴、一景一幕,感觉县长除了脾气火暴、干事情多少有些武断,还有平时下乡时收一点当地政府送的时令水果或土特产，自己似乎并未发现县长有其他什么过分之处呀！县长的办公室不是还挂着"清正廉洁"四个大字吗？莫非县长口是心非，平时都背着他这个秘书违法乱纪？这个嘛，刘秘书不敢肯定，感觉也真是不好说。因为人性是复杂的，俗话说，知人知面不知心，真正了解一个人实在是太难了。有时候一个人都无法了解自己呢，何况是了解别人？但有一点是肯定的，县长出事了，刘秘书隐约也感觉自己可能前景不妙。

真是怕什么来什么。仅仅过了一天，纪委就找刘秘书谈话，紧接着又通知他停职接受调查。纪检部门对刘秘书的调查，重点都是围绕县长傅荣华是否违纪展开的。对于组织的谈话和调查，刘秘书倒还镇定。自打县长东窗事发，刘秘书在回顾县长所作所为的同时，也仔细检点了自己自参加工作、给县长当秘书近九年来的言行，他自觉没有违法乱纪，没有行贿受贿，没有以权谋私，没有徇私舞弊，他坚信自己所做的一切能够经得起时间和组织的检验，他觉得自己可以问心无愧。因而，面对调查组的质询、讯问，刘秘书实事求是，有问必答，而且是有一说一，有二说二，但凡是与事实无关的，他绝不无中生有，也不会对县长落井下石。只是调查组并不甘就此罢休，他们不相信作为跟随了傅荣华近九年的秘书，竟然提供不了有关傅荣华哪怕是一鳞半爪的料，或者是一点点的蛛丝马迹，他们甚至怀疑刘秘书是否在有意保护他原来的主子，于是，他们决定即使掘地三尺，无论如何也要刘秘书交代出个一二三来。正因如此，调查组采用了持久战甚至车轮战的办法，对刘秘书反复审查、讯问。刘秘书也竭尽全力，努力回忆，全力配合，甚至像春耕翻地一样将过去近九年的往事都翻了好几遍，可就是提供不了让调查组满意的材料。不过，经此几番回忆，刘秘书也将县长因太忙而曾嘱他到车站接待老家来的人，自己曾掏钱安排他们食宿的事如实交代了，刘秘书原本觉得这也不是什么大事，毕竟这事他总共也只不过花了两千来块钱，可调查组对此却已经如获至宝。

纪检部门对刘秘书的审查前前后后进行了三个月,虽然最终并未查出其他的更多证据,但县长傅荣华严重违纪的调查也已经有了初步结论:个人收受贿赂或通过家人收受贿赂,折合人民币三千五百八十五万元;官僚主义和决策失误,给县里造成经济损失总计两亿七千万元,此外傅荣华还存在阳奉阴违、欺骗组织、结党营私以及生活作风问题,对于傅荣华触犯法律的犯罪行为,调查组将进一步移交司法机关进行审理。作为傅荣华秘书的刘绿水,经调查虽未有严重违法乱纪事实,经研究组织上也决定为其恢复工作,却已经得不到重用,他被重新安排到县委政策研究室当一般干事,从事政策研究工作。

我是在电视上观看到县长傅荣华被上级组织立案调查的新闻之后的第三天,获悉刘绿水被停职审查消息的。

那一天中午,我在学校里见到丁小玲,无意间发现她无精打采,花容失色,眼袋浮肿,眼角有明显的泪痕。我关切地问她怎么了,不料她捂着嘴,话没出口,泪水却夺眶而出,浑身像筛子筛糠一样不停颤抖。见此情状,我一时手足无措,只能使劲安慰她,让她先别激动,有话好好说,有何难事需要帮忙尽管说,我会尽力。可丁小玲什么话都说不出口,只顾一个劲哭。我们见面的地方是在去学校食堂的路上,这时候学校里的学生和教师络绎不绝,人来人往,不时从我们身边经过,已经有学生和教师在注视我俩。我将这一情况告诉丁小玲,提醒她要冷静,注意影响,她这才逐渐控制住自己的情绪,冷静下来,然后一五一十地将情况告诉了我。我听了觉得意外,又不觉得意外,因为领导出事牵连秘书,这是常规,也是常态。只是这样的事落在我熟悉的朋友加同学身上,我不由得为刘绿水和丁小玲感到难过。但回想起刘绿水当县长秘书之后谨小慎微甚至洁身自好的表现,我一个劲儿地安慰起丁小玲,说身正不怕影子斜,以刘绿水平时的表现和行为方式,他不会有事的。但毕竟县长已经出事,作为秘书纪检部门也肯定要对他进行调查，这是必要程序，不必过分担心。丁小玲依然哭丧着脸说："这我也知道，我也相信刘绿水应该不会有事。关键是他被隔离审查，不能回家，我该怎么向他母亲和我们的儿子解释？"我说："那还不容易，你就说刘绿水这段时间工作忙，不能回家嘛！他平时不是工作就很忙吗？"丁小玲说："你说得倒轻松，关键是刘绿水还不知得多少天才能回家。他家不回倒也罢了，但连电话都不打他母亲能不怀疑吗？要知道平时他只要是加班不回家，都会给他母亲打电话的，他是个典型的孝子！"她这话倒是将我给问住了，这倒是个棘手的问题，我不知道像刘绿水这样的秘书在纪检部门接受审查时，可否给家里人尤其是家里的老人打问候电话。其实如果是人性化一些，应该允许在纪检人员的监督下给自己家里人尤其是年迈的父母打问候电话的吧？不过这可能吗？天知道呢。

　　丁小玲虽然控制住了自己的情绪，但内心的焦虑和压抑明眼人都能一眼看出。我既是她的同学，又是她的同事，当然对她的关注和关心会更多一些。这段时间，她虽然正常到学校上班、上课，但脸上以往的阳光和笑容已经消失，取而代之的是片片的愁云。只是一进入教室，站到了讲台上，她才强颜欢笑、强打精神同学生说话，为学生上课。这期间，我也尽量抽出时间多与她接触，多陪她说话，也尽可能多关心她，开导她。我甚至还利用周末时间到她家看望她的婆婆和儿子。她婆婆也即刘绿水的母亲，我当然很熟悉，她是我老家的邻居，我小时候成天与刘绿水在一起疯玩，是她家的常客。自打刘绿水将老人家接到县城来，我只到刘绿水家看望过她老人家一次，还是刘绿水主动邀请我的，说老人家一进县城就在打听我的情况，希望能见见我。那次见面，老人家一见到我就像见到自己的亲儿子，紧紧握住我的手久久不放，话匣子像打开的水龙头哗哗流淌。老人先是对我嘘寒问暖，接着是滔滔不绝地讲我小时候与刘绿水一起玩的趣事糗事囧事，直讲得在场的人都哈哈大笑。那次的见面让老人乐得合不拢嘴，离别的时候还不住叮嘱我："蛋儿，往后你可要常来啊！"蛋儿是我过去的小名，是山药蛋的简称，因为刘绿水小名叫土豆，我的小名就被叫成蛋儿，土豆与山药蛋，原本就是一伙儿的，所以才能成天在一起玩。面对老人的叮嘱，我口口声声说好，内心却另有打算。自打刘绿水当了县长秘书，尤其是自打他当了秘书之后有意无意地与过去的同学和朋友疏离，我也很少主动联系他，我既不想沾他这位县长秘书的光，也不想让刘绿水以为我想沾他的光。如此这般，我与他的关系无形中也就疏远了。现在我主动上门看望刘绿水的母亲，一是出于过去的情谊，二是出于对刘绿水和丁小玲眼下的关心。

　　刚一进刘绿水家，刘绿水的母亲就一串碎步迎了上来，脸上那朵寿菊开得异常灿烂。老人家像过去那样握住我的手久久不放，又像盼星星盼月亮一样连声说"蛋儿你可来啦，俺好想你哪！"而后又一个劲儿抱怨说："你怎么那么久都不来俺家呀！"我只能推托说大娘实在抱歉我工作太忙了！好在老人能见到我，已经有些乐不思蜀，话匣子又一次打开了。这回老人除了同我叙旧，更多的是抱怨儿子工作太忙家都不回，我顺水推舟，安慰说："是啊大娘，土豆是县长秘书，担任着很重要很重要的工作，他比我和小玲的工作重要多啦，所以您老人家要多多体谅。这不，这段时间土豆更忙，有更重要的工作在完成，他连电话都顾不上打，托别人给我带话，让我有时间替他来看望您老人家。瞧瞧，我这说来就来了嘛！"老人听罢，眨巴着眼睛，若有所思，然后问我："土豆他怎么忙成这样，他工作重要，家就不重要了？他不会有……有什么事瞒着我吧。"我故意"扑哧"一声笑了，安慰她："哪能呢？土豆岗位重要，工作重要，到头来不也是为了家？您看土豆自打当了县长秘书，那么多人都羡慕他呢！"老人一听，这才点了点头，喃喃自语："嗯，这倒也是。"氛围松弛下来，我和她开始天南地北，拉起了家常。老人家最感兴趣的还是讲过去的事，我则很认真地倾听，时不时还附和她，启发和引导她，让她继续讲，讲到高兴的时候她就张开嘴，露出发黄并且残缺不全的牙齿，哈哈大笑。我和丁小玲，以及丁小玲和刘绿水的儿子，竟然禁不住也被她的快乐感染了。可以肯定，这时候老人家已经是乐不可支忘乎所以，也是她难得快乐的时候。能达到这种效果，丁小玲一再感谢我的到访。她希望我以后能经常来，否则老人老见不到自己的儿子很不开心，家里的氛围也很抑郁。我口头答应，内心却不乏顾虑：刘绿水不在家，丁小玲却邀请我常来她家，这恐怕不大合适吧？且不说刘绿水知道了不知会怎么想，光是外人知道，就够他们嚼舌头的。

　　这次到访，丁小玲也告诉我：刘绿水的母亲还是很好相处的，老人家性格温顺、勤快，她除了刚来时捡垃圾闹出的小风波，但让儿子制止之后类似的事就再也没有发生过。老人家每天依然勤快得像蜜蜂，从早忙到晚，每天都将家里的家务全揽到自己身上，里里外外打理得井井有条。只是她不像在老家那样，闲下来的时候周围有乡亲和老人可以说话，所以时常感到寂寞，有时候老闹着要回老家。可刘绿水怎么说都不同意她回，说是孤身一人在家他不放心。不过话说回来，老人家留下来，家务活她倒也轻松了不少。我开玩笑说："可不是，有她老人家在，你还省了保姆费呢！所以，你可得好好善待老人啊！"一句话，将丁小玲逗笑了。我忽然意识到，这是她近一段时间以来难得的笑。

七

　　刘绿水结束调查、恢复工作之后，我主动到他家看望他。

　　经历了数月的讯问和调查，我发现他人明显瘦了，至少瘦了一圈，整个人看上去也像盛夏里烈日暴晒下的瓜藤，缺少了精气神。对于我的到来，刘绿水有些意外，因为我是不请自来、不期而至，我应该算是他遭遇人生不如意之后第一个上门来看望他的人。所以见到我，他意外之余，眼里闪出高兴与感激。因为家里有老人，说话不便，他邀我到外面走走，然后就同他母亲、妻子和儿子打了招呼，与我一起走出家门。

　　那是个周六上午，时间已经指向十一点。我开车带着他，一路开出城区，在城乡交界处一家环境优美、幽静整洁的餐厅，占据了一个小间。我们俩点了一壶茶、几个菜和几瓶啤酒，惬意地对喝起来，边喝边聊。我忽然记起，这是我俩师专毕业参加工作以来第二次一起喝酒，没有外人。我俩第一次一起喝酒，是师专刚刚毕业参加工作时。

　　斟满酒，我主动举杯邀他："土豆，时间过得真快，转眼咱俩毕业都快十年了，难得一块喝酒。来，我敬你，也权当为你洗尘压惊，祝你从此风平浪静，一生平安！"

　　刘绿水眼眶霎时红了，隐约闪着泪光。他紧抿着嘴，举起杯，两只杯"咣"的一声碰在了一起。他仰起头，苦着脸将酒咽下，咂巴着嘴，似乎在品咂着苦涩的人生。末了他说："蛋儿，人要是不长大多好。还记得咱们小时候吧，那时候虽然穷，但少年不识愁滋味，咱们成天在一起疯玩，滚泥巴，扔石块，打斗追逐，无拘无束，像咱们村里各家各户那些自由自在的小狗，真是开心极了！所以，真羡慕小时候的时光，也真想能够回到小时候的那些日子。"

　　我看他是话里有话，便附和说："是啊，人要是真的不长大，就没有那么多压力和烦恼了，可惜这不可能啊，每个人都肯定要长大，而且都必须面对压力和烦恼，只不过不同的人，压力和烦恼各有大小罢了。"

　　土豆夹了一块肉，放进嘴里，边嚼边说："蛋儿，听小玲说，你都评上高级教师了，这些年你除了教学，还在报刊发表了那么多诗歌和散文，都成为省作协会员了，真心为你高兴，祝贺你！"

　　我说谢谢！"咣"的一声，两只杯又碰在了一起。

　　土豆又喝下一杯。酒一下肚，他说："转眼快十年过去了，现在回想起来，还是你当初选对了路子和职业。你无论是发表作品还是培养学生，都有成就感，更重要的是还保持了人本来应有的尊严。"

我安慰他说:"土豆,你可别这么说。古人说,三百六十行,行行出状元。还有一句,隔行如隔山。其实,人生选择干什么,干得好与坏,都无法做简单的类比,关键是自己是否适合,是否有兴趣。其实,我看你从政性格上挺合适的,何况当初你自己也都有兴趣。再说了,周围的人都羡慕你能到县政府工作,瞧瞧在咱们老家,还有咱们的同学朋友圈中,有多少人羡慕你呀,你忘了咱们只要在一起聚会,每次你都成了中心和明星呢!"

土豆一听连连摇头,连连摆手,一副急煞的样子:"得得得,你刚才不是说了嘛,隔行如隔山,那是你们都不了解。古人还说,男怕入错行,女怕嫁错郎。在外人看来,官场看似风光,其实那都是表面现象。也有人说,官场如战场,其实要是战场,那倒也好了,上了战场你可以横刀立马、冲锋陷阵,无论生与死,多少还有些豪迈之气,很威风。可就我混迹官场近十年的经验看,我觉得身处官场是如履薄冰,随时随地都得小心翼翼、战战兢兢,时间一长,人累,心也累。可即便如此,你还是身不由己,说不定什么时候就可能摔倒,说不定什么时候就可能一头栽进冰窟窿。这不,我已经摔了个大跟头不是?"说完,他还是不住摇头、叹气,一脸痛苦,一脸无奈,一脸自嘲。

他这番话,既让我意外,也让我吃惊,我久久地凝视着他。看得出,他这已是肺腑之言。我只好安慰他:"土豆你言重啦!你这哪里叫摔跟头?我看只不过是被绊了个趔趄而已,虚惊一场罢了,你这不是好好的又恢复了工作嘛!你可以重整旗鼓、重振雄风啊!"

土豆还是不住摇头、叹气:"嘻,我还整个什么鼓啊!鼓皮都没有了——皮之不存,毛将焉附?县长都出事了,我作为县长秘书,你觉得我还有戏吗?根本不可能了!这叫一荣俱荣,一损俱损。即使你一直谨小慎微,即使你不同流合污、想洁身自好,可也身不由己、在劫难逃。这就好比一张被墨水染污了的白纸,不可能恢复清白了!所以,我越来越觉得,官场也如赌场,生死荣辱,人生输赢,某种意义上说全靠运气，你自己无法左右。"

土豆的这番话，又出乎我的意料，甚至让我震惊。可以肯定，如果不是身陷其中，深有感触，恐怕是难以悟出个中滋味的。尽管如此，我还是极力开导他："土豆，别那么灰心，毕竟咱俩毕业才将近十年，人生的路还长着呢，机会还有的是。人生就如逆水行舟，起起落落，有进有退，都属正常。再说了，风水轮流转，三十年河东，三十年河西，人未到终点，谁比谁强，谁胜谁负，都还难说呢！但有一点是肯定的，人生无论遇到得意或失意、低潮或高潮，都要有《菜根谭》中所说的那种境界：'宠辱不惊，看庭前花开花落；去留无意，望天上云卷云舒。'说到底，还是要做好自己，过好当下，保持一颗平常又不甘沉沦的心，人生才能立于不败之地。"

土豆听罢，频频点头，原本灰暗的眼睛总算闪出亮光，脸上瞬间也生动起来："哈哈，你小子不愧是'文艺青年'，总是出口成章，善于鼓动哪！行，借你吉言，咱们都要不忘初心、不辱使命，继续前行。来，为了咱们的明天，干杯！"

两只杯又"咣"的一声碰在了一起，我俩双双仰头，一饮而尽。

八

刘秘书终于脱去秘书身份，回归为刘绿水，他被安排到县政府政策研究室工作。不过不到半年时间，他就提出辞职，主动要求到县委党校当一名普通教师，理由是他已经不适应机关的工作氛围和工作节奏。据悉妻子丁小玲获悉他这个决定时，并不同意，丁小玲那位在家乡当村主任的父亲也极力反对，夫妻俩为此还大吵了一场。只是刘绿水去意已决，刀枪不入，听不进劝说，而组织上也同意了他的工作选择。由此，刘秘书摇身一变成了刘老师，与他的妻子丁小玲和我一样，成了教育战线里同一个战壕的战友。

成了教师的刘绿水从此像变了一个人，他重新振作精神，专心钻研，潜心教学，课余及寒暑假时间，他还经常自费下乡搞社会调查，写调查报告和论文，并且全部发表在省级和国家级的社科报纸及学刊上，内容大都关乎农村基层法治建设及政治文明建设、新农村生态文明建设、山村振兴及农村养老问题，有的篇章还引起了中央有关部门领导的重视和批示。所有这些，都像注入了刘绿水身上的强心剂，让他自己感觉到总算找对了人生的航向，干劲儿也更足了。不仅如此，当了教师的刘绿水不再像当秘书那样，被县长随时随地拴在身边，他不仅不用加班，而且自己没课的时候不用到学校坐班，可以在家看书、备课、写作，甚至外出做社会调查，同时也有时间在家陪伴母亲和孩子了。他甚至每天主动承担起接送孩子上下学的任务，有时间还主动到附近的超市和自由市场采购或买菜。这么一来，妻子丁小玲原本身上的负担也减轻了，白天孤身一人在家的母亲也时常有儿子陪伴在身边了。儿子放学或周末的时候，刘绿水还会抽出时间陪着儿子玩，与儿子一起上网打游戏，到楼下小区打球，甚至开车带儿子到游乐园去玩。每每这个时候，儿子便很开心，时常高兴得手舞足蹈，而且还骄傲地向妈妈和奶奶宣称："妈妈、奶奶，我终于跟其他同学一样有爸爸了，哈哈！"见儿子这么开心，妈妈和奶奶也喜笑颜开，而刘绿水高兴的同时，内心却深深地自责，他觉得之前亏欠儿子的确实太多太多了。

　　随着时间的推移，丁小玲也渐渐感觉到丈夫角色转换的好处。丈夫当县长秘书的时候，其实既不属于她这个妻子，也不属于他们共同的家庭，而是属于县长的，他随时随地都得听命于县长、为县长服务。现在好了，丈夫当教师的同时也终于回归了家庭，家里无形中有了更多的笑声、烟火气和人情味，夫妻有了更多的相处时间，关系也更密切了。由此，丁小玲也不再纠结丈夫角色的转换，以前她总是听父亲说，嫁人就要嫁当官的，因为"朝里有人好办事"。尽管刘绿水给县长当秘书还不是什么真正的官，但在世人看来至少是个前途无量的准官，因为自古以来人们都相信"一人得道鸡犬升天"，只要领导晋升了，做秘书的迟早也会得到提携的。正是认准了这么个理儿，当初获悉女儿的同学当了县长秘书，做父亲的就怂恿女儿主动嫁给刘绿水，而做女儿的丁小玲也听从了父亲的指点，原本在我和刘绿水之间的徘徊中选择了刘绿水。只是她和父亲都没有料到，官场的事是一荣俱荣一损俱损，事情的发展最终并未如他们所愿、按他们预想的剧本进行。

事到如今，丁小玲和她的父亲都只好认命了。

九

自打刘绿水改行到县委党校当教师，我也成了受益者。因为他有了更多的时间与我交往，周末或寒暑假的时候，我们时常三天两头相约在一起喝茶喝酒，天南地北海阔天空聊天，甚至两家相约一起开车外出郊游，有时候还双双相约回到老家，既能亲近大自然、呼吸新鲜空气，还能登山健身、观光采摘。渐渐地，我和刘绿水的关系又恢复到从前。只有我们两个人的时候，我们彼此都互叫小名，我称他为土豆，他叫我为蛋儿，说话的时候彼此可以无拘无束，开起玩笑的时候彼此也可以毫无顾忌。正因如此，慢慢地我对他当县长秘书的那段经历便有了更多更深的了解，慢慢地他当秘书的经历及那段人生的酸甜苦辣也不断感染着我、搅动着我。

于是，我决定写一写他当秘书的经历。

于是，我便有了上述关于刘秘书的故事。

坏小子伊狗

伊狗（Igor）不是狗而是人，准确地说是我们在德国汉堡学习时为我们开车的司机。

2004年11月17日，当我们从北京乘坐德国汉莎航空公司的波音747飞往德国法兰克福，又马不停蹄转机飞了一个来小时到达德国最大的港口城市汉堡时，大家已经是一脸的疲惫。在德国留学的西安导游介中楷将我们从机场领到一辆大轿车的时候，伊狗满面春风地出现在我们的面前，他用中文"您好"同我们每一个人打招呼，又一一将我们的行李接过来送进大轿车底部的行李架上，动作灵敏得像猴子。大家眼见出现一个会说中文的老外，不由得活跃起来，原本疲惫的脸庞瞬间焕发了神采。有人用中文"您好"回应伊狗，有人则用夹生的英语冲伊狗连声说"三克油"（谢谢）。有人则干脆冲伊狗歪头耸肩扮着怪相，伊狗见状更是乐不可支。他眉飞色舞动作迅捷，情绪饱满得像上足了发条的电动玩具，铆足劲"呼呼"地要往外释放。他除了连声用夹生的中文说不客气外，还用同样夹生的中文说了诸如"中国""北京"之类的词语，最后竟然还狡诈地冒出"他妈的"这样的一些中国国骂来，伊狗的怪腔怪调一下子逗得大家前仰后合。

伊狗看上去约莫二十岁的年龄，一问果不其然，他今年妙龄二十八。

伊狗长脸窄颊，一米七五的样子，身材瘦削，鼻梁高耸而笔挺，脸上总藏不住笑，蓝色的眼睛藏匿在深陷的眼窝里，狡黠而又不乏善意。他见我们的女伴中有人将皮包背在身后，急得蹿上前来，摇头摆手，一脸严肃连声说"No! No!"一边伸出手焦急地帮助中国女士将皮包从屁股后挪向胸前，一边冒出一串让人听不懂的德语。导游介中楷急忙走过来翻译，说伊狗的意思是这样的背包方式太危险，要是在意大利那不等于给小偷送大礼啊！还说德国这边治安要好些，但也大意不得，还是谨慎为好。大家听罢，都不由自主地喜欢起伊狗来。

我们一行二十人下榻在国际艺苑假日酒店，每天上午九点钟，伊狗会准时开车接我们到外面或参观或听课，傍晚返回酒店，日复一日，天天如是。他的车开得极熟练，随着他手臂或左或右的舞动，方向盘被他玩于股掌之中，庞大颀长的大轿车像一匹被他驯服的野马，在汉堡的大街小巷左突右闯快速前进，人和车都快乐得像哼唱不完的歌儿。

有一次在窄小的街道上掉头，伊狗连续地向左打轮，摇晃的轿车立即像喝醉了酒向左侧歪斜，令车上的人不约而同大声尖叫，待车稳稳地朝着街道的另一个方向前进时，车厢里忽然间掌声四起，大家大呼小叫纷纷夸伊狗车技真棒，车开得真溜。伊狗显然也明白车上这帮中国乘客的夸奖，回头冲身后挥着手，不无得意地眨巴眨巴眼睛，嘿嘿笑着，用中文连声说"谢谢！""不客气！"

没两天，伊狗便与大家混熟了，每天只要一上车，大伙儿都要用半生不熟的英语与伊狗打逗笑闹。伊狗也乐在其中，求之不得，他一边开车，一边满脸欢喜地一一应战。宽敞的车厢里总是洋溢着众人难以抑制的快乐。

伊狗与大家一熟，便越来越无拘无束，无话不说，甚至有时候简直是肆无忌惮、没大没小。

那天晚饭后，德国时间是晚上八点钟，我们坐车从中餐馆返回酒店。路上伊狗边开车边用德语叽里咕噜地怂恿车上的所有男人，说这时候你们最好往北京打电话，不要打给家人而要打给正与妻子睡觉的男邻居，责问他——喂，你在干什么呢，你小子怎么把本来应该由我干的好事给干了？大伙儿一听，一下子笑得捂嘴抱肚子，有女士乐不可支地边捂嘴边骂伊狗这小子一肚子坏水，真是坏透了。

还有一次，伊狗伸长脖子冲此行同来德国的一位副厅局级宣传部长，不怀好意地问："喂伙计，有个问题问你，你可别生气。"

开惯了玩笑的这位宣传部长笑脸相迎，胸脯一拍朗声回答："没问题，你说吧。"

伊狗一脸坏笑，他那双湛蓝的眼珠转了又转，眼睑眨了又眨，伸长脖子凑到宣传部长的耳根说：你这个官是花多少钱买来的呀？这次伊狗用的是英语。英语水平颇佳的宣传部长听罢，黑眼睛瞪住伊狗的蓝眼睛，且惊且怒，哭笑不得。眼看着伊狗嬉皮笑脸，便一巴掌打在伊狗的肩膀上，摇着头破口大骂：你他妈胡说什么呀你？我的职位与金钱毫不相干，我靠的全是真才实学，靠的全是干出来的业绩！

伊狗听罢，不恼不怒，依旧是嬉皮笑脸，连声说"Sorry! Sorry!"，然后扮着怪相爬上驾驶室开他的车去了。

随着时间的推移，我们也慢慢了解到伊狗其实不是德国人，而是南斯拉夫人，十几年前他的父亲带着全家背井离乡来德国柏林谋生。

那天我们知道他的身世，竖起大拇指直夸斯拉夫民族的骁勇善战，然后谈起《瓦尔特保卫萨拉热窝》那部电影，也谈起南斯拉夫的缔造者铁托。伊狗听了一脸高兴，一脸自豪，可不一会儿又摆了摆手，扮着怪相地冲我们说"铁托Byebye，阿拉法特Byebye，朱镕基Byebye……"，意思是这些人都已经成为过去或已经退休了。他那滑稽的样子，立即又引来一阵哄笑。

伊狗掏出两本护照给大伙儿看，告诉我们，他自己现在有德国和前南斯拉夫的双重国籍，以前他持南斯拉夫护照，开车在南斯拉夫联邦共和国可以畅通无阻，可现在不行了，偌大一个国家分裂成几个小国。他摇头晃脑，一脸无奈，说现在在那边没走几步就得跨越边境接受另一个国家边防警察的检查。他还说，以前的南斯拉夫多么强大啊，几个国家联合起来，拧成一股绳，谁也不敢欺负，可后来一分裂，美国人就打上门来了。伊狗边说边摇头，一脸的懊丧，脸色也随之阴沉下来。

车厢里忽然间也陷入少有的寂静，一车人都沉默无语。

那天周末，伊狗开车带我们到柏林参观游览。

在原中西德分界线、犹太人被屠杀纪念墓地和柏林墙东德这边的叛逃死难者墓地，伊狗配合导游介中楷将相关的历史背景和历史细节给我们作更详细的讲解，破天荒没有了往日的笑声，取而代之的是一脸的忧郁与严肃。在每一处见证历史的遗迹，他时常是一人孤零零站在一旁，面对墓地，长时间地沉默无语。

那天，柏林自始至终下着雪，天空仿佛一口倒扣着的巨大炒锅，沉重而阴暗，大伙儿的心情也随之变得阴沉而压抑。

回到汉堡的第二天傍晚，按照接待方的安排，伊狗有别的接待任务，他就要同我们告别。

晚餐时，大伙儿依依不舍，纷纷端起酒杯同伊狗碰杯道别，用夹生的英语说些夸伊狗或祝福伊狗之类的用语，也不知伊狗听没听懂，反正他一脸的兴奋。同大伙儿干杯的同时，显然也早有准备，一一给我们每一个人发名片，一一同我们每一个人握手。大伙儿也纷纷将自己的名片或联系电话递给伊狗，希望他有机会到北京去、到中国去。

我仔细观察大家，发现每一个人此时一脸的真诚，一脸的依依不舍，我们的女士中有的人眼里还闪着泪花。伊狗显然也被眼前这帮中国朋友的情绪感染了，他满脸笑容，满脸兴奋，那双深邃湛蓝的眼睛隐约有几分湿润。

告别伊狗之后，我仔细端详伊狗的名片，发现伊狗的名片制作得很精致,名片上除了有电话和 E-mail 地址,整张名片竟然是伊狗的彩色照片:此刻的伊狗站在空无一人的机舱过道上,红色短袖衬衣被腰带束在灰蓝色的裤子里,显得精神抖擞。他灿烂的笑容,被定格在宽敞而安静的机舱中,也定格在我们的内心深处。

无奈人生

血　案

"我真的不想杀他,我以前真的从未想到要杀他。真的警察同志,我向你们发誓……"

当一双冰凉、沉重的手铐咔嚓一声扣住梅那双纤纤玉手时,梅霎时才意识到自己的人生路真的已走到了尽头。前面等待着她的,或许将是恐怖的子弹和恐怖的坟墓。她声嘶力竭地喊着,歇斯底里地挣扎着。然而,她感觉到自己此刻是那么软弱,那么苍白,那么渺小。她的双臂乃至全身被一种难以抗拒的力量钳制着往前拖。此刻她极度绝望……

梅以前真的从未想到要杀他。他叫虎,梅的前夫。

回想起来,梅之所以走到了今天这个地步,归根到底还得怨她自己。

还是在少女的时候,梅脑子里就充满了各种五颜六色的幻想。梅长得婀娜多姿、亭亭玉立,白皙的苹果脸上一双扑闪扑闪的大眼睛羞涩而又温柔,这使得见到她的人都容易想起"怜香惜玉"这个成语来。大概正因为她的这种气质,梅一踏上少女时代,周围便时常有前呼后拥的男孩。字写错了,会有人给她主动送来橡皮擦;铅笔写钝了,会有人主动递上来铅笔刀；甚至放学时还有人要帮她背书包、替她上公共汽车抢占座位；有不少大男孩更是大着胆给她写信或递字条。梅偏偏是最知道自己魅力，又最会利用男孩献殷勤的那种女孩。当这一切关心与呵护向她涌来的时候，她并不拒绝，她喜欢周围男孩那种爱慕的目光，更喜欢男孩为她营造的那种暧昧、那种温馨。可内心深处，梅真正喜欢的却不是她周围那些只知道献殷勤的堂吉诃德式的男孩，她觉得那些男孩酸溜溜的令她作呕。

也许是命运冥冥之中的注定，中学的时候，梅跟全国人民一样看了一个日本影片，那个日本影片叫什么来着梅很快忘了，可她却牢牢记住了影片中那个叫高仓健的男主角。梅还看了另一个叫《佐罗》的外国影片，佐罗的勇猛也深深征服了梅那情窦初开的少女之心。于是，梅开始在自己心中构想理想的男子汉。梅喜欢高仓健的那种冷峻、魁梧，又喜欢佐罗的侠骨威风。

于是梅选择了虎。

梅认识虎，其实仅仅是一次偶然。那时候，梅高考落榜后在一家工厂当了工人。由于梅长得太引人注目了，上班路上便时不时要遭遇一些小痞子的无理纠缠。那天傍晚，梅下了班正骑着车往回走，路过日坛公园路口，有两个小痞子忽然间拦住了她的去路，不但污言秽语，还上来动手动脚。梅惊叫起来，边叫边哭。哭叫声很快引来一位威武男子，那男子冲过来，不由分说左右开弓对那两个小痞子就是一阵拳打脚踢，眨眼间就把那两个小痞子打趴在地。这威武男人边打边说："你们这俩丫挺的瞎了狗眼了，也不撒泡尿照照自己那张臭脸，竟敢欺负老子的妹子！"说完，还伸臂搂住了梅的肩膀，母鸡护小鸡似的那种架势。那两个小痞子见状，不敢再有造次，吓得屁滚尿流连滚带爬……

当梅像做噩梦一样清醒过来，方才发现救她的这位男人多么像自己梦寐以求的那位男子汉。这位男人的形象既有高仓健式的冷峻魁梧，又具有佐罗的侠骨威风。梅的内心霎时充盈着激动与温馨：莫非上帝将理想中的那个他给我送来了？！这么想着，梅那张秀气白皙的脸霎时便红得像天边那美丽的彩霞。

"妹子，你受惊了吧？"男人松开孔武有力的手，用一种异样的眼神注视她。那种眼神，让梅感觉到一种难以抗拒的魅力。

"多亏了你……"梅羞涩一笑，以同一种目光相迎，眼里充满了感激。

"没什么，往后谁敢欺负你，老子就跟他不客气！"男人使劲儿挥了挥拳。

"那……我上哪儿找你呀，咱俩可从来都不认识！"梅一咬唇，低头摆弄着搭落在胸前的长发。

"哈哈哈……咱俩这不就认识了吗？走，找个地方喝一盅，也好给你压压惊！"说完，他帮梅扶起自行车，不由分说，一个人抬腿便走。这一点，多少让梅觉着有些奇怪。但梅无法抵抗对方的吸引力，她心旌摇曳地在后面跟着。这一跟，梅很快为他献出贞操进而成为他的妻子。领结婚证那天，梅沉浸在一种前所未有的甜蜜之中。尽管虎仅仅是某机械厂里的一个普通钳工，可她并未计较。梅感觉这辈子自己总算靠上了一棵大树，找到了一把保护伞，如愿以偿地找到了一个男人味十足的男人。

然而，结婚没多久，虎这位"男人味十足"的男人很快让梅尝到了苦头。比方，每天下班，虎对一切家务从来不闻不问。他一踏进家门，总是一屁股坐到沙发上抽他的烟看他的电视，直到梅将热腾腾的饭菜为他端上桌来。饭毕，他的屁股又回到沙发上，甚至连睡觉前的洗脚水也要梅给他端给他倒。比方，性生活时，只要虎来了兴致，不论是什么时候，不论梅是否劳累或者身体不适甚至正来例假，梅都必须绝对地服从。虎做爱时从不温存，从不浪漫抒情。他似乎天生就是个十足的性虐待狂，每次干那种事，他都是急风暴雨，动作粗野百般蹂躏，梅所面对的似乎压根就不是自己的丈夫，而是一个劣迹累累十恶不赦的强奸犯。开始的时候，梅还觉得很过瘾很刺激，可日子一长，梅便打心底里厌恶乃至恐惧，因为每一次她都被折腾得气喘吁吁精疲力竭浑身酸痛。梅曾多次求虎别那么粗鲁，可每次虎一听都是哈哈大笑，笑毕便说："我就这样，干这个事不粗鲁点那多没劲！谁让你当我媳妇啊，当我媳妇就得忍着点儿。"虎不听，梅就试图反抗，可每次都无济于事。梅只得忍气吞声。每逢虎兽性发作，梅便权当是躺在手术台上做了一回手术，闭着眼咬着牙默默地忍受着虎近乎丧心病狂的折腾……

不过，最让梅觉得痛苦的还是虎的不良习气和火暴脾性。虎不但抽烟，而且酗酒。家里的经济本来就不富裕，可虎三天两头便要招一些狐朋狗友到家里来打牌、喝酒，直喝得酩酊大醉，直醉得第二天常常很晚起床而且影响上班。而每逢喝酒，梅便要像一个保姆一样从头到尾侍候虎和他的那些狐朋狗友，她苦恼至极。梅曾几次苦苦求虎，求他少喝点酒，即使喝酒也不要请那么些人到家里来。没想到，梅每次一开口便要挨骂甚至挨揍，"你他妈少管闲事"是虎常挂在嘴边的话。假若梅再开口争辩，虎便凶神恶煞般跳将起来，老鹰叼小鸡般揪住梅的胸脯和衣领嚎："臭婊子你找死啊？看老子不掐死你！"直弄得梅心惊胆战悲恸欲绝恨之入骨。梅开始意识到自己简直是落入虎穴，自己的婚姻选择是多么草率，多么荒唐！她无法忍受这样的婚姻。有一天，她终于提出离婚，不想一开口，她便被虎左右开弓狂扇耳光，打得她鼻青脸肿，打得她死去活来，末了她还被剥光衣服抱到床上强行奸污……梅终于忍无可忍向法院递交了一份离婚报告，并状告结婚以来虎对她的虐待与侵害。法院在调解无效之后，经过一番详细的调查与取证，终于判决梅与虎婚姻的终结，十岁的女儿归梅抚养。那天，梅接到判决书时如释重负，她感到自己总算逃脱了虎口。

不料，事情却远没有梅想象的那么简单。

离婚不久，梅与虎都各自有了新欢。梅的新任丈夫是位中学教师，虎的新任妻子仍是一位工人。但由于梅与虎那位亲生女儿的缘故，虎以此为由三天两头前来骚扰梅。

离婚之后又结婚的梅依旧住着原来的房子，那是一个大杂院里一间仅十来平方米的平房，这房子是梅的父母的。梅与虎结婚后一直住着这房子。

虎前来看望女儿本来也是合理的，梅并没有阻止他。可虎的真正目的并不在于要看望女儿。比方，他每次来的时候，从不与梅事先约定，想什么时候来就什么时候来，甚至晚上过了十点他还可能前来敲门，半点不理会梅那位新婚丈夫的存在。不仅如此，每次来时，他都故意吆五喝六地要先与街坊的人打招呼（这一点与他先前住在这里时大相径庭，以前他是从不会主动与人家打招呼的），四下里兴风作浪大声嚷嚷，唯恐谁不知道。进了门，虎又要大声吆喝女儿，也不管女儿此时是否正在做作业还是早已呼呼入睡，反正他都要将女儿招呼起来，然后没话找话、漫无边际地闲聊瞎扯，还时不时冒出"爸不在你身边你可不能太老实""谁要欺负你跟爸言一声爸废了他（她）"之类的话，弄得梅左右为难狼狈不堪，而梅的新任丈夫儒也烦恼异常心生厌恶。梅曾私下里苦苦求虎："你来看女儿我不反对，可你不能都一点不顾及儒啊？"不想虎眼珠一瞪，号道："老子就这样，我来看我女儿谁他妈敢管老子？！"吓得梅不再作声。梅又轻声细语说："要不女儿给你吧，你把她带走。"虎说："可以，你把她养大，她读完书参加工作了，她就归我！"面对这样一个无赖，梅无话可说。

于是，虎依然故我。他依然是由着自己的兴致，三天两头来看女儿，他从不给女儿带礼物也从不给女儿钱，甚至从不过问女儿的学习，也从不带女儿到外面去玩。可每次来，他依然是无话找话，依然是漫无边际地闲聊瞎扯，依然是旁敲侧击指桑骂槐，弄得女儿都烦他了。那天，女儿说："爸，你要是真为我好，就别来看我了，我要做功课，我没时间听你漫无边际地闲聊！"说完，收起桌上的作业本一扭身走出家门。虎破天荒头一遭吃了女儿的闭门羹，他"嚛"一声立时瞪圆眼珠，将无名的怒火烧向埋头干着家务的梅：

"臭婊子，是你搞的鬼吧？"

梅说:"我怎么了?"

虎说:"哼,臭婊子你还装什么蒜,你不搞鬼我女儿怎么不理我了?"

这时,正在一旁改作业的儒忍不住开口了:"我说虎啊虎,你女儿说得一点不错。你这么三天两头地来找她,她还怎么做功课呀?"

虎立时像被蛇咬了似的:"嘀——你别狗咬耗子多管闲事,老子来看我女儿关你屁事呀?"

儒的脸霎时便红了,他站了起来:"你……你这个人究竟讲不讲理呀?你要看你女儿也可以,可你也不能老到我家来呀!"

"你他妈算什么东西呀?老子凭什么不能来?老子不仅要来,还要揍你丫的王八蛋!"虎吼着蹿了过去,一拳将毫无准备的儒击倒在地。梅惊叫着上前阻拦,不料也挨了一拳,梅猝不及防也摔倒在地。儒与梅双双爬起来试图反抗,可他俩哪里是虎的对手,手都没挨着对方,又双双被虎踢翻在地。

这时,闻讯而来的邻居纷纷前来拉架,才避免了一场更大冲突的发生。即便如此,梅和儒都被打得鼻青脸肿,软组织多处挫伤,儒还被打掉了一颗门牙。不过,虎后来被派出所拘留了十五天,罚款一千五百元。

梅以为虎被派出所拘留之后多少会收敛一些。没承想十五天之后,虎又出现在梅的家里,他依旧是三天两头要来"看女儿"。弄得梅一家三口坐卧不安,终日惶惶然。梅和儒几次报警找派出所,要他们再次出面干预。派出所的片警倒是口头警告过虎,可虎置若罔闻。面对这种情况,派出所也没有办法,他们回话说:"只要对方没动手打砸抢,我们就没理由抓他。"

可儒忍无可忍了。儒说:"再这么下去,这日子还怎么过呀?"说这话的时候,儒像一只无头苍蝇一样在狭窄的屋里不停转圈,末了他还是停下来,对梅说:"你要是不想办法让他将你女儿带走,这日子我是不想过了!"

梅的心一沉，压抑到了极点。她知道，儒是被虎逼急了，儒的忍耐程度已经到了极限。梅是深深爱着儒的，儒不仅有文化，而且脾气好，有修养。儒是四十岁仍没有结过婚的男人，梅当初经人介绍与儒结识时，儒半点也没有嫌弃梅带着女儿，这一点令梅感动不已。结了婚之后儒对女儿也是一直不错的。梅也理解儒此刻的心情，儒凭什么要跟着她终日坐卧不安担惊受怕呢？

梅拥着儒，呆呆地注视他，半晌才说："那……你让我怎么办呢？"

儒说："你去找一下法院，看能否将女儿改判给他。"

梅说："我早就咨询过了。人家说，改判的理由不成立，除非我残废了，没有能力抚养。再说了，要真将女儿改判给他，我也放心不下。"

儒一咬唇，说："那……我只好搬回学校去了。"

"干吗？"

"这还用问吗？我可以跟你一块生活，也可以抚养你的女儿。可我不能整日跟着你担惊受怕！"说着，儒便动手要整理行李。

梅一见此情景，眼泪便"吧嗒吧嗒"往下掉。忽然，她上前拦住儒："你先别焦急，你……容我再想想办法，好吗？"梅用一双泪眼乞求着儒。

儒说："你有什么办法？"

"你容我想想！"梅说。梅的眼神忽然闪耀着少有的固执与刚强。

儒终于停止收拾行李。

梅于是就干了一件惊天动地的事。两天之后，她把虎杀了。梅是在虎再次来到她家时，趁虎和女儿说话，趁其不备，用一把早已准备好的菜刀朝他的脑袋狠狠地砍下去的。据说，虎的脑袋霎时开裂，血与脑浆井喷一样，溅得满屋通红……

然后，梅就满脸激动地一个人主动走进了派出所的大门，对用手铐扣住她的警察说了本文开头说的那句话。

告　状

　　李老太的家失窃了。

　　李老太住着这座城市市中心一个普通大杂院里的一间平房。她早年丧夫，两个孩子成家后都各自住到单位分的楼房里去了。李老太独自一人住着自家这间年代久远的平房。李老太也在儿子和女儿那儿住过，可她住不惯楼房，每家待个两三天就待不住了。回到大杂院之后，李老太几乎逢人便说："嘿，还是咱们这儿好！住楼房里呀，进出门都要随时将防盗门锁得紧紧的，跟坐大牢似的。左邻右舍见了面连招呼都不打，我这心里呀，都快给憋死喽！"

　　这座城市的大杂院的确是一个无遮无掩的世界，左邻右舍都充满了人情味儿。谁见了谁都会主动打招呼，谁家有了红白事或者有个三长两短的，院子里的人都会当自己的事儿一般道上一声祝贺或帮上一把。所以，家与家之间隔墙却不隔心，谁也都不防着谁。只要不出远门，平日里谁家也都是门不上锁。

　　李老太不出远门时，家里平时也都是不上锁的。那天上午，李老太听着胡同里的吆喝声，便拎着一个酱油瓶到胡同里去打酱油，当然还跟街坊王大妈和刘大爷聊了几句，但前前后后也就一刻钟时间吧。可回来之后，李老太就发现家里有些异样：首先，门本来是虚掩着的，可现在却半开着；再走进家，床头柜的抽屉本来是关上的，可现在也是半开着的；再一看，里面的东西还有些乱。那一刻，李老太的心顿时便沉下来，她赶紧翻了翻，发现放在抽屉里的一千元国库券不见了。好在另一个抽屉是上了锁的，里面的存折和三百元现金没丢。尽管如此，李老太还是惊叫着跑到屋外："嘿——不得了了不得了了，咱们这院子进贼了！我家丢了东西，谁偷了我家的东西？谁偷走了我家里的一千元国库券哪？"惊呼声一下招来了左邻右舍，都是些赋闲在家的老头子老太太，只要是在家里的，听到喊声的，都紧赶慢赶、风风火火围过来了。见了李老太，十几个人都瞪大眼睛异口同声："怎么了李大妈，出啥事了？"

李老太击掌顿足，愁歪了脸："唉！不得了了，咱们这院子进贼了！我刚去胡同口打酱油，转眼工夫，回来就发现有人进我家翻过抽屉，我一看呀——糟了，丢了一千元国库券！"

一句话，如水落油锅。在场的十几个老头老太顿时大眼瞪小眼，叽叽喳喳纷纷议论开了：

"是吗，怎么会有这等事？"

"咱们这院子可从来没出过这事呀！"

"十足是有小偷进过咱们这院子！"

"不好，咱们都赶紧回家查查！"

……

说着，十几个人便都风风火火赶回家检查自己的屋子，但最终都没发现自己家丢了什么东西。尽管如此，他们还是如临大敌般给自己的房门加了把锁，然后又聚集到李老太的家门口，猜测、议论着李老太怎么会丢了一千元国库券，这一千元国库券会是谁偷的，如果不是大杂院里的人，刚才有谁来过这大杂院。猜测来猜测去，议论来议论去，大伙儿都没能说出大杂院里会有谁进李老太的家偷那一千元的国库券。但李老太打酱油那阵儿，却是有一个人来过这大杂院的，这个人就是居委会那个姓朱的老太太，人家背后都管她叫"猪老太"。"猪老太"可能在居委会里负责管卫生，她三天两头要到大杂院里来，督促各家各户把家门前打扫干净，把堆放的杂物收到屋子里去，说是上面要来检查卫生什么的。可每次让大伙儿兴师动众折腾一番之后，却鲜见有来检查卫生的。再说了，大杂院里的十几户人家，哪家的房子都不宽敞，举家过日子的，谁没有个坛坛罐罐和放菜的破纸箱什么的，谁能把这些东西都搬回屋里？更让大伙儿不服气的是，居委会整天管这管那，可他们却也不干不净。比方，他们每月收了各家各户的卫生费治安费什么的，可胡同里的卫生却时常是不见有什么人前来打扫。那些外地来的小商小贩三天两头进院子里来推销东西收购废品什么的，却不见有居委会的人前来制止。上个月李老太的女婿大刘外出办事，路过这里时顺便看望了一下岳母，大刘把自行车锁在大杂院门口，可出来时那自行车就不见了。找居委会说这事居委会却说该找派出所，可找了派出所，派出所只是把丢失的车型和颜色登记了一下，说是"等着吧"便没了下文，大刘那辆自行车至今连影儿都没找到，气得李老太至今拒绝交治安费。而一提起居委会，大伙儿的心里也都有气，于是便都认定李老太那一千元国库券大概是居委会那位"猪老太"偷的。可认定归认定，总不能空口无凭就去找"猪老太"算账吧？大伙儿七嘴八舌，议论的结果是让李老太先去派出所报案。

李老太本来气愤不过，真恨不得立即找那个可恨的朱老太大吵一场。可她琢磨来琢磨去，觉得大伙儿的话在理儿，于是便去派出所报案。

没多久，派出所果真来了两位警察，其中一位是大伙儿熟悉的片警小王。他们俩在李老太的屋里屋外细心查看了一下现场，还取了指纹，然后就走了。李老太赶紧问："怎么样，是那可恨的'猪老太'吧？"片警小王回答说："你着啥急呀，等着吧！"说完，他们便走了。

第二天，李老太一大早便去派出所找小王："怎么样，案子查出来没有？"

小王说："没呢，等着吧。"说完，转身走了。

第三天，李老太一大早又去派出所找小王："怎么样，案子到底查没查出来呀？"

小王这回颇有些不耐烦："哎呀我不是说过了你不要急嘛，你这点屁大的事算得了什么呀？你要是急呀，你自己查去！"

李老太生气了："你——你怎么这么说话呀？！"

小王手一挥："行了你别烦人了，回家等着吧，我们大案都忙不过来呢！"说完，便转身出门去了。

李老太内心憋着一口闷气，她当即去找派出所所长。所长说："小王说的是实话，我们真的都太忙了。你回家等着吧，有消息我们会主动告诉你。"所长说完，也忙别的事去了。

没办法，李老太只得回家等着。一天、两天、三天……一晃便到了第六天，可派出所那边还没有消息，李老太急了。她想，这派出所也太不把我这老太婆的事当回事了，不行，你们不当回事，我也不找你们了，我得找你们的上级，找区公安局告状去！

于是，李老太找到了区公安局。区公安局接待的人说："你这事太小了，直接等你们那片区派出所的消息吧。再说，你这事才几天呀，别急，回家等吧。"

可李老太哪里等得及？这事没个结果，她整天便只能一个人待在家里生闷气。她想，与其待在家里生闷气，还不如主动找他们上级单位哩！于是，她又找到了市公安局。市公安局接待的人倒还热情，那人听完李老太的讲述，说："这样吧，我们帮你打个电话催催。不过，你也别急，在家等着吧，眼下派出所的同志的确很忙，再说你这事的确也不算大，真的别急！"

于是，李老太只得回家等着。这一等，过去了一个月，却仍然没有下文。一气之下，李老太便四处告状。她先后找了区、市一级的信访单位，甚至找到了市里的几家报社、电台和电视台，要求人家发个消息帮她呼呼呼呼，可就是没有结果。气得李老太饭吃不香，觉睡不好，本来还有些发胖的身体，眼见着一日比一日消瘦了。

忽一日，李老太在胡同口碰见了居委会"猪老太"，李老太一时气不打一处来。李老太气势汹汹地拦住对方的去路，她歪着脑袋，一手叉腰，另一只手母鸡啄食般指着"猪老太"的额头，问："你——是不是擅自进我家，拿走了我的一千元国库券？"

不想"猪老太"镇定自若，她双手叉腰，歪着脑袋，眯着眼睛，反问道："是又怎么样？"

"我先问你，是不是你？"李老太嚷。

"是。谁让你不交治安费啊！"

李老太一听，惊得混浊的眼珠子差点儿没滚下来。"好哇——原来真的是你呀！"她气得暴跳如雷。

"猪老太"却冷笑道："哼，你不是到处去告状吗？有本事再告去呀！实话告诉你吧，你要是不到处去告呀，派出所的小王早让我把你那一千元国库券退还给你了。可现在呀，你想要都要不回去喽，有本事你再告去呀！哈哈……"说完，"猪老太"便走了。

李老太却一时愣在那里，好半天说不出话来。

当天夜里，李老太病倒了。这一病，她便卧床不起。直到去世前，她仍指着自己的胸口，上气不接下气地对儿子和女儿说："我……我这心里，难……难受哇……"说完这话，李老太便咽气了。

丢　人

林的妻被别的男人拐跑了，那男人不是别人，偏偏是邻居那个叫雄的男人。

"那男人是个无赖、色狼、恶棍、禽兽！他借着在巴塞罗那待过三年，有了些臭钱，回来后便乱搞女人，已结了三次婚又离了三次婚……"提起雄，林的牙咬得咯吱咯吱响，那样子像是恨不得将雄撕碎、嚼烂然后咽进肚里才解恨。他逢人便说，他要见到雄，非将他撕烂不可。

妻被人拐，无异于当众受辱，林愤怒之余，又伤心至极。尤其是夜深人静、儿子入睡之时，他时常捧着他与妮的那张结婚照，独自落泪。

林是北京城里的一个处长，从一个农村娃到京城里的一个处长，容易吗？与妮相爱那阵，林常常以自己的奋斗史来教育妮。林希望妮好好爱他，爱他辛辛苦苦建立起来的这个家。妮也曾经很爱林的。妮出身于京城里一个普通得不能再普通的工人家庭，可妮长得漂亮。想当初，妮经人介绍与林认识时，就一遍又一遍地听林讲他那奋斗史，大而有神的眼睛里还常常流露出钦羡，进而是爱慕。于是，妮与林结婚了。一年之后，他们有了一个儿子，眼下他们的儿子已整整十岁。

林万万没想到的是，儿子长到十岁时，妮却让雄那杂种给拐跑了。妮竟然是那样狠心，扔下他和自己的亲生儿子不说，还将家里仅有的八千元存款、贵重一点的衣服和首饰全卷跑了。

回想起来，妮的变化大约是一年以前。

一年以前，隔壁的旧邻居搬走了，来了个新邻居。新邻居就是那个叫雄的男人，雄还带来了一个女人，那女人不老也不算年轻，平日里总打扮得花枝招展、妖妖艳艳。林真的没有料到，日后新邻居这一男一女会给他的生活带来祸水。

起初，是林的妻妮常将新邻居的这一男一女作为她茶余饭后的话题带到家来。比方，那女的今天又换了一套时装，那男的天天西装革履上下班老"打的"什么的。又比方，那男的又出差香港了，而那女的几十元一斤的杧果和美国"提子"（实际上是一种葡萄）买起来怎么一点不心疼钱包。妮对这一切津津乐道时，林对此并没有太多的理会，他只是不经意地听着，至多是以"嗯"或"噢"去呼应，表示听到了或知道了；内心实际上却琢磨着机关里的人际关系，惦记着局长最近对他的态度怎么有些不冷不热，自己这两年究竟还能不能提升之类。

后来，林又注意到妻子妮的变化。林先是发现妮不知什么时候也弄来个小化妆盒，每天上班之前或下班之后总要凑到镜子跟前，往脸面上抹些粉饼涂点儿唇膏什么的，眉也描得细长细长，眼眶也上了眼影。妮的这番打扮，虽使自己靓丽了许多，但林内心觉着她天天如此也怪麻烦的。不过，林只将这后一种感觉留在自己心里，妮起初化妆的时候，林还当着妮的面着实夸赞了一番。

没过多久，林又发现妮变了，变得敢花钱了。他们家并不富裕，林虽说是京城里的一个处长，听着还挺体面的，实际上却只不过是某大机关里的政策研究室主任。除了正常的工资收入，林没什么特权可使，也没什么油水可捞，那时候每月他所有的收入，扣完税和公积金等各种费用，满打满算也就是六七千块。妮的收入更糟，她是一家不景气的国营纺织厂里的一名普通纺织女工，每月所有的收入还不足四千块钱，而且有时候工资还发不出来。这三口之家，在京城里每月仅靠这么些钱来支撑，要想存钱还是很难的。但妮原先很俭朴，她既不讲究吃，也不讲究穿，除了必要的生活开支，每月只要她厂里能如数发出工资，妮总要抠出一二千元去存入银行。但林却发现妮近几个月来都不存钱了，不仅不存钱，妮还不经商量擅自取出家里的存款买了两套漂亮的高档衣服。为此，林颇不高兴，当场就责怪她："你买这么好的衣服我不反对，可也得跟我说一声呀！"妮穿着漂亮的衣服不经意地扫他一眼，一副爱理不理的表情。林对此如鲠在喉，耿耿于怀。但他没将这骨头吐出来，他想女人爱美，天经地义，妮想美就让她去美吧，何必扫她的兴呢？

可没想到，这天晚上妮却毫不客气地扫了林的兴。林兴致勃勃，欲行房事，妮却拒绝了，冷冷地说了声"没兴趣"，还丢给他一个脊背。林却说："可我有兴趣！"他不但有兴趣，而且兴致勃发，从内心上讲，是妮穿上那两套漂亮新衣激发了林的欲望，林觉得妮的确很漂亮，林这时候特别想占有妮。林于是不由分说扳过妮的肩，任凭妮怎么反抗怎么挣扎，他都不理会，只顾直奔主题。最后，他成功了，这绝对是他俩结婚十几年来，林第一次强行占有了妮。事后，妮恶狠狠地骂了林一句："流氓！"林却一点不介意，他嘿嘿笑着："没错，我当了回流氓。流氓怎么样，味道不错吧？"妮却没好气推开他，连珠炮般地骂了他好几句："流氓，流氓，流氓！"

林没想到的是，妮后来果真喜欢上流氓了。只可惜，妮喜欢的这个流氓不是他林，而是邻居那个叫雄的男人。

那是初夏的一天下午，林外出办事提前回家。临近自己住的那栋家属楼时，林意外地发现自己的妻子妮跟着雄从楼下的一辆轿车钻了出来，然后勾肩搭背地双双走进家属楼。开始，林将信将疑，疑心自己是否花了眼看错人了。待他定了定神，快速支起自己那辆自行车紧追上前时，林顿时傻了：千真万确，那女人真的是自己的妻子妮。只是妮此刻并没有注意到她身后的丈夫，她旁若无人地与雄一路说说笑笑，双双往楼上走。此种情景，反倒让林不知所措，喊都没敢喊她。当林后脚踩前脚地跟着妻踏进家门时，妮睁大眼睛，微微感到有些意外，但很快她便镇定下来，低头摆弄着脖颈上的一条金项链。

"妮——你上哪儿去了？"林绷着脸，蹦出一句。

妮睥睨地斜他一眼，若无其事地答："出去玩了，怎么了？"

林被戗了一口，竟一时找不到话。他涨红着脸，呆呆地望着妮雪白的脖颈上那条陌生而金光刺目的项链，半晌才责问道："你怎么有这东西？哪儿来的？"

不想妮却说："怎么，你买不起，还不兴我戴啊？"

林被连戗两口，脸涨得猪血一般红。"你——你这是什么态度？你怎么变成这个样啊？"他号了起来。

妮冷冷笑："哼，算你说对了！我是在变，我凭什么不变？人就这么一辈子，我凭什么就得跟着你成年累月喝同一碗粥嚼同一根咸菜？没劲透了！"妮这种理论，最先是雄灌输给她的。妮有些惊异于自己这种现学现卖的才能。妮没有想到，这番买来的理论，一时竟把自己这位处长丈夫给噎住了，噎得他目瞪口呆，噎得他脸面发紫。

"你……你这人怎么这样啊，你想怎么样？"林哭丧着脸，又气又急。

看他这个样，妮更是一脸的鄙夷："哼，我还能怎样、你说我还能怎样？我都快四十的人了我还能怎样啊？呜呜……"妮一激动，捂着脸跑进卧室，卧室的房门"咣"的一声被重重撞上了。林被挡在了外面。

这是他们结婚以来第一次吵架。说是吵架，林都觉着委屈，因为他一直忍着性子，任凭热血与恼怒窝在心头，这使得他的脸和脖子青筋暴涨四处充血，那样子如一座行将爆发的火山。只不过，林竭力控制住了这座火山。从内心上讲，他是爱自己这位漂亮妻子的，他不想将事情闹大。

林万万没料到的是，妮丝毫不去理会他的这种忍让。妮似乎决意要在自己人生这四十岁的当口换一种活法，主意一定，便掉转方向信马由缰地朝另一条路狂奔，这给林的人生却带来了致命一击。

自打那天发现妮与雄的关系之后，林一直耿耿于怀并暗暗地关注着妻子妮的一举一动，林做梦都不会想到妮会着了魔似的，一下子走得那么快走得那么远。

那天是星期一。按惯例，星期一是林机关里的例会，而且会一开就是一天。一早出门，林推起自行车时，忽然间就有一种不祥的预感。好多天以来，林一直放心不下妮。由于工厂不景气，妮有一半的时间可以不上班而只待在家里，这无异于给林添了一块心病。林深知人在没事干的时候是最容易异想天开地闹出事情，何况妮与雄眼下关系暧昧，何况雄就住在自己家的隔壁，何况妮今天又不上班？一路上，林一直被这些忽然冒出来的念头和猜疑死死纠缠着，缠得他心跳加快呼吸急促几乎快要喘不过气来。忽然间，他就生出一个主意，决定要回家去，杀他个回马枪。当他心急如焚像参加自行车比赛那样拼命蹬着自己那辆自行车赶回家，蹑手蹑脚地开门而进时，他的脑门"嗡"的一声，像被谁狠狠地敲了一闷棍：妮和雄此时赤身裸体、慌慌张张从席梦思上爬了起来。林一下血涌脑门，怒不可遏。他顺手操起身边的一只椅子，狠狠地朝雄砸去，不想雄一躲，林砸空了，林的腹部反而狠狠地挨了对方一脚。林惨叫一声，捂着肚子一下瘫倒在地，待他清醒过来时，妮与雄已跑得无影无踪，而且一去不返……

事情发生之后，林整整有一周不上班，他准备了一根碗口粗的棍子，守株待兔一样一直守在家里，时刻聆听着隔壁雄那个铁门的动静。然而，整整一周，雄的家门死如古冢，一点响声都没有。林等不及了，他先是找到了妻子妮所在的那家纺织厂，问妮是否还来上班？车间主任说："影儿都没有！"车间主任还说："妮不来好，不来算是有本事，上个月厂里工资都发不出来，眼看着工厂就该倒闭了，还上个屁班呀！"一席话，说得林像头上被浇了一盆冷水。可林不甘心，他又四处打听，几经周折总算找到了雄工作的那家外贸公司，问其下落。人事部那位接待的小姐说："他半个月前就已辞职，早不在我们这儿上班了！"林问她是否知道雄的下落，小姐说："谁知道啊，他是有名的游击队员，鬼知道他又游击到哪儿去了！"林问这"游击队员"该怎么理解，那小姐惊异得瞪大眼睛："这你都不知道呀？他不停地跳槽，不停地离婚结婚，光离婚都离了三次，人家不就管他叫'游击队员'嘛！"林忽然问："那……他现在的妻子在哪儿？他妻子怎么也不回家住呀？"小姐问："你说他的哪个妻子、哪个家？"林说："就是那个叫丽的，他俩住团结湖北一条，跟我是隔壁！"小姐一听，咯咯咯笑得花枝乱颤，笑毕，才说："丽怎么是他妻子了？他俩结婚证都没领。再说团结湖那处房子他也是临时租的，一个月前房主就已将那房要回了，那儿怎么可能是他的家呢！"

林颇有些像听天书一样听着那小姐的讲述，一时间瞠目结舌。

忽然间，林的日子便沉重起来。每天，他除了要准时上下班，忙机关里那些说大不大、说小不小却总没完没了的杂务，还要早出晚归接送儿子放学上学。更要命的是，他还要买菜、做饭、刷锅洗碗、打扫卫生，忙完了这一切，他还得辅导儿子做作业……日复一日，日日如是。林忽然间便想起自己农村老家的那头毛驴，林觉得自己简直就是家里的那头毛驴，日复一日地推碾子拉磨，终日劳累。林受不了这种琐碎的、毫无新鲜感的劳累。他也知道最好能请个小保姆，这样他自己就能从这繁重的家务中解脱。可一想到自己的收入，他便死了这条心。眼下在北京，一个保姆的工资至少也得三四千块，还不算吃、住，林每月不满七千元的工资，如何能支撑起一个三口之家？

林于是便恨起妮来。俗话说,一日夫妻百日恩。可林怎么也捉摸不透跟自己生活了十几年、儿子都已十岁的妮会忽然间变了,变得这么狠心,扔下丈夫和儿子不说,竟还将家里的那点儿存款都带走了。即使是离婚,她也有义务给孩子抚养费呀!说到抚养费,林便想到该去找法院,让法院出面强制妮每月给儿子付抚养费。于是,林真的找了法院,可法院民事庭接待的一位法官说:"你婚都没离,谈什么给抚养费。你离婚吧,离了婚再说!"一提离婚,林退缩了。林还从没想到要与妮离婚,说心里话,他是爱妮的,而且还爱得很深。自打决定与妮结婚,林从来就没想到要离开她,更没想到妮会离开他。时至今日,林仍认定妮是一时被雄的花言巧语蒙蔽了,说不准还是吃了雄从哪儿弄来的迷魂药,雄那杂种才是十足的罪魁祸首!这么一想,林更不愿离婚。林想,雄把妮给拐跑了,要是离了婚,不更便宜了雄,也便宜了妮?拖着吧,反正最终要是真与妮离婚了,也不能让他们舒舒服服。

林于是又找到了北京市妇联信访处。他想,妇联是维护妇女和儿童权益的,妇联理应出面干预,帮助他将妮找回来,或至少是让妮给孩子抚养费。可信访处接待的一位女同志说:"你这种情况,我们无能为力,你妻子影儿都找不到,单位都没有,我们无从下手。"

那一天,我去北京市妇联信访处采访,同行的还有我的一位法国朋友、国际妇女问题专家艾蒂丝。在正义路市妇联信访处那间昏暗而多少有些狭小的接待室里,我们正好见到前来上访的林。这时候,林正满脸沮丧。知道我的身份,林忽然"呼"地从座位上站起来:"你是记者?太好了太好了!你该采访采访我,帮我呼呼呼呼,也谴责一下当今社会婚姻中这种见异思迁的不道德行为!"我当然对他产生了兴趣。我说:"你坐下讲吧。"于是,他便坐下来,讲他的遭遇,讲他家庭最近发生的这场变故。他讲得捶胸顿足,悲愤交加。末了,他气恼难抑,连连摇头:"你看他们这俩人,女的快四十了,男的都已五十出头,可他俩竟然还干出这等见不得人的丑事,真是丢人啊!"

艾蒂丝粗懂中文，她皱着眉，一直听着眼前这位相貌堂堂的中国男人的诉说，一会儿点头，一会儿摇头，但都没有表示听不懂。可当我俩离开信访处时，刚走出门口，艾蒂丝就迫不及待缠着我问："Mr. Yang，我搞不懂，什么叫'丢人'？刚才那位林先生老摇头说'真是丢人啊'，我搞不懂这是什么意思。"

我苦笑着，耐心解释道："丢人，就是丧失脸面，丧失尊严，可耻的意思。"

"你是说林先生骂他的夫人和那位'第三者'的男人可耻？"

我说："是。"

不料艾蒂丝抢前一步拦住我的去路，皱着眉争辩："不对不对，林先生骂得不对。是林先生他自己'丢人'，而不是他夫人和抢走他夫人的那个男人'丢人'！"

我蹙了蹙眉，问："为什么？"

艾蒂丝一摊手耸了耸肩："这很明白，林先生没本事。他是男子汉，可他挣的钱那么少，连夫人和孩子都养不起，夫人都跟了别的男人，他这不是'丢人'是什么？！"

我猛一惊，睁大眼睛看着她那一本正经的样子，一时竟无话可说。但一想到林眼下的处境，我只觉得内心像忽然间打翻了五味瓶，酸甜苦辣咸一时说不出到底是哪种滋味……

背　景

　　这里讲述的是二十世纪新中国诞生至改革开放初期发生在华北某地农村的一段历史。这段历史虽已然远逝，却也被时间定格，成为永恒。

——题记

　　夕阳把梁民乡的影子斜斜地投射在黄河滩上。
　　暮色骤降。浑浊的黄河翻腾着，缓缓地向东伸延……
　　梁民乡凭借一山之蔽，自成一隅。山驼着背、伸着臂，像一蓦天然的风水，更像一只巨大的螃蟹一样欲挽黄河。山背后则一马平川，朝南伸延不见山丘也不见炊烟。梁民乡的乡民们便祖祖辈辈、世世代代栖息在这山臂围成的山坳里，面向黄河，倚着黄河生活着。梁民乡的北面，与热闹繁华的省城隔河相望。
　　梁民乡出良民，这在方圆数十里以外的邻近乡，乃至河对面的城里人几乎无人不知。据老辈人讲，日本打中国那阵子，鬼子穷凶极恶，所到之处，烧杀成性。洗劫之后，老百姓能幸存下来的寥寥无几。梁民乡附近的村落几乎无不遭到洗劫。那次，远处的硝烟及人畜的惨叫声隐隐约约、由远及近渐渐传来，梁民乡的乡民自感劫数难逃。面对黄河，他们无路可退。恐慌之中，有人提议不跑也不反抗，家家户户最大限度准备供品犒劳皇军，说是要豁出来试试看日本人到底有人性没人性。因为无路可走，人们便都无可奈何地响应了，觉着这么做没准还能保条性命，否则断子绝孙必定无疑。人们散去后，纷纷回家杀鸡煮蛋烧饭炒菜。屋前屋后，左邻右舍丁零当啷，炊烟四起，过节一般响成一片。不一会儿工夫，家家户户的门前便拜天神一般支起桌椅，桌上摆满了各色各样的饭菜供品，巷子寨前四下飘香，乡民们继续毕恭毕敬地坐在自家的门前等候上苍的判决。那会儿，事情的发展可真叫人难以置信！大约黄昏时分，太阳躲到山背后去了，一队子日本兵一路吼叫冲进乡来，乡里的情形竟让他们瞠目结舌。他们停止了开枪，也停止了吼叫。先是小心翼翼地进屋翻箱倒柜一番，接着分别抓了些供品让军犬先尝，一刻钟后军犬平安无事。于是他们便旁若无人地大嚼大吃起来。大概是他们累了饿了，人也杀腻味了，抑或是梁民乡奇特的乡民唤醒了他们的人性。这百十号鬼子兵果真没人开枪，也没人放火。他们吃饱了，抹了抹嘴，一个挂着军刀、满脸络腮胡子的鬼子龇牙咧嘴："你们的……良心的……大大的……好！"说着发狂地笑将起来，声音瘆人。末了，他们集结起来，在乡里抓走了几个俊俏一点的女人，然后弄来十几条船，开向黄河北岸，攻打省城去了（后来才听说，日本兵是从四面包抄省城的，他们没费多少力气便进驻了省城）。日本兵刚离开南岸不久，梁民乡的乡民们有人便开始咒骂起鬼子，尤其是那几家被抓走女人的人家，男男女女老老小小一个个咬牙切齿呼天抢地，恨得七孔冒烟。然而，尽管如此，梁民乡的乡民应该算是不幸之中的大幸了！他们除了被抓走几个女人、破费了一顿佳肴，别的均幸存下来。邻近乡的人们得知此事，对梁民乡羡慕不已。据说后来有的人便称梁民乡为"良民乡"，此称谓显然受那个挂长军刀的日本兵的话启发。

梁民乡素无乡长，而以梁家家族长者为首。谁家老汉年长，辈序最大，这老汉便顺理成章、自然而然成为乡长。不过，人们不称其为"乡长",而称其"梁老爷"。梁老爷有时是一个人,有时则两个三个甚至更多,这该由某一时期年龄辈序最长人数而定。

公元一千九百五十年之后,正值共产党打败国民党,致力建立新中国之时。这一时期的梁民乡的"梁老爷"就有两个。这两个"梁老爷"均瘦,均七十岁,但一高一矮。高的叫梁希贵,矮的叫梁德福。平常乡民们并不直呼其名,而分别称"高梁老爷"和"矮梁老爷",当然,这是他俩同时在场的时候,不然也都只简称"梁老爷"。就是在公元一千九百五十年之后的某年,一天,县上忽然来了一位姓王的同志,人称"王同志"。王同志进入梁民乡,三问五问费了好一番唇舌,才找到了梁民乡的两位头头:高梁老爷和矮梁老爷。两位老爷见这位王同志满脸堆笑,红口白牙,一口夹生的中原话,开始惊恐万状,一问三不懂,不是"唔"就是"咋"?眼皮也多半不敢往上抬。那王同志也煞是耐心,温和地笑容可掬地一而再、再而三地解释。最后,两位梁老爷总算平静下来,也总算听明白王同志说的是什么:要成立"人民公社",人民公社下面还要有什么"生产大队",梁民乡就可算一个大队,梁民乡要自己选出一个乡民来当"大队长"。当大队长的这个人最好是有威信的,要大伙儿能信任的,如此这般云云。两位梁老爷听了后,都不由得面面相觑,他们怎么也猜想不出"大队长"究竟是何物、与他们这个"梁老爷"有啥两样?

按王同志提议,高梁老爷和矮梁老爷很快让人召来全乡老少,上千号人熙熙攘攘一下子汇集到乡场上。然后由王同志一字一字地说明来意,说明让大伙儿来是要让大伙儿选一个人来当"大队长",大队长就是咱梁民乡的头儿。这么一说,大伙儿也就明白了,大伙儿自然把目光接二连三地投射到两位老爷身上,并紧接着喊喊喳喳地报出自己的人选,有人提高梁老爷,也有人提矮梁老爷,气氛一下子异常活跃。出乎意料的是,高梁老爷和矮梁老爷这会儿谁也不愿干。他俩你推给我,我推给你,一下子竟然都满脸通红。王同志见两位梁老爷都不愿当,样子难堪,便提议说:"两位老人都不愿意当这个大队长,大伙儿看有没有第三个人选呀？"

  这会儿人们沉静下来。不一会儿便有人提议："让梁大肚当大队长吧！""哄——"的一下，别的乡民也纷纷响应，就连高梁老爷和矮梁老爷也举手赞同。人们拥护的这个梁大肚，就是日本打中国那阵，那个提议犒劳皇军救了全乡百姓的中年汉子。此刻，梁大肚正闷头圪蹴在一棵苹果树下抽闷烟。他见大伙儿选他，眼皮向上扒拉了一下，紧接着叼着烟袋继续抽闷烟，既不反对，也不点头同意，脸上挂着微笑，憨态可掬。

  王同志听说完梁大肚抗战期间智保乡民的故事，顿时眼睛一亮，兴致勃发。他远远打量着苹果树下那个略显矮胖的梁大肚，那样子就像伯乐欣赏千里马。他感到这个梁大肚的确充满勇气、智慧，而且也憨态可掬。于是，王同志果断拍板，一锤定音："我同意梁大肚同志就任大队长！"

  梁大肚走马上任，梁民大队也宣告成立。梁民大队一成立，那位王同志的任务也告完成。临走时，他找来梁大肚，语重心长："梁大肚同志呀，这回乡民们选出你，拥护你当大队长，这说明你在乡里有威信呀，要好好干，党信任你！但有一点我要提醒你，任何时候都要听党的话、要按上级指示的去干。否则，你这个大队长恐怕也当不长喽！"梁大肚自然是洗耳恭听、一个劲儿点头称是。

  梁大肚当上大队长，这可是他自己做梦也想不到的事儿。他是梁民乡土生土长的农民儿子，家极度穷（后来定的成分是雇农），每天两餐也从没有一餐吃饱过，却还得了一种本地肥胖症，据讲其实是喝水充饥过度而得的水肿。患此症者外观肥胖、肚大，脸色蜡黄，用手轻按肌肤，一按一个印儿，好半天消不去。梁大肚的父母，就是得了这种肥胖症双双早逝的。他唯一的一个妹妹，两岁时便让外乡人带走了，是卖给人当童养媳且一去杳无音信，眼下就他和他那刚满十五岁的弟弟两人相依为命。三十五岁了，至今却仍光棍一条，真可谓苦大仇深！论文化，他可是不识几字，小学一年级都没上完。实际上，那次日本兵打乡里来,他是被逼无奈。他知道自己跑不动,跑不过别人。惊恐万状之时,他愣是从自己肚子里冒出那么个主意来。没想那主意还真的得到大伙儿响应,更没想到那主意儿果真保了那么多乡亲的性命。果真是日本兵有人性呀?净扯淡!那是十足的老虎头上抓虱儿,那是十足的上苍显灵歪打正着哪!他哪儿来的勇气?哪儿来的智慧?梁大肚自己心里明白。

没文化没智慧其实也不打紧,只要有勇气就成。

梁大肚这回是有勇气的,这勇气一是来自大伙儿信任,二是来自王同志的支持。尤其是第二点很要紧。那个王同志后来当了公社社长,成了梁大肚的直接上司,这对他梁大肚来说,更是一了百了。梁大肚记住了王同志的话:听党的话,按上级指示去干。其实,这么说是蛮绕口的。梁大肚认定了自己只要听王同志——不!这回叫王社长——只要听王社长的,按王社长说的去干就行。

按照王社长指示,梁大肚把梁民乡分成二十个生产队,每队选出一队长(这些队长实际上大多由梁大肚任命)。生产队成立了,一切也便成了。梁大肚每天的工作,无非是反剪双手叼着烟袋,到各个生产队之间转悠,看庄稼长得如何,问大伙儿有啥事儿要汇报。然后他便往公社里跑,他要向王社长汇报情况,要问王社长有啥最新指示。这样,他每天来回要跑三十里路,累得气喘吁吁。王社长也大受感动,每每见到风尘仆仆的梁大肚,都要先赞扬一番。梁大肚受到赞扬,干得也更加卖劲儿,没多长时间,梁民乡便轰轰烈烈、热热闹闹地实现了大团圆(王社长讲是共产主义):大伙一块儿干活,一块儿去集体食堂吃饭。终于天天有白面馍馍啃、有玉米糊糊粥喝。又过了不久,梁民大队小麦亩产达到了两千斤,玉米亩产达到了一万斤,梁民大队一举成了全省的一面先进红旗。梁大肚由此也成了省劳动模范,优秀大队长,出席了省里的表彰大会……

几乎是一夜之间翻天覆地的变化,让梁大肚也几乎惊心动魄!他同时也有点纳闷儿:王社长干吗要俺撒谎,干吗要俺报那个高产呢？实际上梁民大队的小麦亩产最高四百来斤，而多数二三百斤，玉米也只有六百来斤，虽说大伙儿连着啃了好几天白面馍馍、喝了好几天玉米糊糊粥，可眼下集体食堂锅都快揭不开了呀！

然而无论如何，梁大肚的利益是实实在在地得到了：他入了党，王社长说是"成了党里的人"，而后又兼一职：大队党支部书记。而更重要的是，梁大肚已娶了媳妇。这媳妇是高梁老爷的小闺女梨花。梨花比梁大肚小十余岁，是全梁民大队公认的俊女子。

新婚之夜，梁大肚赤身裸体地搂住梨花雪白柔软的身子，浑身上下均麻酥酥醉了。他内心深处在一遍又一遍地感激上级，感激王社长……

光阴似箭，日月如梭。梁大肚带领大伙儿勒紧裤带，一边高唱"大跃进万岁""人民公社就是好"等赞歌，一转眼又跨入了"四海翻腾——腾！腾！腾！五洲震荡——荡！荡！荡！"的"文化大革命"。大约是公元一千九百六十七年的一天夜里，黄河两岸月黑风高。王社长——不，王社长调上级去了，提升为县委书记，这会叫公社的什么革命委员会主任！新提拔的这个主任姓李，叫李主任。李主任把梁大肚等十几位大队长召来，开了紧急会议传达上级指示。会上，李主任宣布各大队要成立革命委员会。并当即任命各大队的大队长为各大队的革命委员会主任。这样，梁民大队的梁大肚大队长也就成了梁大肚主任，简称梁主任。此刻，梁主任弓着背蹙着眉睁着眼，虔诚无比地盯着公社李主任的神态和手势，聚精会神地听他讲话，慢慢地终于听清了什么要"以阶级斗争为纲"，什么要"抓革命促生产"云云。但无论如何，梁大肚还是不明白这些个东西究竟是啥玩意儿。于是他只好像往常一样会后再单独去找上级领导，这回是找李主任。李主任倒还客气，他为梁大肚进一步具体化："唔，抓革命嘛！就是要抓阶级敌人。所谓阶级敌人，就是'地富反坏右'分子。总而言之，一句话，就是要先抓阶级敌人。阶级敌人抓了，生产也就能上去！"

梁大肚这回总算听明白了，他决心按李主任的指示去抓阶级敌人、去抓"地富反坏右"分子。可梁民乡谁个是"地富反坏右"哇？不想还罢，一想梁大肚便心惊肉跳。梨花她爹——高梁老爷，唔，还有矮梁老爷，土改定的成分不就是地主吗？可高梁老爷和矮梁老爷十年前就已双双作古，眼下去抓谁？富农俺乡里可没有，反、坏、右俺也从未见过呀！梁大肚越想越发愁，他的心七上八落地跳着。他满腹狐疑、战战兢兢地再次向李主任请教。没料这回李主任火冒三丈："混蛋！连敌人都不会抓，你的立场到哪儿去了？你是党里的人还是阶级敌人的人？！"这可是李主任头一遭对俺发火哇！梁大肚顿时胆战心惊，额头脊背不时冒出冷汗……

梁大肚无路可退，决心抓阶级敌人。他是党里的人，不能不听李主任的话哇！

回到家里已是鸡啼头遍。梁大肚蹑手蹑脚地爬到炕上，梨花睡得正熟。梨花身上那股暖融融香腻腻的女人气味一下子把梁大肚的情绪扇得发热。梁大肚呆呆地望了梨花一会儿，接着扒开衣服不由分说地扑到梨花白晃晃软绵绵的身子上面。梨花醒了，紧紧地抱住他，上上下下扭动身子很舒服地配合着。炕板吱咯吱咯地响起来……

天亮了。梁大肚睡眼惺忪地坐起来，对梨花说："俺要批斗你！"

"咋——？"梨花一骨碌坐了起来，睁大眼睛看他。

"俺要批斗你，要抓你去游街！"梁大肚大声说。

"咋——你疯啦？抓俺去游街，跟乡里那疯耗子一样满乡里颠让人家耻笑？"

"就是，这是上头的指示。谁让你爹是地主呀！他死了，不斗你不行。这叫大意（义）灭亲，公社李主任说的，你不懂！"

"好哇——你这个没良心的！"梨花一头撞到梁大肚肩上，放声大哭……

梨花哭也没用，梁大肚这回是铁了心要让她游街的，谁让他是梁民大队的头儿哇！当头儿就得听上头的，就是上头也得听上头的，比如公社李主任就得听县上的，否则咋叫头儿？

梁大肚除了将梨花、梨花的大哥二哥，还有矮梁老爷的儿子女儿列入"地富"行列，另外还物色了三个人。一个是疯耗子，疯耗子蓬头垢面，二十几岁了还整天满巷子满村头游荡说疯话，什么活儿都不干，夏天甚至连裤子也不穿。第二个是梁兆二，梁兆二是个瞎子，与梁大肚同岁，他整天好吃懒做给人占卜算命，还卖纸钱香火让人拜神。第二个刘小其，刘小其是大队小学里的教师、唯一的外地人，据说他讲语文课时老是要给学生讲些爱青（情）故事，课后时常自个儿哼哼唧唧唱些爱情歌曲，刘小其简直就像刘少奇一样反动！梁大肚一想到这，满身子兴奋不已，他决定把上述三人分别列为"反坏右"分子。

梁大肚还让小学里的教师弄来些纸张糊了些花花绿绿的纸帽。纸帽有高有矮、有宽有窄，上面还分别画了牛鬼蛇神妖魔鬼怪的像，奇形怪状。这些纸帽分别归属梨花、梨花大哥二哥、矮梁老爷的儿子女儿、疯耗子、梁兆二、刘小其等人。这一切准备停当，第二天便开始游街。

游街那天，梁民乡热闹非凡。乡民们寂寞怕了，难得有热闹的日子。于是，他们嘻嘻哈哈你吵我嚷、赶集过节一般纷纷围拢过来。他们的目的地便是"地富反坏右"的游街队伍。队伍领头的是疯耗子。今天的疯耗子异常快乐，他戴着画有眼镜蛇的纸帽，左手提一破锣，右手抓一把硕大的锣槌，在队前咣咣咣地把锣敲得震天价响，一边敲一边走，一边走一边嘻嘻哈哈地讪笑。疯耗子后面的同伴却截然相反，梨花、梨花大哥二哥、矮梁老爷的儿子女儿、梁兆二、刘小其等一个个驼背缩脑，大汗淋漓。他们由梁大肚的弟弟、民兵营长梁小肚和另外几个民兵押着。梁大肚则奔前突后，时不时喊出些"打倒'地富反坏右'分子""毛主席万岁"之类的口号。他每喊一句，后面就有一帮人跟着呼，也有一帮人跟着笑。围观的人群越来越多，整个大队的气氛空前活跃……

日头落山的时候，游街队伍总算游遍了梁民大队所有的村落、所有的大巷小巷。

回到家里，梨花一头扎在炕上蒙头大哭。哭着哭着便睡过去了。她太累，累得连哭的力气都没有了，屈辱也一块儿被带入梦乡。梁大肚开始凑到炕边瞅她，瞅完了便不再理睬，径自瘫坐在门槛上抽闷烟。

天黑了。梨花仍不起床，她睡死了。梁大肚凑过去摇她，还骂了几句，梨花一点反应也没有。梁大肚犹豫一会儿，没再动她。大概是饿慌了，他摇不动她，也懒得再摇。他走到火房揭开锅盖，发现锅里有几个吃剩的玉米窝头。他伸手抓过来，再弄来点儿咸菜，接着蹲在门槛上津津有味地啃嚼起来。啃完了，填饱了，他抹了抹嘴，打着饱嗝站起来折回屋里，把门关上。

夏天屋里极热。游街游了一天，梁大肚浑身汗臭，也懒得洗。他抓过来一条湿毛巾，把汗衫一脱，前后左右胡乱擦了擦，然后就爬到炕上。

屋里没有灯。借着窗外透进屋来的点儿星光，他摸到梨花柔软的身体。梨花睡得死沉死沉。他把她扒过来，并骑到她身上胡乱摸她的奶子并试图扯下她的衣服。梨花却抽回双臂紧紧地抱住前胸，双腿也紧紧地交叉紧夹着不肯放松。梁大肚这会儿冒出火来，他狠狠地挥过手来想攥她的头发，没想手却摸到她脸上，手一下湿漉漉一片。他愣住了，他这才感到梨花的身子在一阵阵抽噎……

梁大肚泄气了。他疲惫不堪地摇了摇头，叹了口气，无可奈何地从梨花的身上滚瘫下来，接着昏睡过去。他也着实累了。

天蒙蒙亮，梁大肚便起了床。他饭也不吃急急忙忙地赶到公社革委会，认认真真地把昨天游街的事儿详详细细地向李主任汇报了一遍。末了，他问："这下没事儿了吧？"

李主任却勃然大怒："混蛋！阶级斗争必须年年讲、月月讲、天天讲，懂不？！"

梁大肚吓得一下没了脊梁，脑袋霎时耷拉下来。

李主任却继续道:"回去,要继续对阶级敌人实行游街、批斗!这叫抓革命。否则生产哪能上去?"

梁大肚似懂非懂地听着,不住地眨着小眼。他想再向李主任问些什么,却没敢问,只好战战兢兢地退出办公室……

梁大肚回到家时,梨花正坐在灶前烧饭。这大出梁大肚的意料。看来梨花也实实在在饿了。梁大肚的心忽然间升腾起一丝软绵绵的暖意,梨花到底是自己的女人哇,哪像公社李主任那样,从来就不让俺在他那儿吃饭!他怔怔地看梨花,心弥漫着一股子舒服劲儿。他走到梨花身边,嚅动着嘴,想说什么。但梨花头也不抬地往灶里添火,添完了也不回头看他。梁大肚自感没趣,便叹着气摇着头,悻悻地走到门槛上坐下来,摸出来烟袋,点上火抽闷烟。

晌午的太阳热辣辣的。阳光倾泻在门前的庭院里,晒得院子里白晃晃直冒青烟……

约莫一袋烟工夫,梨花把饭菜端到炕桌上,然后径自在炕沿,哧溜哧溜吃了起来。

梁大肚也走过来。他把烟筒和烟袋收起来,别到腰上,啐了一口,不住地搓着掌,端坐到炕上。一边讪讪笑着:"嘻嘻嘻,吃楂子(玉米)粥哪!"

没有回声。

梁大肚也不计较。他端过楂子粥嗞啦啦吸了一大口,然后一边夹咸菜一边问:"你……还生气哪?"

仍然没有回声。梨花头也不抬地吃着。

梁大肚愣了一会儿,接着也继续吃饭。

屋子里仅有两种声音:哧溜哧溜、嗞啦啦……

一会儿,梁大肚叹着气说:"明儿还得游街哩!"

"啥——还游哪?!"梨花像被蛇咬了一口似的惊叫起来,牙儿停止了咀嚼。

梁大肚说:"不游咋办？李主任还说要年年游、月月游、天天游呢！"

"那你就当真要游哪？"

"能不游咋的，上面说的谁敢去顶？"

"那……那你还让俺活不活呀！"梨花尖叫着把碗筷摔到桌上，捂着脸坐在一边抽泣。

梁大肚也烦，心里像撒了一把辣椒面一般火辣辣不是滋味。他也停住吃，把碗筷放到桌上，然后直愣愣地看梨花哭。

梨花哭得凄切、悲伤。她瘦了，老了，眼角皱纹突出。她都快三十岁了，可至今仍没为他生个娃子。梁大肚是极想要娃子的，这渴望就像他晚上渴望与梨花睡觉一样迫切，他迫切地渴望着生个娃子来传宗接代。梨花也不是没有为他生下来娃子的。她曾为他生下来两个，可不知咋的两个娃子生下来不久便都病死了，一个活不到一岁，另一个活不到两岁。娃子死的时候梨花便哭得像眼下一样伤心。梁大肚也伤心得捶胸顿足。娃子死梨花是无过的，她是个十足的女人，心眼儿好，身子丰满，奶水充足。外人私下都说是梁大肚的原因，说他有病，先天不足，他播出的种子理当也有缺陷，要不娃子怎都没活成哩？这话梁大肚听到过，可他不恼，也不计较。他是死心塌地要娃子的，管他缺陷不缺陷，生出来便是自个儿的种自个儿的娃呀！可老天不开恩，尽管他频频不断地与梨花睡觉做爱，但梨花的肚子始终再大不起来……

梨花哭得伤心，梁大肚也伤心起来。梨花是他的女人，他渴望梨花为他生儿育女传宗接代，他咋忍心折磨她、让她游街哇！可这完全是上头的精神、李主任的指示，他也是坐了大牢喝稀粥、没别的法，不执行也得执行。再说，谁让梨花是地主高粱老爷的女儿哩！梁大肚望着梨花，心儿像十五只铁桶打水、七上八下地翻腾着。一会儿，他说:"俺……俺会疼你照顾你的。可……可街还得游。要……要不，俺……俺这个主任、大队长可咋个当法？！"

梨花愣了：他说得也在理呀！于是，她再也不哭。

梁民大队对"地富反坏右"分子的游街活动还是继续进行啦！成员有：梨花、梨花大哥二哥、矮梁老爷的儿子女儿、疯耗子、梁兆二、刘小其等。仍故是戴高纸帽，仍故是疯耗子乐呵呵地在前边敲锣领头，仍故是梁大肚奔前突后喊些口号、梁小肚等民兵维持秩序，仍故是众多的乡民嘻嘻哈哈地围观看热闹。

梨花却真的受到照顾：不绑她或绑得很松，走一段歇一会儿（她的同类自然也因此沾光），梁大肚还带着水偷偷让她喝。游完街回家，梁大肚还帮着挑水烧饭干活。这可是以前所没有过的！

梁大肚疼梨花，梨花也就不像以前那样伤心且没命啼哭，她是个明事理的女人，她知道自己的男人确实也是出于无奈。这样，游街活动便断断续续进行着。先是两天一次，后是三天一次，到后来是一周一次。而且游的路线也不像第一次那样走遍所有的大巷小巷，而只走大巷。再后来由于围观的人越来越少，游时连大巷也没走遍。有时只走一段，让疯耗子不住敲锣虚张声势，然后收场了事。

由于游街批斗耽误了大量工日劳力。这一年秋收，梁民大队小麦亩产从"大跃进"时的两千斤减少到两百斤，比历史有过的最高产的四百斤也减了一半；玉米亩产也减少到五百斤以下……

梁大肚到公社开会的时候，他焦躁不安支支吾吾地向主持会议的李主任汇报说："俺……俺大队抓……抓革命咋……咋个不抓生产哩……"

"哄——！"会堂顿时笑声四起，连李主任也笑。"嗨——！"梁大肚急了，大腿一拍，委屈地说："你……你们笑个屄哩。不瞒你们说，俺大队今秋小麦亩产只有两百斤，玉米也不到五百斤！"

"你只抓革命不抓生产，咋个不减产呢！"会场上有个人突然不阴不阳地发问。

梁大肚愣了一下，接着才恍然大悟。他涨红着脸争辩道：

"不……不是的！俺是要抓……抓革命抓生产哩！李……李主任说的，——不是？"他歪着脸、斜着眼，像要找那人吵架。

"梁大肚你胡说什么，你是说抓革命促不了生产？"公社李主任双手叉腰"霍"地站起来，"你问问别的大队、看看人家是怎样增产的！"看来李主任生气了，他拍桌子瞪眼的，样子可怕。

梁大肚像遭雷击一样，一下蔫了。他不知所措地环视四周，委屈地坐了下来、满脸通红。他不再说什么，偶尔将眼投向主席台，一副迷惑不解的样子。

会议结束之后，梁大肚鼓起勇气，迫不及待地拽住李庄大队的大队长问："他大叔，你……你倒是说说你们是咋个抓……抓革命促……促生产的哩！"

"你呀，还是个老劳模呢！这点道理都不懂装傻吧？！"

"咋——？抓……抓革命……天天游街批斗不影响生产？"

"哈哈哈——"对方开怀大笑，说："你真的装傻呀，五八年你怎么当上劳模的？想想去吧！"说完他使劲儿拍梁大肚肩膀，接着甩手走了。

回家的路上，梁大肚耷拉着脑袋踽踽独行。他愁眉苦脸、左思右想琢磨了大半天，总算明白过来：敢情又……又是要俺作伪、虚报产量哪！他猛然收住步，一巴掌重重地扇在自己的脑瓜上，连连叹气。接着，又无可奈何地迈开沉重的双腿……

梁大肚还是得按上级精神抓革命、组织游街批斗活动的。尽管他对此项活动越来越消极对待，但这也无法避免对农业生产的影响。自打抓革命以来，梁民大队小麦亩产量一直徘徊在两百斤左右，玉米则总超不过五百斤。然而，上级是要求抓……抓革命促……促生产的呀！产量总上不去，梁大肚这个头儿咋个当法？又咋个向公社李主任等上级领导交代？梁大肚好几天寝食不安、冥思苦想，但终究是想不出个补救的办法来。别无选择，他只好昧着良心，像"大跃进"时那样谎报产量，小麦亩产报四百斤，玉米报一千五百斤。尽管是谎报，但这回比"大跃进"那阵毕竟还是少报了不少哇！想到这儿，梁大肚那忐忑不安的心又多多少少有些释然。

然而，产量一提高，国家的公购粮按规定又水涨船高。梁民大队应交售给国家的公购粮数量几乎是提高了一倍！梁民大队于是出现了粮荒，夏秋两季所收粮食除了交公，余下的便难以维持生计。梁民大队于是便开始三五成群地出现丐帮，弄来船渡过黄河，进省城行乞去了。梁二鬼、梁山虎等几位脑子灵活点儿的乡民则进省城捡破烂卖钱，后来还做起了卖针线肥皂牙膏之类的小生意，不幸的是没几天这些人被省城公安局五花大绑地遣送回来，接着加入了梁民大队牛鬼蛇神、"地富反坏右"的行列。

梁大肚自己水肿也旧病复发，四肢浮肿，肚子发胀，脸色蜡黄，他感觉脑子像被抽去了脑髓一样空空荡荡、飘飘欲仙……

这一年，公社李主任因抓革命促生产有功，被破格跳级提拔到地委去了，据说是当了地委一个什么部的部长。

由于公社李主任的提拔，第一把手空缺。于是，原公社革委会的刘副主任随之被提拔为刘主任。

刘主任原是刘庄大队大队长，后被提拔到公社当的革委会副主任。他是农民出身，提拔到公社当副主任时主管农业。这一年，他升为公社第一把手，正巧赶上又一个轰轰烈烈的运动：农业学大寨。刘主任感到很幸运，他很高兴。

梁大肚这回也高兴。他都快饿慌了，眼下碰上个管农业的刘主任，碰上个全民抓农业的"学大寨"运动，他能不高兴吗？农民可不就是要有个农民的样子，抓农业、到土坷垃里滚打才是本分，抓……抓啥子革命、游……游啥子街哩？俺这是农村，四处都是巷子，哪来的街哇！

到公社开会，听刘主任传达"农业学大寨"精神的那一天，梁大肚最早到达会场。开会时他也从没有过如此全神贯注：脑袋翘着，耳朵竖着,眼珠紧紧地盯着刘主任,时不时还撸袖搓掌的,颇有些跃跃欲试的架势。

会毕,梁大肚还乐呵呵地自个儿找到了刘主任。刘主任是刚刚从大寨参观回来的,见多识广,梁大肚想再听听刘主任带回来的大寨经验。刘主任和蔼地接待了他,果真讲了些大寨的见闻和经验。

梁大肚迫不及待地问:"那……那您说说,俺……俺梁民大队究竟该咋个干法?"

刘主任沉思一会儿,问:"你们梁民大队不是有山吗?"

"有啊,俺全大队就倚着山呀!"

"嘿,那你们要开荒造田哇!"刘主任提醒道。

"开——荒——造——田?"梁大肚满脸疑惑。

"开荒造田,就是把山开成田呵!"刘主任继续提醒,并拿出从大寨参观带回的照片让梁大肚看,照片上是大寨人从山上开出的一排排梯田,梯田上绿油油的麦苗长得正旺。

"对呀——!"梁大肚一拍大腿,似乎才明白过来:多开山能多造田,多造田能多产粮哇!他自嘲地讪笑着。末了他鼓起勇气对刘主任说:"俺……俺心里有底啦!"

"这就对了。你要好好干,干出个样子来啊!"刘主任拍了拍梁大肚的肩膀。

梁大肚回到梁民大队的当天晚上,便当即在乡场上召开了全体乡民动员大会。乡民们围着一堆熊熊燃烧的篝火,篝火成了会场的中心。梁大肚异常兴奋、声嘶力竭地对大伙儿说:"乡……乡亲们,告诉大伙儿一个好消息,上……上级要抓农业啦!大伙儿说说,是不是都不想挨饿,要……要多种粮、多产粮食呀?"

"是——!"乡场上响成一片。

"中!俺庄稼人就该多种庄稼,就应该有粮吃,大伙儿说,中不?"

"中——！"又是一片欢声。

"中！可是，这些年来，俺大伙儿总……总缺粮吃，俺大伙儿哪儿像……像个庄稼人哇！"梁大肚哽咽了一下，接着说，"……这……这回好啦，上级说'农……农业学大寨'。公社刘主任说要开……开荒造田。就是说，俺大队要开山造田，要在俺这山上多种庄稼、多产粮食。大伙儿说说，中不中啊？"

"中！中！中！……"会场沸腾起来，欢声直刺夜空。

梁大肚激动不已，自打"大跃进"之后，他这个大队长、主任可还没开过如此成功、如此激动人心的会议哇！

第二天清晨，梁民大队的乡民几乎是倾巢而出：男的女的、老的少的。牛鬼蛇神队伍也独立成队，由民兵营长梁小肚押着，成员有梨花、梨花大哥二哥、矮梁老爷的儿子女儿、疯耗子、梁兆二、刘小其，这回还多了梁二鬼、梁山虎等五个新成员，煞是壮观！几千人的队伍由大队长梁大肚领头，浩浩荡荡地汇集到他们住宅后面的梁民山上，向梁民山要田要粮。

从这一天开始，方圆十几里的梁民山便遭受了史无前例的洗劫：树木被连根挖出、青草被一片片铲起，然后又被翻过来埋入地下。一天、两天、三天……一周、两周、三周……一个月之后，苍翠的梁民山便整个儿被剥下外衣，从低到高被开出了一排排梯田。远远看去梁民山像一匹被雷击倒在地的非洲斑马。

入冬，梁民山的梯田连同梁民山下的大片良田一起，被播上了小麦。开春之后，梁民山的梯田上也果真冒出一层层嫩黄嫩黄的麦苗来。梁大肚同乡民们纷纷跑到山上观看，一个个喜得合不拢嘴。

然而，老天却不开恩。由于干旱、缺水，也无钱安装水泵引水灌溉，长出的麦苗玉米苗很快便后劲儿不足，一天天蔫下来。尽管梁大肚以身作则率先领群众日夜奋战，挑水上山灌溉，小麦也都勉强维持到开花进而结果。但令人意想不到的是，这一年，梁民大队粮食总产量竟然与上一年总产量一样相差无几！

第二年、第三年。依旧干旱、老天依旧不开恩，粮食总产量依旧上不去。而梁民大队的乡民却被累垮了，他们一个个有气无力，整天腰酸筋骨发痛。梁大肚的女人梨花在第三年好不容易又怀了孕，却因劳累过度而自然流产……

　　第四年，老天却一反常态，一场罕见的暴雨将梁民山的梯田一层层冲垮了！山洪残暴地把裸露的黄土切割成七沟八壑，然后又疯狂地直冲山下。梁民大队紧靠山下的几十间房屋被彻底冲塌。疯耗子、梁兆二等十个乡民因没能跑掉而丧命。梁大肚的女人梨花因跟着大伙儿躲避山洪，奔跑过猛而再度流产。

　　梁大肚终于卧病不起。他已经六十出头了，当了二十多年大队长、主任，可他硬是未能带领大伙儿脱贫，未能让大伙儿天天有馍馍啃、有面糊糊喝。而更令他伤心的是，虽然他因当支书而娶了以前做梦也不敢想的梨花当自己的女人，可至今仍没有一儿一女来传宗接代。这一辈子，他的这种愿望最为强烈，但却空累一场。眼下，他身体彻底垮了。往后，也看不到有点希望。他躺在床上，望着梨花，泪水涟涟。自打嫁给梁大肚当女人，梨花可从未见过梁大肚哭哇！于是，梨花也感动了，她伏在梁大肚干瘪的身子上，强烈地颤抖，流下眼泪，不能自已……

　　这一年的四月，据说首都北京发生了一场什么"天安门广场政治事件"，中央撤了一些领导人，又新换了一些领导人。省电台来了一位姓张的记者，据说是受命要采访农民。于是，张记者渡过黄河来到了梁民大队。他焦急万分地要求大队长、党支部书记、革委会主任梁大肚讲几句话。梁大肚眼看难以推辞只好艰难地支起身子，对着话筒说："……俺……俺是大老粗，上……上头的事儿俺……没的说。俺……俺拥护哩……"他还想说点什么，但终究没能说下去。尽管如此，张记者还是满足地打道回城了。

　　当天晚上，省电台当即播了张记者的录音报道，题目是《农民兄弟拥护党，老队长垂危表忠心》。当张记者和梁大肚的声音回响在省城大街小巷的时候，黄河南岸的梁民大队大队长、党支部书记、革委会主任梁大肚，却已自刎而死。据说，梁大肚是趁梨花不在家时，从炕头上抽出早已准备好的刀片切断自己咽喉的。黄昏，梨花推门进屋时，发现自己男人的头和臂垂落在炕沿边，地板上污一摊呛人的鲜血。她歇斯底里地惊叫着，边叫边往外跑。邻屋的梁小肚闻讯跑来，进屋一看，发现哥哥早已死去，右手还抓着滴血的刀片……

梁大肚死后，上千人的梁民大队便群龙无首。梁大肚的弟弟梁小肚根据公社刘主任的提名，很快被任命为梁民大队的大队长、党支部书记、革命委员会主任。任命那天，公社组织部长来到梁民大队，在乡场上召开了群众大会。会上，组织部长宣读了对梁小肚的任命书，然后号召大伙儿举手赞成，不同意的可站到台前来反对并说为什么会不同意。结果，情况是令人满意。当组织部长讲完这番话后，几千乡民便齐刷刷地举起手表示赞同，没有一个人表示反对。

公社对梁小肚的任命，实际上也是县里的意见。理由是：其一，梁小肚是梁大肚的弟弟，而梁大肚在生命垂危之际还表示拥护党、拥护党中央，引起了省电台记者的重视并使梁民乡乃至全县名扬全省，如此看来，作为梁大肚弟弟的梁小肚也应该是拥护党、拥护党中央的，亲兄弟嘛！其二，梁小肚多年当大队民兵营长，有多年的工作经验，往上提拔也理所当然。

梁小肚其时四十五岁，比嫂子梨花只小了几岁。可梁小肚至今仍光棍一条。这倒不是因为他找不到对象，而是他一直没有看上一个可与他配对的，所以他多次谢绝了许多热心人包括哥哥梁大肚牵的线。他说他要找就找一个像嫂子梨花那样俊俏的，否则他宁可终身不娶，这话梁小肚是对别人说的，可后来便传到哥哥梁大肚耳窝里，再后来梨花也知道了。哥哥知道后便对弟弟警觉起来，后来便提出与梁小肚分家，让梁小肚到隔壁的屋子另起炉灶。梁小肚当时听了后好伤心好伤心，他绝没想到与他患难与共的哥哥现在会如此绝情，于是梁小肚那会儿为此曾大哭了一场。梨花知道后再见到小叔子便浑身不自在，那苹果形脸蛋总是骤然间透出许多动人的红润来，说起话也不像以前那样顺溜，嗓子眼儿像时不时被什么东西塞住了似的。

梁小肚被任命为梁民大队大队长、党支部书记、革委会主任的那天下午，群众大会结束后，他听完公社组织部长的盼咐然后便将他送走了。黄昏，他回到家门口时，嫂子梨花堵住了他："他叔，你……你来一下。"梨花说着便转回屋里。梁小肚于是也跟了进去。

进屋后，梁小肚惊异地发现梨花的炕桌上已摆着一盘烧鸡、一盘炒鸡蛋、一碟花生、一盘炒土豆丝和一盘烧茄子，此外还摆着两个杯子和一瓶二锅头。过年也不见得有这么气派哇！梁小肚纳闷儿。

"俺把家里那只老母鸡杀了，把它的蛋炒了。俺……俺想让你喝一杯。"梨花低着头，边说边打开衣襟揉着衣角。

梁小肚直愣愣地看着她，嘴嗫嚅着，想说点什么却终究说不出什么。于是他坐到炕沿上，打开酒瓶管自斟起酒来。梨花于是也坐到炕上。

"哇——真够辣的！"梁小肚昂头喝了一口，龇牙咧嘴喊道，接着便抓起筷子夹菜。

"你……你怕辣？"梨花小声问。

"不。辣……辣才够劲儿！"他嚼完菜，又喝了一口。梨花见状，舒心地笑，笑得像盛开的梨花一样好看。

梁小肚痴痴地看她，接着问："你干吗要请俺喝酒？"

"你升了官，干吗不喝？"梨花说。

梁小肚听罢，心底儿忽然暖融融地无比舒服，比喝酒还舒服。长这么大他似乎还没尝过这舒服劲儿哩！看样子嫂子这回是真心实意地要请俺喝，平时一年到头也喝不上一两次啊！他夹一块鸡肉放到嘴里嚼着，越嚼越觉得香。

"他叔，你……你往后咋办？"过了一会儿，梨花问。

"啥……啥咋办？"梁小肚满脸疑惑，眼看着梨花。

"往……往后，你还一个人过呀？"梨花瞥他一眼，接着埋下头吃。

"不一个人过咋的？反正没合适的，说啥也只能一个人过。"说完他又埋头喝酒。

梨花埋头吃着。她不喝酒，只啃馍馍，而且也不怎么夹菜。她也不再说话，只顾吃。吃完了便将筷子和碗放回炕桌，抓来把毛巾擦了擦嘴，然后坐在一旁，默默地看梁小肚吃。

"你咋不吃啦？"梁小肚抬头看她。

"俺吃饱了，你慢慢喝吧！"梨花说着端过瓶子给他斟酒，还夹了一块鸡腿放到他的碗里。

梁小肚感激地看了眼嫂子，发现嫂子此时的脸艳若桃花，异常秀美，便痴迷迷看她。"你不吃，看啥哩！"梨花被看得不好意思，嗔怪他。他的脸倏地红了，"嗨，俺……俺快喝多哩！"他笨拙地拿手摸自己发烫的脸，嘻嘻笑着。

"好吃不？"梨花深情地瞥他，双眸潮红、光彩异常。

"好吃好吃！"梁小肚讪讪笑着，忙不迭地说。末了便埋头啃梨花夹给他的那块鸡腿。

沉默。

屋外，夕阳的余晖不知什么时候已悄悄退去，天渐渐暗了下来。近处有妇人"唔嘶唔嘶"地赶着鸡，看样子是要赶鸡们进笼过夜。更远处，隐隐约约传来几声牛叫……

屋里渐渐聚满暮色。梨花走到灶前点灯，然后把灯端到炕桌上，又端坐在一边继续看梁小肚喝酒。

梁小肚喝完最后一杯酒，便抓过来一个馍馍啃。啃完了便下了炕、打着饱嗝、抹着嘴，醉醺醺地往外颠。

梨花急了："你……咋的就走哇——"她坐在炕沿上忽然伤心地抽泣起来。

梁小肚愣了。他收住步，折回到梨花跟前："你……你咋啦？"

他又打了个嗝,喷着酒气。

梨花不吱声,她哭得更伤心。

"你……你究竟是咋啦?"梁小肚感到手足无措,一只手去拉梨花。

不拉还不打紧,一拉梨花"呜"地哭出声来,抽抽噎噎地说:"俺……俺怕,晚上不敢睡,睡……睡着了又做噩梦!"梨花紧紧地拉住他,泪眼汪汪地凝视着梁小肚,身子强烈地颤抖。

一切已明白如水。梁小肚醉意方醒。他想对嫂子说些什么但没有说出,手却笨拙地搭到她的肩上。梨花乘势扑过来,紧紧地搂住梁小肚的脖颈久久不放。梁小肚愣了一下,接着冲动地把梨花抱起来,迅速地放到炕上,两人紧紧地撕扭着。炕桌上的灯被不慎碰下,发出"咣当"的声响,屋子顿时一片漆黑。

夜暗了下来……

梁小肚被任命为梁民大队第一把手接替了哥哥梁大肚之后,正巧国家又发生了翻天覆地的大变动。据说先是抓了江青等四条害人精,上头说是"四人帮",华国锋当了第一把手接替了毛主席。不久,中央又召开了什么全会,并换了一批重要头儿,新上来另一批头儿,还为国家制定了一些什么新的政策,据说是要强民富国,让老百姓天天有衣穿、有饭吃。再后来,还为天安门那个什么政治事件平了反。

省电台的张记者为收集各方面反响,又一次渡过黄河从省城来到梁民大队。当张记者把又粗又长的话筒举到新上任不久的梁民大队第一把手梁小肚的面前时,梁小肚受宠若惊激动不已,敢情是要俺向全省的人讲话呀!面对张记者的提问,他涨红着脸,不停地搓手、咂嘴。末了他嘴一张、蹦出来一串话儿:"俺……俺没的说,俺……俺拥护哩!中央要强……强国富民,让老百姓有衣穿、有饭吃,咋能不拥护哩?俺……俺们都是庄稼人,俺们想的就是要有衣穿、有饭吃,俺们哪有不拥护的理儿?嘿——大伙儿都说说,中不中?"梁小肚毕竟比哥哥梁大肚多上了几年学，说着说着他便想到了围观的群众。

梁小肚这么一说，张记者便灵机一动地将话筒举到围观的群众面前，吓得有几位妇女和小孩哎呀呀地往后退。倒是梁二鬼好胆量，他迎着张记者的话筒连连说："中！中！中！俺说梁……梁主任说的就是在理！"

"中！"梁小肚喊了一声，他本来对"五类分子"梁二鬼是另眼相看的，此刻他对他的响应却不由生出一丝好感。

张记者对梁小肚和梁二鬼的回答十分满意，当天下午他便打道回城。晚上，一则《农民兄弟的心声》及时在省电台播了出来。梁小肚和梁二鬼的声音先后回响在全省各地上空。

半个月后，梁民大队跟别的大队一样被改为乡，称"梁民乡"，恢复了旧时的称谓，据说这是全国性机构改革。梁民乡的土地紧接着又承包到各家各户，每个人能分到八分地。

梁小肚和梨花此时已正式结婚，说是结婚又不算结婚，因他俩跟别的许多人一样并没有领取结婚证，别人还热热闹闹设宴办婚礼，他俩却啥事都省了，只是梁小肚不再一个人住而搬到梨花屋里住，这样便成了一个新家。土地承包后，他俩又把土地合在一块，共一亩六分地，其中一亩是平原耕地，另六分是山地。

土地一承包，梁小肚便忽然间发现自己不如哥哥从前那样威风异常、可以随意发号施令，只要说一句大伙儿就得听一句。不，这回真不！他的这种感觉是从分地那会开始的，比如说划出一块离乡里远一点的耕地或者高一些的山地，他让谁承包谁都不承包，那么多人都互相推诿，没一人会站出来要。以致后来他不得不采取抓阄儿的办法，而且还采用搭配的方式，比如说山地搭平地、近地搭远地……如此这般，总算把耕地都分了下去。再后来，他还发现乡民们不像以前对待他哥哥那样毕恭毕敬地对待他这个新的乡长、一把手。以前大伙儿要见到他哥梁大肚，老远就赔着笑脸称"大队长""书记""主任"什么的，甚至连正眼都不敢看他。而他这位新任不久的乡长，出门时尽管路上也有人跟他打招呼称他"乡长",但这喊声大都没有多少感情色彩。那声音平平淡淡甚至带着沙哑,就像推在路上的木板车车轱辘发出来的那种吱咯吱咯声一样,多少带着一种无奈。有的人甚至在路上装没看见,对他这个乡长装聋作哑……

如此等等,梁小肚不由得产生一种被人冷落的感觉,心里隐隐约约窝着火,想找谁发泄,可又找不到缺口。更令他吃惊的是没过多久上头又下来文件,规定要给"地富反坏右"、牛鬼蛇神摘帽——敢情是要一层层栽俺这个乡长的面子哇!连"五类分子"都管不起了?开始他对此大感不解、左思右想,一连几天都想不出个所以然来。后来上级催急了,要他尽快开群众大会给"五类分子"摘帽落实政策,他才不得不照办。不过,令他欣慰的是那些摘帽的"五类分子"对他这个乡长千恩百谢,就连梨花的大哥二哥也打那以后便妹夫前妹夫后地喊他,喊得无比亲热。他哥梁大肚娶了梨花二十几年,也没怎么享受这个称呼哇!而妻子梨花的变化更是令他高兴:以前她常愁眉苦脸,这回总算笑脸盈盈;以前沉默寡言,这回有说有笑话语极多。总之,她显得更加年轻、温柔、勤快、贤惠了。晚上上了床,把她那个雪白、丰满、柔软的身子搂进怀里,梁小肚心旌摇曳,什么闷气烦恼一下子便都跑得无影无踪。

看样子,人都是需要温暖的呀!把人家像牲畜一样看管起来再三天两日地折腾,能有啥好?这么想着,梁小肚便不怎么像以前那样去想那些"人家打不打招呼""自己栽不栽面子"之类的事儿,心里于是也渐渐释然。

其实,这世上的事儿,有利便必有弊、有弊更必有利。梁小肚当乡长,虽不如他哥梁大肚当大队长、主任那会儿威风,但却比他哥清闲得多。梁大肚在世那阵,一大早他便得起床,东跑西颠地去催大伙儿出工或到各生产队去检查生产;要不,就是敲着破锣满巷子串、声嘶力竭地召集大伙儿开批斗会或组织牛鬼蛇神游街。梁小肚眼下虽然也是乡里的第一把手,但他早上却可以睡大觉,一直睡至梨花做完饭、去黄河边洗完衣回来，他才打着呵欠伸着懒腰爬起来，胡乱漱了漱口洗了把脸，然后再懒洋洋地坐到炕桌旁边吃早饭，一边听梨花早上从黄河边洗衣时带回来的巷头新闻。梁小肚这个乡长的职责，无非是向乡民们传达上头来的一些文件、指示、精神，向各家各户分配化肥数额、摊派每一年的公购粮任务；再就是收各种各样的税和费，比如农业税、水利费、教育费、公共卫生费等等。还有就是抓计划生育，催人家结扎或罚人家超生款。总而言之，梁小肚用不着跟他哥那样天天扑在集体的事儿上，他有自己的时间。

梁小肚把自己的时间花在自己承包的土地上。入冬，他在那一亩宽的平坦耕地上种上了小麦，在梁民山那六分山地上栽上了苹果树。他和梨花不时到地里给小麦和苹果树锄草灌水、施肥、喷药……一个冬春过去后，他们那亩小麦收成时亩产达到了四百斤。收完小麦，他们又播上了玉米，秋天，玉米获收了七百斤。第二年，小麦又达到四百二十斤、玉米达七百五十斤。

第三年，除小麦继续获得高产外，他们的苹果树也已结出密密麻麻的果实。那果实硕大如拳，黄中透红，梨花摘下一个、尝了一口，甜得咯咯地笑着、美得像喜鹊登枝。她递给丈夫，丈夫接过来啃了一口，乐得合不拢嘴。

这一年初秋，梁小肚收获了一千斤苹果，卖给了省城里来收购的小贩，获利五百多元。

到了深秋，梁小肚又添了一喜：怀孕十个月的妻子梨花，终于在一天黄昏分娩、生下一个重七斤的小男孩——这可是梁家的头等大事哇！梁大肚在世时梦寐以求却没能实现的传宗接代的愿望，终于在弟弟梁小肚的努力下实现了。从接生婆手中抱过那个粉嘟嘟红嫩嫩的肉团，梁小肚这位乡长、这位年近五十岁的汉子竟激动得老泪纵横。

人们真是做梦也没有想到，土地承包之后的梁民乡，只不过是三五年时间，原先黄土裸露、七沟八壑的梁民山，这回已完完全全被一片片的苹果树所覆盖，远远看去，山色氤氲，漫山遍野一片苍翠。

到了秋天，苹果树上硕果累累，那果实或绿或黄、或黄或红，看上去灿然一片，让人喜上眉梢、甜至心里，老人们乐得直掉眼泪。梁民山下那大片平坦耕地，也从来没有像现在这样慷慨、一季接一季地奉献出大片大片金灿灿的小麦、玉米、高粱和大豆来。每每到了这个迷人的秋天，梁民乡家家户户都有苹果卖；交了公粮、余下的粮也吃不完，于是家家都有囤粮。

有了饭吃，也有了衣穿，乡民们自然兴奋异常。那会儿随便到哪条巷走走，你都能随处看到乡民们心满意足的笑脸，听到从各家各户飘出的安居乐业的笑声……

庄稼人难得有眼下这样的丰收年景，他们喜形于色纯属自然。但年年如此，乡民们也渐渐见怪不怪，以至认为庄稼人一年到头辛辛苦苦、收回粮食理所当然。并且他们发现，粮食丰收也并非都是好事。就说交公粮吧，一向来者不拒、笑容可掬的区粮食收购站的那些收购员，这会儿变得傲慢无比。他们对一大早便前来门口、一直等到太阳西斜还交不上粮的粮农爱理不理，对乡民挑来或用木板车推来的粮食挑挑剔剔。他们不是嫌这个没晒干，就是嫌那个里面有几粒沙子，于是不收或折价收。有的折价也不收，乡民不得不给敬烟递笑好说歹说，甚至于给送礼后人家才勉强给收。当然，这里面确实也有不合格的粮食，那另当别论。但总的来说，乡民们已实实在在感到：人家收购站这会儿是不怎么稀罕庄稼人那粮食喽！再说，粮食着实也不值钱，一亩田的小麦收下来，还不如几棵苹果树结出的苹果值钱呢！何况眼下买化肥、农药也有困难……

最先对种粮产生动摇的是梁二鬼。

秋收之后，他便把全家那三亩平地荒着。他弄来好几个筐，自个儿挑起一对，另一对给妻子玉莲挑，还有一个筐让他那两个初中还未毕业的闺女扛，然后晃晃悠悠地渡过黄河进省城去了。家里留下一老母，老母看家并带梁二鬼那一个十岁和另一个十三岁的儿子。

那天清早，梁二鬼携妻带女坐梁艄公老汉的木板船离开南岸向省城方向行驶时，便引起聚在黄河边淘洗衣服的大小女人们的注意和议论。但她们怎么也猜不出梁二鬼到底要干什么。就连驾船送梁二鬼及其妻女的梁艄公老汉也不能得到确切答案。老汉一开船便问梁二鬼那么多人进城干啥，梁二鬼笑而不答。老汉再一追问，他也轻描淡写地只说了这么一句："没事儿，进城转转。"说完便不再吱声。梁艄公老汉更加纳闷儿：没准是进城乞讨吧？老汉这么猜测，却不便问。

一个月后，梁二鬼携妻带女第一次回到梁民乡，他们两手空空，原先的筐也不见了。梁二鬼衣兜里却装满十元一张的人民币，总共六十张，那是这一个月他们在省城捡破烂，收旧书、废报纸和啤酒瓶等换得的。

梁二鬼刚一进乡，梁小肚便在乡场上把他堵住：

"二鬼，这一个月，你干啥去啦？"梁小肚以一个乡长的口吻提问。

"嘿嘿，俺……俺们进城转转。"梁二鬼连连赔笑，一边给乡长递了一根烟，白金龙的。

乡长接过烟，凑近梁二鬼点燃的火柴，狠狠地吸了一口眯着眼吐着烟雾："转转？你那三亩地可还荒着啊！"

"知道。那……那不碍事儿。"梁二鬼解释说。

"不碍事儿？你……你不吃饭、不缴公粮？"

"哪能呢，俺要吃的。公粮，也……也要缴。"

"你拿啥子缴啊？"

"反……反正俺得缴。"

"交不出可要重罚啊！"

"那当然！"

梁小肚见梁二鬼哼哼哈哈，怎么也答不出个所以然来，手一甩，便气咻咻地自个儿离去。他在盘算他日后该如何处罚梁二鬼。

梁二鬼见乡长已走远，便回头对妻子和闺女说："走吧，俺们回家。"

梁二鬼他们回家待了两天，第三天便又出发。依故进省城。依故携妻带女。依故捡破烂，收旧书、废报纸、啤酒瓶和易拉罐之类，然后再去废品收购站换钱。

一个月后他们又一次回来，这回不再是两手空空。他们的五个筐装满了糖果、香烟、火柴、肥皂、牙刷、牙膏、小毛巾、小手帕和妇女卫生巾之类。进乡时，他们又碰上了一个人，这回不是乡长，而是乡小学初中部那个教语文的刘小其，他是梁二鬼那两个闺女的老师。

"哇——梁大叔，你……你这是干啥哇？"刘小其迎上前去。

"没事儿。做点儿小生意，挣俩小钱。"梁二鬼平静地说。他手伸进衣兜里，本想给对方递根烟，但半天没动。

"春花、秋花作啥不上学啦？也不向学校说，让我好急，去你家总找不着哩！"刘小其对梁二鬼身后的两个闺女说，春花、秋花分别是大闺女和二闺女的名字。

春花、秋花满脸通红。一个咬着手指、另一个咬着唇，两人都低头不语。

"嘻，你……你就不用来找啦！学，她们不上。"梁二鬼抽出根烟自个儿点着。

"她俩还没毕业呢，多可惜！至少也应该读完初中吧？再说，春花、秋花成绩都不错。看样子，她们能考上高中。读完高中，没准还能考上大学呢！"刘小其焦急地说，看样子他是真心实意前来劝学。

"读完大学能挣多少钱？"

"钱？嘿，钱……钱倒不多，就七八十吧。可……可那会儿她们可就是国家干部啦！"

"干部？干部敢情好。你……你也算国家干部吧？"

"不是——不，也……也算是，可我是教书匠，跟那坐在机关的，两……两回事哩！"刘小其脸一红，自嘲地笑着。

"唔。一个样，都是一个样，归根到底都是为着挣钱。当国家干部？俺……俺祖宗四代都还没那份福分呢。嘻，算了吧，不说了，俺们回家！"

"这——"刘小其还想说什么。

梁二鬼却不想再磨。他吐了口烟，说了声"谢谢啦"，接着挑起筐往前赶路，妻子及闺女在后跟着。

回家的第二天，梁二鬼在自家的院子门前摆开了小百货，实际上是个小摊。乡村里不像城市那样手续烦琐，做个小生意还得跑工商所办个执照许可证什么的。梁民乡没工商所，再说梁二鬼做生意在乡里破天荒是头一家，是不是需要到工商所登记办个什么手续，这事儿连乡长梁小肚也不知道。所以，当梁小肚发现梁二鬼做起小生意时，开始还不甚愉快。后来梁二鬼送他一瓶二锅头、两盒白金龙，他自己也发现梁二鬼的小摊有许多东西在乡里小商店也买不到时，心里也就释然。不过，梁小肚仍对梁二鬼说些缴不上公粮要重罚之类的话。梁二鬼依故是连连赔笑："那是！那是！"

梁二鬼那小摊一摆出来便顾客盈门，来的都是乡里乡亲，左邻右舍、前院后巷的老少乡亲自然最多。他们当中有真心实意想买东西的，也有人是前来看新鲜凑热闹。不管是想买东西还是想凑热闹，梁二鬼原本冷落死寂的院门前一下子却是实实在在地门庭若市生机勃勃，生意也从第一天的几十元增加到后来每天的上百元乃至几百元。对此，梁二鬼已心满意足。过了几天，生意转入正常、一切都安排停当，他便将小摊留给妻子玉莲一人看管，自己带上大闺女春花和二闺女秋花，挑着筐又一次渡过黄河进省城去了。此后，他们每半月回家一次。每次回家，除了衣兜里揣满票子，筐里则仍旧装回些糖果、香烟、火柴、肥皂、牙膏、牙刷、小毛巾、小手帕和妇女卫生带卫生巾之类。

第二年开春，梁二鬼对他那被冷落了整整一个秋冬的六亩耕地忽然热乎起来。先是雇来一辆手扶拖拉机突突突地来回松土，接着便播下许多色泽和大小均同臭虫之类相似的种子。没多久那些种子便冒出绿芽、长出近似丝瓜叶却又不完全像丝瓜叶之类的叶子。再没多久,那庄稼便结出椭圆形、绿黄条纹相间的东西来。直到那东西长到如拳头一般大小,老辈人才发现那东西是西瓜。西瓜在梁民乡极少且多年不种,年轻一点的乡亲皆不认得。

仲夏时节,烈日灼人。梁二鬼的西瓜大获丰收,亩产达三千公斤。三亩西瓜加起来,共九千公斤。

梁二鬼雇来两三辆拖拉机,把所有的西瓜摘下来装上去,突突突地开往河边;再到对岸雇来两条汽船,把西瓜拉进省城,以每公斤三毛钱的价格卖给省水果公司,三亩西瓜共卖得两千七百元。扣除成本及运费,纯利润也达两千二百元。

卖完西瓜,梁二鬼掏出其中的两百块钱,以每斤五毛钱的高价分头到左邻右舍、前院后巷收购小麦,很快买得四百斤。

梁二鬼把四百斤小麦装到木板车上,然后自个儿推起车,咯吱咯吱地加入了夏收之后缴公购粮的行列……

在区粮食收购站门口,当乡长梁小肚碰上梁二鬼并知道他是掏钱买来的小麦时,梁小肚上去便是一拳:"你娘个蛋,鬼点子还真不少呢!"

梁二鬼讪讪地笑:"哪里哪里,俺没事瞎琢磨哩。还得请乡长您多多关照啊!"说着给乡长递了根烟。

梁小肚没吱声。他一边抽烟,一边眯着眼瞅梁二鬼,似乎是刚刚认识他似的。

初战告捷,梁二鬼喜不自禁。他的琢磨也越来越让人难以捉摸。当梁民乡的一些人挖空心思费尽九牛二虎之力窥出梁二鬼的秘密和好处、并开始学着他捡破烂收旧废品种西瓜做小生意时,梁二鬼则已洗手不干。他通过一位远房亲戚的远房亲戚,然后再找到一位在省商业厅某处当处长的远房亲戚,弄到了一张批条。梁二鬼拿着这批条,再花几百元钱在省城弄来了好几条万宝路香烟,进县城找到了林县长和工商局的周局长，取得了他们的支持。于是梁二鬼很快成立了"梁民乡商业批发有限公司"，林县长和周局长任公司三顾问，梁二鬼自己任总经理，妻子玉莲任会计兼出纳，两个闺女春花和秋花均为公司办事员。另有一些办事员均从外地来，他们皆为林县长和周局长的亲属或亲戚。

梁民乡商业批发有限公司是一座新建的三层大楼，坐落在梁民乡通向省城的黄河渡口处。渡口已有汽船轮渡，还有梁艄公老汉等一些木板船日夜穿梭其间。公司大楼所需大部分资金是县人民银行给贷款的。据说贷了十几万。公司经营项目，主要是代收梁民乡及外乡农民每年收获的苹果、西瓜、红枣等农副产品，然后再转手批发给省城里的国营商店或小商小贩。除此之外，公司大楼的第一层还开设了饮食厅和商业厅。饮食厅供渡口来往客人用餐，商业厅则销售和批发各类日用百货商品。

梁二鬼的这个公司，倒还真受欢迎。主要是他们对农副产品的收购价格，与省城里每公斤价差只不过几分钱，而乡民们将产品卖给该公司，既可省力气，也还省下轮渡运费。而梁二鬼从省城里批发而来的日用百货，零售价格与城里一模一样，批发价格也相差无几，一些做小生意、学梁二鬼早先摆小摊的乡民或外乡人，要货不多，又图省事，也就认了，纷纷来公司批货。

由于梁二鬼的公司讲信用、重信誉，对待来往顾客礼貌热情，又细致周到，于是生意越做越兴隆、越做越红火。开业仅一年，便获利二十万元，不仅还清了贷款，而且还赚了十万。而更令人意想不到的是，梁二鬼年底还被评为"省优秀农民企业家"，事迹见了报、上了电视。

真是"三十年河东、三十年河西"哇！梁二鬼的出名、得志，使乡长梁小肚大为吃惊。看着人家变戏法挣钱、出名，梁小肚像被呛了烟一样浑身不是滋味。他有好几天吃不下饭、睡不着觉，时常是有事没事地反剪双手一个人来到渡口，在梁二鬼公司大楼前后转悠。

一日，梁小肚又来到公司大楼门口。他忽然发现门口外面贴了一张大红纸，走近一瞅，才发现是梁二鬼那公司贴出的什么招工广告：

　　本公司即日起公开向社会招聘女推销员3名。年龄为：20岁以下一名；20至30岁之间一名；40岁以上一名。要求应聘对象相貌漂亮出众，若漂亮又不显老，最后一位的实际年龄还可尽量放宽……

"你娘个蛋！敢情是要漂亮女人哇，王八蛋的满肚子尽是坏水！"梁小肚恶狠狠地唾啐了一口，心里像突然间被撒了一把辣椒面一样火辣辣不是滋味。可他再往下看，又被吸引住了：

　　……被聘人员每月工资400元。因名额有限，招满为止，望大家勿失良机。
　　另者，本乡人员可优先考虑录用……

看到这里，梁小肚心里忽然间又由愤恨渐渐转为羡慕：他娘的！四百元哪，俺自个儿干几个月也不一定有这个数哇！他又反反复复看了好几遍，不住琢磨着，内心焦躁不安起来。他在想是否让妻子梨花前来应聘，可又怕梁二鬼这王八蛋对她耍坏；他在想是否先回去同梨花一块商量商量，可又怕误了工夫，那唯一的一个名额会让别人先抢了去，每月四百元可不是个小数目哇！他像个热锅上的蚂蚁，反剪着双手在梁二鬼那公司门前来回踱步。

天还早。太阳刚升起来，黄河里亮光闪闪一片橘红。渡口处有三三两两的木船和行人来来往往。梁二鬼贴出的那张招工广告这会儿已围了一伙子人，那伙人像得了什么宝贝似的兴奋异常，他们喊喊喳喳地议论着。

梁小肚眯着眼远远地朝他们瞅了一眼，然后一甩手，决定进大楼去找梁二鬼一趟。

梁二鬼对梁小肚的来访并不感到意外。刚才他在二楼的办公室里早已发现楼下焦躁不安的梁小肚,他料定梁民乡的这位一乡之长迟早会上来找他的。

"嚯,是乡长哇!这么早您就大驾光临,有啥事吩咐?"梁二鬼笑声朗朗。他给乡长让座,自己也坐下来,不动声色地审视着眼前这位来客。

这是一间三十平方米的会客厅。厅里宽敞明亮、窗明几净。沙发、茶几、地毯、花盆等摆设显得富丽堂皇。此刻,梁二鬼穿一套咖啡色高级毛料西装,内穿白衬衣并配深蓝色领带,金色的领带夹闪闪发光。梁二鬼的头发向后梳着、整洁光滑,那张五十几岁的脸原本黝黑粗糙、皱纹纵横,可这两年却鲜亮丰润起来……

"你……你要招工?"梁小肚干咳两声之后,开始说话。

"是啊,招女工,俺的公司缺推销员。"梁二鬼说着,从口袋里抽出一盒万宝路。他给了乡长一支,自己叼上一支,"嚓"地用打火机点着。

"你……你那广告上面说的是否当真?"梁小肚也把烟点燃,深深地吸了一口。

"你指的是啥?"梁二鬼慢腾腾地吐着烟雾,眯着眼瞅对方。

"俺……俺想知道你那四百块钱的工资是否当真。"

"哈哈——"梁二鬼突然大笑起来,说:"俺要是红纸黑字说瞎话,您这个当乡长的还饶得了俺?"说完他逼视着乡长。

梁小肚并未吱声,他低着头,一口接一口地吸烟。末了,他把烟灰使劲儿弹进烟灰缸,说:"俺想让梨花前来应聘,你能不能把那个名额留给俺?"

"是吗——?"梁小肚故作惊讶,"您……您乡长也瞧得起俺这差使?"

"俺要回去同梨花商量。你……你能不能把名额留着?"梁小肚关心的仍是那个名额。

梁二鬼没有马上回答。他瞥了一眼乡长，微笑着站起来，内心压抑不住激动的狂喜，在屋里来回踱步。此刻他眼前出现的是那个梨花，那个自己十岁起就开始想念、做梦也想念但却很难接近的公主梨花，那个后来被梁大肚娶走再后来又被梁小肚娶走恨得他直咬牙的梨花，那个令他一辈子日思夜想愁眉苦脸的梨花哟！以前，他几乎从未真正同她说过话，可那次游街——感谢游街！——他竟然被安排同梨花并排行走而且挨得那么近走了一程又一程，他竟然同梨花偷偷说了话，那会儿梨花还偷偷递给他水喝！眼下的梨花尽管已半老徐娘、已为梁小肚生了一男孩一女孩，但却白皙年轻风韵不减，外表看远不满四十岁吧？梁小肚这王八蛋够有福气的！梁二鬼最喜欢梨花那副白皙红润的苹果脸，那双双眼皮的水灵水灵的眼睛，那副见了男人似笑非笑欲语不语羞答答的神态。梨花跟自家里那个虽能干活却又粗又丑的女人相比，可真是天壤之别哇！此次招聘女推销员，梁二鬼原本想都招年轻的，可他左思右想脑子里总赶不掉那个至高无上的梨花，于是他才不得已在广告上冒出那个"四十岁以上招一女工"的规定，实际上这个规定完完全全是对着梨花来的。娘的！这回梨花那男人、堂堂的乡长自个儿也找上门来啦，自己能不兴奋吗？！

梁二鬼终于踱回到乡长跟前，对早已等急了的乡长说："既然乡长赏光，俺梁二鬼哪能不照顾啊！"他脸色红润、满脸春风。

"一言为定？"梁小肚也站起来。

"一言为定！"梁二鬼有力地一挥手。

"中！"梁小肚狠狠地给了梁二鬼一拳，然后背转身噌噌噌地下楼去了。梁二鬼两臂抱胸，眯着眼看着他远去。

回到家里，梁小肚一五一十地把梁二鬼招聘女推销员的事向梨花说了，并说已给梁二鬼打了招呼让他把那个名额给留着。末了他说：

"你去，行不？"

梨花正在给三岁的女儿缝裤子，她静静地听男人唠叨。待缝完

裤子,她才说:

"你看俺能成?"

"咋不成?俺都跟人家打过招呼了。再说,人……人家要的就是俊女人!"梁小肚憋着气好不容易说完了这句话。

梨花瞟了一眼自己的男人,脸角掠过一阵微弱的红晕,显得美丽可人。梁小肚愣愣地瞅着她,犹豫了一会儿,说:

"不过,俺倒是担心梁二鬼会不会欺侮你!"

"瞧你说的,亏你还是个乡长呢!他敢?"梨花又瞟了一眼男人,没好气地嚷。

"这……倒也是啊!"梁小肚笑了。

一会儿,梨花讲:"不过,俺走了,孩子咋办?这个家咋办?"她不愧是个好女人,她想的还是这个家。

这一问不打紧,倒把梁小肚给难住了:是啊,这倒是个大难题哇!自己咋就一直没想到过?

"嗐!"梁小肚狠狠地拍了一下自己的脑门,连连叹气。他在门槛上蹲坐下来,掏出烟袋抽烟。琢磨了一阵子,他才说:"要不,大明就先别上学了,他才七岁。让他带菊子吧,也让他学着烧饭、喂猪喂鸡。再说,你大部分时间也还都在乡里,下了班不就回来了?"梁小肚所说的大明是他的儿子,菊子是他的女儿。

"反正,俺听你的。你瞧着办吧。"梨花说。这辈子她一直窝在家里,且受了不少苦,她内心渴望到外面开开眼界。

"就这么着吧!"梁小肚笃笃笃地朝鞋底敲烟灰……

梨花果真是当上推销员了!

进公司的第一天,梨花精心地洗了洗脸,刷了刷牙,还将长而黑的头发拢起来,在后脑勺处绾成一个蓬松的髻,再用银钗插上,看上去像一朵硕大无比的黑玫瑰。她身穿自己最喜爱的那件蓝白相间的花布夹袄,下配一条崭新的黑布裤,脚下那双缀着小蓝花的红布鞋也闪闪地亮。整副装束,看上去端庄典雅,极像古装戏里常见的那种淑女。当她走进梁二鬼的办公室时,梁二鬼兴致勃勃地惊叫起来:"嚯——好漂亮呀!"他摊开双手走上前来,上上下下地欣赏,"不过,这么穿倒像是要演古装戏哇!"说得梨花满脸飞红。

梁二鬼倒不是觉得梨花的装束不好看,而是觉得不新潮、不合时宜。于是,他很快为她换了另一副装束:一套浅咖啡色的高级呢子西装套裙,内衬乳白色的高领紧身绒衣,下面穿的是肉色长筒袜子、黑色高跟鞋。此外,梁二鬼还要求梨花把长发放下来,成了时髦的披肩发。这一改不打紧,梨花一下子竟年轻了许多,粗看像三十刚出头吧?而且比原来的那套装束更显得标致、风韵,令梁二鬼大开眼界。梨花开始说什么也不愿穿、不敢穿,可梁二鬼硬说那是工作需要,那服装算是发给梨花的工作服,梨花不得已只好服从。

说是当推销员,实际上推销员的工作几乎全都让给了那两个年轻的女子。那两个女子都不是本地人,一个来自省城,另一个来自县城。她俩都年轻漂亮、能说会道,且还没有对象。梁二鬼常让她俩外出,跑省城、跑县城以及别的一些地方,她们的主要任务是联系业务,进货或推销。梨花则被梁二鬼安排在自己的办公室,主要任务是端水、斟茶、接电话和接待客人,有时还跟着梁二鬼的小车出门。

梨花应聘之后,梁小肚可以说是坐卧不安,仿佛像是自己的女人一夜之间被别人搂了去。他时常有事没事地转悠到梁二鬼那栋办公大楼附近,探着脖子朝二楼的窗户使劲地瞅去,极力想看清自己的女人究竟在干什么。有时他也找个借口冠冕堂皇地闯进梁二鬼的办公室,想冷不丁抓住点什么,弄得梁二鬼满脸不悦而梨花则尴尬不已。晚上回家,梁小肚还要无休止地对梨花反复盘问,弄得梨花也烦了生气了说:"你要不相信俺干脆待在家算了!"每每到这个时候,梁小肚才能软下来,连忙说:"那咋成呢那四百块钱的工资可不是个小数目哩!"末了便嬉皮笑脸去搂梨花。

梨花已两次领回四百块钱了,她在梁二鬼那儿已整整干了两个月……

梁民乡的变化也真叫快!

自打乡里冒出个梁二鬼,人们便瞅准了眼下这社会要能挣钱就是最大的本事。于是,有一些人便也学着梁二鬼捡破烂收旧废品、摆小摊种西瓜等等,这么折腾之后尽管都或多或少地挣了点钱,但要赶上梁二鬼那差距恐怕还不止十万八千里!于是一些人也就自叹弗如,以至扔下锄把卷起铺盖儿北上或南下寻生路去了……

两年之后,梁民乡里却有两个人让梁二鬼刮目相看:

一是刘小其这个外地人竟辞掉了教师职务,在梁民乡商业批发有限公司的对面建起了一栋五层楼高、面积近两千平方米的"黄河大厦",据说,其后台就是那个曾在本公社当过革委会主任、因"抓革命"有功而调到地委一个什么部当部长的那个姓李的人物,是那个人物帮刘小其批的条、贷的款。

二是矮梁老爷的儿子女儿,他们一块在梁民乡至省城的关口处成立了"黄河联合运输公司",现拥有四条大型电汽船、两条豪华旅游船、四部大"东方"和两部"考斯特"豪华客车,他们有能力承担这一带的水陆旅游业务。据说,他们的后台是那个"大跃进"在梁民乡蹲过点、后来当县委书记,而眼下在省城旅游局当局长的那个"王同志"。据说王同志认识了一位拥有千万资产的香港华侨,那华侨的祖父的一位朋友曾是矮梁老爷的父亲的一位至交。矮梁老爷的儿子和女儿之所以得益于王同志的扶持,实际上是那位华侨一次偶然机会的提醒。不过,王同志也是黄河联合运输公司的名誉经理,是矮梁老爷的儿子女儿主动邀请来的……

此外,还有两家人梁二鬼也不敢小觑:

一家是高梁老爷的大儿子小儿子,即梨花的大哥二哥。他俩得益于妹夫梁小肚的照顾,优先承包了黄河边那片面积达几十亩宽的滩涂,在那儿兴建了一座对虾养殖场,已收获了两次,获利一万多元。

而且看样子势头不减！

另一家是梁山虎，就是那个曾跟梁二鬼捡破烂收旧废品然后一块加入"五类分子"行列的梁山虎。梁山虎这几年常到南方闯荡，年初回来后竟创办了"黄河贸易集团"，据说也是从省里的一个什么厅找到了一个处长当的后台，他们专营南货北运、北货南运，搞的都是批发，地地道道的皮包公司。虽然刚刚开始，但梁二鬼觉得，这个集团令人生畏！

总而言之，梁民乡是实实在在地兴旺起来啦！

将近半数以上的乡民走出田野走出乡村从事做工、经商、承包、服务等项目，真可谓八仙过海、各显神通。于是，他们原先那空瘪如洗的腰包渐渐地不同程度地鼓起来，那一张张黝黑苍老木讷的脸开始出现难得的笑容。他们当中有些人兴建了新房、买了电视，于是，晚饭后他们一家子便可以围坐在电视机前看那些哪怕是看不懂的节目，算是找到了乐儿。

即便是那些老实巴交一直守着自己责任田，抑或孤家寡人劳力不足的乡民，虽然他们腰包里至今仍没有多少票子，但他们眼下再也不挨饿不挨冻了，这是毋庸置疑的。

久经磨难的梁民乡人在过上了好日子之后，似乎开始对天神河神热衷起来。梁二鬼等一些有钱人发动了集资，将黄河边那个"文革"期间被砸成废墟的"天河庙"修复得神秘庄严、富丽堂皇。逢年过节，成群结队的乡民们便带上各色各样丰盛无比的祭品，极其虔诚地来这里参拜，祈求神圣善良的天神河神慷慨赐福、保佑平安……

梁民乡的乡长梁小肚似乎也被人冷落了似的。他除了管好自己的责任田，属于公家的工作不多，无非是时间到了催大伙儿缴公购粮、缴这种税那种费或给乡民开外出介绍信什么的，要不就是同妇联主任一块去妇人家里催结扎或罚超生款。当然有时也要到区里开会，回来后不管有人听没人听总是要把有关精神想方设法传达到各家各户。更多的时间，他则是有事没事地要到各处尤其是梁二鬼那栋办公大楼下转悠。而乡民们跟他打招呼的似乎也越来越少，多数人见到他总是若无其人似的匆匆走过。这一点，尤使他伤心和恼火。

忽一日，寒风凛冽。省电台那位张记者南渡黄河来到梁民乡。据说是安徽、上海等地大学生闹学潮，中央开了会、变换个别领导人，张记者才又受命前来采访农民兄弟。

多日被冷落的梁民乡乡长梁小肚见状兴致勃发，面对张记者的话筒对答如流："嘿，张记者又来采访俺啦！没说的，中央瞧得起俺、派记者来采访俺，俺能不拥护？俺……俺代表全乡的全体乡亲，表示一万个拥护哩！"说完，梁小肚还兴奋不已。此时此刻，他才又实实在在地感到自己毕竟是名乡长。

很快，张记者便满意而归。当晚，一则《中央定决策，农民全拥护》的录音通讯又如期播出。这一回，梁小肚特地借来了一个半导体，第一次亲耳听到了自己那响彻全省大地的声音。这一夜，他失眠了。

兴奋了一阵之后，日子又渐渐地平淡下来。梁小肚除了管自己那片责任田、那片苹果园，仍旧是时候到了要催各家各户缴公购粮、缴这种税那种费等等。眼看大伙儿一个个都有门道一个个都忙忙碌碌捞钱去了，他越发萌生一种被冷落的感觉。于是他常常是无可奈何地摇头、叹气……

梨花在梁二鬼那儿已干了好几个年头。这期间，刘小其的"黄河大厦"设立公关部时，曾要以每月六百元的高薪聘请她，梁二鬼大怒："人活一世，争的不就是一口气一张面子？哼，我倒要看你刘小其有多大本事！"他一气之下把梨花的工资从四百元提高到七百元，总算稳住了梨花的心。眼下，梨花似乎也越干越起劲儿，每天下班她总是满面春风地回到家里，有时还有事没事地哼着几句时髦的歌曲。她似乎也越来越注意起自己的打扮，上班前或下班后有事没事地总要凑到镜子面前梳理头发，描眉、搽脸，甚至还要涂上那令人刺眼的口红，惹得原本就心绪低落的梁小肚更是闷闷不乐，以致他有一次憋不住气破口大骂：

"臭娘儿们，又涂个啥呀！想出家勾野汉子去咋的？"

正在兴致勃勃描眉的梨花脸色骤变，头一甩对梁小肚嚷："勾野汉子又咋啦？野汉子有钱，你堂堂的一个乡长咋就白当啦？哼，有本事挣钱去啊！"

——闷头一棒！梁小肚呆了：他从来就没有见过梨花敢这样顶撞他哇！心辣痛辣痛的，像被蜂蜇了一样难受，多日积郁的那段无名之火"腾腾"地往上蹿。他"唰"地抄起一根木棍冲向梨花。没想梨花也豁出来了，她迎上前勇敢地将头伸给他："你打吧，有本事你就打！"

屋子里却骤然间静了下来。梁小肚那只已经举过头顶的手半天不动，接着无力地垂落下来。木棒掉落在地上，发出"咣当"的声响。

夫妻俩四只眼睛久久地对视着，一双淡定、另一双惊愕。一会儿，梁小肚有气无力地说："你说得有道理呀，俺……俺咋就挣不了大钱？娘个蛋！俺……俺这乡长果真是白当哇……"梁小肚边说边叹气，边说边摇头。他庆幸自己没对梨花下毒手，他想梨花眼下毕竟比他自己能挣钱。说不定往后，自己还要靠她养家糊口哇。

一连几天，梁小肚沉默寡言。晚上上了床，他也不再像以前那样对梨花横加盘问压迫了（这一点使梨花大为惊愕）。他也没睡着，只是直愣愣地望着屋顶发呆，他在绞尽脑汁寻找挣钱的门道。

终于有一天，他想出办法来了。他想他应该利用自己当乡长的权力提高或增设农业税、水利费、教育费、计划生育费、宅基地费、土地征用费、公益事业费、公共卫生费、外出做工费、外出做生意手续费等等。此外，他想往后人家再找他开介绍信、盖公章什么的，他要狠狠地敲竹杠，让他娘个蛋通通先交上几十元上百元手续费再说！有了这些个费，还愁自己捞不上钱？这样想着，他"嘿嘿"两声、不无自嘲地笑了起来，他甚至在心里恨恨地咒骂自己，怨恨自己从前脑瓜咋就一点儿也不开窍。

主意一定，他的心便平静下来。

早上，屋外空气清冽，彩霞满天。他出了门，反剪双手，昂起头"嚓嚓"赶路。他想去找乡妇联主任等人，将昨晚上的一些主意（当然不是全部主意）向他们通报一下，下决心把各种费收上来，一定要提高乡干部的待遇！

刚走上乡场，梁小肚远远看到一帮人前呼后拥地走过来。走在中间的是三个大人，似乎是两男一女，周围跟着的是一帮娃们儿。那三个大人，开始时梁小肚看不清，待走近了，他才发现那其中一个男的是省电台那位张记者。于是，他兴奋起来，远远地向他打招呼——

"嘿嘿，是省里的张记者哇！咋的，莫非又要俺拥……拥护来了？"说完他朗声笑着。

"哈，梁乡长，你没猜错，我是找你来啦！"张记者满面春风地走过来，一边向梁小肚介绍随他来的那一男一女，"这两位是省电视台的王记者和李记者。瞧，他们扛着摄像机，也想一块儿采访你呢！"

"噢——乡长要上电视喽——！"围观的娃们一下子欢呼起来。

"去！去！"梁小肚一边驱赶娃们，一边迎上前同王记者和李记者握手："嗐，瞧俺这副脸相，哪儿能上电视啊，出丑呢！"

"瞧梁乡长多谦虚！我们呀，就是要采访你呢！"女记者开朗热情，梁小肚发现，她比梨花俊俏洋气哩。

"嘿，哪里哪里。不过，你们想采访啥？"

"你刚才不是说了嘛！"省电台的张记者赶忙插话，并抢先把话筒伸了过来。

"咋——中央真的又开了会、换了人啦？"梁小肚睁大眼睛。

"是啊，我们来，就是想听听农民的反应呢！"

"嘀——你瞧，俺刚才纯是瞎猜测，没想到果真猜中哇！"

"电视上不是播了嘛，北京好多好多的大学生闹的，还……还绝食呢！"娃们中的一个大着胆子插了进来。梁小肚一瞅，发现是梁二鬼那个上初中的大儿子。

"这——是真的？"梁小肚把脸转向记者。

"是真的。"张记者说。

"真的，这……这么快，才两年吧？嗐，这帮大学生呀——吃饱了撑的！放……放着书不好好念，瞎折腾个啥呀！"梁小肚抱怨着，说得几个记者都笑了起来。

"梁乡长，咱们还是转入正题吧，我们想听听你们农民的反应！"女记者口齿伶俐，接着她简单地介绍了中央最近的情况。

"没说的，俺……俺拥护哩！"梁小肚听完后说。他笑嘻嘻地瞧女记者，没有下文。

"这太简单吧，你再说具体点儿。"女记者紧紧追问。

"嘻嘻，说具……具体点儿嘛——"梁小肚挠了挠脑皮，没想出招儿，于是随口道，"谁领导俺，俺……俺就拥护谁哩！"说完仍嘻嘻地笑。

"这话不能这么说，换一种说法吧！你再想想。"女记者倒是耐心，那双漂亮的眼睛充满着期待。

"换一种说法嘛——"梁小肚又挠着头皮，忽然眼睛一亮，"依俺说呀，谁能让俺庄稼人挣钱盖房子，有的吃、有的穿，过上好日子，俺就拥护谁。新上任的中央领导总……总是想为俺庄稼人好吧？没的说，俺……俺拥护！"

"说得不错！"女记者情不自禁地喊起来，王记者和张记者也极其满意，他们当即便打道返城。

临别时，梁小肚拦住三位记者。犹豫了一会儿，他说："依俺说呀，往后，中央再有啥精神，你……你们就不用来啦，你们就说俺拥护哩，中央嘛，俺农民哪能不拥护？要不，你们大老远的，还要扛那机器，怪……怪累人哩！""那怎么行呢！新闻哪能凭空编？新闻要讲真话呢！"女记者说，王记者和张记者也表示赞同。梁小肚想了一会儿，觉着这话也在理。再说，要没有记者，俺这乡长哪能上电视、电台哩！这样，俺好歹还能向全省的人讲话，也让大伙儿知道俺好歹是个乡长。要不，人家更是越来越不理俺哩！这样想着，他也就不再吱声。

当天晚上，梁民乡乡长梁小肚的录音讲话分别在省电视台和省广播电台热烈播出。

梁小肚这回自己并未收看到或收听到。这倒不是因为他家里还没有电视也没有收音机，主要是他没时间。早上接受完记者采访，他便分头找到乡妇联主任等人，一块儿研究收费提高乡干部经济待遇的问题去了，而且整整研究了一天。据说开完会他们还掏公款到梁二鬼的餐厅喝酒去哩，直到深夜十二点梁小肚方醉醺醺地回到家，弄得梨花极为生气反倒破天荒盘问起他的去向……

梁民乡的日子像浑浊凝滞的黄河一样，慢悠悠地向前流着。

梁民乡的乡民们依故八仙过海各显神通，或守着责任田精耕细作，或四出奔忙大把大把地挣钞票。有了钞票，他们便更加不遗余力地生儿育女，他们宁可不断超生不断被罚也绝不去结扎。与此同时，他们也用挣来的钞票一栋接一栋地在平坦肥沃的耕地上兴建着房子……

梁民乡的人口和房子渐渐膨胀起来，仅人口一项就从解放初期的一千余人发展到眼下的两万余人。梁民乡于是在一个月前经县政府批准独立成区，叫"梁民乡区"（相当于过去的公社）。新任的区长是原来的林县长，就是给梁二鬼的"梁民乡商业批发有限公司"当顾问的那位。据说，林县长是因为参与县农业局一起重大的倒卖伪劣农药案而被降职的，他自己选择到新成立的梁民乡区当区长。他私下对人讲，说他这样做的原因是因为梁民乡出良民、历史上很少有去告状上访的；再就是他自己还是梁民乡商业批发有限公司的顾问，条件都很好。据说临离开县政府办公室时，他对他原先的部下说："放心，我还会回来的！"

梁民乡区的副区长暂时只安排一人，这便是梁小肚。据说，梁小肚对这个职务并不怎么感兴趣。尽管由乡长提为副区长是升了格的,但他却从第一把手降为第二把手,上头有林区长压着。他感到往后再自个儿多收各种费来提高自己的收入,会很碍手。

林区长到任的第二天,他便提议明天上午在乡场上开一次群众大会,正式宣布"梁民乡区"的成立,同时按规定传达上级最近的有关指示精神。林区长让梁小肚具体组织并通知各家各户,务必让每户至少派一人来参加会议,且必须提前报到签名保证开会人数。梁小肚一大早便在区新设立的广播站通过高音喇叭声嘶力竭地喊着,喊了一遍又一遍,喊得喉咙发干声音发哑。然而直至下午三点,前来签到的人也就一二十人。林区长一下急了,紧接着不耐烦起来,他用命令式的口吻对副区长梁小肚嚷:"我说呀,你可不可拎个锣满巷子敲去独家独户找?以前你通知开会不就用的这种办法?!"见林区长发起火来,梁小肚满口称是,心里却极其不悦:哼,初来乍到就这么摆架子?往后呀,俺哪儿有好日子过?此刻,他越发觉着当副区长着实是不如当乡长的。

时值盛夏。过午的太阳仍凶悍地吐着毒舌头、舔得地板发烫,舔得人头皮发麻脊背梁火辣火辣。梁民乡区副区长梁小肚一个人拎着破锣,"咣咣咣"地满巷子转着,他要通知各家各户派人明天去参加群众大会,听宣布"梁民乡区成立",听上级指示精神。他是一家一家通知的,然而直到太阳西沉,能通知到的还不到一百个人,因为许多人家门锁着、窗户紧闭着,有的则只剩下老弱病残。大人家长以及所有的精干劳力,大都外出挣钱去了。

梁小肚极其扫兴,内心愤愤不平:"娘个蛋!通知开个会都这么难,还……还不如'文革'那阵子呢!"

口里这么骂着,心却没往上去。他拖着沉重的步子,下意识地朝家里的方向走。此刻,他在想梨花,他想他应该让梨花多生几个儿子,至少再生两个,共三个儿子。让他们将来一个当官、当大官,一个做大生意。剩下一个,留家里守祖业。这样,自己晚年乃至下辈子兴许能轻松些，不至于活得这么累。嗯，趁梨花还能生！主意一定，他不由自主地加快了脚步。

黄昏，残阳如血。梁民山如一张剪纸，静静地贴在灰暗的天幕上，无比清晰。梁民山下，炊烟袅袅，房如积木。远远能听清几声狗吠、鸡叫、娃们的啼哭和老牛的叹息。

暮霭中，古老的黄河一如飘带蜿蜒东去，静静地向前流着……

项　链

张老太的生日在除夕之夜。

除夕那天，张老太那在外地倒腾吃官饭的儿孙们全都被旋涡般的年关吸回家来了，张老太膝下儿孙满堂，大大小小十二个人。

儿孙们踏进家门的第一件大事，自然是竭尽全力满脸堆笑，毕恭毕敬为家中的最高统帅张老太请安问好，并一一捧上各自准备好的礼物，以示孝敬。

张老太虽已入耄耋之年，走起路来有种让人如履薄冰的感觉。但此刻的她却是出人意料地精神抖擞、目光炯炯，满脸的皱纹早已乐成一朵庞大的寿菊。老人目不暇接地清点着儿孙们孝敬上来的礼物，张老太那目光就如海关检查站的雷达扫描仪，对眼前的物品一一扫视了一遍。末了，张老太那深凹的扫描仪仰起来，下意识地在家里所有女人那白皙的脖颈上来回巡视。

儿孙们一怔，几乎不约而同地凑上前问：

"娘您咋啦？"

张老太慢慢撑起眼皮，左瞧右瞅，连连摆头："没……啥，没……"说着咳嗽起来，一阵紧似一阵，一阵比一阵强烈。

大儿子俊辉赶紧为母亲拍腰止咳，二儿媳玉莲也及时递过来一碗温水，老人那揪心的咳嗽于是逐渐平静下来……

除夕夜，全家围在一张八仙桌前，张老太颤颤巍巍坐在八仙桌主座的位置上。有无数双筷子勺子朝老人跟前送来以示孝敬的各色菜肴。

不多一会儿，张老太舔净手指便不再吃。她怔怔地望着吃得正欢的晚辈，混浊深凹的眼珠又不由自主地寻找着儿媳孙媳那白皙的脖颈，老人只感觉眼前金灿灿一派炫目。霎时间，便有湿泪从混浊的眼珠旁滑出来，苍老的脑际也被一团黄光充斥。

这时，紧挨着张老太的大儿子俊辉侧过脸问："娘，你咋不吃啦？"老人木然。

欢乐的儿孙们并未注意到张老太内心的骚动，就连最了解老人心思的二儿媳玉莲，也以为老人是在等候汤凉些再喝。于是，他们只顾自己吃着眼前这每年一度的团圆饭。直到他们都伸着腰打着饱嗝儿时，才发现张老太跟前那碗排骨汤已成了冰凉的湖。

沉默。片刻之后，还是二儿媳玉莲满心忧郁地问："娘，您咋啦？"说着，便起身走近婆婆。

张老太感觉憋闷的胸膛像被塞进了团团棉絮。她挣扎着"呼——"地从木椅弹起来，声嘶力竭地冲玉莲嚷："你滚，你……快给我滚，别烦我！"老人怒目圆睁，死死盯住玉莲脖颈。她感觉玉莲的脖颈同家里其他女人的脖颈一样，都盘着黄光刺目的金环蛇。

儿子俊辉和俊明赶忙扶住母亲："娘，您先进屋歇一会儿吧！"老人瞪大眼看着丧魂落魄的豆豆和牛牛，又侧脸望望俊辉，瞅瞅俊明，愣了。她怏怏地跟着儿子离开饭桌，一步步往里屋走。没走几步，老人忽然哭起来："呜——呜——呜——"哭声如刀如刺，扎得除夕的欢乐一激灵，躲得无影无踪。俊辉和俊明既心疼又心烦，两人憋着气双双将母亲搀进屋里，让母亲躺床上，老人却执意不躺，捂着脸越哭越伤心。

俊明憋不住蹦出一句："哎呀娘，您哪不舒服您就说，今晚可是大年三十！"

老人忽然停住哭，用愤恨的眼珠盯儿子："咋，你……你看着我不顺眼是不是？我知道我老了，不中用了，你们都看着碍眼喽，呜呜——"

俊明一吊眉，说："那你究竟想要啥嘛！"

"我这老不死的，还能要啥？还能指望谁？"张老太擤了把鼻涕，哭歪了脸："我的命咋这么苦哟，我那项链让那些挨千刀的抢走咋就无影无踪哪，咳——咳——"

俊辉和俊明那紧锁的眉头一颤，彼此间对望了一眼，很快又耷拉下脑袋。

这时，玉莲端来一杯水，身后也跟进来一帮儿孙。俊辉接过水，一边拍打老人的腰身，一边扶老人喝水。

俊明则摊开双手，赶鸭子般示意大家走出外屋。里屋只剩俊辉一人在侍候母亲。

走出外屋，俊明边叹气边摇头："唉，弄了半天，她原来是想要条项链！"

这么一说，所有的目光便"唰"一下盯住了女人们的脖颈，所有女人的脖颈上都挂着流光溢彩的金项链。三十几年前，张老太也有一条24K的金项链，那是她当"地主婆"留下的唯一珍品。那珍品装在瓷瓶里，新中国成立时便一直埋在屋角地下。"翻天覆地"的岁月里，那珍品却还是被抄家者掳走了，掳得无影无踪……

这时，俊辉也蔫着脑袋走出里屋。里屋已经趋于平静。

众人悄声问："她睡着啦？"

俊辉答："睡着啦。"又抬头说，"娘……想要条项链。"

众人"嗯"的一声，霜打般纷纷耷拉下眼帘和脑袋。

沉默。谁心头都像压上一块石头。

五岁的豆豆仰着头望了望大人们，嘟起小巧的嘴说："老奶奶，不就是要条项链吗？我给她买一条呗。要不把我的项链给她！"说着,豆豆就伸手去摘自己脖子上的项链。那项链是爸爸争光用两块钱买的,争光是为了不让女儿闹着要妈妈的金项链。

还是二儿媳玉莲先开了口:"都怪我粗心,我要不把这新项链戴上,不就没事啦,我……我把这项链给娘算了!"说着,就伸手要摘项链。

丽芬瞅一眼丈夫俊辉,便机械地挡住玉莲的手:"那……那怎么行呢!一定要给嘛,我是大儿媳,又难得在身边侍候娘。我……我把这项链给娘。"说完,也要去摘项链。

"算啦算啦!"如巨钟轰鸣,众人都把目光投向俊明,俊明清了清嗓子,拧了拧眉,说,"还是我单独给娘买一条吧,再怎么说,我是领工资的,比你们挣得多。明天,我就去买!"

俊辉说:"话不能这么说。你眼下挣得多,那是你自己辛辛苦苦劳动所得。可娘是咱俩的,是眼下咱全家唯一的长辈,娘这一辈子也真不容易!依我看……也不要分什么你我了。要买,咱们做儿孙的凑钱买,也算是尽到咱们每个人的一份孝心,我和丽芬……掏四百块钱。"说着,俊辉便真的掏出四张百元面额的票子,"啪"的一声拍在桌上。

一时间,争光、争荣、争气等几个孙子也纷纷响应。

俊明将钱一点,不多不少,总共一千。俊明望一眼大家,说:"既然这样,那我就听哥你的。不过,你们都是领死工资的,抠出个钱不容易。过了年,返城里还要路费呢。这样吧,哥你出两百,争光、争荣、争气你们每人出一百。不够的,我全补上!"说罢,便不由分说将余出的钱退还给大家,将剩下的五百元票子抓在手里,晃了晃:"明天一早我就去市里给娘买项链!"

大年初一,俊明一早便骑车去商场给张老太买回了一条24K、价值一千二百元的金项链。当他把那条黄澄澄亮闪闪的项链戴到母亲那松弛皱巴巴的脖颈上时,老人双手捧起胸前的项链,枯瘦的双手像在筛糠:"其实,这项链……戴着它还凉飕飕的,不一定就舒服。我……我是想看看你们真有孝心假有孝心。看来,我……我这把老骨头没白活!"说着,老人又哭又笑,一把鼻涕一把泪抹开了……

这天深夜,俊明刚关闭电视,便听得里屋的母亲传来一阵骇人的咳嗽。紧接着便"咕吱——"一声,仿佛遥远的天穹传来木桥的断裂声。

儿孙们一惊,蜂拥进里屋,发现老人的魂灵已青烟般飘逝,炕上只留下直挺挺的冰棍般的躯体。老人的脸却一片安详,干瘪的嘴角仿佛挂着笑意。老人脖颈上闪着一串金光,分外惹眼夺目。

所有的人霎时像被划出血来,只感觉"呼呼"地往外涌,屋子里一片呜咽。

入殓那天,那条崭新的项链工工整整挂到了老人那干瘦皱巴但还洁净的脖颈上,这是全家人斟酌再三的结果。儿孙们想,老人苦了一辈子,走前仍惦念着项链,应该了却她的心愿。再说,项链留下来,给谁都不合适,谁也不会去戴它。卖了,又更不合适。不过,家里人都知道:村里眼下戴项链的女人还是凤毛麟角,而戴金项链进入天国的,更是绝无仅有,老太太是独一份儿!

正月初十,俊辉、争光、争荣、争气便都带着自己的家眷纷纷登程离家。有的将返京城,有的要回省城。

俊明一直把他们送到大同火车站。送罢,他怅然若失,一个人怏怏地走出车站。走着走着,他下意识地仰起头,想看一眼初一那天自己为母亲买金项链的那家首饰商店。没想一仰头,俊明两只眼珠差点没滚落到街上,眼前这家"豪门首饰商店"已被判了死刑——交叉贴着封条!那苍白的巨大的交叉式封条如一把锐利剪刀,仿佛要刺剪任何来人。俊明眨了眨眼,定了定神,这才看清商店是市公安局和工商局联合封闭的。

俊明鼓起勇气,问一位正眯着眼圪蹴在街旁晒太阳的老头:

"这……咋回事?"

老头翻着眼吊了吊鼻:"哼,伤天害理。他们卖假金项链假金戒指,人都被抓走啰!"

俊明似被谁卡住喉,张着嘴瞪着眼,半天说不出话。他感觉头顶那颗昏黄的太阳霎时如镭射火球,眼前天旋地转……

太阳当顶。俊明和玉莲满心愧疚地走出家门走向村口那片坟地。他俩想去看看娘,向娘谢罪。待走近娘时,夫妻却像双双挨了刀——娘的坟头被扒开了!

犹如地震从地表深处袭来,夫妻俩愣在娘那鸡窝般零乱的坟前,浑身战栗,双腿瑟瑟发抖。

张老太的尸体此刻裸露在太阳下,金项链不见了。

俊明和妻子玉莲像旱鸭子溺水一样被恶臭和恐怖呛得头晕目眩。他俩机械地憋着气,极力想稳住自己,却仍感觉到脑子胀裂呼吸困难。心脏长时间传出来阵阵撕裂般的疼痛,手足都一时不知所措。待逝去的时光一分一秒地安抚着情绪,他俩才渐渐清醒过来。

俊明首先想到的第一件事,便是要迅速为母亲盖棺填土。他不忍心让母亲暴尸旷野。于是,他扑上去收殓母亲棺木。他搬起破损的棺盖,将要掩住母亲时。玉莲挡住他。玉莲已颤颤巍巍摘下自己那金光闪闪的项链,不由分说俯下身,系到婆婆那快腐烂的脖颈上。

"你——?"俊明一声惊叫,眼鼻拧成一个巨大问号。

玉莲惊战地望着婆婆:"送给娘吧。要不,咱家会永远不得安宁!"

俊明满脸惊诧:"都被盗了一次啦,你……你这是——?"

玉莲掩着鼻说:"这回没谁会知道,偷盗者也不会盗第二次。"说着,指缝间战栗着滚出来串串泪珠。

俊明浑身一震,棺盖便重重地罩住了娘。少顷,他疯一样号啕起来,赤手空拳地不断刨土、填土。

玉莲先是一怔，霎时间也慌慌地跟着丈夫号起来。

当娘的坟完好如初时，夫妻俩双双跪在坟前，状如泥塑。俩人的手掌不住淌着血。滴滴鲜血"嗒嗒"地落在腿下的泥土里，溅成了美丽动人的朵朵野花。

第二天，俊明向乡派出所报了案，要求派出所尽快侦查并缉拿盗墓者。

大腹便便、满脸络腮胡子的派出所所长见俊明痛不欲生悲愤难抑，说："我们同意立案侦查，你带我们去现场吧！"

俊明于是带着他们急急地来到现场。俊明说："你们看，这就是我娘的坟。昨天整个儿被扒开了，棺木严重破损，我娘的金项链被盗走了。"

派出所所长皱着眉问："这就是现场？"

俊明说："是呀，就这里！"他又指了指娘的坟头。

"哧——"的一声，所长差点没喷出来一串鼻涕。所长笑短了脖子："扯淡！好好的坟，算啥现场。你没做梦吧？"

俊明急得直瞪眼："你——啥意思？我咋能骗你们！你看看这新土，这明摆着是我昨天发现后给重新填上的嘛！"

所长说："你真熊！谁让你填它啦？没有现场，我们咋取证？"

俊明说："证据？我……我这双刨土刨烂了的手不就是证据！再说，我能忍心让我娘那么暴尸荒野吗？！"他抖着缠满纱布的手，几乎是声嘶力竭。

所长说："哼，你这双手能证明个屎哇？"他差点想说：没准是你自己扒的坟呢！一咬牙忍住了，转而说，"少废话，你真要让我们取证，就只能重新扒坟。"

"啥——？"俊明那愤恨的眼珠像要滚下来。

所长吞了口唾液，说："不然，我咋证明谁扒你娘坟盗走你娘金项链？"

俊明如鲠在喉,脖颈又肿又歪。霎时间,他吼起来:"我×你姥姥,你咋能说出这种伤天害理的话!你想想你自己能忍心让别人扒你家的祖坟吗?!"

　　派出所所长一拉脸,一掌把俊明推了个屁股撞地。然后一招手,几个人拔腿离去。

　　俊明呆坐在母亲坟前,一会儿才爬起来冲他们吼:"'文革'都过去多少年了你们还打人哪?我……我要去县里告你们!"

　　所长没再理他,几个人迎着如血的夕阳快步离去。俊明怏怏地望着他们的背影被夕阳烧成灰烬……

小　黑

小黑是一条狗。

星期六上午，小区业主404带着自己五岁的儿子贝贝在小区的花园溜达、玩耍，无意间遇到到了小黑。

404是这位业主的房号，因为该小区的业主微信群都是以楼栋门牌号标注入群名称，因而彼此都不清楚对方真实姓名，于是便都以对方网名相称。404的入群名称是7-3-404（即7栋3单元404号），为方便起见又被简称为404，人们只知道404是一位年龄约莫三十五六岁、风姿绰约的漂亮女士。

小黑是一条纯黑色的狗，浑身的毛密匝匝、黑得贼亮贼亮，个头不高不矮，不大不小，算中型狗吧。要说狗，如今是见怪不怪，纵观全国各大中小城市，哪个居民小区见不到狗？当然大都是宠物狗。论个头，大中小应有尽有。论品种，大型的有阿拉斯加、德国牧羊犬、边境牧羊犬、萨摩耶、哈士奇等，中型的有威尔士柯基犬、日本柴犬、可卡犬、巴吉度犬、牛头梗等，而小型的应该是目前最受宠主喜欢的狗狗了，比如博美、贵宾犬、雪纳瑞、西施犬、约克夏犬等等。体型更小的玩具狗也有，比如迷你的贵宾、吉娃娃等等。所以，当404和她的儿子见到小黑时，刚开始也是将小黑当宠物狗看待的。彼时，因为没见到小黑的主人，只见到小黑，淘气的贝贝便手舞足蹈龇牙咧嘴地冲小黑做出怪样,嘴里还咋咋呼呼地吼出怪声,意图挑逗、吓唬一下小黑。不料原本正神闲气定一心走路的小黑却被这突如其来的挑逗惊着了,它"嗥——"的一声向贝贝这边猛冲了几步,气急败坏张牙舞爪地朝贝贝做攻击状,惊得贝贝霎时哭声震天,扭转身没命地跑,一头扎进自己妈妈怀里。404此时花容失色,勃然大怒。她先是蹲下身子,搂着自己的儿子一个劲安抚,一声"心肝"一声"宝贝"不停地劝哄,一边气急败坏地冲小黑破口大骂。尽管这时候的小黑早已偃旗息鼓,只丢下背影继续走路,一副大人不记小孩过的大丈夫气概,可404还是不依不饶,一路追着小黑背影骂骂咧咧,一副穷追猛打的架势,直至小黑从不远处拐弯钻进小树林,404才带着满腔的不甘鸣金收兵。

然而,事情并未就此结束。

回到家里,404满脑子都被那条黑狗的身影填满了,她越想越生气,越想越觉得这狗有些不对劲。她觉得这条黑狗与小区里平时见到的那些形形色色大大小小的宠物狗有所不同。以前见到的那些狗大都跟着主人,还大都被主人用狗绳拴着。而这条黑狗却自始至终一直不见主人身影,它竟敢在小区里大摇大摆招摇过市,十有八九是一条流浪狗。如果确认是条流浪狗,那问题可就严重了。作为新落成不久、业主刚刚入住的居民小区,竟然有流浪狗在此出没,还胆大包天张牙舞爪吓唬小孩?流浪狗可是没有经过人工驯服的,更没有打过狂犬疫苗,说白了它就是野狗,它可是埋伏在小区所有业主身边的定时炸弹。万一哪天它咬了人,那还了得?不行,绝对不行!404觉得自己有责任搞清楚这条狗的来龙去脉,为自己,也为大家消除小区里的安全隐患。

心动不如行动。404当即登录业主群艾特了所有人,问谁在小区见到过一条黑色的流浪狗。很快得到好几个业主回应,都说见到过,但未意识到那条狗是流浪狗,以为是谁家养的宠物狗呢,但现在回想起来确实没有见到过有主人跟着,如此说来它确实是条流浪狗了。

确认那条黑色的狗是流浪狗之后，404又不失时机地将自己的担心一股脑儿抛进群里，瞬间如凉水泼进热油锅，叽叽喳喳得到更多业主的热烈响应，大伙儿群情激愤、七嘴八舌，几乎一边倒地赞同404的观点，继而议论纷纷，都说得想办法尽快消除小区隐患。至于什么办法，有人说得尽快向物业反映，让物业将那条黑狗赶出小区。有人则谴责起小区保安，说小区的保安干吗吃的，怎么可以让流浪狗闯进咱们小区，这明显是失责嘛！也有人主张必须立即打110报警，还说警方有打狗队，专门追捕流浪狗。以上这些主意都得到群里业主压倒性的支持。404急不可待，她在群里扔进一句"好，我这就报警！"之后，她果真就打了110报警电话，她觉得找物业找保安，都不如报警来得直接和快捷，打狗队来了肯定能快刀斩乱麻，甚至斩草除根。

当天下午，警方派出五六人的打狗队，每人手拎着打狗棍，还有人拎着长柄铁夹和长柄绳套，清一色全副武装，雄赳赳气昂昂进入小区。领头的一位中年警察先是给404打了电话，让她下楼引路，带领他们到小区里指认。404接到打狗队电话，兴奋得像打了鸡血，放下正进行了一半的梳妆打扮，草草收场，换衣穿鞋下楼。临出门，她还不忘往小区业主群里艾特了所有人，扔了一句"嗨，打狗队到咱们小区大门了，大伙快下楼帮助找那条黑色流浪狗！"

下了楼，404三步并作两步，向着小区大门的方向一路小跑。夏日的微风将她满头秀发吹得四散飘逸，小区里也飘过她那婀娜多姿的身影。见到穿警服且全副武装的一队人马，404断定他们就是打狗队了，遂"嗨——"的一声同他们打招呼，也挥着手向他们致意。

领头的中年警察问："你就是昨晚报警的刘丽娜？"

404点头回答："是的是的，谢谢你们的到来！"

领头的又问："狗呢，你说的那条流浪狗在哪儿？"

404说："应该是在小区西侧花园的小树林里吧，来，我带你们去找！"

这时候，其他的业主也闻讯而来，三三两两地围了上来。404与他们一通寒暄，遂前呼后拥，带着打狗队一行由小区的大门走向小区西侧的花园和绿地。这个新落成的居民小区，有二十几栋楼，每栋楼都坐北朝南，高二十来层，每栋楼都拥有五个单元。楼与楼之间，有水泥路、灌木丛环绕的花园、绿地、石径、花坛和小树林，偶尔还点缀有凉亭和石凳，也是业主们休闲散步的理想去处。小动物当然也是沾了光的，虽然它们都属于不速之客，却当仁不让地与小区的业主共享着小区里的这一片绿荫、花草和幽静。小鸟，蝴蝶，蜻蜓，小蝉和各色不知名的小虫，都在这片不大不小的绿荫中各得其所，栖息繁衍。它们快乐地鸣叫，为这里增添了几分情调与生机。因而，业主们对这些小动物是接纳和欢迎的，如果没有这些小动物的光临，小区里的这片绿荫会是什么样子？业主们想都不敢想象。可他们万万想不到，除了他们所欢迎的那些小动物，小区里竟然还闯进来许多人并不欢迎的流浪狗，这是他们万万不能接受的。一想到流浪狗所带来的潜在威胁，在场的不少业主都认定必须尽早清除这个隐患。

正因如此，业主们都群情激愤、心急火燎地带着警方打狗队在园区里转悠，几十双眼睛像极了探照灯齐刷刷开足亮光四处扫描，绿地、花坛、灌木丛、小树林，园区里所有的犄角旮旯，几乎被拉网式地找了个遍，可就是找不到上午404见到的那条黑色流浪狗的踪影。不过，他们在小树林一处茂密的灌木丛中，倒是有了一个令人意外的发现：灌木丛中间一处野草杂生的空隙，竟然隐藏着一群毛茸茸、嗷嗷待哺的黑色幼狗，数量不多不少，一共五只。见到来人并听到喧闹声，此刻这五只幼狗一只只睁大眼睛，纷纷向来人投来警惕的目光，那目光带着惶恐与无助，却也不失憨态，那懵懂乖萌的样子，看着都让人心生怜爱——这五只幼狗会是谁的呢，它们的父母现在哪儿？业主与打狗队的人七嘴八舌，议论纷纷。

经过一番分析，还是404先开口说话了："这五只幼狗，显然不是咱们小区谁家的宠物狗生下的。如果是宠物狗生的，宠主不可能让自家的狗跑到这里来生。最大的可能，就是昨天我看到的那只黑色流浪狗生下的，因为这五只幼狗都是清一色的黑狗。再说了，我昨天追赶那只黑色流浪狗时，那只狗就是从这边一转身钻进这片小树林的。"

"那只流浪狗现在到底在哪儿呢？"有人问。

"如果这些幼狗就是那只流浪狗生的，按说它应该不会走远，没准就在咱们小区里的某个角落里觅食呢。"有人猜测。

404说："无论它在哪里，今天咱们无论如何都必须找到它！"她是说给大伙儿，但更是说给打狗队听的。

有人立即质疑："找到它又怎么样，莫非咱们真要将那只流浪狗打死？真要是打死，那这五只幼狗没奶吃可不得饿死，太可怜了吧！？"这话刚一出口，立即招来所有人的目光。有人发现说话的人是业主群中的3-2-606（为方便起见，以下简称606），一个与404年龄不相上下的少妇。这少妇素颜圆脸，齐肩的短发，小眼睛小嘴巴，若不是她开口说话，她的长相普通得如同路边的一株小草，很难引起注意。对于606提出的质疑和忧虑，有一些人纷纷附和："就是。""就是。""就是。"还有人补充说："之前并没有料到那条流浪狗还生了这么多幼狗。"

打狗队领头的那个中年警察环视了一圈业主，开口说："那……这流浪狗到底还找不找、抓不抓了？"。

404一听急了："怎么能不抓？"她瞪大眼睛，看了看打狗队的人，又瞧了瞧在场的各位业主，索性提高了嗓门："如果不抓，万一哪天流浪狗咬了谁，尤其是咬了谁家的孩子，你们谁愿意？谁应该对此负责？"

606说："可这五只幼狗没了爹没了妈，它们吃什么？它们不可怜吗？"

404一脸不屑："哧，可怜啥？再怎么说它们也是流浪狗，长大了同样会咬人。有朝一日要是咬了你家孩子，你还会觉得它可怜吗？"

606反驳道："干吗老把问题往极端想，流浪狗就一定会咬人吗？你要不招惹它，它怎么会咬你？尤其是这几只幼狗，你看它们多么可爱，多么无辜，再怎么说它们也是几条活生生的生命呀。要是咱们现在就将它们往死里整，那也太狠心了吧，你们各位都下得了手吗？"说完她环视了在场的每一个人。

这问题一时让大家犯难了，人们你看看我，我看看你，一时间议论纷纷，莫衷一是。一部分人支持606，另一部分人则站在404一边。

这时打狗队领头的那位又说话了："那条流浪狗到底找不找呀，你们这些业主意见都不统一，那我们干脆先撤了。"

话音刚落，404急了："那可不行！谁说不让找了，谁要是不让找不让抓，请签个责任书，到时候要是这流浪狗咬了人，就让谁负全责！"说这话时她目光咄咄逼人，而且是直逼606。

606也不甘示弱："你干吗老盯着我？我也没说不让找不让抓呀，我只是提醒大伙儿能否变换思路：这流浪狗干吗非抓不可，有没有更折中的办法，比方看看有什么地方专门收养流浪狗？"话音刚落，很快得到大多数人支持："就是。""就是。""就是。"……

404说："那你们都说说，哪个地方能专门收养流浪狗？你们倒是快说呀！"看神情，她依然是不依不饶。

有人冲404翻白眼，撑她："咦，你干吗说话老那么咄咄逼人？人家不是刚提出这个建议嘛，至于到底哪儿能找到收养流浪狗的地方，我建议大伙儿都想想办法，到处打听打听。"

打狗队那个领头的警察又发话了："依我说，就按这位女士说的办。"他指了指眼前这五只乖萌可爱又有些惶惑的幼狗，"看在这几只狗幼小可怜的份儿上，你们先打听打听哪里有收养这些流浪狗的地方吧。说实在的，即使现在我们找到那条流浪的黑色母狗，我们也下不了手啊，毕竟这几只幼狗目前还需要喂奶，我们要是不管不顾一下子将母狗打死了，怎么说也是作孽！所以，我们今天就先撤了。之后你们要是还有什么问题，还可以给我们打电话。"说完他手一挥，打狗队的一行人便转身离去。

606说："各位香邻，那咱们都先分头回家打听下有什么地方收养流浪狗吧，有什么信息请及时发到群里互通有无。"大伙儿听罢，都纷纷点头，之后相继离去。也还有几个人围着那几只幼狗恋恋不舍，有人还将手中的零食投给了幼狗，其中也包括606。

第二天是星期天。

一大早，606上了业主群，发现虽然过去了整整一个晚上，群里却一直没有人提供有什么地方可以收养流浪狗的信息。606遂上网搜索了一圈，还在自己的朋友圈发了问询，却还是未能获得确切的回复。她有些焦急，遂又在业主群发了个问询，问是否有哪位香邻打听到哪里能收养流浪狗的信息了。不一会就有几个冒泡回复，都说打听了，但也没有确切的信息。

404这时候也冒出来了，还特意艾特了606："哼，你们不是说能找到收养流浪狗的地方吗？这下好了，看你们还逞不逞能！如果今天上午群里还看不到你们找到解决办法，我下午就继续给打狗队打电话，让他们无论如何将流浪狗通通赶出小区！"

606见状，也不甘示弱，在群里艾特404："喂喂，你是不是吃枪药了，怎么说话老带火药味？谁逞能了？要说逞能你才是逞能呢！你要是不逞能，能惹出这流浪狗的糗事吗？"此话一出，群里一片哗然，不少人发来形形色色的表情包，有坏笑的，有大笑的，有窃笑的，有鼓掌的，还有打出代表胜利的"V"字手势。甚至还有人出来揭404的老底："喂喂404，记得你家也养有一只博美吧？你家平时是怎么对待博美的，能否也拿出一点仁爱来善待那些幼小无助的幼狗？同样是狗，流浪狗怎么了，它不也是狗嘛，怎么就低你家的狗一等？流浪狗本来流离失所无家可归，怪可怜的了，你要不惹它不也就相安无事，为何非得将人家逼上绝路斩尽杀绝？"这话一抛出，就得到十几位业主的支持："就是。""就是。""就是。"每一个"就是"后面还跟了一个拳头样的表情包。

404当然忍不下这口气，她当即反击："我看你们这帮疯子，全是鳄鱼的眼泪假慈悲，哪天你们一个个都被那条流浪咬死了，看你们还慈悲不！"这话一出，自然是惹了众怒。人们纷纷艾特了404，冲她甩表情包，有鄙视，有呕吐，有暴怒，有翻白眼，反正是将所有的愤怒和不满一股脑儿对准了404。

群外围观的人们纷纷盯住业主群，正期待着战火继续燃烧、看看404会怎么反击，却半天不见动静。人们普遍认为404这会儿肯定怂了。

404确实是怂了。她见自己身单力薄、寡不敌众，索性避开锋芒，选择了战略转移。她气哼哼立即给打狗队打了报警电话，请求打狗队继续前来小区抓捕流浪狗。为了引起对方足够的重视，她还添油加醋说刚才自己的儿子又差点儿让那条流浪狗给咬伤了。打狗队的人听罢，觉得事态严重，非同小可，当即就出兵直奔404所在小区，并让404在小区门口等候。404立即像被打了鸡血，自然是一脸兴奋。她立即招呼老公，夫妻俩一起换衣穿鞋，带着自己五岁的儿子贝贝和自家那只活泼可爱的白色博美，倾巢出动，迅速来到小区门口等候。404这回没有在群里发布打狗队即将到来的相关信息，她吸取了上次人多嘴杂、意见不一致的教训，打算独自引导打狗队，悄悄地将那条流浪母狗和它的那些幼狗通通赶出小区。

全副武装的打狗队很快来到了小区门口，领头的仍然是昨天的那位中年警察。那位警察见到404这回还带着儿子，就径直问她儿子："小朋友，你刚才在哪儿差点被流浪狗咬着了？"404的儿子听了一脸蒙，小家伙虎头虎脑地眨巴着眼睛，张着嘴却老半天说不出话来。404见状马上打起马虎眼："瞧瞧，我儿子都被吓傻了！"她手一指，"就在那边呢，来我带你们去找！"于是，404一家子带着打狗队一行又来到小区西侧的花园和小树林，像昨天一样拉网式地找了个遍，可就是始终见不到那条黑色流浪母狗的踪影，倒是又在老地方见到了那五只黑色幼狗。令人意外的是，彼时，606和另几位业主正围着那五只幼狗，用奶瓶给它们喂牛奶，此刻那五只幼狗咿咿呀呀吃得正欢，那懵懂乖萌的憨态让404的儿子瞬间眉飞色舞，一下子扑上前去一个劲地抚摸、挑逗，口口声声地说"哇太可爱啦太可爱啦！"404家的那只白色小博美，也亲热地凑上前去，闻闻这只，又嗅嗅那只，小尾巴也欢快地摇得像拨浪鼓。致使404尴尬地站在一旁，不知如何是好。

606和另几位业主见404领着打狗队又来了，警惕地站了起来，并且将那五只幼狗挡在了身后，似乎担心404和打狗队马上会伤害那五只幼狗。

打狗队那位领头的警察问606："你们见到那条流浪母狗没有？"

606和那另几位业主脑袋也摇得像拨浪鼓，异口同声说："没有。"

404满脸疑惑，对打狗队的人说："肯定就在小区里，咱们得继续找。"

打狗队领头的警察见606和那几位业主一脸不满地盯着404，便问："你们到底找到收养流浪狗的地方没有？"

606说："还没有。"另几位业主也摇了摇头。

404见状一脸不屑："既然没有找到地方收养，那总不能无限期拖下去，最终不了了之吧？这流浪狗要是长时间留在咱们小区，早晚都会是个祸害。我看长痛不如短痛，无论如何必须尽快将这些流浪狗赶出小区！"这话像一记鞭子，一下抽在404自己儿子的身上，小家伙"哇——"的一声，连哭带闹说："不要不要，妈妈你不要赶走这些小狗！你不要赶走这些小狗！"这哭闹声让404猝不及防，众目睽睽之下一脸尴尬。她粉秀的脸"唰"的一下红了，仿佛突然间喝醉了酒。不过，她很快就镇定下来，边冲围观的人翻白眼，边蹲下身子搂住儿子，连哄带骗地一个劲安慰："儿子，咱们不是有乖乖了吗，你要那么多狗干什么！再说这些狗都是野狗，长大了会咬人的，你不怕它们将来咬你吗？"乖乖是他们家小博美的名字。404的儿子却依然不依不饶："妈妈你净骗人！你说它们长大了会咬人，那咱们家的小博美不是长大了吗，它怎么不咬人？你说它们长大了会咬人，那我长大了也会咬人吗？"他又指着那几只幼狗说，"你看看这些小狗多么可爱呀，妈妈你要是把它们赶走，那它们去哪儿，它们好可怜啊！"小家伙这番话让404一时语塞，脸色红一阵白一阵。这时他在场的爸爸也蹲下身安慰儿子："儿子甭担心，这些小狗去了别处，会去找它们的爸爸妈妈。"小家伙听罢眨巴着眼睛，暂时停止了哭闹。他抬头问爸爸："那它们的爸爸妈妈现在在哪儿，咱们现在去帮它们找找吧！"一句话，让在场的人都会心地笑了，连404、606和打狗队的人都笑了。

打狗队那位领头的警察笑着说："瞧，这小孩子也说要找那条母狗。"他瞅了瞅404，又瞧了瞧606，"你们倒是说说呀，那条母狗到底在哪儿？"

606瞧了瞧打狗队每个人手中的打狗棍、长柄绳套和长柄铁夹，忧心地问："要是现在找到那条狗，你们打算怎么处置它们？"

打狗队领头的警察反问道："你们说呢？"他指了指404，"这位女士不是又给我打了电话吗，她说刚才她儿子又差点让那条母狗给咬伤了。"404的儿子一听急了："没有没有，我今天还都没见到那条黑狗呢，怎么说它要咬我了？妈妈你净骗人！"小家伙瘪着嘴，鼻腔像拉风箱，眼睁睁地盯着妈妈，一脸的委屈。404的脸瞬间"唰"地红得像一颗紫葡萄，表情也跟着扭曲了。她气急败坏地打了儿子的屁股一巴掌，又摇着儿子幼小的身子大声训斥："你这个讨厌鬼！你净说胡话，我看你是被那条野狗吓糊涂了吧！"小家伙"哇——"的一声又哭了起来。他的爸爸见大势不妙，迅速抱起儿子连哄带骗先行离开了。

见丈夫和孩子离去，404一手牵着她家那只白色小博美，另一只手掠了掠有些零乱的长发，对在场的人说："大伙都听着，流浪狗的事，明摆着是咱们小区目前存在的隐患，咱们早晚都得解决。"她停了一下，瞅了一眼606和在场的其他业主，"你们既然找不到收养流浪狗的地方，那总不能没完没了让流浪狗都留在咱们小区吧。既然打狗队的警察都来了，那我觉得将流浪狗交给他们处理既顺理成章，也合情合理。除非你们还有其他的解决办法，否则我觉得今天就应该让警察们将这些小狗也都通通带走！"

打狗队领头的警察点头赞同："这位女士说得在理，既然你们找不到解决办法，这些流浪狗长时间留在小区内，确实存在隐患，毕竟流浪狗没有打过狂犬疫苗，万一真的咬了人，那事情可就闹大了，谁都负不起这个责任。所以，今天我们干脆将这些小狗和那条母狗一并带走。现在的问题是要先找到那条母狗，你们都说说，那条母狗现在到底在哪儿呢？"

在场的业主你看看我，我看看你，之后相继摇了摇头。

打狗队领头的警察说："那咱们在小区里再找一遍，如果还找不到那条母狗，我们今天就将这几只小狗先带走。"

606问："请问你们将这些小狗带走之后，打算怎么处理？"

领头的警察说："这个你就甭管了。"这话像一记重锤，一下子砸在606心头上。昨天她听别人说了，打狗队抓到的流浪狗，不是被打死就是像囚犯一样被长时间关进笼里，甚至卖到餐馆或自己杀了当下酒菜，可遭罪了。一想到这种悲惨结局，606内心就一阵阵揪心。可回过头想，她和其他业主迄今确实也没有找到更好的办法——难道就只能举手投降吗？此刻她脑子像一台快速运行的计算机，忽然她急中生智，决意采取缓兵之计。她清了清嗓子对警察说："这样吧，看在这几只小狗年幼无助的份儿上，你们先找找那条母狗，找到了再考虑这几只小狗到底如何处理。好在这几只小狗还小，你们不会像有的人那样担心它们会咬人吧？"她故意停顿了一下，意味深长地瞟了一眼404，又看了看左右两边的另几个业主，继续道："这几只小狗，由我们几个先养护着。"

领头的警察这回倒挺爽快，他很潇洒地打了个响指，说："好，就这么着！"说完，他们让404领路，又在小区的花园、小树林和其他的犄角旮旯拉网式地巡视了一遍，可还是找不到那条黑色流浪狗的踪影。

404有些急，她柳眉一扬提醒说："咱们别到处傻找了吧，小区里不是有监控吗？咱们直接到物业那边查看监控，再不济你们还可以动用警察权力调取小区周边几条道路的监控，不信就找不到那条母狗！"这话一下提醒了领头的警察，那警察手一挥又打了一个响指，道："说的是呀，走！"一行人于是找到了小区物业的保安室，亮出证件，说明了来意，值班的保安便开始调取小区监控。他们翻遍当天本小区每个角落的视频，却始终不见那条黑色流浪母狗的踪影。保安又调取昨天小区的监控，终于发现昨天中午那条母狗独自走出了小区大门。查视频的年轻保安眼睛一亮，忽然喊道："哎——你们是要抓捕这条黑色母狗？"他扭过头，一脸疑惑地注视着打狗队长。打狗队长点了点头："是呀！"保安声音忽然高了八度，眼睛更亮了："这条狗在我们这一带可有名了，它曾帮助追赶一名小偷！"打狗队一行人听罢，眼睛齐刷刷也亮了。打狗队长问保安怎么回事。那位年轻保安讲起了事情的原委：前不久的一天傍晚，对面小区的一位女孩肩上挂着一个LV高级皮包从外面回来，眼看就将走回小区门口，却冷不丁被一路过的小偷抢下皮包，而后小偷没命地跑。那女孩一声惊叫大喊"抓小偷，快抓住小偷！"边喊边追。那条正路过的黑色母狗见状竟然也帮助追赶那小偷，边追边冲小偷不停吼叫，吓得那小偷连滚带爬，不得不扔下女孩皮包一溜烟跑掉了。那狗见到小偷扔下的皮包，倒也不再追赶，而是气喘吁吁地守候在皮包前等候那女孩前来取包。待那女孩走近前来，那狗却若无其事地转身离开了。这事感动得那女孩泪水涟涟，围观的人都异口同声，夸赞那条黑狗通人性，真是条见义勇为的好狗。保安还补充说："碰巧那天我也正站在小区门口值班，整个过程我都看得真真切切。"

在场的人听了也都啧啧称赞，觉得这狗神奇。打狗队长睁大眼睛问保安："有没有搞错，你说的就是这条黑色母狗？"年轻保安拍着胸脯，大声说："千真万确！我干吗要骗你？"打狗队长听罢频频点头，若有所思，也暗自思忖：难怪这条流浪狗进出这个新小区，保安也不管呢。之后，他让保安继续调取监控录像，却发现那条黑色母狗自昨天中午走出小区大门之后便一直不见回来。在场的人都感到纳闷：时间都过去一天多了，这母狗到底上哪儿去了呢，它干吗不回小区看护它那五只幼狗，莫非那五只幼狗并不是这条母狗所生？

为了刨根问底，保安在警察的要求下又调取了之前好几天的小区监控视频，数次发现那条黑色母狗总是往小区西侧小树林那五只幼狗所处的地方进进出出，却未见有其他进出的大狗。在场的人于是异口同声认定："没错，就是那条母狗！"至此，真相总算大白。可问题是：那条母狗到底去了哪里，为什么都隔了一天多的时间还不回来？打狗队决定扩大搜索范围，回队部调取小区周边道路的监控视频。他们让404先回家等候，并说无论情况如何明天会电话通知她。事已至此，原本打算今天一追到底的404一脸懊丧，只好与打狗队的人告别。

第二天上午，打狗队在调取昨天中午404所在小区周边道路的监控时，却有了意外的惊人发现：昨天中午12时10分，先是发现那条黑色母狗在小区附近西侧十字路口的一处空地上，与一条黑色公狗若即若离纠缠不清，俨然是一对情侣的样子，由此打狗队的人猜测，小区里的那五只幼狗很可能就是这对狗爸狗妈所生；再继续翻看视频，打狗队的人突然差点惊掉了下巴——同一天中午12时50分，那条黑色母狗独自走过路口时，被一辆急速拐弯的中巴撞飞、惨叫着在路边挣扎了几下之后，当场毙命。事故发生之后，那辆中巴并未减速停车，相反是疯狂逃逸，有几个路过的群众带着惊讶的表情，先后围上前去察看瘫在地上的死狗，嘴里念念有词像在叹惜和谩骂，还有人拿出手机在故事现场拍照或拍摄视频，但事后都相继离去。14时15分，一男清洁工驾驶扫大街的清洁车路过，发现地上的死狗，遂下车察看死狗，又前后左右四周观察了一阵子，之后将死狗搬进清洁车上的垃圾桶，然后驾车离去。

至此，事情水落石出：流浪的黑色母狗遇车祸死了，撇下五只嗷嗷待哺的幼狗。打狗队长将这一信息打电话告诉了报警的404，并建议404在小区业主群发布相关信息，看那五只幼狗有没有人愿意领养，如果没有或者最终剩余未被领养的幼狗，可交由他们打狗队全权处理。

404接听电话的时候，她身边五岁的儿子突然"哇——"的一声号啕大哭，边哭边喊"小狗没有妈妈啦小狗没有妈妈啦！"显然，刚才他妈妈与打狗队长通话的扬声让小家伙听得一清二楚。

404见儿子哭闹，内心忽然腾起莫名怒火。她一边安抚儿子一边气急败坏冲电话那头大声嚷嚷："喂喂，听我说，那五只幼狗再怎么说也是流浪狗，品种低劣，估计不会有人要，我看你们还是尽快将它们带走吧！"

打狗队的人反驳道："那可不一定！你没看昨天你们小区那几个业主，包括你自己的儿子，见到那幼狗不是蛮喜欢的吗？"

404抢白道："哎呀他们也就是瞎起哄——你们还能当真？他们根本不可能领养这种劣种狗！"

打狗队的人批评她："这位女士，你说话别那么武断好不好？你都没有征求其他业主意见呢，怎么就知道没人领养了？"

404听罢，粉秀的脸"唰——"地黑了，长这么大还没有人敢这样批评她呢，甚至小时候连父母都不敢轻易批评，她怎么可以接受外人这么说她！只见她樱桃小嘴一爆，子弹一样蹦出来一梭子："你怎么这么说话呢！我哪里武断了？流浪狗本来就是劣种狗嘛，这有错吗？劣种狗怎么会有人愿意养？你没看我们小区的业主养的全是清一色的宠物狗，什么博美、贵宾、柯基、萨摩耶、哈士奇等等，全都是好狗，我这么说有错吗？不信你可以到我们小区来看看！你还说让我在业主群发布领养那些小狗信息？我才不干这种蠢事呢，要发你们找别人发！"说完，她像掐死一只虫子，气哼哼地将手机通话键摁断了。

虽然404拒绝了打狗队的建议，但当天下午，小区的业主群还是出现了一则信息——

幼犬领养启事

各位业主、香邻：

近日本小区西侧小树林发现五只尚未满月的黑色幼犬，健康活泼但还不大能走路（幼犬一般是满月才能走路）。经报警并由警方派出的打狗队调取监控视频多方调查，发现这五只幼犬是一条流浪的黑色母狗在本小区生下的。不幸的是那条母狗昨天中午在本小区大门口西侧的十字路口处被一辆飞奔而过的中巴撞死了，可怜这五只幼犬眼下嗷嗷待哺却幼小无助。若有哪位好心的香邻愿意领养，请在群里艾特我并前来本小区西侧花园的小树林接洽。

特此启事！

本小区3号楼2单元606业主

上述启事发布的同时，606还在群里发布了两条视频：一条是黑色母狗在路口被中巴一头撞死的监控录像，母狗的那一声惨叫和鲜血淋漓的场面惨不忍睹！另一条视频是那五只嗷嗷待哺、惶惑无助却又乖萌可爱的幼犬。

启事和视频发布不到一分钟，小区的业主群突然像炸了窝，群情激愤，几乎一边倒地大骂那撞死狗的中巴司机太狠毒了，同时也纷纷为死狗留下的那五只幼狗扼腕叹息，都说那些幼狗实在是太可怜了！有好几位业主还在群里艾特了606，给她发了点赞、鲜花的表情包或评论，对606的义举大加赞赏。

十分钟之后，该小区花园西侧小树林便络绎不绝、兴高采烈地来了不少业主，有真心想领养的，但更多的是好奇前来看热闹的。还有一些是先前来打探究竟的，领养与否打算看具体情况。

又过了不到十分钟，五只幼狗就被领养了三只。从昨天开始一直守护、喂养那五只幼狗的606和另一位业主505（7-2-505，简称

505），原本也计划分别领养一只的，只因后来想领养的其他业主还有好几位，而606和505原本家里又已分别养有一只贵宾、一只柯基，只好将最后的两只幼犬让给了另两位想领养的业主。

小区里这场由流浪狗带来的风波，至此也宣告平息。

后　记

　　本书是我继《身不由己》《日出日落》《寻找叶丽雅》之后的第四本小说集。作为曾经的职业编辑，退休之前只能利用有限的业余时间创作，早年以创作报告文学为主，而近年更多地转向中短篇小说创作，尽管小说结集出版的数量不多，但选编时我仍然秉持作品不重复的原则：一是为了向广大读者负责，自己不滥竽充数追求出书数量；二是对自己负责，因为当未来的某个时候自己回望来路、需要查阅和盘点旧作时，不至于在自己已出版的作品集面前眼花缭乱，可以一清二楚、一目了然。基于此种考虑，除了坚持选编时作品与先前的集子不重复，我也与先前一样，采取题材搭配、长短结合，早年作品和近作也相间其间。这样做的好处是，让读者能够看到我创作时对不同题材的选择与尝试，同时也从中了解我小说创作所走过的路径与足迹。

　　曾不止一人问我：作为曾经写作报告文学的作家，你觉得报告文学的创作对你的小说有何种影响？我这样回答："要说最大的影响，那就是对现实生活和百姓命运持之以恒的热切关注。"

　　2021年5月，《中华读书报》总编助理、著名文化记者舒晋瑜采访我时提了这样一个问题："和非虚构作品一致的是，无论是小说《病房》还是《龙头香》，都体现出强烈的忧患意识和真切的社会关怀,在真切地反映社会矛盾的同时,对人性的深入挖掘和透视也令人称道。能谈谈您文学创作上的追求吗?"我是这么回答的:"你这个提问,让我无意中审视了自己近年的小说创作,发现像《红包》《介入》《身不由己》《天尽头》《病房》《龙头香》这些中篇小说,都带有很明显的问题意识,这可能是由于早期写作报告文学的缘故,可以说与报告文学的写作一脉相承吧。但同时,与报告文学相比,小说离不开人物,尤其是有血有肉的人物,所以写作时更应该从小处入手,更多地体悟人物的身份与处境,时刻关注并遵从人物的性格和命运走向以及生活的基本逻辑,通过场景、故事、情节、细节、氛围和心理活动,推动作品的走向,从中发现、开掘并揭示出生活的意蕴和人生的奥秘,尽最大努力去挖掘人性的多样性和生活的复杂性,尽可能使小说好看、耐看,读后又能让人久久回味,这是我创作上追求的方向。"著名评论家孟繁华这样评论我的创作:"他的报告文学和小说创作两副笔墨上下翻飞,他的敏锐和尖锐在当下的文学格局中格外引人注目。""我惊异于杨晓升对生活细枝末节的熟悉和对人物心理的准确把握。"著名编辑家、原《小说月报》主编马津海也这样评价:杨晓升的小说"写出了大家习以为常,见怪不怪,且从未有人说出来的真相。即所谓人人心中有,他人笔下无的效果"。两位师长上述的评价,尽管不乏溢美之词,却是对我本人难得的鞭策与鼓励,也将是我继续努力的方向。本书收录的所有篇目均发表在不同时期全国的多家文学期刊。其中,中篇小说《龙头香》《无奈人生》《过程》《我的朋友刘秘书》《买房记》《新正如意》均为近年发表的新作,《龙头香》《过程》《买房记》发表后先后被《小说选刊》《小说月报》《作家文摘》《长江文艺·好小说》《作品与争鸣》等多家选刊广泛转载或连载,并入选优秀中篇小说年选,《龙头香》还获得第二届"禧福祥杯"《小说选刊》最受读者欢迎小说奖。其他篇目,则是发表在更早年份的作品,稚嫩之处虽然在所难免,却也是我小说创作旅途中的真实记录。

衷心感谢著名评论家孟繁华老师为我这本小说集精心作序,多年来他一直关注着我的小说创作，多次将我的小说收录入他每年为出版社选编的年选，这对我是难得的鼓励与鞭策；感谢发表过我小说的所有原创刊物及转载过我小说的所有选刊，是他们真诚的帮助不断为我注入小说创作的新动能，并由此鼓舞我不断继续前行；感谢作家出版社以及责编张平为我这本小说集所做的一切。

  本书的不足之处，诚恳期待广大读者的批评与建议。

2023 年 8 月 29 日 北京

图书在版编目（CIP）数据

龙头香 / 杨晓升著 . -- 北京：作家出版社，2024.1
ISBN 978-7-5212-2626-3

Ⅰ.①龙… Ⅱ.①杨… Ⅲ.①中篇小说—小说集—中国—当代②短篇小说—小说集—中国—当代 Ⅳ.①I247.7

中国国家版本馆 CIP 数据核字（2023）第 245108 号

龙头香

作　　者：杨晓升
责任编辑：张　平
装帧设计：李佳册
出版发行：作家出版社有限公司
社　　址：北京农展馆南里 10 号　　邮　　编：100125
电话传真：86-10-65067186（发行中心及邮购部）
　　　　　86-10-65004079（总编室）
E-mail:zuojia@zuojia.net.cn
http://www.zuojiachubanshe.com
印　　刷：三河市北燕印装有限公司
成品尺寸：152×230
字　　数：255 千
印　　张：18.5
版　　次：2024 年 1 月第 1 版
印　　次：2024 年 1 月第 1 次印刷
ISBN 978-7-5212-2626-3
定　　价：58.00 元

作家版图书，版权所有，侵权必究。
作家版图书，印装错误可随时退换。